中國語言文字研究輯刊

十六編

許學仁 主編

第9冊

明傳奇用韻研究（下）

彭　靜 著

花木蘭文化事業有限公司

國家圖書館出版品預行編目資料

明傳奇用韻研究（下）／彭靜 著 -- 初版 -- 新北市：花木蘭文化事業有限公司，2019〔民108〕

目 2+212 面；21×29.7 公分

（中國語言文字研究輯刊 十六編；第9冊）

ISBN 978-986-485-699-2（精裝）

1. 明代傳奇 2. 聲韻

802.08 108001143

ISBN-978-986-485-699-2

中國語言文字研究輯刊

十六編 第九冊 ISBN：978-986-485-699-2

明傳奇用韻研究（下）

作 者 彭 靜

主 編 許學仁

總編輯 杜潔祥

副總編輯 楊嘉樂

編 輯 許郁翎、王 筑 美術編輯 陳逸婷

出 版 花木蘭文化事業有限公司

發行人 高小娟

聯絡地址 235 新北市中和區中安街七二號十三樓

電話：02-2923-1455 ／傳眞：02-2923-1452

網 址 http://www.huamulan.tw 信箱 hml 810518@gmail.com

印 刷 普羅文化出版廣告事業

初 版 2019年3月

全書字數 300922字

定 價 十六編10冊（精裝） 台幣28,000元

明傳奇用韻研究（下）

彭　靜著

目次

上冊

下 冊

附錄：韻譜

說明：

1、韻譜中韻部是按照陽聲韻、陰聲韻、入聲韻的次序來排列的，陽聲韻中韻部的排列次序為「東鍾、江陽、庚青眞文侵尋、先天寒山桓歡監咸廉纖」，陰聲韻中韻部的排列次序為「蕭豪、尤侯、皆來、車遮歌戈家麻、魚模、齊微支思」，入聲韻中韻部的排列次序為「鐸覺、屋燭、德質、月貼、曷洽」。具體的韻部分別按不同的類型歸在大部之下，如第三大部庚青眞文侵尋之下又分（一）庚眞侵（二）庚青、眞文、侵尋（三）庚青、眞（侵）三種分部類型，其中「庚眞侵」表示庚青、眞文、侵尋合為一部，「庚青、眞文、侵尋」表示庚青、眞文、侵尋分為三部，「庚青、眞（侵）」表示庚青為一部，眞文為一部或眞文與侵尋合為一部。「庚眞侵」既代表分部類型又代表具體的韻部，我們將系聯到此部中的曲子列在其下；「庚青、眞文、侵尋」和「庚青、眞（侵）」則只代表分部類型，不能代表具體的韻部，我們在其下又分「1、庚青 2、眞文 3、侵尋」和「1、庚青 2、眞（侵）」，將屬於具體韻部的曲子分別列於其下。分類的標準參考本書第三章。下面是詳細的目錄：

（一）庚眞侵

（二）庚青、眞文（侵尋）－ 1、庚青 2、眞文（侵尋）

（三）庚青、眞文、侵尋 － 1、庚青 2、眞文 3、侵尋

四、寒山桓歡先天監咸廉纖

（一）寒桓先監廉

（二）寒桓先、監廉 － 1、寒桓先 2、監廉

（三）寒山、桓歡、先天 － 1、寒山 2、桓歡 3、先天

（四）寒山、桓歡、先天、監咸、廉纖 － 1、寒山 2、桓歡 3、先天 4、監咸 5、廉纖

（五）寒山、先天、監咸、廉纖 － 1、寒山 2、先天、3、監咸 4、廉纖

（六）寒山、先天、監咸 － 1、寒山 2、先天 3、監咸

（七）寒山、先天、廉纖 － 1、先天 2、先天 3、廉纖

（八）寒山、先天 － 1、寒山 2、先天

（九）先天

（十）先天、桓歡、監廉 － 1、先天 2、桓歡 3、監廉

五、蕭豪

六、尤侯

七、皆來

（一）皆來灰

（二）皆來

八、車遮、家麻

（一）家車

（二）家麻、車遮 － 1、家麻 2、車遮

（三）家麻車遮歌戈

（四）家麻皆來

九、魚模、歌戈

（一）模歌

（二）魚模、歌戈 － 1、魚模 2、歌戈

十、支思齊微魚

（一）支思齊微魚虞

（二）支思齊微

（三）支思、齊微 － 1、支思 2、齊微

十一、鐸覺

十二、屋燭

十三、德質

十四、月帖

十五、曷洽

2、韻部的名稱（即韻目）除了入聲韻部之外，均採用《中原音韻》韻部的說法，這既是爲了方便與《中原音韻》的比較研究，同時也是對明傳奇用韻事實的客觀反映；明傳奇入聲韻部的名稱則採用南戲用韻的說法，這也是既爲了方便與南戲用韻的比較研究，同時也是對明傳奇入聲用韻事實的客觀反映。

3、系聯到每一韻部的曲子以在作品中的先後次序排列，用阿拉伯數字標明齣數，同一齣的曲子只在第一支曲子前標明齣數；在每支曲子前標明曲牌，同一曲牌的一組曲子連用時，不標出〔前腔〕或〔又〕，只以逗號隔開。

一、東鍾

《四喜記》：4〔唐多令〕濃叢風夢景窮〔畫眉籠錦堂〕紅弄空送湧哄〔錦堂觀畫序〕永融櫳擁隴夢〔黃鶯穿皂袍〕松東重慵濃鳳叢重洞〔皂袍罩黃鶯〕中絨動風容〔尾犯序〕宮恐龍痛窮紅，凶用終煢冬穹，衷夢通痛哄東，容洞匆重寵風〔鷓鴣天〕濃從窮逢紅聲重 6〔出隊子〕種濃濃同終〔排歌〕鍾蓉叢風紅胸容空，鬆朧逢中終鐘重同，櫳濃弓東絨蜂聰濃，工衷溶蹤籠宮鴻邛〔洞仙歌〕功榮慵縱攻叢重，從胸容縱攻叢重，中同翁縱攻叢重 23〔六么令〕董衷鴻紅重，統冲叢雍奉〔窣地錦襠〕瞳重雄同，濃叢紅龍 28〔懶畫眉〕風叢逢容，蓉濃宮峰 42〔破陣子〕泓雄濃叢〔河西七娘子〕永棟洞聳〔稱人心〕聳忠融從重寵〔海山歌〕用雄鍾鳳胸重隆功，詠宮悰送胸重隆功，捧榮濃重胸重隆功〔越恁好〕縱縱夢奉動誦眾棟宋，永永擁共弄誦眾棟宋〔尾聲〕用種中

《浣紗記》：1〔紅林檎近〕逢櫳紅宮中籠鋒龍 13〔虞美人〕東中 14〔北醉太平〕東龍中送捧重宮〔普天樂〕動湧紅蜂擁濃風〔普天樂〕聳哄茸驄擁濃風〔普天樂〕拱瑩空龍擁濃風〔普天樂〕寵鳳紅鐘擁濃風 36〔六么令〕拱東窮蓬動動〔風入松〕峒哄從縫弓龍〔六么令〕勇衝雄功用用〔風入松〕鋒鞚傷痛營空〔六么令〕聳墉中烽動動〔風入松〕紅恐棟夢功中〔六么令〕湧風逢貢貢〔風入松〕戎鋒種送重籠 44〔排歌〕空雄烽弓風東整雄宮，終紅蓬中宮同盡空風〔大環著〕重重通洞勇貢哄動擁崇鳳〔喬合笙〕種種庸眾功竦拱瑩捧濃統同永隆頌恐〔越恁好〕送送籠戎孔風哢夢〔尾聲〕寵通躬

《紅拂記》：2〔瑞鶴仙〕勇仲湧重夢動〔錦纏道〕空逢風弓蟲沖弄鐘用雄〔普天樂〕重共鴻龍風蓉〔古輪臺〕同風容蓬虹匆〔尾聲〕哄功風 4〔西江月〕逢同鳳弓龍捧 26〔鵲仙橋〕共重宮夢〔解三酲〕弄風冢龍中重封，寵紅夢峰逢重封〔不是路〕匆容恐蹤中拱宮重鳳動動，蹤空冗櫳從共烽洶奉動動〔太師引〕蓬重鴻通動籠鐘蹤，鳳逢供櫳兇容，捧宮風共東容〔三學士〕眾隆胸重弓，蓬礱功重弓，逢蹤中重弓

《祝髮記》：9〔清平樂〕鍾松凍空 13〔駐馬聽〕峰穠鴻匆奉櫳恐，窮紅容從共容重 18〔浪淘沙〕空同通東〔菊花新〕鍾同通重〔啄木兒〕東同容孔重空，翁窮忠湧控通，鋒蓬峒壅重中，重宮弓踵捧中〔三段子〕弘鍾通風洞共龍

《灌園記》：7〔阮郎歸〕蹤宗風鋒〔駐雲飛〕匆籠重湧東恐奉宗宗 19〔金瓏璁〕重中容〔駐馬聽〕功隆同峒用公重，弓中戎封統功踵〔北沽美酒〕烹烹弓翁從恐鳳封冢湧東空夢 28〔雙調新水令〕驄鞚公重鳳〔駐馬聽〕松松夢紅冢兇洞〔川撥棹〕宗宮龍寵鍾公勇〔燕兒落〕中中控通重〔得勝令〕封宮送踵傭甕茸峯峯〔掛玉鉤〕同種功痛湧蹤從〔七兄弟〕虹從鎔礱空拱〔收江南〕扃蟲窮棟隆慟〔梅花酒〕烽烽弓峒雍功宗同同忠勇中東風攻農癰銅鐘功雄豐同空風〔尾聲〕弄鬨桐蓉蓬鴻重鍾頌〔奈子花〕榮宮龍寵封

《竊符記》：14〔蠻牌令〕宮叢工籠風窮通〔金蕉葉〕蓬恐鴻鳳〔三換頭〕勇用從棟重同紅鋒，攻眾功弄夢弓同鋒 28〔一翦梅〕重功功櫳鴻鴻，龍

風風逢蓬蓬〔山花子〕奉虹功中弓同叢紅，供峰熊容弓同叢紅〔大和佛〕窮癃中容動鐘痛重捧逢〔舞霓裳〕公公封封寵功重悚棟〔尾聲〕鳳龍封

《虎符記》：10〔六么令〕擁容逢匆重隴，重烽東通勇恐，湧中蹤沖夢痛〔玉交枝〕痛中鞚東風惚兄兄，送容共東同動公鋒〔玉抱肚〕重凶逢同聰16〔破齊陣〕蓬擁重中〔楚江情〕戎弓風中重功東鞚榮同重重，鴻公同籠蟲容紅紅共逢逢通弄，熊同櫳風凶鍾籠籠控宗宗宮痛，紅同中熊鴻容蓉蓉重窮通衷夢33〔薄倖〕鳳重夢奉〔黃鶯兒〕紅重夢峰蓬擁空逢，桐重夢鴻鐘動空逢〔阮郎歸〕東風逢通〔啄木兒〕驄中鴻弄腫忠，濃曈紅宋奉封〔繞池遊〕鳳控種〔勝如花〕戎竦忠勇慟蹤東濃匆貢重曈曈，鋒寵忠隴奉蹤東濃匆貢重曈曈〔尾聲〕動鋒鍾

《櫻桃記》：26〔引〕重鞚〔淘金令〕戎冗逢空宋容宗重鳳翁名擁用鋒戎種31〔迎仙客〕重眾橫夢，重沖用捧弄

《鵜釵記》：28〔風馬兒〕戎熊弄雄〔北江兒水〕縫動種，桶用哄壟〔水底魚兒〕弓重空空，功凶鋒〔顆顆珠〕中忠〔刮鼓令〕宗中公戎傯功籠，忠同弓崇紅弄東14〔似娘兒〕龍封寵衡鍾〔朝元令〕熊湧悚棒風重紅雄拱棟，蓬湧哄動送公宮封拱棟

《吐絨記》：15〔出隊子〕夢重空窮公〔引〕棟慵

《雙珠記》：5〔臨江仙〕擁紅東空，拱虹通鴻〔桂枝香〕諷悚共戎戎弄訟窮叢，誦夢動從從重用容宮〔入賺〕風中蹤雄哄宗重恐送，同公朧縫奉沖融控慟〔掉角兒〕終踵凍穹眾中種洶痛，龍鳳仲籠縱冗種洶痛〔尾聲〕鎔鞏蓬逢24〔亭前柳〕蹤中公夢風，翁容功用悰〔江頭金桂〕幪戎中訟公弄籠恫控恭重，頌凶拱重從冗空眾孔衷窮，寵通奉鞏動聾烘勇幪同，誦崇供悚送鍾終夢逢功46〔粉蝶兒〕傯聳〔青玉案〕凍鞚竦共〔謁金門後〕痛滃夢同〔急板令〕窮東孔癃叢逢穹，中鴻空宮王逢穹，葑胸衷松宗逢穹，凶終封龍桐逢穹〔寶鼎現〕宮送〔一封書〕寵重崇虹風，容鳳同虹風，蹤控用虹風，充叢踵虹風〔永團圓〕重曈縱仲鞏勇眾送中諷蛩懂俑頌弄

《雙烈記》：24〔水底魚兒〕弓翁雄，鋒虹雄〔劃鍬兒〕董宮湧風隆頌逢，宋功

寵封隆頌逢 26〔金瓏璁〕擁驄鐘逢瞳〔山花子〕重封同逢重容恭嵩，貢龍鍾紅逢中宏豐，動空風崇逢中宏豐，鞏忠鐘弓重容恭嵩〔紅繡鞋〕空空風風封功雍，匆匆朦朦濃叢庸〔十二時尾〕宋頌功 30〔醉太平〕鋒弓功蹤洞勇風中，紅瓏龍風聳控中功 42〔黃鶯兒〕容籠湧工功動中通，龍衝重蓬攻動中風〔小重山〕驄濃宮中，戎風容風

《青衫記》：3〔浣溪沙〕紅慵濃櫳風 9〔番卜算〕封擁雄重〔紅繡鞋〕雄雄通通轟橫弓，紅紅蓬蓬墉龍風 11〔畫堂春〕宮龍風中〔豹子令〕動動峒峒擁龍功，誦誦風風勇雄功 26〔虞美人〕窮中風東

《葛衣記》：27〔引〕忽融〔引〕通峰同濃重〔山花子〕擁東通龍榮重同紅

《琴心記》：16〔三臺令〕濃中風叢〔水紅花〕驄哄籠送甕風中〔排歌〕濃紅東逢通融叢鍾充，樓宮紅匆重紅蓉濃中 18〔縷縷金〕龍風勇種雄用，窮蹤送隴雄用，窮凶動痛從重 27〔如夢令〕哄鳳送夢夢動

《玉簪記》：5〔金字經〕空弘弘中空 6〔清平樂〕鞚重動宮 8〔好事近〕櫳空中頌 32〔西地錦〕鳳風 16〔懶畫眉〕濃蛩風夢紅，重風中動宮，瓊風中弄終，溶風櫳恐中

《節孝記》：卷下 3〔破陣子〕風櫳桐

《修文記》：7〔蘆花兒〕空龍虹 16〔掛眞兒〕送蒙隴夢 36〔菊花新〕夢熊宮種〔駐馬聽〕蟲恫弓蓬鞚通夢，宮中風空痛礲重 39〔粉紅蓮〕通松宗風空兄蹤蹤 44〔六煞〕聾聰送動終種通 45〔生查子〕籠夢洞

《彩毫記》：16〔傳言玉女〕曨夢寵控詠〔解三酲〕眾凶諷恭鳳龍縱縱籠，種宮重逢奉聰用用龍 23〔字字雙〕隆種宮哄容寵東恐〔梨花兒〕用蔥弄種 36〔點絳唇〕龍擁空送〔么篇〕功重衷控

《曇花記》：15〔一翦梅〕虹龍龍櫳邛邛，蓉紅紅朧中中〔香柳娘〕通通夢動蝀蝀濃重中中紅共，工工送宋容容鴻鳳中中紅共

《錦箋記》：6〔生查子〕瑩縱〔一江風〕空重鳳逢逢窮夢，櫳重種叢叢同用〔懶畫眉〕中通溶瑩濃，同重容送濃，中紅宮夢濃，叢重蓉動濃，衷逢峰夢濃 28〔唐多令〕空蓬攻奉鬆〔醉扶歸〕哄紅重送匆痛，鳳蓬容重東共〔木丫叉〕重哽同容縫充蹤逢〔么篇〕送逢空奉穹〔尾聲〕踵中胸

《玉合記》：7〔天仙子〕鳳弄洞夢共 10〔粉蝶兒〕慵弄〔普天樂〕濃動共紅瓏融風 15〔一翦梅〕重雄雄籠風風〔賞宮花〕融通龍工，宮重龍工〔黃龍衮〕濃濃重鳳拱擁送送〔大聖樂〕朧通動工重崇颿鐘，胸董鳳瞳種忠颿鐘 35〔謁金門前〕動縫夢凇〔五供養〕鳳鴻容冗弄叢夢〔謁金門後〕空誦哄重〔五供養〕攏籠蓬懂送封夢〔玉交枝〕控通種東雄重重重，共風詠噇宮冢重重〔川撥棹〕颿隴濃濃紅中蹤，融逢瓏瓏同中蹤〔尾聲〕重送空〔尾犯序〕鐘動封瑩種礱 40〔更漏子〕窮中

《長命縷》：3〔薄倖〕中弄送共種懂〔瑣牕寒〕籠風絨哄夢逢龍蹤，紅融慵奉夢逢龍蹤 4〔搗練子〕沖龍中 5〔小女冠子〕弄容鬆動〔香遍滿〕夢封捧同工紅重〔懶畫眉〕櫳穠蓉瑩風〔東甌令〕胸冗共控東濃〔金錢花〕鋒鋒驄驄虹逢功功〔望梅花〕猛擁孔公重重〔金錢花〕空空烽烽墉宮功功〔滿江紅尾〕勇種蹤送湧 30〔滿庭芳〕重東容龍〔青玉案〕統倥俸粽踵〔思園春〕供豐從融重〔剔銀燈〕擁哄送鳳匆夢風，攏用縱動匆夢鍾〔丹鳳吟引〕龍棟縫〔大環著〕颿颿隆從崇寵封重眾捧忠頌拱，聳聳橫瑩鎔奉葑貢弄捧忠頌拱〔越恁好〕詠詠溶衷籠共哢，閧閧中蒙聰共哢〔餘文〕勇翁虹

《紅蕖記》：3〔菩薩蠻〕籠慵〔南宮引子滿江紅〕聳動擁猛〔南呂過曲一江風〕風橫控詠宮宮中共，風橫控詠宮宮中共 4〔北仙呂點絳唇〕宮種茸擁〔混江龍〕送龍動通蹤夢空〔油葫蘆〕懂孔風用重迴蚌雄〔天下樂〕恭躬逢瓏寵〔那吒令〕鍾容捧容容供朧濃〔寄生草〕傭弄洞奉訟〔么篇〕蟲眾俸頌共〔賺煞尾〕痛竦猛蓬醲公紅颿縱功 25〔雙調過曲鎖南枝〕同中容重翁種，同中容重翁種，同中容重翁種，同中容重翁種 32〔南呂引子步蟾宮〕種擁悚〔步蟾宮〕種擁悚〔南呂過曲刮鼓令〕噥同痛中翁恐工東，宗空夢峰叢寵宮籠，儂蹤重功封動宮風，終紅鳳濃容泳宮龍 40〔山桃紅〕送匆種空寵通重總頌功紅，瑩融奉蒙捧同重懂貢瓊紅，痛衷擁中冗翁重聳夢終紅〔蠻牌令〕雄崇公湧容風豐，松籠朋拱蓬朦蹤〔尾聲〕誦永逢

《博笑記》：10〔南仙呂雙調過曲風入松〕風公用動中容，空擁洞供崇恭〔急三

鎗〕僧從，聽蹤〔風入松〕匆送眾誦松逢，穹奉種悚終蒙

《義俠記》：4〔北雙調新水令〕雄夢重蹤弄〔折桂令〕龍濃功恐曨〔雁兒落〕凶迸橫〔得勝令〕空蹤逢通重窮紅紅〔沽美酒兼太平令〕風風蹤松猛風重橫恐痛雄蟲頌〔鴛鴦煞〕橫用功擁諷從捧26〔浪淘沙〕風中功誦蹤，東兄空重窮

《雙魚記》：4〔商調過曲水紅花〕蓬弄空鞚蹤功〔梧葉兒〕鍾空湧濃〔水紅花〕雄詠雄夢窮龍14〔黃鍾引子〕〔南點絳唇前〕擁寵炯〔南點絳唇後〕勇冗閧擁〔黃鍾過曲神杖兒〕鳳鳳拱動頌捧重曈曈〔黃鍾過曲滴溜子〕捧擁頌寵同〔神杖兒〕鳳鳳拱動頌捧曈曈

《埋劍記》：2〔雙調引子眞珠簾〕寵冗棟炯鳳永〔商調過曲月上海棠〕雄用蹤城壟峒3〔北南呂金字經〕風隆隆封橫忠36〔雙調引子寶鼎兒〕俸重用永〔賀聖朝〕封雄紅窮，蹤東榮窮〔雙調過曲錦堂月〕鳳風捧寵重，頌隆衷悚用〔醉翁子〕悚種夢閧風擁棟，共用寵痛壟棟〔僥僥令〕重榮工，寵嶸朋〔尾聲〕中孟空〔望江南〕中龍風橫供忡

《投梭記》：5〔烏夜啼〕紅風容重櫳 6〔探春令〕風蓬控哄〔桂枝香〕冗空種哢恐中〔不是路〕重同通熊詠弓夢鞚鞚〔勝葫蘆〕東空永紅〔桂枝香〕洶擁弄竦動雄功，猛橫聳共踵驄蒙，種誦迥拱泳鴻公16〔北仙呂賞花時〕篷噥橫夢中宮洞窮頌風21〔虞美人〕中雄25〔六么令〕冗從忡宮頌頌，甕匆豐同哄哄，竦衷躬鍾捧，控封中容恐恐，夢龍濛喁聳聳32〔尾聲〕寵功中

《紅梨記》：4〔尾犯引〕東送種擁籠空〔尾犯序〕窮鴻鳳從慟夢空〔榴花泣〕匆容寵鐘蓬哄醲空〔漁家傲〕宮松風懂種同頌空〔尾〕動從空 29〔一江風〕風送鞚中擁東東蓬哄，驄擁重兄控濃濃同鳳〔步蟾宮〕夢共紅送〔梁州序〕董猛共恐仲甕工懂，種悚冡弄夢凶從恐〔太師引犯〕逢動從動蹤送弄衷躬，夢容縫同寵宮攻熊〔醉太師〕筒重雄誦紅中哄鳳鵬籠〔繡太平〕鍾捧奉封紅恭重鳳洞

《宵光記》：11〔霜天曉月〕鳳弄動忡〔太師引〕猛熊鳳蓬送擁弓肻，恐通閧從夢用弓翁〔鎖南枝〕中鋒容縱供奉，工中從動悰控，東蓬窮送空滃，窮中傭送籠種〔孝順歌〕傾痛窮弄蠓哄夢㓗壟，虹勇孟恐寵弄重捧

〔尾聲〕送痛紅 15〔風入松慢〕璁朧送重容，宮瓏種慟紅〔望吾鄉〕宮虹動拱鞚公迴，峰慵夢動從同擁〔梁州序〕捧粽風瑩宮中送頌寵，種縱逢共風中送頌寵〔節節高〕風龍送哄同動雄詠，終紅捧送濃弄熊詠〔尾聲〕擁種窮

《金鎖記》：9〔引〕種用寵〔引〕宮洞擁〔引〕容動 32〔滴溜子〕恐湧動孔空

《鸞蓖記》：1〔漢宮春〕窮東容幪雄庸逢紅蹤 16〔鳳凰閣〕宋蓬夢鳳中〔黃鶯兒〕叢容董籠融弄公同，蟲工種封重用紅龍

《玉鏡臺記》：3〔菊花新〕風中豐逢 9〔北點絳唇〕雄勇從動 14〔金錢花〕營營從從空中戎戎，雄雄鋒鋒弓東戎戎〔山花子〕控濃重桐筒鍾龍封，洞風蔥空筒鍾龍封，寵容宮紅筒鍾龍封，拱雄鋒功筒鍾龍封〔舞霓裳〕風風瞳瞳重宗雍統貢，瓊瓊瓏瓏迥櫳宮統貢 18〔傍妝臺〕中重動通功忠冬，空胸黛紅弓忠冬〔下山虎〕風緵東蓬桐夢濃鴻鋒虹功封寵鐘鳳容峰〔餘文〕夢溶東 36〔玉芙蓉〕空重鋒衝奉逢中，隆寵庸從奉逢中，松棟雄龍奉逢中，躬縱封通奉逢中〔水底魚兒〕弓蹤空庸重功功

《紅梅記》：3〔七娘子〕動夢鼎弄〔尾犯序〕中明重工匆詠風，從動功朧弄中 24〔三臺令〕榮窮蔥拱〔北醉花陰〕奉送中公誦匆頌〔南畫眉序〕窮弄恭動重縱〔北喜遷鶯〕用朧雄夢空哄悚胸〔南畫眉序〕通諷封弄〔北出對子〕動空風中㧐〔南滴溜子〕哄嗊捧濃奉情動〔北刮地風〕凶衝擁風湧龍鋒弓恐功鋒〔南滴滴金〕重動用總勇俸送〔北四門子〕衝動鍾用功空攻桶東懂〔南鮑老崔〕鬨用勇弄甕醬送〔北水仙子〕胸公冠縫鍾紅鬉弄風〔南雙聲子〕擁擁供擁擁鬨重用〔北尾〕重聳紅 26〔梨花兒〕眾用冬種〔西地錦〕中龍動〔一封書〕東中通用種叢同重，容同沖懂動從空中，匆中蝀用翼通同空

《水滸記》：5〔一江風〕鍾種夢龍鳳東東通動，途哄擁紅鳳風風中動〔懶畫眉〕豐紅風奉中，濛風東哄中〔三學士〕東窮紅用空通，通窮蓬重風通 25〔一翦梅〕虹鴻鴻雄匆匆〔柳南枝〕〔香柳娘〕風風洶送窮窮空控〔瑣南枝〕蓬鞚〔柳交枝〕〔香柳娘〕逢逢縱控通通朧偬〔玉嬌枝〕窮風〔玉嬌娘〕〔玉嬌枝〕夢蓬送風鴻鳳〔香柳娘〕逢逢濃湧

〔園林柳〕〔園林好〕空通鳳〔香柳娘〕匆匆叢縱〔劉潑帽〕縱蹤用朧恐〔秋夜月〕雄重擁哄縱〔東甌令〕籠中擁用從窮〔金蓮子〕煢寵橫窮〔尾聲〕弄訟通

《節俠記》：18〔三臺令〕蹤蓬中風〔沉醉東風〕重詠風風用擁濃鍾峰，重諷風風奉弄濃鍾峰〔五供養〕動虹空踵種戎夢，重橫風動鳳蹤縱〔玉姣枝〕恐東共雄鴻夢逢逢，頃蓬重東濃猛逢逢〔川撥棹〕痛湧濃濃鴻逢中，風通東東紅逢中〔尾聲〕慟送功 20〔天下樂〕風濛夢東〔香柳娘〕通通控送逢逢紅鳳重重鴻鞚，驄驄擁鳳窮窮虹楝融融橫鞚，中中傯動窮窮重迴逢逢衷鞚，蓬蓬共奉風風榮重攏攏驄鞚 24〔北醉太平〕空東弓風擁送蓬雄〔普天樂〕動重弓風哄紅咚〔北朝天子〕空風猛虹鞚重重峰勇勇動動〔普天樂〕擁送松風哄紅咚〔北朝天子〕弓猛茸種衝衝鋒勇勇動動〔普天樂〕滃動朧風哄紅咚〔北朝天子〕龍熊猛風鳳虹虹空勇勇動動〔普天樂〕湧動熊濃哄紅咚

《桔浦記》：31〔夜行船〕弄匆夢擁〔瑣南枝〕逢蠓從恐鴻鳳，宮中龍楝聰鳳〔賀聖朝〕鴻蓬重鍾〔四塊金〕通重宮封紅重幪鳳，重擁送宮風蓬龍鳳

《靈犀佩》：7〔□□〕夢空恐容景叢痛紅 24〔西河柳〕擁聳重〔刷子序〕中風冬匆重朧東〔雁過聲〕窮踵蓬鳳空蹤共用夢〔尾聲〕桐鳳通 29〔風馬兒〕公櫳重宮〔顆顆珠〕公龍〔金絡索〕鴻鳳種弘哄傭鍾詠

《春蕪記》：3〔薄倖〕夢擁送送攏〔二犯傍妝臺〕峰煢鍾蓬通龍，匆窮紅宮重風〔皀羅袍〕痛東風弄慵融夢〔香柳娘〕重重擁動叢仲送〔尾聲〕重中宮 4〔普賢歌〕容儂紅濃公

《彩樓記》：5〔雁過沙〕容奉動龍種送 12〔駐雲飛〕濃動夢窮痛龍 16〔宴蟠桃〕會歸 17〔二犯傍妝臺〕瞳雄籠〔八聲甘州五句至六句〕龍〔皀羅袍五句至六句〕通〔傍妝臺尾〕東，忡穹封風攻中〔不是路〕匆叢誦龍哄動狆哄重哄〔皀角兒序〕窮庸鳳鎔重奉峰夢送，擁送榮紅中奉峯夢送，喁榮峰雄擁送擁榮〔七賢過關〕〔梧桐樹首句至四句〕中擁用〔沉醉東風六句至七句〕籠封〔山坡羊七句至八句〕空通〔香滿遍第三句〕重〔東甌令三句至四句〕用〔皀羅袍四句至六句〕逢容擁〔桂枝香末二句〕從驄〔尾聲〕夢融冬 19〔接雲鶴〕中弄

《尋親記》：18〔排歌〕逢濃容匆空鍾逢哄紅，貂濃容崇風鍾逢哄紅 30〔西地

錦〕仰綱 33〔水底魚兒〕坊方謊往忙嘗嘗

《題紅記》：3〔西地錦〕重崇擁嶸〔金瓏璁〕凍融蓬櫳峰〔宜春令〕中蓬夢鳳弄，重通詠種弄，慵叢用夢弄，叢籠重送弄〔不是路〕封重送宮朧眾中恐捧縱縱，忡紅痛東匆鳳噥鬨重慟慟〔香柳娘〕重重攏弄逢逢紅鳳宮宮籠夢，鴻鴻傯送空空絨永宮宮籠夢，重重控奉中中濃寵宮宮籠夢，櫳櫳共從容容鍾重宮宮籠夢 27〔虞美人〕紅中〔鷓鴣天〕宮東窮空蹤中 29〔小蓬萊〕寵中鴻〔窣地錦襠〕東通鋒公〔賞宮花〕宮重紅龍中通紅，通蔥紅龍中通紅

《運甓記》：3〔夜遊朝〕永雄控，寵龍重，董躬諷〔普天樂〕捧鞏送龍墉哄紅風東〔普天樂〕榮寵動攻茸哄紅風東〔普天樂〕旗重動淙峰哄紅風東，拱湧營戎哄紅風東

《蕉帕記》：2〔戀芳春〕龍蹤壟夢仲從〔懶畫眉〕蘢中東送風，櫳紅紅共慵 17〔風入松慢引〕蔥胸中公龍〔五供養引〕詠從夢鐘擁種雄紅〔夜行船序〕紅擁共叢朧種傯弄，夢鴻甕空絨容奉同用〔蝦蟆序〕風空宮種從中逢融龍，瓏東瓊瑩櫳濃重融龍〔錦衣香〕動哄重僮蓉鞚送傯宋〔漿水令〕踵衝熊風眾頌用功〔尾聲〕痛慟鍾 26〔番卜算〕捧鳳〔窣地錦襠〕龍風中紅〔一封書〕鋒濃通鍾銅冬公中，風凶同中工空通宗〔皀羅袍〕恐公烘哄風轟用，弄桐雄重公翁縫 32〔傾杯玉芙蓉〕重動弓捧空哄轟橫〔玉芙蓉〕凶奉龍恐通用桶瞳〔普天樂〕送用東空中通〔駄環著〕動動蹤鞚朧鳳擁銃湧衝送送〔對玉環帶清江引〕鬆重衝通紅冬崩悚夢用種

《金蓮記》：20〔點絳唇〕紅送擁濃動〔么〕風夢重龍控 31〔金瓏璁〕凍朧東鳳重紅〔宜春令〕逢濃夢鴻鳳匆弄，通同重蟲鳳匆弄，狆虹縱魚鳳匆弄，鴻龍用螢鳳匆弄〔西地錦〕夢鐘擁鴻〔繡帶兒〕空夢風紅慟蒙鳳鐘共，送重風慵慟紅洞叢共，用鳳宮窮慟沖奉鴻送〔尾聲〕動空中

《龍膏記》：10〔繞紅樓〕紅櫳夢風〔香遍滿〕共東夢濃中空鳳〔懶畫眉〕蓉風窮恐容，公空筒動同，雄龍窮重空，鴻龍逢洞重〔簇御林〕通恭詠濃重窮中

《東郭記》：1〔西江月〕公龔逢風捧 44〔憶多嬌〕公戎終寵逢逢躬〔鵲橋仙〕濃永冗風捧〔金瓏璁〕鳳中封，奉榮朋〔剔銀燈〕寵悚重棟逢重，寵永鳳奉逢重，冢捧種誦逢重，動眾頌貢逢重，聳擁弄重逢重〔山花子〕饔中風窮叢從終，哄容風窮叢從終〔舞霓裳〕通通雄雄諷榮用眾〔紅繡鞋〕公公逢逢風東同〔尾音〕諷捧中

《醉鄉記》：5〔字字雙〕中孔雄種豐聳躬緫，空用凶縫籠送胸洞〔步步嬌〕種痛風奉重甕〔江兒水〕龍洞種弄重動〔忒忒令〕重種重宮奉永〔五供養〕詠生窮逢用公龍生湧〔玉札子〕沖送中風夢〔江神子〕濛鬉中恐逢 44〔風入松慢〕龍容鳳東眾濃〔唐多令〕公從濃眾中〔北新水令〕風鳳烘冬重〔步步嬌〕迸種紅夢峰洞〔北雁兒落〕雄共眾〔沉醉東風〕永縱龍龍中奉鍾重公〔北得勝令〕鴻雄融逢種同〔忒忒令〕共痛通罄甕〔北沽美酒〕窮通風龍封〔好姐姐〕匆逢宋重寵送從〔北川撥棹〕朋孔龍鴻風通貢種〔園林好〕雄公重榮榮〔北太平令〕重隆董孟忠公榮躬棟〔川撥棹〕寵鳳封封功蟲蟲〔北梅花酒〕銅銅胸儂翁雄崇公〔錦衣香〕猛鴻永詠風夢空訟甕送供弄〔北收江南〕蹤風功終終中〔漿水令〕弄嚨同鳳蟲緫縱空從〔北清江引〕種鳳窮夢湧

《嬌紅記》：7〔訴衷情〕櫳中紅溶匆風 15〔黃鶯兒〕紅空動重封夢忡東，橫窮恐逢通重匆中〔山坡裏羊〕送夢詠中通寵紅朧空匆空，重縱永蓬東夢重匆中朧逢〔皂羅袍〕種峰紅夢慵濃共，弄同衷鳳通逢重〔解三醒〕永重夢濃詠峰痛風，送鳳共龍擁中痛鴻〔掉角望鄉〕忡重終哄從共同寵中種〔尾聲〕重逢中 26〔虞美人〕風櫳〔羅江怨〕濃紅逢風橫同公寵終終通重，濃同蓬公東中淒重紅紅逢夢〔瑣窗寒〕中紅風夢冗逢痛，風容蹤夢鳳中沖〔繡太平〕永紅從鍾夢痛重〔針線箱〕永懂鳳共夢風重穹〔東甌令〕同濃寵痛中蓬〔不是路〕從逢送中櫳奉容恐冗重重，凶攻恐逢匆懵鬆動共寵寵〔短拍〕攻攻冗風東哄沖〔尾聲〕重同松 43〔杏花天〕鳳重冗〔小桃紅〕空重逢紅東送〔下山虎〕鍾夢濃寵空懂叢鳳懵儂〔金蕉葉〕濃櫳通擁〔章臺柳〕凶逢通同峰東湧送，終窮紅東通從共夢〔醉娘子〕拱空同痛寵，凶噥東重鳳〔五般宜〕中風重窮終夢東逢永，東中漢儱重送終從湧〔江頭

送別〕縱送鳳沖〔江神子〕紅蓬公通送〔餘文〕重奉寵〔憶鶯兒〕中從洪逢重重夢濃風，濃逢中窮奉空痛風鴻〔尾聲〕重中濃

《二胥記》：5〔滿庭芳〕雄宗隆東〔鵲橋仙〕重榮奉〔解三酲〕共湧棟虹動中痛宮，勇重用風擁空恐鍾，洶龍動雄夢東恐風〔皂羅袍〕寵蒙容用，諷戎濃重同通縱 22〔步蟾宮〕弄擁鍾夢〔駐馬聽〕鴻逢通峰夢聰送〔西地錦〕宮東蓬〔駐馬聽〕穹洪逢宮頌嚨夢〔古輪臺〕紅宮用擁隴風鳳蓬湧中送洞，同風窮壅從痛崩共隴洶通送忠擁宮〔餘文〕重湧濃 30〔菩薩蠻〕雄中宮東

《貞文記》：2〔北賞花時〕空中同種東〔么〕東中空動風 11〔怨王孫〕蓉中 19〔青玉案〕重聳湧送夢送種寵擁共〔泣顏回〕桐蜂風鳳永，濃重送洞共〔縷縷令〕轟橫從凶縱縱〔越恁好〕雄風橫虹鳳鳳〔駐馬聽〕公空風松共穹雄，凶鴻逢雄奉洪同〔石榴花〕忠同楓紅中永勇穹，封從空龍逢鳳風功〔尾聲〕鳳弄通 33〔香柳娘〕動共同奉用用逢夢，送重從共送送空哢，送從同奉痛痛紅鳳，送用紅湧冢冢同共

《牟尼合》：18〔懶畫眉〕紅宮中總傭，蓉風中動凶，紅通同空風〔撲燈蛾〕中擁動鳳奉孟凶，中縱送迸夢龍〔尾聲〕恐總虹 33〔神杖兒〕孔孔種送夢風嵩〔香柳娘〕封封動縱凶凶籠頌窮窮董，翁翁閧縫凶凶甕窮窮董，崩崩夢共烹烹踵窮窮董，封封送重鬆鬆蟲奉窮窮董

《春燈迷》：7〔尾聲〕空風龍 13〔趙皮鞋〕總勇迸痛〔西江月〕動拱竦貢〔柳林好〕蓬風橫空籠，衷蓬動蜂龍〔六么令〕擁風雄中貢貢，縱宗農驄頌頌〔駐雲飛〕空同雄用宗鳳奉紅中，中從風聳容從用烽功〔四邊靜〕動訌礱眾空種，重勇貢眾空種 31〔搗練子〕淞籠公重〔步步嬌〕凍送蓬用紅共〔江兒水〕紅重縱擁慟縫〔僥僥令〕中供風風〔川撥棹〕弄恐靈靈用紅〔尾聲〕誦迸東

《燕子箋》：12〔菩薩蠻〕風紅 13〔懶畫眉〕風功忪種攻〔縷縷金〕弓蓉重功恐〔懶畫眉〕櫳攻中送東〔縷縷金〕風忡弄鍾用，風同種中痛，慵籠重風縱〔皂羅袍〕重蒙東種從容送，踴風烘空東重縫 21〔明妃怨〕風紅 23〔四邊靜〕擁閧鞚聳縱用，東猛夢甕弄奉〔金錢花〕轟轟紅紅弓容從，洶洶蹤蹤峯鍾逢，風風東東蜂公空，虹虹鋒鋒中空功 39

〔尾聲〕茸重中

《雙金榜》：1〔西江月〕終風弄紅甕弄 10〔香柳娘〕風風重共紅紅鍾送鍾鍾夢，空空迸貢容容流孟濃濃洞〔不是路〕蹤風縫攏供紅懵夢甕甕，空風種動宮奉囟夢弄鳳鳳，容通誦空鍾送雄控縱縱，風紅縱同動中沖眾控控 19〔卜算子〕蹤夢窮重〔玉芙蓉〕紅鳳蜂重鬨湧風，風供紅空動工龍〔傾杯玉芙蓉〕東送風紅筒瓏〔芙蓉紅〕工種叢工送琮動，宮夢叢紅夢蓬湧〔小桃紅〕動送夢種共同，聳供重夢共容〔尾聲〕送夢紅 22〔蠻歌〕紅儂儂送鬃蔥空儂儂弄 24〔燕歸巢〕中匆峰風〔四邊靜〕控寵送擁動夢，鬨湧動訟控用〔尾聲〕送統濃 25〔臨江仙〕紅空風熊中宗 38〔西地錦〕工寵宗動，紅弄封控〔八聲甘州〕封終宗重容，榮空囟瞳朧 41〔掛眞兒〕夢動封重控〔一江風〕封慟湧鬨中中空供，舟宗鳳夢送中中隆寵，蓬夢重縱濃濃從寵

二、江陽

《四喜記》：33〔二郎神〕怏方仗往長養想傍〔囀林鶯〕觴長況上涼裳〔啼鶯兒〕香釀賞爽雙凰〔憶鶯兒〕邦鄉長當陽岡敞〔玉嬌鶯兒〕傷王帳陽狂黨蒼疆〔御林鶯〕腔簧放堂妝暢量床 36〔金菊對芙蓉〕航障妝想腸釭 39〔夜遊朝〕壯光浪障〔攤拍〕廊常量張防王桑，黃傷堂將腸王桑〔賺〕璋當謗鄉詳莽忘強養網網，忙裝響章量放藏想仰枉〔長拍〕江舫往霜翔悵央狀雙〔短拍〕浪涼鄉嶂陽〔尾聲〕上黃長

《浣紗記》：10〔尾犯序〕江浪翔怏掌鄉，方喪妝悵帳鴦 13〔山坡羊〕狀樣匠王剛喪養傷方量鄉 30〔醜奴兒令〕涼香場方將強〔念奴嬌序〕妝涼揚槳舫鴦，賞掌唱樣想裳鴦，傍香藏雙像襠鴦，傷山鄉房涼方鴦〔古輪臺〕黃香漲唱塘上相樣郎癢床鳳擋長響簧，行煌旋亮盫蕩娛帳凰放狂玉強霜朗廊〔尾聲〕房唱央 39〔北朝天子〕鄉塘放雙浪行狀茫槳槳唱唱〔天下樂〕黃塘長〔朝天子〕傍行妝王邦鄉，房床廊王香場場〔一封書〕殃傷邦詳坊裝塘王，鄉相嘗當場裝塘王

《紅拂記》：5〔齊天樂〕上壤攘疆徉〔生查子〕上鄉〔香柳娘〕觴觴敞爽商商簧啌光光堂賞，觴觴漾上粧粧裳幌光光堂賞，霜霜莽恙長長鄉況光光堂賞，傷傷爽上腸腸章綱光光堂賞 20〔繞池遊〕望悵當想愴仗〔金

瓏璁〕向揚徨〔二郎神〕怏茫仗腸想帳望商，傷響想昌網漾望商〔囀林鶯〕行傷帳凰曠敞量腸，慷防傍光攘掌量腸〔啄木鸝〕量放忘泱上郎鴦，傷謊張往上郎鴦〔黃鶯兒〕霜芳帳忘償上蒼長，洋張望光香樣蒼長 29〔菩薩蠻〕陽香 34〔畫堂春〕長陽香粧湘裳量〔二犯傍妝臺〕香楊忙長況腸汪，陽床簧長況腸汪〔不是路〕韁牆望莊行訪長囊恙悵悵〔紅納襖〕鄉樣攘茫詳放腸，傍當場往方梁郎〔生查子〕攘響〔刮鼓令〕場殃狼郎傍湯王，茫邦航韁怏鄉梁，傷光方芳壤鄉藏，傍行鄉茫向章囊〔粉蝶兒〕光暢賞蕩量〔山花子〕上良方觴康央凰唐，仗璋襄光康央凰唐，想荒鄉王康央凰唐〔撲燈蛾〕光上望堂放良，光上釀房放良〔尾聲〕掌張楊

《祝髮記》：6〔出隊子〕將將當筐房床，巷巷張梁量娘〔剔銀燈〕糧養餉丈量慷方，囊廣餉穰量廂廂 8〔番卜算〕揚上堂壯〔玉芙蓉〕霜浪王強帳望王，梁黨張羊帳望王 26〔一翦梅〕香堂堂光房房，長翔翔黃藏藏〔玩仙燈〕郎黨〔風入松〕網雙黨賞裳，傷糠望往凰，堂郎仗訪嫜

《灌園記》：13〔一翦梅〕鄉長床強涼惶〔集賢賓〕賞傷仗光莽愴上〔黃鶯兒〕涼香放霜陽暢塘張，妝忙往香長帳塘張〔簇御林〕揚光相網黃堂，張量樣獎詳香〔琥珀貓兒墜〕霜妝章昂徨，凰方量茫唐〔尾聲〕望鋼腸 25〔紅繡鞋〕強強降降狼狼張鎗，強強箱箱量糧鎗〔玉芙蓉〕霜浪傷壯揚黨恙網王，場壤昌賞揚黨恙網王，亡往藏響揚黨恙網王，莊往藏喪光唱恙網王 26〔山歌〕娘張黨橫場腸臟光膀膨羊〔六么令〕穰藏妨糧暢暢，嚷忙忘張想想〔綿纏道〕詳房霜牆妝傍腸藏上量倆揚，惶長牆螂唐皇羊當臟長行〔普天樂〕當放狂長張量防〔古輪臺〕堂行謊當上房曠量章樣糠涼，糧方謗狀放網長章障香康驤〔尾聲〕浪霜牆〔神杖兒〕仗仗唱纊上坊莊〔滴溜子〕王顙仰賞裝

《竊符記》：6〔風入松慢〕黃房上廊償〔六犯宮詞〕〔梁州序〕朗上妝香〔桂枝香〕忘〔甘州歌〕鋩徉〔醉扶歸〕將光〔皀羅袍〕章悵〔黃鶯兒〕腸行〔九迴腸〕〔解三酲〕喪忘樣王攘傍怏〔三學士〕壯當光〔急三鎗〕藏 13〔鳳逞閣〕攘黨螂掌量強，壤掌狼愴望行〔出隊子〕網

網王疆霜邦，亢亢王強當殃 30〔北點絳唇〕強抗狀揚顙〔豹子令〕上上行行壤疆疆堂揚，創創強強蕩陽陽堂揚

《虎符記》：5〔步步嬌〕漲浪鄉掌傷悵，長狀隍障防愴〔江水兒〕狂茫上丈喪浲網，蕩茫嶂響浪往仗〔川撥棹〕妄張糧糧揚亡亡王，障滄疆疆央亡亡王〔尾聲〕掌狼瘡 12〔出隊子〕浪浪當傷揚觴簧〔一翦梅〕王妨償羊常霜〔惜奴嬌〕揚疆餉障網香喪，江亮愴狀降喪〔鬥黑麻〕鄉殤仰魎螂量上〔錦衣香〕樣放讓妨揚暢壤爽掌 12〔漿水令〕樣量昂亡上賞爽陽〔尾聲〕兩強梁 26〔淘金令〕仗章鄉皇上良陽賞煌煌仰，掌璫香行揚凰賞煌煌仰〔糖多令〕腸揚行恙蒼〔江頭金桂〕掌亡壤莽江浪長航邦養愴商腸，梁網莽揚障舫江仗仗蕩房方 35〔水底魚兒〕鎗揚上驤驤〔窣地錦襠〕江行霜當當〔水底魚兒〕揚湯將昂昂〔窣地錦襠〕防黃狼昌昌

《櫻桃記》：4〔序順歌〕黃邦湯帳養往強量上，忘行當兩相樣讓房帳，爭裝房上講想腔放，裝行鴦傍榜往響香唱

《鵜釵記》：12〔北新水令〕狂讓裳粧上〔南步步嬌〕朗爽粧長陽唱〔北折桂令〕粧郎唐娘行〔南江兒水〕涼放往上訪槳蕩〔北雁兒落帶過得勝令〕觴撞嘗當防狀想慌詳康〔南僥僥令〕良掌光〔北收江南〕香鴦牆湯將藏〔南園林好〕長腸上忘光〔北沽美酒帶過太平令〕幫央囊娘唐倆黃魎帳長腔上〔清江引〕狀搶當上講 24〔燕歸梁〕帳疆梁將〔滴溜子〕上丈將當魎障，講廣攘牆放餉〔生查子〕鎗悵囊恙〔尾犯序〕湯緗糧掌儣（雙人旁）兩霜，徉上長倆倘光，當往裝髒蹡莊〔鷓鴣天〕光陽芳強方行〔窣地錦襠〕光韁牆康〔哭婆歧〕盪晃餉藏妝將 34〔生查子〕芳掌牆榜湯仰〔生查子〕長帳央放〔玉抱肚〕丈康往忙粧，講場觴雙香，誑牆郎藏香，況房上郎香，放廂行量張，莽娼商祥當〔逍紅樓〕張簧羊〔山花子〕黨量梁良璫床郎揚，漿髣香璫床郎揚，上床堂章璫床郎揚〔錦上花〕章陽香唐上，常匡莊長養，廊郎亡疆杖，當洋網常像，璋粧郎陽掌〔大和佛〕凰雙郎長量場想當良〔舞霓裳〕香江忙喪洋〔尾聲〕賞讓湯

《吐絨記》：12〔引〕檣雙雙郎茫蒼〔錦纏道〕藏當行裝響雙鴦講方訪量，唐亮良裳上牆梁枉張想香（旦唱）娘償殃郎往量茫狀妨講狂妨腸揚章掌

郎贓當忙謗廊〔古輪臺〕慌商艙往光訪恙莊莊強娘晌怏汪帳娘〔五更轉〕莽場上養兩喪葬 19〔六么令〕妄當粧量上上，上娘方忙上上〔金絡索〕狂喪娘曠湯嘗腸幌窓愴床鄉傍帳〔皀羅袍〕攘惶鄉往傍行障霜方〔醉羅歌〕望藏郎帳凰方上漿〔啄木兒〕房鄉堂長曠上裝〔尾〕往望 20〔引〕央裳〔打毬場〕陽上〔出隊子〕舫舫鄉粧陽蒼〔引〕行長〔啄木兒〕傷樣郎長謊章〔簇御林〕揚常諒講堂鴦〔琥珀貓兒墜〕湯行將昂〔尾〕帳上艙 29〔洞仙青歌兒〕鄉上〔哭相思〕喪鄉〔合歡令〕上量〔四邊靜〕狀講雙兩張強郎相，帳上揚喪腸倆郎樣 30〔卜算子〕堂帳〔引〕郎上〔傳言玉女〕榜倡〔夜行船序〕漿釀詳暢良樣〔漿水令〕皇陽光障帳蕩長〔尾〕量爽樑

《雙珠記》：7〔清江引〕賞將亮壯，攘量降向〔賀新郎〕黨放榜障坱想，讓仗掌樣坱想〔錦衣香〕朗爽仰芒翔望喪相上〔漿水令〕莽蕩光洋顙帳網揚 13〔清平樂〕常糠玷光 22〔六么令〕攘方涼茫詫詫〔一江風〕坱蕩望量量長浪〔六么令〕網鄉徨蒼上上〔一江風〕漾攘瘴網網長向〔哭相思〕散愴〔榴花泣〕莽忙黃荒將忘唱鰐旁〔漁家燈〕羊惶悵喪想壤當〔剔銀燈〕往傍嚷蹌光訪 23〔香柳娘〕揚揚莽浪蕩蕩傷愴巷巷傍往，疆疆嶂攘鄉鄉囊仗漾漾牆向，茫茫壤悵坊坊浪降想想藏放，傷傷掌丈往往網像狀狀方訪，廊廊樣相壤壤王仗枉枉長望，良良網讓兩兩殃謊慷慷祥量 28〔薄皮令〕降暢，唱網〔刮鼓令〕坊商傷糠返常鄉，想亡長疆養凰忘，強牆章方往藏汪 40〔緱山月〕壤望〔解三酲〕項藏傍堂暗還想方，仿光放方往陽樣詳〔西地錦〕仗霜亮芒 44〔祝英臺序〕羊牆傷網王，愴嚷粱講藏詳，想亡霜惶障訪，響彰相仰朗壤 45〔緱山月〕壤望〔浪淘沙〕王忙霜幢，長涼茫光〔瑣窗郎〕江牆償網放壤，商養王上嚮往，藏惶方仗漾像，忘長亡訪恙想〔十二時〕瘴昶相〔秋蕊香〕望嚷曠掌〔五更轉〕榜堂愴喪樣妄養，惘行傍障暢浪釀，盆場將仗降爽響，攘揚帳賞尙唱相

《鮫綃記》：5〔園林好〕方康養香香，傷強讓堂堂〔玉交枝〕況橫望涼傍上腸腸〔川撥棹〕晚仗忘忘簧蒼蒼〔尾〕上丈陽 8〔引〕巷徨〔金錢花〕

鎗鎗黃黃長鎗良良〔瑣窗寒〕芳凰忘誑妄，牆郎章望妄〔引〕涼徉〔泣顏回〕霜牆仰芒丈篁囊，翔壯況涼常上藏，霜裳樣行鄉壤長〔尾〕亮漾鄉 16〔點絳唇〕邦量惶上〔醉太平〕慌強陽場帳響羊糧〔清江引〕鎗黃長光雙響網亮上，場忙娘藏腸響網亮上

《雙烈記》：11〔步步嬌〕壯長郎掌行上，往巷長漲霜上〔太師引〕慌狀漾響房望樣想廊王，上忙壯狼撞恙亮廂王〔字字雙〕妝當裳樣坊愰忙脹，光晃剛壯昂暢王樣〔玉姣枝〕訪傷喪房江嚷鄉將，爽光相常康降鄉況 17〔撲燈蛾〕喪向望槍樣當藏，港像想牆莽槍藏 20〔六么令〕黨網亡雙兩，攘狂牆王黨，蕩狂傷常往，上江王邦往〔刮鼓令〕郎強廊裳上堂梁，詳腸傷防恙常亡，量傍殃行黨防塘，強廊降郎壯戕邦 23〔北新水令〕王壯傷腸腸愴〔南步步嬌〕爽揚狂瀼傷障〔北折桂令〕光槍狼往強江塘網〔南江兒水〕長帳將養攘韁上〔北雁兒落帶過得勝令〕航莽陽妄蒼江長揚丈梁亡〔南僥僥令〕揚將訪〔北收江南〕塘皇藏量張詳〔南園林好〕良臧抗防防〔北沽美酒帶太平令〕良常鋼償忘狀膛放醬強狼喪〔意不盡尾〕黨廊皇 26〔西江月〕鍠常象煌王上〔西江月〕雙羊樣常湯讓〔西江月〕漿香釀常雙讓〔西江月〕簧裳唱腔場讓 29〔秋蕊香〕上浪況〔惜奴嬌〕江洋上賞浪望敞，房梁房鞅訪養蟒向〔鬥寶蟾〕茫光蟒爽想江傷往，潢光爽港想長觴賞〔錦衣香〕江舫裳浪魴想香腸放敞望閬〔槳水令〕向藏唐郎莽丈況航〔意不盡〕嚷浪江 30〔劉滾〕堂長賞放放，望望藏恙喪網放 31〔大迓鼓〕江檣港防償，當強蕩江償，量光快王償 36〔梁州序〕江長妝王 38〔紅衲襖〕堂黨壤強亡傷光，王黨壤羊康梁陽，臧賞罔良江堂章，郎將喪償臧良方〔薄媚滾〕上上擋詳黨狀枉殃罔，想想枉殃將罔黨鋼上

《青衫記》：15〔卜算子〕往訪〔剔銀燈〕坊攘向傍傷鄉忘，郎樣攘況莊房鄉 23〔鵲橋仙〕講上鄉爽〔解三酲〕仗章降堂帳鄉望陽，暢娘上鴦傍長望陽〔生查子〕江舫邦賞〔太師引〕惶恙傷悵忙浪揚行房，訪郎傍梁上喪行商，巷陽亮漿響攘方亡，掌廊向腸障網場梁，愴張障郎帳攘廂凰 29〔鎖南枝〕方張梁鄉長枉，行茫鄉行堂傍〔江頭金桂〕

訪邦鴦漾涼恙償陽傍量狂，障鄉芳仗香上腸鄉放量長

《葛衣記》：8〔引〕相涼祥怏〔甘州歌〕相藏謗牆常妨祥狂量當養床強忘張常〔解三酲〕廣床狀量上丈翔講皇，養涼想商丈量講浪鴦 13〔引〕傷長行江〔五更轉〕喪裳上養上講障浪〔香柳娘〕光唱上長茫莽腸向〔香柳娘〕廂廂上傍傷漾張上 23〔引〕賞涼〔引〕怏裳〔刮鼓令〕鄉堂狼光，傷霜亡江攘房嫜 24〔引〕章揚〔引〕常〔泣顏回〕行章忘郎望光鄉，光傷央傍恙忘當，揚忘涼江漾商量

《琴心記》：8〔霜天曉角〕蕩響帳郎〔下山虎〕廊忙光當傍香牆，傷瑲況降蕩房張〔戀牌令〕往凰聘堂上房方腸吭翔忘響亡翔傷〔尾〕障牆謊〔桃李爭放〕慌藏〔亭前柳〕缸房香詳翔，藏降香忙雙 26〔夜行船〕障良仰，相驤壤，將霜帳〔刮鼓令犯〕方黃響香鄉揚長量將償涼，藏方相王光驦郎方光芳雙，娘亡涼放場量腸鄉慷糠堂揚，長裳賞光將忙堂黃妝張忙〔憶多嬌〕郎降亡光惶忘〔滴溜子〕丈床狀況想〔和佛兒〕堂光囊防霜霜，當郎裝光凰凰〔雙聲子〕響上莽莽航航香〔尾〕瀼長茫 35〔雁魚錦〕傷鄉悵尙揚昂長浪望王梁壯獎上場光芳亡廂王徨韁狀囊方爽況響凰蕩唐長商張涼丈鄉賞揚芳郎腸帳藏腸 40〔小重山〕傷當郎行〔香柳娘〕長長浪上茫茫行況掌掌香障，殃殃網釀腸腸鄉想狀狀狂想，傷傷怏上妝妝芳蕩償償朗浪，傷傷放樣長長郎賞蕩蕩放〔五更轉〕怏腸浪放量樣，亮茫傍賞上往漲，響廂讓上想悵恙賞，場長幛蕩強傍障相〔祝英臺〕丈郎曠惶想唱怏忘上床響幌

《玉簪記》：3〔西江月〕昂光浪慌江擋 7〔園林好〕香妝樣湘唐〔江兒水〕狂唱望像幛悵〔步步嬌〕往上方巷妝狀〔不是路〕藏量講傍堂上行牆誑誑，蹌堂惶嚷行蕩養養〔剔銀燈〕攘撞往向量娘狼，方想恙巷量娘狼 13〔梨花兒〕蕩樣妝亮 20〔普賢歌〕坊強糧香尙，妝窗香黃賞 21〔月雲高〕上響帳望癢長廂，帳蕩上傍撞涼忙，講上浪望蕩囊牆 22〔珠落索〕曠當 31〔霜天曉角〕上悵漲攘〔刮鼓令〕方香鄉航響裳商，詳方行常康房凰 32〔排歌〕房凰琅香鷛郎床鴦，光璋房廂腸長茫鄉〔出隊子〕朗朗襄揚房雙

《節孝記》：5〔柳搖金〕翔霜強江藏驤壤，揚翔章堂喪驤壤 6〔小蓬萊〕壯揚

徉桑羊〔解三酲〕尙桑養防講忘蕩光，往裳讓牆相方蕩光〔大迓鼓〕忘梁望方腸，堂陽上方荒〔尾聲〕上行霜 8〔生查子〕想仰響賞 12〔一翦梅〕陽霜光觴 16〔畫眉序〕粧香凰雙兩芳，光兩響桑紡芳，行荒筐章想芳〔滴溜子〕朗上賞纊梁浪帳〔雙聲子〕堂養房長上央唐〔尾聲〕兩姜陽 17〔北醋葫蘆〕倉葬常張藏常，床相常，梁相常　卷下 3〔朱奴兒〕霜剛光講牆　卷下 6〔六么令〕棒當良樣雙上〔皀羅袍〕養桑忘養嘗唱壤，賞良常望揚堂上〔六么令〕忙當糧荒當，幌江翔常望　卷下 11〔逍遙樂〕芳章琅粧牆香

《修文記》: 11〔如夢令調〕響象恙恙上 13〔花心動〕障霜常掌〔瑣寒牕〕當殃香障狀糧鄉妨，常光囊浪訪糧鄉妨〔三學士〕杖涼狼鄉，相光糧鄉 20〔二犯江兒水〕仗仗響翔想涼香網篁晌鄉鄉閬閬邙，藏藏長方講常央朗涼顙場場喨喨王〔獅子序〕旁方唱爽商〔東甌令〕皇羕囊榜樣床當〔賞宮花〕樣汪傷塘〔降黃龍〕傷良忘亡量網想〔大聖樂〕堂障強娘忘壤 27〔北朝天子〕汪長上廊傍洋浪傷傷障障放放 31〔紫蕪兒〕蕩網量曠〔醉羅歌〕蕩殃房障裳郎颺黃妝，長量良想牆亡帳防惶 34〔山歌〕粧郎楊 39〔粉紅蓮〕娘郎樣腔香長裳裳〔粉紅蓮〕償亡蕩荒光襠長樣王王〔鵲橋仙〕爽上唱〔金衣公子〕香王相光芳想方翔，光堂上床牆爽方堂〔琥珀貓兒墜〕忙場鄉祥光，常洋航祥光〔十二時〕響涼糧 44〔五煞〕忙殃謗喪亡浪鎗 45〔寄生草〕腸狀量上蟒

《彩毫記》: 3〔夜行船〕上相丈亮，舫上敞杖〔北雙調新水令〕鄉餉香涼閬〔南風入松慢〕皇行仗琅朗翔〔北水仙子〕湘長莽壯床房方〔北折桂令〕郎恙王光狂防陽茫糧〔清江引〕上網長莽 13〔傾杯玉芙蓉〕芳賞觴帳裳釀掌梁，香敞皇丈行亮響王〔玉芙蓉〕妝網香恙央唱琅，方仗王樣腸唱琅〔雁來紅〕床郎幌上香朗陽恙，汪狂壤創常朗陽恙〔朱奴兒〕腸香茫想唱放，妝陽芳賞唱放 24〔梁州令〕潢強揚將驤〔四邊靜〕莽壤襄掌張想賞，朗響王掌張想賞 36〔神仗兒〕仗仗敞掌上良良〔入破第一〕上障向帳黨陽恙蕩皇讜〔破第二〕枉黨狀顙霜亮〔袞第三〕網上朗愴莽〔歇拍〕將鞅霜壤皇殃〔中袞第一〕將喪壯

鋩廊忘〔煞尾〕明亮賞殃網荒枉〔出破〕謗障慷〔神仗兒〕蕩蕩壤上爽陽〔滴溜子〕皇廣瘴覫獎央

《曇花記》：8〔一枝花〕放翔恙霜長〔新水令〕王上鄉揚揚響〔步步嬌〕丈喪張航浪常網〔折桂令〕堂糠妝霜槍章裝量〔江兒水〕蒼往舫上光況〔雁兒落〕房帳香放王光棒方妨樣當霜〔僥僥令〕藏鶬放想想〔收江南〕殃梁常場蒼〔園林好〕廂狂漿降降〔沽美酒〕旁糧王王藏藏樣長往堂鄉上〔尾聲〕蕩掌餉 9〔駐馬聽〕方茫航堂藏場掌，房香常光藏場掌，鄉方房霜藏場掌 27〔謁金門〕障悵杖仰，緉訪曠怏〔風入松〕堂況響釀殃商，光網床障黃涼〔鎖南枝〕傷方堂享莽王上，光襠皇想忘王亮 37〔梁州令〕牆涼堂香〔黃鶯兒〕陽長揚香簧上筐桑，芳傷賞襠韁悵郎光，王廊像嘗長往鄉方，光香尚糧裳閬鄉堂〔山坡羊〕釀漾掌旁長悵洋鄉雙塘，障浪往藏樣鶖量郎涼陽〔步步嬌〕鞅敞翔上瑲響，賞望長況徉帳〔五更轉〕樣桑降長想望上王掌〔江兒水〕忙上傍揚障象〔園林好〕裳襠仗桑桑〔玉姣枝〕鶖方成降王妝相莊良〔玉胞肚〕帳妝龐想行郎〔玉山頹〕朗牆香鞅上茫楊〔三學士〕傍瑲郎廊〔解三酲〕賞傍蕩藏堂王向向行〔川撥棹〕想桑房房襄量降降〔人月圓〕長香霜霜央茫鄉〔僥僥令〕舫韁相行場行場〔尾聲〕桁妝響光 47〔北正宮端正好〕壯亡帳響〔滾繡球〕殃障上王牆蕩場亡傷〔叨叨令〕王相宕望喪〔倘秀才〕霜莽漿壤惶〔滾繡球〕強壯仗皇光將亡旁陽〔白鶴子〕楊爽〔煞尾〕場帳障響 55〔山花子〕相霜邦光芳揚香徉，上常剛光芳揚香徉，丈香堂糧芳揚香徉，長方王鄉芳揚香徉，愴房揚鄉芳揚香徉，障床長光芳揚香徉，藏章旁梁芳揚香徉〔大和佛〕章光方香網洋降旁〔錦衣香〕方朗航浪暢涼場丈亮往〔漿水令〕廣揚常堂障恙相方〔尾聲〕方餉浪揚

《錦箋記》：39〔北新水令〕塘怏霜上上暢〔南步步嬌〕攘障長單壤光限〔北折桂令〕藏徉翔慌張商難〔南江兒水〕妝傍樣上狀償賞〔北雁兒落帶得勝令〕鑽殘莽傍疆關藏壯亡長〔南僥僥令〕航難難〔北收江南〕安腸關擔場鄉香〔南園林好〕忙想煩煩〔沽美酒帶太平令〕腸想忘償殘浪觴壯枉當皇量〔南尾聲〕樣間光

《玉合記》：1〔滿庭芳〕雙陽房裳凰裝鄉場 4〔字字雙〕妝養長兩湯長香羹 16〔掛眞兒〕賞疆講〔八聲甘州〕障陽蕩向抗颺詳王，驤壯狼仗喪望光量王，良帳黃掌藏丈長當王，狂想亡蕩螂蚌羊當王 17〔集句〕香芳長 30〔步蟾宮〕帳掌堂，望壯行賞暢〔錦上花〕王陽張堂堂上，強疆亡堂堂上〔柳搖金〕蕩揚徉張行狼常常象，帳妝裳狼場光楊楊像 40〔繞紅樓〕霜光放妝，章香上忙〔更漏子〕上望悵〔剔銀燈〕攘樣傍唱雙漾場，丈望障上雙漾場〔金菊對芙蓉〕忙壯陽向霜暢涼〔山花子〕障場光郎嘗陽觴祥，蕩行梁郎嘗陽觴祥，傍障翔鄉郎嘗陽觴祥，長帳妝芳郎嘗陽觴祥〔菊花新〕陽光行唱，傍央裳蕩〔大和佛〕荒香陽光傍羊降象洋〔舞霓裳〕王王疆疆尙霜唱亮〔尾聲〕上恙鄉

《長命縷》：1〔臨江仙〕陽場商狂良章方 6〔金蓮子〕娘娘廂上上廂茫〔金索掛梧桐〕恙帳樣往揚忙傍藏悵腸陽陽擋〔浣溪沙〕慌曠慌向傍望鄉祥〔劉潑帽〕傷蕩商浪喪〔秋夜月〕龐像仗往莽兩〔金蓮子尾〕網長向湘 14〔花心動〕幛讓饗掌漾況〔惜奴嬌〕江往長喪莽浪望向，蕩疆障上恙良壯望向〔鬥蝦蟲麻〕長洋壤賞蕩降翔祥悵，像狂舫當恍揚忙量朗〔錦衣香〕爽敞唱香榔攘尙貺帳享〔漿水令〕響光蒼瀼餉降鞅忙〔尾聲〕仗暢鄉 17〔北雙調新水令〕航丈方娘相〔南步步嬌〕帳巷黃牆榜堂像〔北折桂令〕強商王光養腸香獐〔南江兒水〕狂傍唱浪漾上〔北雁兒落帶過得勝令〕藏蕩場狀粧霜良芳長行長〔南僥僥令〕揚響涼〔北沽美酒帶過太平令〕量廣將曠鄉樣當恙暢郎陽想〔南尾聲〕向撞娘慌 24〔粉蝶兒前〕當敞陽〔縷縷金〕囊羊堂當常掌掌〔粉蝶兒後〕浪黨〔行香子〕霜商當筐昌〔山花子〕獎章忙堂場光揚篁，障詳觴堂場光揚篁，賞忘償堂場光揚篁〔金菊對芙蓉〕粧樣黃香張上良〔大和佛〕傍行皇鴦相方雙降帳郎〔舞霓裳〕洋洋穰穰向梁唱講〔撲燈蛾〕缸缸幌惘想膓恙郎，長長往蕩晌藏長郎〔尾聲〕養放棠

《紅蕖記》：6〔浣溪沙〕香長光茫湘 9〔仙呂過曲大齋郎〕王張光郎 16〔西江月〕雙茫上當囊帳 18〔北越調鬥鵪鶉〕湘漭蕩掌裳撞槳〔紫花兒序〕

聖星忙張徨郎障霜〔金蕉葉〕襄響罔〔小桃紅〕鄉帳放光上窗釀皇〔天淨紗〕香章長餉羊〔調笑令〕徉藏降漾想堂〔禿斯兒〕講償嘗狂當〔聖藥王〕長詳郎量粧房茫樁〔尾聲〕幌攘往 26〔二犯月兒高〕壯攘響喪掌養霜向〔醉羅歌〕障腸香堂亡傍傍長涼 27〔中呂過曲大環著〕仗香降倆匠爽颺長上〔大佛和〕康張楊讓翔望傍良〔越恁好〕堂掌涼涼粧光賞暢〔紅繡鞋〕揚揚當當響裳央〔尾聲〕恙忘茫 38〔減字木蘭花〕陽行

《桃符記》：10〔普賢歌〕房享荒防孀，堂慌量祥丈 17〔月雲高〕降巷放訪向長腸 18〔月雲高〕講釀幌蕩望郎場 28〔雙勸酒〕長悵郎暢帳長，疆望香貺障償，蒼將禳恙賞妨

《博笑記》：13〔仙呂入雙調過曲翠地錦襠〕江行孀祥，徨忙傷腸〔月上海棠〕窗向量障講快，訪上妨晌往望 21〔西江月〕房亡恙殃攘往〔西江月〕藏罔莽揚商訪〔西江月〕徨囊養娘行放〔西江月〕徉償樣裳藏兩

《墜釵記》：16〔雙調引子搗練子〕良陽，江陽〔卜算子〕望〔雙調過曲鎖南枝〕長方喪娘郎，往場葬亡商，長雙相娘謊，誑行講廣謗，傷亡曠娘鄉，喪房唱藏講，裳藏廣娘講 21〔北正宮端正好〕喪張謊愴〔滾繡毬〕忙撞喪牆張量丈雙漾郎詳〔叨叨令〕想況往蕩淌樣量帳賬〔脫布衫〕龐腸想往〔小梁州〕裝行望快凰〔么篇〕往藏上堂 25〔南呂過曲香柳娘〕貺上王恙詳詳娘響，丈上商降惶惶償放，狀恍洋戇妄妄床誑，望往詳誑往往娘妄 27〔南呂引子哭相思〕想恍 30〔雙調引子夜行船〕郎倡響〔夜遊湖〕壤〔引〕郎〔引〕養陽〔雙調過曲惜奴嬌〕鄉量將詳響樣槳航〔錦衣香〕郎上郎況傷娘詳障丈廣暢〔漿水令〕想茫航常講仗償堂〔尾聲〕往房央

《義俠記》：2〔滿庭芳〕揚場香商〔緱山月〕長潢昂雙〔玉芙蓉〕彰往向上光壯強裳，囊掌讓相行壯強裳 16〔六么令〕講郎坊雙放放〔玉抱肚〕謊傷坊忙霜霜，廣行妨郎傍〔六么令〕擋防坊當網網〔玉抱肚〕魎喪狀長忙 32〔步步嬌〕攘網傷嚮往〔五供養〕想凰房傍糠漾〔江兒水〕場障枉放上棒〔川撥棹〕望廣浪浪殃藏藏〔錦衣香〕狀妄讓行妨狀上仗樣枉〔漿水令〕莽央昂香望快浪賞郎〔尾聲〕講掌張 34

〔劍器令〕罡朗揚〔八聲甘州〕網敢螂諒狂章王，張倆暖香帳郎長王 35〔北端正好〕相行上障〔南普天樂〕狀將藏驤往光〔北滾繡球〕長將邦方嶂章傍詳〔南玉芙蓉〕藏擋行望殃祥王〔北倘秀才〕網黨妨堂講〔南山桃紅〕朗障唱網相陽〔北醉太平〕枉良常廣蕩喪降響〔南尾聲〕防掌光

《雙魚記》：20〔雙調引子賀聖朝〕光揚裝忘〔雙調過曲鎖南枝〕狂芳茫悵昌賞，長郎韁巷梁放 26〔中呂引子喜遷鶯〕響狀芳〔喜遷鶯〕枉窗〔遶紅樓〕行傷傍黃〔中呂過曲山花子〕黨郎嘗堂行揚長腸，想霜妨鄉行揚長腸，樣椿傍皇行揚長腸，悵凰龐鄉行揚長腸

《埋劍記》：2〔一翦梅〕姜陽嫜糠〔南呂過曲三學士〕鑞藏霜償，郎揚強償，方康場場 4〔南呂引子生查子〕觴亮賞 17〔商調過曲山坡羊〕蕩吭難望祥當謊惶張傷方，相獎揚喪光恙漾惶張傷方，障仗名量殤瘴長惶雙傷殃〔金梧桐〕長望講様養怏，良傍誑葬喪望，量擋講望様愴 32〔雙調引子金瓏璁〕顙鄉囊葬藏腸〔雙調過曲孝順兒〕〔孝順歌〕鄉傍壤莽廂〔江兒水〕狀怏蕩様，常傷荒想堂暢釀壤況 35〔北雙調新水令〕行上楊喪望〔南步步嬌〕壙葬香想茫往〔北折桂令〕康荒茫洋廣黃陽長〔南江兒水〕香上響恙仰様〔北雁兒落帶德勝令〕壯像罔藏光驤上揚藏〔南僥僥令〕傍芳長長〔北收江南〕揚亡荒藏狂〔南園林好〕償祥愴蒼蒼〔北沽美酒帶太平令〕行行喪傷想颺相將傍上樑傍悵〔南尾聲〕讓光茫

《投梭記》：2〔清平樂〕徉鐺涼 3〔昭君怨〕幌放 7〔點絳唇〕張敞唱梁晃〔混江龍〕王邦蕩王塘霜場悵行妝〔神仗兒〕相相兩掌望黨勷勷，幌幌仗壯莽朗蜋螂〔西地錦〕愴咚喪牆〔啄木鸝〕攘口厖揚妨恍傍黃〔滴溜子〕箱倉藏放仰〔啄木鸝〕長揚羊剛養抗徨亡〔滴溜子〕姜上帳娘暢爽〔三段子〕倘芒慷驤況望賞〔歸朝歡〕鄉浪筐相訪想鋩 19〔北仙呂點絳唇〕方狀壯洋享〔混江龍〕象王光幢芒槍藏罡皇霜徨張荒梁堂 32〔傳言玉女〕光況上壤廊相〔玩仙燈〕上嚷想朗〔獅子序〕傷狂觴蕩娘朗望降〔太平歌〕詳放訪揚茫傍〔賞宮花〕嚷鴦妝舟雙〔降黃龍〕惶響想江行方強障浪〔大聖樂〕翔藏向香傍郎往堂

〔黃龍袞〕滂滂誑恙謊舫，鄉鄉爽帳放養〔玩仙燈〕仰晃想暢〔畫眉序〕漿慶昌像狀，香光黃幌狀〔出隊子〕降雙揚彰洋〔雙聲子〕唱唱巷兩兩相創創丈丈將

《紅梨記》：1〔瑤輪第六曲〕雙鴦邦鄉徨傷旁凰光 6〔宜春令〕腸狂抗讓幌，長忙往障狂，腸當講網放，揚凰樣障鴦〔普天樂〕嶂上償樣帳丈徨〔錦纏道〕郎牆王香梁湯方壯量障妨〔山桃紅〕癢釀巷將浪慌〔尾〕降長敞 21〔黃鶯兒〕窗狂當鄉長訪茫謊方，廊裳上狂忙障牆蕩郎〔水紅花〕徨黃響長往光房〔鶯花早〕妝狂讓望釀當忘香旁藏向〔貓兒墜〕光央妨堂芳長〔尾〕暢忙腸 25〔普賢歌〕湯忙殃亡仗〔玉胞肚〕樣忙鸘娘腸，掌長旁蒼鄉

《宵光記》：6〔石榴花〕常揚藏翔掌方狂，望陽惶想相量茫〔不是路〕黃長快裳裝想嘗望將往往，忙章往陽行掌方恙暢講講〔泣顏回〕藏雙放光誑上黃忘，兩狼絳漿囊浪黃忘 19〔點絳唇〕荒莽擋〔劃鍬兒〕障央望藏張揚往，降殃攘當張揚往，上裝放量張揚往 23〔引〕纊蕩 25〔引〕疆賞王〔引〕嶂囊〔解三酲〕像藏障鄉方償〔引〕降帳〔八聲排歌〕將驤光黃霜裳剛羊〔尾〕往揚章 30〔引〕煌雙〔引〕郎裳〔長拍〕上皇雙缸光傍帳唐〔短拍〕光光象量鄉裳映噹〔尾〕唱貺房

《金鎖記》：10〔山坡羊〕蕩誑葬腸仗傍惶亡涼孀〔簇御林〕長郎講喪孀香 17〔六么令〕狀償房量放恙，藏霜行堂講講 19〔引〕陽響〔大迓鼓〕場章榜牆行 32〔字字雙〕張相張向堂棒亡放，行帳當諒裳放堂藏

《鸞篦記》：9〔粉蝶兒〕光唱〔園林好〕陽芳上裝韁〔江兒水〕光況上暢悵丈〔五供養〕嚷裝光快傍徉望〔玉交枝〕謊房愴瑺堂帳江鄉〔川撥棹〕唱長藏藏忘傷行〔尾聲〕浪上鄉 17〔縿山月〕堂床香長〔四塊玉〕蕩上降涼快傍唱光倆雙〔雁過聲〕行想將況腸房郎獎望賞〔傾杯序〕章長講量亮凰〔玉芙容〕芳朗琅上當賞償郎〔山桃犯〕樣上往莽傍鴦〔尾聲〕障郎忙 20〔念奴嬌〕賞敞香響廣放〔念奴嬌序〕王芳枉獎觴，漾黃狂向賞觴〔古輪臺〕光芳晃賞章傍仰王罔徉狀雙方〔尾聲〕忙貺章 22〔駐雲飛〕驤方仗帳黃樣蕩王

《玉鏡臺記》：7〔風入松〕陽湘悵曠堂〔畫堂春〕長陽香妝湘裳量〔鎖南枝〕

傍帳郎幌煌凰降妝向當怏養堂曠 23〔石榴花〕皇方猖章疆障航，皇荒網唐邦量鞅觴〔泣顏回〕蒼霜怏揚強浪亡，裳郎房賞惶常悵忙 25〔霜天曉角〕爽幌長〔香遍滿〕想堂曠嫜掌將養觴糠〔一翦梅〕鄉商商梁陽陽〔羅帳裏坐〕傷饗貺忘獎，霜養嘗廊相，漿曠忘丈光〔劉潑帽〕妄囊唱剛象，往常障剛象，恙羊行剛象〔小桃紅〕堂鄉商曠腸康行，湘方養罔鞅韁常行〔餘文〕方傷狂 26〔八聲甘州〕上抗螂殃戇亡，梁黨裳香悵妨，長常昂霜讜當，量狂芒亡想降 29〔雁過沙〕牆攘量放罔養，陽殃揚浪響強，妄上雙仗將當 35〔金錢花〕霜霜陽陽忙湯王，驤驤揚揚狼疆良

《紅梅記》: 13〔懶畫眉〕郎陽香幌長〔朝天子〕涼傷璫廂梁腸腸，窗當常惶腸娘娘〔劉潑帽〕將當降亮〔東甌令〕忙光況放訪章〔劉潑帽〕相惶藏網〔東甌令〕量殃相傍誑當〔隔尾〕降張腸〔解三酲〕掌窗爽光帳床亮香，朗窗望牆量長傍釭 25〔點絳唇〕綱黨上王壯，牆障相王樣〔駐雲飛〕遑強蕩喪章上狀良方，陽當狀喪章相障方償 28〔霜天曉月〕望障塘上〔桃李爭放〕往〔小桃紅〕牆樣殃堂喪腸娼〔下山虎〕霜樣場揚方放張相鄉堂〔蠻牌令〕光幫帳娘惶樁量〔尾聲〕抗張場 33〔菊花新〕腸牆量撞〔剔銀燈〕堂當講壯光房，觴向況量讓雙，量貺腸唱郎房，香壯房倡長堂〔榴花泣〕雙商腸張行往忘〔尾聲〕悵行訪

《水滸記》: 20〔迎仙客〕量張狼商〔滾繡球〕忙慌望裝降倆香廣傍強〔滾煞尾〕謊傍光量當方揚 22〔三疊引〕帳放望〔犯胡兵〕敞羊糠想浪望，傍徉妨想朗望 27〔接雲鶴〕猖陽〔一盆花〕蕩裳黃降良張曠狀，象場良魎將詳量狀〔油核桃〕喪仗往匡 32〔三臺令〕良狼張擋〔山坡羊〕嶂仗闖往張藏狀倆量傷狂當，撞漾殃喪場傷謊悵張強唐擋〔四犯黃鶯兒〕張忙喪場傍擋恙壯，螂量擋張揚謊暢壯〔攤破簇御林〕張量蕩望傍良光，量狼恙壯曠梁光〔意不盡〕漾敞鄉

《節俠記》: 2〔鷓鴣天〕揚場行箱光香 4〔北滾繡球〕陽望倆長亡王黃狂張王〔北滾煞尾〕上唐章藏降央揚方傷當仗 6〔秋葉香〕上向張詳量〔玉井蓮〕光兩〔八聲甘州〕莽王望常象光防徉，唐莽狂謗良喪量詳傷

〔解三酲〕黨常抗綱妄張誑殃，魎螂狀陽妄慨放亡 8〔亭前柳〕簧香裳樣長〔小桃紅〕妝光芳帳傍悵長，湘涼黃放傍況長〔下山虎〕越皇浪霜荒腸望傷長，魎良網方狂腸蕩茫長〔一封書〕郎霜荒陽黃堂江長，昂鋼裝陽航堂江長

《桔浦記》：10〔浣溪沙〕香涼光塘量 12〔梁州令〕長涼妝芳〔白練序〕想腸帳長翔悵謊〔醉太平〕怏恙鴦玉郎量傷敞廣當〔白練序〕長凰茫光望況〔醉太平〕傷藏傍蕩倆祥方樣徨放〔尾聲〕帳行航 24〔字字雙〕強蕩腔狀央像場撞〔西地錦〕當量降慌〔降黃龍〕場強章倆幌，妨放妄浪幌〔西地錦〕蕩煌障黃〔黃龍滾〕藏壯放爽亮漾，詳障樣莽喪漾〔尾聲〕張蕩忙 30〔水底魚〕當囊謊狼霜茫鞅忙，腸傍莽狂慌張望忙〔禿斯兒〕狼皇浪蕩嘗，皇亡象網嘗 32〔滿江紅〕堂望朗兩帳暢〔山花子〕敞煌傍光凰堂粧洋，漾祥央光凰堂粧洋〔遶地遊〕藏浪往漿傍〔大和佛〕揚粧傷涼上皇狀張〔錦衣香〕曠朗上光忘喪倆樣〔意不盡〕狀量場

《靈犀佩》：21〔窣地錦襠〕長杭光鄉 28〔玉女步瑞雲〕良放想〔啄木兒〕量賞藏漾榜翔，江上光誑謊缸〔四邊靜〕量謊愴唱暢上妨浪

《春蕪記》：12〔犯尾序〕茫妝傍忘想誑怏凰 14〔北朝天子〕驪凰仗旁光賞揚揚昂昂攘攘壤壤 22〔降黃龍〕唐茫滂惶浪望，岡芒障曠賞響悵，翔幢揚樣暢向愴，王疆講創訪亮長〔衮遍〕藏藏上盎傍浪，傷傷望巷蕩狀〔尾聲〕響妝傍

《彩樓記》：4〔駐雲飛〕張藏怏悵床量 5〔八聲甘州〕量床章想娘詳常，行攘惶牆鄉郎惶堂〔解三酲〕莽怏障狂當凰想當，量降撞詳章想當〔光光乍〕雙堂帳享〔雁過沙〕郎當凰帳上郎

《尋親記》：3〔菊花新〕揚香茫當〔柰子花〕當忙攘慌棒 12〔遶地遊〕傷當攘嘗〔銷金帳〕蕩棒良棒枉殃祥，響棒樣腸擋腸，放行漾廂向忘 18〔小桃紅〕腸黨湘行糧蕩傍陽〔下山虎〕養鄉長汪恙講傍荒〔蠻牌令〕養長章堂鄉，鄉惶方房郎〔尾聲〕漾方腸〔亭前柳〕雙狂當場 24〔風馬兒〕荒粧傍霜

《題紅記》：7〔薄倖〕想悵響向上〔傍妝臺〕牆陽想茫恙降上傍行，望妝浪商

悵傷上傍行，房鴦蕩香望腸上傍行，量揚賞光漲鄉上傍行 8〔小重山〕芳忙粧香長塘光篢 12〔吳歌〕堂長郎 27〔一翦梅〕茫郎郎廊娘娘〔白練序〕敞香爽詳廂郎悵凰悵凰〔醉太平〕量放娘掌蒼妨雙望強腸〔白練序〕忘茫颺鴦頏方愴商〔醉太平〕傷想黃訪航牆潢漾怏量〔餘文〕響障長

《運甓記》：3〔北朝天子〕梁塘壯纜廂浪行行鏘晃晃幛幛〔北朝天子〕茫陽放上亮雙兩揚揚傍傍暢暢〔北朝天子〕光蕩浪狼韋長茫怏慷慷掌唱唱 11〔天下樂〕昌陽長〔金絡索〕方養傍荒徨堂邑蒼望嘗羊觴暢，長悵放霜傷裳貺傍望黃郎常恙〔哭相思〕喪幌怏向〔紅衲襖〕鄉餉蕩行涼誑長，梁藏讓當芳謗將，香慁相觴創粻行，裳帳揚嘗傷葬方〔小桃紅〕傷航降腸〔下山虎〕茫傷商長唱慷悵償茫〔蠻牌令〕壞巾啬漾償養惶涼床〔尾聲〕謊將卭

《蕉帕記》：1〔滿庭芳〕腸唐郎行鄉狂量場當 8〔吳歌〕香娘相廂 18〔南普天樂〕漾壯堂鋩蕩方往疆〔北朝天子〕長香上行揚傍擋當攘攘瘴瘴〔南普天樂〕降抗降祥掌場往王〔北朝天子〕狼梁將荒像張響羊魎魎醬醬瘴瘴醬醬〔南普天樂〕餉浪槍防響梆量 28〔綿搭絮〕傍妝窗忙〔太平令〕慌漿牀行，揚頏望香，詳牆賞驤，張堂兩裳〔尾聲〕嚷掌光 33〔剔銀燈引〕網帳浪放唱〔好事近〕霜妝揚妨香賞岡，娘房蹌詳觴晌常〔賺〕狂妝皇量帳長亮望喪喪〔么〕皇傍誑防常莽光當上恍恍〔撲燈蛾〕槍槍將唱響娘上壯漿，場場網坑弶向鄉上放廂〔尾聲〕講上茫 36〔北仙呂點絳唇〕鋼放上光相〔混江龍〕往唐韁廂裳香祥亮揚腔陽蕩茫強羊桑場藏巷江傍章〔南桂枝香〕掌氅揚蕩賞狂樁〔北油葫蘆〕皇方鴦樣驤帳香缸弶郎〔南八聲甘州〕莽行瀼洋香當詳陽〔北天下樂〕棠忘雙蒼張量忙〔南解三醒〕壤仰向詳康網忘忘妨〔北那吒令〕方疆方康方場浪當〔南長拍〕狼狼魎網床璋纕囊攘梁〔北後庭花〕樁當堂降常方良娘剛光祥殃〔南安樂神犯〕畚彰鄉上光帳〔排歌〕郎王掌陽〔北寄生草〕壯強將項像行上〔南短拍〕晌翔幢漭亮鏘〔北煞尾〕莊帳癢倆商黃廂兩腸棒場〔尾聲〕唱賞江

《金蓮記》：1〔臨江仙〕商唐雙詳張觴 12〔不是路〕妝行愴裳窗上牆尙撞牀牀，

堂方上腸長上張量蕩掌掌〔一翦梅〕香郎郎房娘娘〔白練序〕上郎爽行娘量凰〔醉太平〕量放房想裳雙望強傷〔白練序〕房床況長章讓凰〔醉太平〕妝想狂上講皇襄揚怏鴦〔餘文〕響帳長20〔刮鼓令〕皇光腸霜謗盎裳，揚羊徜長莽放腸，霜窗湯郎望向鄉，光亡汪藏愴傍行〔神仗兒〕蕩蕩黨上愴岡〔滴溜子〕曠壤貺獎疆〔尾聲〕上望長〔玉芙蓉〕長悵芳榜香上航裳，芳望堂帳觴上航裳35〔雁來紅〕鄉韁上訪霜望陽悵，長方上愴忙望陽悵

《焚香記》：4〔似娘兒〕涼康況腸 14〔香柳娘〕喪巷蔓藏髒，范望唱肩向 38〔鵲橋仙〕遠向嶂徨丈〔解三酲〕難鄉恙亡妝枉長，況牆散祥堂枉長〔不是路〕皇狼椿嚷亡將降〔皀角兒〕山瘴相長向恙鄉望〔不是路〕忙亡裝傳響量傷壞上上〔皀角兒〕涼旦腸況枉攘裝掌〔尾〕壯長鄉

《龍膏記》：3〔齊天樂〕上讓壤兩筐觴〔寶鼎現〕上晃長樣賞〔錦堂月〕陽上放上暢恙，觴瀼上帳量暢恙〔醉翁子〕蕩望掌想仗恙，蕩降障賞長恙〔僥僥令〕向光央，象光央〔尾聲〕上傍長5〔杏花天〕槍常章上〔生查子〕陽帳觴蕩〔剔銀燈〕障將抗象量當張，賞養黨仗防商傷

《東郭記》：3〔迴文菩薩蠻〕黃腸10〔普賢歌〕忙當方惶罔，良腸贓王像〔玉山頹〕上藏愴樣像降腸窗，謗常賞講髒獎商桑11〔夜遊宮〕壯長廣娘上旁〔月兒高〕上傍床兩娘講樣想防，往爽傷朗郎講廣怏行〔懶畫眉〕張忙凰傍廂，妝床房愴雙〔不是路〕芳堂望湯裳蕩茫向亮朗朗，張芳浪香娘想藏向放曠曠，涼妝往蹌郎幌窗唱讓諒諒，娘狂放廊行謗張想曠訪訪〔園林好〕郎恙望想香芳〔嘉慶子〕怏腸況量商〔尹令〕講兩相釀床〔品令〕婿忙將爽帳郎〔豆葉黃〕向娘恍往涼央〔玉姣枝〕諒詳講商霜放床窗〔麼令〕爽降妝妝楊凰香長〔江兒水〕長香漾唱撞悵長上〔川撥棹〕浪強湯湯狂裳龐〔尾聲〕莽妄郎30〔清平樂〕傷惶量32〔臨江仙〕搶良邦上茫〔謁金門〕量莽將講，妄想獎兩〔柰子花〕王讓抗尙浪壯，常喪放將強壯

《醉鄉記》：7〔清平樂〕窗芳鴦12〔怨東風〕愴釀光浪想〔山坡羊〕障曠上傷蒼傍網忘娘忘裳，榜廣網忙場浪莽當香當涼，降樣放娘郎廣雙兩商

芳狂，倘壯降長香樣帳量腸量腸 24〔謁金門前〕況恙蕩浪〔石榴花〕窗忘茫狂廣湘，香床皇當陽況廊〔謁金門後〕向狀曠想〔泣顏回〕藏蒼涼簧唱傍，忙莊將郎廣腸〔餘音〕爽講陽 35〔北賞花時〕涼香郎傍霜〔么〕襄颺長掌裳〔北醉花陰〕講往昂光丈詳仰〔畫眉序〕量相張帳將喪〔北喜遷鶯〕況娘傍旁曠快徨〔畫眉序〕章浪狂上爽樣〔北出對子〕障妨湯堂賞〔滴溜子〕強壯晃放粱莽〔北刮地風〕王當項雙向降腸鎗像吭龐〔滴滴金〕黨旺謊廣撞撞讓〔北四門子〕恙場胖僵商慌忙唱〔鮑老崔〕狀狀誑網愴光絳量創〔北水仙子〕囊方床榜將幫窗暢昌〔雙聲子〕蕩蕩朗望望巷當當貺貺閬〔北尾〕漾房享

《嬌紅記》：1〔滿庭芳〕雙腸長將雙商凰鴦 3〔鳳凰閣〕廣上堂往放向〔新水令〕放蕩況〔步步嬌〕訪上霜恙康量，養長良悵鴦樣〔懶畫眉〕粧凰裳帳娘，鴦棠窗上郎〔玉交枝〕降裳相堂香謊揚狂，朗堂釀狂良上廊床，樣妝望娘旁揚鄉鄉，向堂往郎行傍鄉鄉〔江兒水〕光壯望上樣唐仗〔玉抱肚〕向想況湘陽〔玉山供〕攘觴漿帳望傷鴦〔好姐姐〕廂堂囊忙傍相鄉〔川撥棹〕想場娘娘鄉當長，妝長狂狂眶忘茫〔僥僥令〕往簧況當〔尾聲〕賞長講 5〔一江風〕郎相養娘樣張行上，行樣讓詳裳當箱床上，行相況揚蕩房床樣，娘樣當詳往長長像，娘樣當詳蕩光香帳，娘樣喪量帳羊觴講 8〔北端正好〕生長強壯樣〔滾繡球〕黃望行疆唱邦粧〔倘秀才〕蟒狼揚邦強〔叨叨令〕壯盪放颺喪〔尾聲〕上張掌 10〔菩薩蠻〕雙長 27〔懶畫眉〕堂香唐帳娘，妝長王上香，窗長傍強廂，廊裳妝帳傍，窗王量傍忙〔紅衲襖〕凰上樣妝雙忙，傍上翔藏往忙〔泣顏回〕窗放光講上，量詳傍向講上〔意不盡〕量長想 41〔月雲高〕曠響上幌想窗涼，壤上相誑響牆郎〔太師垂繡帶〕徨講堂恙裳上傍涼恍〔醉太師〕郎上香忙窗腸講償唱〔太師垂繡帶〕涼揚光樣娘詳想降恍〔醉太師〕慌況漾王唐傷相光傍長向〔香柳娘〕狀講旁樣想想郎上，樣喪唐揚快快堂障

《二胥記》：2〔齊破陣〕湘掌方行〔七娘子〕樣裳向況〔玉芙蓉〕狼葬翔上殃香陽場，鋩障張莽章當陽香〔尾聲〕誑忘講 9〔菩薩蠻〕涼長 13〔醉

落魄〕廣愴況窗〔二犯傍妝臺〕長陽況江攘張望傷湘〔二犯傍妝臺〕莊窗壯噹傍忙堂傷〔縷縷金〕忙崗傍狀張上張上〔縷縷金〕忙藏莽狀張上〔念佛子〕上裳放放娘凰傷網障嚷粆帳降〔尾聲〕樣暢晌 20〔女冠子〕上雙相尙，晃光誑往〔六么梧葉〕丈張塘殃償〔桂枝香〕況浪蕩往往傍恙亡方〔六么梧葉〕網張場鎗蒼康〔桂枝香〕上攘帳往往黨恙亡方〔大迓鼓〕詳降方怏房鄉，將放長望鄉蒼 23〔正宮端正好〕障亡況上〔滾繡球〕邦望桑相王爽鎗滾場傷〔么〕長恙防陽晌行廂惶〔倘秀才〕皇王強荒常〔叨叨令〕喪相將蕩蕩〔滾繡球〕卬霜浪槍光疆漾皇攘莽旁當〔么〕狂掌狼江樣疆悵當量〔倘秀才〕昌亡長張當〔叨叨令〕樣狀量晌丈〔脫布衫帶小梁州〕香蒼朗向章涼霜況嘗上黃唱降陽〔耍孩兒〕莽帳鄉潢霜傍槳〔六煞〕忘樣糧漾汪〔五煞〕長講揚喪倉〔四煞〕邦樣狼講湯〔三煞〕腸狀當蕩亡〔二煞〕亡上蒼愴光〔一煞〕忘壤匡獎驤〔尾聲〕揚壯掌

《貞文記》：2〔意難忘〕霜長航上湯量梁〔宜春令〕忙狂相攘想，卬長葬傍唱，忙牆賞放想，荒鄉相網響〔憶多嬌〕翔廊霜荒場堂堂鄉，洋芒傷當航航鄉〔尾聲〕丈場長 11〔怨王孫〕上往 12〔小女冠子〕上香響況〔女臨江〕往航長雙〔孝南枝〕王方光相障曠張降，郎芳凰帳浪將恙〔尾聲〕強上詳 22〔小重山〕涼香塘商黃光裳床 25〔尾犯〕霜浪樣傷颺〔尾犯序〕釭唱長想兩唐，房幌光傷葬當〔金蕉葉〕良傷恙〔駐馬聽〕詳方揚揚喪盲量，詳當霜將恙陽量〔好事近〕當光上傷張兩行，傷常張當凰恙雙〔勝如花〕傷丈怏樣房娘糠傍帳床郎，傷講廣傍光房粧養想床郎〔鶯花皂〕傷忘上傍徨張當當鄉鄉誑〔黃鶯穿皂袍〕粧傷望陽長上將孀傍〔黃鶯帶一封〕江行樣陽楊想唐將雙〔集賢聽黃鶯〕行望雙傍梁壤上鴦鄉，光陽往亡唱況傷香〔琥珀貓兒墜〕床晌雙傷光張，揚丈香航郎方〔尾聲〕唱場亡

《牟尼合》：4〔掛眞兒〕江梁藏榜〔縷縷金〕香邦象當掌，當堂癢光像，坊方搶忙降降，香揚響王量量〔梁州序〕網漾場響揚光藏恙皇〔水底魚〕堂王邦，將王翔〔梁州序〕幢涼場相霜香藏恙皇〔水底魚〕場娘疆，粧傍強，霜漾雙賞堂場莽襠放，雙往防場上羊邦莽黨放〔節節高〕

量行狀將張掌帳杖，光良喪長牆養相上〔尾聲〕嚷藏講 11〔遶地梁〕放網響上〔二郎神〕樣廂網湯響上郎〔六么令〕長廂常狼丈，怏腸帳郎抗，魎當樣張脹，喪狼誑量放〔山坡羊〕降望養香償相響狼猖羊壯，上向養蜋當恙撞郎殃裳颶〔尾聲〕往喪光 16〔浪淘沙〕商江場香〔亭前柳〕陽商涼壯光，場香長相湯〔香柳娘〕望狀幢幢窓像香香往，上樣幢幢場往陽陽傍〔孝順歌〕香堂降藏忘相禳養，揚香王降忘長相粧榜 23〔金錢花〕荒荒常常颺郎香，煌煌郎郎防廂量〔長相思〕長涼堂香霜腸鄉忘〔二郎神〕悵涼響蠻想腸荒〔集賢賓〕響傷仗梁曠向亮琅〔囀林鶯〕傷羊巷塘釀上行霜〔簇御林犯〕翔莽航炕棒皇芒〔黃鶯兒〕桑光狀腸荒恙鄉梁〔貓兒墜〕廊翔怏長〔尾聲〕帳養長 29〔生查子〕窻放光長〔啄木兒〕囊忘璋放向光，狂牆梁往漾妨〔解三酲〕喨腸仗央癢霜祊章，癢娘黨腸霜往堂，憨狂掌方掌行諒章，攘行長藏讓光放娘〔尾聲〕上養忘 31〔錦纏道〕場當娘光腔韁張驤長娘倆鄉 35〔鵲橋仙〕樣傍米女怏〔玩仙燈〕梁向〔傾杯玉芙蓉〕〔傾杯序〕香向瑺鴦〔玉芙蓉〕裳樣光章〔芙蓉紅〕〔玉芙蓉〕粧樣黃裝〔朱奴兒〕敞香漾，郎養場房〔朱奴兒〕敞香漾〔普天樂〕漾亮郎黃攘忙唱長長 36〔生查子〕驤榜房暢〔玩仙燈〕皇講〔生查子〕米女帳香上〔畫眉序〕堂響航帳上，驤掌霜祊上〔玩仙燈〕堂向〔賺〕惶堂謗方行訪楊怏揚養，蹌廂賞狼香帳堂恍謗往往，傷當喪航韁莽猖養傍帳，詳藏向郎傍放皇莽樣上，娘傷訪訪汪望長郎養恙恙〔皂羅袍〕愴商牆向窻房像，丈郎湯網堂張丈，養郎揚攘搶惶樣〔六么令〕攘良郎梁訪，望躑亡茫訪〔皂羅袍〕長堂鴦象皇場讓〔清江引〕創像相帳，樣掌相謊

《春燈迷》：1〔西江月〕香堂像方觴樣〔漢宮春〕陽鄉娘江涼湘煌郎 5〔甘州歌〕恙塘往光囊裝堂陽，香榔想長荒唐張陽，舫煌上襄翔棠霜忙，行當樣楊香凰長皇 8〔梁州序〕霜煌江香〔普天樂〕狀相箱郎張攘廊〔北朝天子〕坊堂晃亮張央狀賞賞浪浪〔普天樂〕黨帳香娘狂掌廂〔北朝天子〕場腸當樣行藏想賞賞唱唱唱唱〔陽關三疊〕浪訪〔錦纏道〕觴鸛當傍傍〔玉芙蓉〕嘗恙黃香〔陽關三疊〕養賞〔錦纏道〕

廂梁盪航妝〔尾聲〕行況亮傍 13〔西江月〕張堂謊央狂帳〔西江月〕當降帳張搶棒 36〔似娘兒〕昌香凰床，翔網響驤〔駐馬鶯兒〕〔駐馬聽〕陽江郎鄉樣〔黃鶯兒〕鐺張，涼亡粧香訪怏章〔貓兒節節高〕〔貓兒墜〕詳謊張丈樣向，航凰漿兩黨當樣〔尾聲〕帳況傷 39〔風入松〕香堂漾丈喨漿，香光蕩象章皇，常芳上葬養娘，當長放樣章行，航香放藏剛床，雙航帳傍堂嘗，粧將浪方箱郎〔清江引〕樣往像帳，放漾丈想

《燕子箋》：1〔西江月〕章香上簧腔況〔漢宮春〕梁康娘樣當將王郎 3〔菊花新〕良香行賞，香章光樣〔榴花泣〕霜行鄉航忘壯觴，光當涼郎忘恙床〔漁家燈〕香漿漾光賞閬梆忙攘，方將貺量像掌香揚響〔尾聲〕放養光 12〔菩薩蠻〕忙香 19〔鳳凰閣〕響上王霜掌浪〔菩薩蠻〕幢香〔黃鶯兒〕郎香恙香光上詳王，廊詳忘將忘帳航霜〔賺〕彰郎樣撞康響搶梁香狀狀，廂長堂羊撞仗當堂講帳帳，贓雙仗想房黨亮強防放往往，場鄉往傍廂講像藏囊樣娘放謊當當〔掉角兒〕強降狀腸杖亡鴦，香旁棒郎樣張腸〔尾聲〕往蕩鸘 27〔菊花新〕霜陽暢，楊璋將帳〔駐馬聽〕傷忘光狼將良網，唐長攘昌相章爽 38〔錦堂月〕上牆張向 42〔懶畫眉〕妝章房上香，王香鴦像龐，郎香當上場，當王香謊搶〔玩仙燈〕堂喨〔解三酲〕掌光樣藏張讓讓香，像光傍忘房讓讓凰，向良行樣章伴當嚷堂〔清江引〕帳攘量想，況往帳養

《雙金榜》：16〔玩仙燈〕香嚷〔駐雲飛〕裝楊上像航恙響雙，搶梁傍蕩香養向凰 20〔大迓鼓〕棠香漾陽凰，梁漿障床長 21〔宜春令〕香傷恙長瘴上，牆香巷掌傍相〔瑣窗郎〕香房往當帳悵，荒凰怏相亮擋〔尾聲〕榔響陽 22〔浪淘沙〕羊航場，鴦當忙，娘光腔 28〔六么令〕蕩鴦堂張往，上長張詳黨，降烊霜郎傍，浪艎霜亡向 32〔風入松〕章王唱仗香漿，光鏘放唱凰篁，楊章曠仗陽疆，光梁傍樣堂裳〔滴溜子〕唱漾掌釀嚷，嶂浪蕩恙房〔尾聲〕榜暢襄 42〔風馬兒〕樣霜塘忘〔啄木鸝〕〔啄木兒〕章謊桑狀傍陽〔黃鶯兒〕量藏，〔啄木兒〕洋枉光放帳航〔黃鶯兒〕蒼章

三、庚青真文侵尋

（一）庚真侵

《紅拂記》：13〔雙勸酒〕身晉紳甚紛坤〔西地錦〕鬢塵冷人〔風入松〕身人奔俊親，辰神俊問眞，人濱問品眞 16〔出隊子〕群分心人，生雲伸人，深身神人，村歸門深〔紅衫兒〕品人盟您，並人心勇〔醉太平〕省營成憑笙徑忖坤，評憑成聽津問寸憤 22〔南鄉子〕魂門言轅猿論騫恩 23〔北點絳唇〕興勁城猛定〔清江引〕猛命霆併境，兢令風鏡境 26〔清平樂〕門魂昏 27〔似娘兒〕城陵並征〔步蟾宮〕勝定行鼎〔江頭金桂〕井生聖盟兵藎行輕庭纓，正成陣精城刃明聲名京 29〔菩薩蠻〕昏門

《祝髮記》：2〔鷓鴣天〕塵賓秦貧紳親 5〔蠻牌令〕塵貧人門親鄰，親屯金門津門津〔皀角兒〕臣廩親飪飱晨論，民奔鄰窘人晨論 10〔窣地錦襠〕營屏情星，成屏成生〔大迓鼓〕成庭並星繩，冰乘影星繩 21〔金瓏璁〕鏡縈盈綆聲冷憑〔月雲高〕病景影庭省醒屏層〔孝順歌〕經明縈證淨濘梗清生，形經明盡鏡影病誠生，經聽靜迎僧混近營鳴 27〔金蕉葉〕驚星燈鏡〔羅江怨〕成名陵平慶生生情命〔不是路〕京盈景冥人頸城聽領命命〔縷縷金〕城程徑成整，櫺憑慶成整，停明政營令令〔太師引〕驚定繩井生聘影經猩，整旌穎征飣餅親情萍

《虎符記》：3〔北點絳唇〕聲令振橫定，庭令命徵政〔紅繡鞋〕兵兵行行輕鯨兵兵兵，能能靈靈嶸明兵兵兵，城城驚驚生傾兵兵兵，名名城城迎生兵兵兵 4〔三學士〕命登名應平，形生輕應平，穎盟情應平 4〔花心動〕蔭金深袵〔瑣寒窗〕音砧襟枕寢琴尋，琳衾纓任錦琴尋，任侵林廩枕潯沉 18〔浪淘沙〕零清汀瀛，清驚營情〔駐馬聽〕橫行聲橫徑人井，萍擎嶸醒認行證〔駐雲飛〕陵輕進順盈信贈生兵，騰兵命盡心近遁們神〔山坡羊〕迸掙醒傾成吻刃情輕名平，憑亙磬驚迎乘軔生萍生行，梗荇盡貞成盛頃憑生靈稱 20〔北新水令〕臣臣粉槿津綸陣〔步步嬌〕問昏秦順身憫〔北折桂令〕人麟濱本臣盟焚新身〔江兒水〕俊薪印駿信瞬郡〔北燕兒落帶得勝令〕身刄命巡親仁親晉臣宸〔僥僥令〕奮晨鬢人〔北收江南〕臣身倫雲嗔嗔鈞〔園林好〕

身辛櫬門輪〔北沽美酒帶太平令〕春春津神眞人燼引近紳臣論〔尾聲〕頓陳綸 21〔月雲高〕定醒境饉忍文人，進近潤吻頓貧人，胤引信潤忖神人 27〔西地錦〕鬢城定生〔錦纏道〕星盲明行形門梗生稱庭〔普天樂近〕敬問青明星昏〔古輪臺〕卿城贈徑生猩燼明永青庭〔尾聲〕鏡盲情 32〔瑞鶴仙〕警獍耿請逞聖境〔耍孩兒〕境境城併庭定靈〔五煞〕兵城命星淨成〔四煞〕爭兵勝荊定生〔三煞〕蒙兵城姓坑證軍〔二煞〕臣齡成騁輕穎誠〔一煞〕兵犺盡盡行寢情

《竊符記》：2〔鷓鴣天〕成橫明盟卿平 4〔卜算子〕人窘哂〔朝天子〕鄰薪春鶉身貧貧，莘殷綸賓身倫倫〔望吾鄉〕賓聞靭隱問民近，陳珍駿允順淪近〔二犯傍粧臺〕尋君賓人輪塵，榛身因獖輪塵 9〔番卜算〕柄令〔四邊靜〕並勁政命應霆鼎，脛勝政命應霆鼎 10〔番卜算〕徵命亭定〔福馬郎〕姓穽兵命鯁並〔福馬郎〕領聽晉蹬鯁並〔四邊靜〕靜境勝命應霆鼎 12〔紅繡鞋〕鈴鈴更更平城徵，聲聲明明疼驚徵〔駐馬聽〕城營聲鈴勝騰徑徵徵，兵傾星城近徵競 19〔六么令〕隱音心襟盾盾，廩金林尋甚甚〔鎖南枝〕心沉今恁臨噤，深擒林枕寢尋任〔六么令〕禁門吟音飪飪〔孝順歌〕心沉門任奮審窨緊引，心深泉仞忍粉進侵音，臣今軍隕忍問忿心槿 29〔何滿子〕鼎羹生名〔字字雙〕瓶定冰興猩病情硬〔何滿子〕名兵生〔宜春令〕名情冷聲並磬，徑影名人頓併〔繡帶兒〕鼎頸城省寧敬行幸，承井餅迎瓶屏警盟定〔尾聲〕徑鳴情 32〔雙勸酒〕徵盛精勝平城，行猛兢境陵兵〔雙鸂勒鳥〕稟霆敬命肯，聽停命並頸 35〔意難忘〕魂根〔意難忘後〕門溫 36〔水底魚兒〕37 城兵羸〔正宮端正好〕陣衡定勝〔耍孩兒〕勁兵正應行盛霆〔四煞〕荊中庭正應郢盟〔三煞〕憑昇陣進成逞城〔二煞〕憑昇陣進成逞衡〔一煞〕營星定成整登〔收尾〕行併冷 38〔金瓏璁〕領成平〔憶多嬌〕生成星輕迎停，兵兄榮驚迎迎停迎迎停，寧平名情迎迎停

《灌園記》：3〔齊天樂〕震晉臣併警鶯輕〔生查子〕秉聽〔啄木兒〕卿逞勤寧政省生，誠鯁廷名敬聖鳴〔三段子〕盟情傾爭靖警餅〔歸朝歌〕明命鳴哽〔尾聲〕頃影井 5〔畫堂春〕兵城靈成〔四邊靜〕併勝命應

令霆頃 10〔西地錦〕景音心沉〔解三酲〕禁簪浸襟侵憤陰，忍尋隱林音憤陰〔皂角兒〕深岔金枕禽瞬沈襟，心寢承飲林瞬沈襟〔尾聲〕井林尋 11〔小桃紅〕門近村論困穩身坤 14〔何滿子〕耿星景聲倩憑〔八聲甘州〕綆廷聽井領耕生形，城省靈定兵經名衡纓〔撲燈蛾〕傾聘頃泯烹敬城〔尾聲〕並盟瑩 21〔懶畫眉〕神辛春褪人，裙身人忍門，眞親心近神，春分金鬢人，塵人身信津

《櫻桃記》：9〔步步嬌〕冷青濘城井〔引〕靜應〔桂枝香〕命倖兢悶京情，清另應井停行，鏡勝應請等兄成，靜悶滕行人塵賓心 21〔水底魚〕群雲勝分甚兵〔紅繡鞋〕心民銀軍〔醉羅歌〕問辛親奔陳秦近人論濱因〔引〕門悃滾〔好事近〕嗔坤文門分〔三字令過十三橋〕近奮震印人令城城認鬢恩恩信門仁仁論〔四邊靜〕震進兵遁緊鈍寸 30〔泣顏回〕驚人盛冽奔 24〔引〕冷燈城更清聲影生層明更冷情〔太平會〕城程影知，聲停省明〔山桃紅〕靛城井停更等冷定成心，省嚀慶生庭淨平定成心，命清姓聽兵應行定成心，徑庭領盛形認驚成定心 36〔引〕恐慶〔山花子〕成逢情

《雙珠記》：2〔鷓鴣天〕貞辰神春身宸〔寶鼎現〕瑩柄慶興〔錦堂月〕炳映鑛景酊，稱橫頃盛景酊，並鏡清幸景酊，省磬情訂景酊〔醉翁子〕聽警騁領名餅嶸，迴勝英逞程餅嶸〔僥僥令〕錦晶冰扃，冷清更平〔尾聲〕定令晴 3〔浣溪沙〕深沉尋心林 6〔西江月〕雲心命伸轡定 11〔生查子〕庭景櫺冷〔步步嬌〕綆徑鳴靜清映，暝鯁行井星病〔雙鸂鶒〕驚明整逞頸鈴盛，酊頃盟證硬應敬，猩性橫佞正迎定〔泣顏回〕卿情興冰誠命笙 12〔一翦梅〕晴庭庭清情情〔二犯傍妝臺〕明聲傾生征萍，零驚成情征徵萍〔神仗兒〕命命嬪聘姓京星〔玉山頹〕命齡梗性婧訂盈仃，令名阱景耿訂盈仃，靜英領幸並訂盈仃〔鷓鴣天〕行城檠停寧迎 15〔五遊朝〕令清影整，凜庭逞鏡〔啄木兒〕兵儆承性命明，行聽頸勝阱生〔三段子〕耿情貞涇酊頸省〔歸朝歡〕爭井平餅景定傾 16〔掛眞兒〕吻侵緊信〔撲燈蛾〕軍禁橫盡群棍繩，門問困憫懇憤勤〔掛眞兒〕頓醺窘近〔哭相思〕愍命〔山坡羊〕犹盾岔瞋引貧忍存分魂陰，震隱縉損焚刃泯諄論紛淋，沓影珍狠分應

紉鞸仁承心 21〔醉花間〕省省鯁影餅冷 22〔小重山〕曛雲門盡村魂分痕昏 32〔滿庭芳前〕身人門麟〔滿庭芳後〕雲宸樽村〔甘州歌〕隱紛映心深塵騰嶸，文滾襟津程升筍親，成鍼沉深人論今神，群頸敏近英榮鶴聞〔尾聲〕穩輪雲 30〔破陣子〕迴盈名生〔桂枝香〕性正行聖盛病明情，命聽經騁定靜程青，敬省惺鏡勝並寧成〔鵲仙橋〕井姓醒影〔字字錦〕貞幸領名餅清聲另傾耿慶，庭景境明星贏螢瑩傾耿慶 34〔轉山子〕命門魂悶痕〔薄倖〕永燼氳引〔三學士〕牝姻存蠢盆，沓倫論近恩，準群繩忍紛，哂君聞隱鞸 36〔趙皮鞋〕門紜騰問〔大齋郎〕文昏塵論旬〔西地錦〕姻近身〔朝元歌〕宸穩雲滾隱嬪人聞矜永郡郡，阱綸金頸沓笙陵軍親永郡郡，定村氳恨引林心鞸魂永郡郡，奔氛禁準困濱頻曛群永郡郡〔尾聲〕緊陰輪 40〔臨江仙〕飲英清溟夢驚零橫 43〔賀聖朝〕零鳴纓程〔金索掛梧桐〕情勝定輕平名證稱榮鼎，經幸省生成嬰聖惺榮鼎〔三臺令〕城行萍憑〔玉胞肚〕嶺征庭影聲傾，徑榮旌影聲傾，梗明迎影聲傾，瑩靈並影聲傾 46〔錦堂春〕雲聞氛魂

《鮫綃記》：5〔哭相思〕匀塵人 6〔山歌〕嚶雲身 11〔夜遊朝〕任勳軫寸〔園林好〕民隣人情，民心人情〔玉交枝〕鼎肱命塵聲分 14〔引〕名凜心認 15〔窣地錦〕名人尋心 19〔啄木兒〕因名塵隱令靖人，心因親婚穽忍情〔三段子〕伸嗔禁嶺淨近人〔歸朝歡〕恁慶憫親分忿春 25〔引〕津塵〔引〕明振 26〔普賢歌〕萍明營城禁〔引〕寵平塵清平〔月上海棠〕燈釁侵警令情 30〔引〕信問問問錦〔引〕徑冷冷盡〔引〕恨迎幸〔風入松〕成省命敬證雲，城生分遜證雲〔引〕騰命〔大環著〕命命盟鏡釁穽梗門順〔尾〕敬振人

《雙烈記》：4〔菊花新〕征程情徑〔一江風〕橫迴暝影贏贏輕境，城靜徑幸陵陵傾定〔天邊雁〕星平明〔中央鬧〕刃應慶柄勝蹬，冷丙境柄勝蹬，性佞迸競信命，性硬並競信命 8〔普賢歌〕生名精清命〔霜天曉角〕罄應廷 9〔番卜算〕印軍鎮〔一翦梅〕雲軍軍伸門門〔一封書〕秦村旬隱論門軍身，陳民迍郡聞門軍身，軍臣人隱群門軍君 10〔鵲橋仙〕冷應耿〔二犯江兒水〕鏡鏡生英整零成春情哽萍萍慶慶飛，並

並驚庭梗成平箏瀛境鳴鳴應應冷 14〔月雲高〕徑景應影幸行卿，靜景病徑整昇卿 16〔雁魚錦〕寧橫命兵輕淨，征城境整命盟卿正領庭甑廩情，行增鏡情敬嶺鼎，霆令梗輕成信京，哽庭行鯨生慶停境平 17〔水底魚兒〕神尊魂，民軍形 18〔北黃鍾醉花陰〕嶺影騰生境停稟〔喜遷鶯〕勇丁頂翎騁睛〔出隊子〕頂精鳴影傾〔括地風〕等迎震霆驚星贏撐情正明〔四門子〕迸嶺營命能境〔古水仙子〕城僧晟嶺庭命定營〔尾聲〕橫平警 25〔金索掛梧桐〕聲影病橫廷情生驚睜命，增省病經撐形庭睜命〔駐馬聽〕旌輕陵經定城井，聲停寧庭影臣井，京寧生明乘迎井，庭情更仃幸尊井〔梧桐花〕景命倩憑定慶，省敬影寧並慶 29〔金字經〕金尋心音 35〔不是路〕深頻問因軍遁津迅遁進進，軍聞遁濱人穩雲進緊滾〔解三酲〕禁聞遁人門恨奔，敏淪問軍津恨迍〔尾聲〕駿軍君〔香柳娘〕緊袗奔奔鶉蜃紛紛銀粉，陣滾驚驚薪恨君君人省〔上林春〕刃擒憤 37〔瑣窗郎〕情刑能影證阱，廷情廷命掙阱，刑輕成餅釁阱〔滿園春〕卿榮風盛〔寶鼎現〕命 41〔少年遊〕境頻〔急板令〕庭情憫憫靈魂京寧，眞停聽聽名庭

《青衫記》：2〔鷓鴣天〕聲名生青驚平 6〔北點絳唇〕影靜，靜悃 6〔駐馬聽〕綸聞塵鄰因本諄隱〔駐雲飛〕聞忱引隱紜震訓臣，聞恩闡損存問淨雲〔山花子〕穩新宸文恩聞塵鄰 7〔菊花新〕塵人春飲〔香遍滿〕塵春人新〔宜春令〕新津近英蔭警，頻茵映民井警，蘋宸影甸頓警 12〔四邊靜〕整境並勝令應，競陣迸勝令應 14〔正宮粉蝶兒〕鳴映庭耿聽〔耍孩兒〕命成哽定傾甚靈〔四煞〕懲明令聽平甚靈〔三煞〕爭兵進行應邢〔二煞〕成名境平獍生〔一煞〕精興逞停令明 18〔朝元歌〕程景聲境影梗塵情深平隱慶慶，嶺青橫屏清星聽京增生情隱慶慶 24〔雙勸酒〕緊頓人信雲昏〔好姐姐〕恩信人憫問塵，嗔聘新憫問塵 25〔畫堂春〕雲臣勻鞶〔集賢賓〕芬茵粉春隕鏡忖引，馨人整神緊信忖引〔貓兒墜〕塵雲唇鞶春，身塵雲盈春〔尾聲〕問醞身 30〔風入松〕城亭艇慶行迎，情婷定慶傾迎〔催拍〕京生城旌盟程並，盟馨情燈鶯程並

《玉簪記》：3〔北普天樂〕境映扃橫映明猩〔北朝天子〕雲林勝狠聲聲贏醒悶

〔北普天樂〕境淨鳴兵聲聲嬴醒悶〔北朝天子〕墩村奔聲整程程硼緊順 4〔念奴嬌〕醒今森寸論 5〔金字經〕心身身雲尊 9〔滿庭芳〕裐雲明城〔一翦梅〕城塵塵春人人 10〔番卜算〕樠夢聲送 14〔出隊子〕恨恨音庭迎陰，進進存深茗鳴〔二郎神〕靜塵頻影暈春紊門〔集賢賓〕焚鶯溫問嫩粉陣春〔黃鶯兒〕門秦問身雲恨魂心〔貓兒墜〕曛雲人枕痕〔尾〕信請深 16〔朝元歌〕清恨心悶裐痕門聽焚塵潤論論，深問聲準印心凝溫深尋寸性性，生性情問狠硬承聲惺心影另另，聲恨情性韻春溫人琴冷徑晉晉 17〔水底魚兒〕神靈星 24〔太常引〕痕砧盈昏 26〔香羅帶〕縈溫聲病穩驚枕聲〔卜算子〕濃信陰悶〔香羅帶〕音悶人停驚痕門〔醉扶歸〕問聲城郡音夢悶人陰晉音盡〔香柳娘〕零零誠定穩穩情恨身身心冷準準貧引更更聲冷損損嗔問〔尾聲〕隱寸人頓 28〔風入松〕吟魂晉春情 29〔園林好〕婚親分尋庭〔玉胞肚〕信成神春平，徑姻經春人，潤塵琴心音 30〔六犯清音〕信心雲新魂人簪京零陣心魂〔不是路〕濆陰奔音伸信程吟人聞盡痕隱定信

《錦箋記》：2〔鷓鴣天〕音襟心沉臨陰〔吳歌〕聲明勤 3〔小重山〕塵蕁閫征，營情尊庭〔催拍〕傾城分分昏名春青，征塵傾傾動蓁春青，侵濱橫橫形神春青〔一撮棹〕丁評憑林英徵〔尾聲〕忍另沈 4〔水底魚兒〕唇人門門，聲根墳墳〔西地錦〕盡人勝新，興征整尋〔鎖南枝〕春鳴陰井深盡，寧成閫任程警，成登明敬人勝 7〔縷縷金〕門尋隱蔭人影，冥兢恨徑情寢 8〔卜算子〕心寢襟粉〔普天樂〕印問心魂影潤認親審情〔普賢歌〕奔裩勤人緊〔劃鍬兒〕信青鏡屏人徑翁應，錦輕鐙雲舲粉箏競〔四邊靜〕冷恨春徑隱浸倩，徑另成並穩噴贈 12〔春光好〕明輕汀聲晴情 13〔字字雙〕誠敬津聽尋請人狠〔駐雲飛〕生呈近並金論均問欽成，民人釁奔神濘醒您親鄰，明丁幸恁呈認醒兄甥 15〔佛偈〕人身尊，門跟經〔駐馬聽〕陰冷門身鳴映塵勝〔似娘兒〕情行影塵〔一封書〕並筋文品領人勤矜增，林旬傾零行因勤矜增，誠心晨能病僧勤矜增〔皂羅袍〕盡勝登氳粉親斟遜，審情春沈鬢簪薰病 16〔天下樂〕境整情問〔望吾鄉〕輕春冷裐盡徑屏興，

深聲問定影斛身勝〔二犯傍妝臺〕魂情人春沉吟，情零盟春沉吟 21〔南鄉子〕塵深影淨粉 31〔西地錦〕旌郡庭〔神仗兒〕命命禁競隱津津〔水底魚兒〕臨驚人人，紛輪乘乘〔神仗兒〕任任頓境盛庭庭〔水底魚兒〕婚人尋尋，生名吞吞 33〔梨花兒〕興靜尋嬪〔豹子令〕音音遵銀銀刑，尊尊人君君刑 40〔重疊令〕晨成

《玉合記》：3〔臨江仙〕明聲箏輕情行 5〔河滿子前〕盈明驚 6〔誦子令〕門根昏 7〔西地錦〕瓊平〔窣地錦襠〕城生行營，明輕行津〔宜春令〕塵人定影情聘緊，春人冷影痕信鏡〔太師引〕騁屏笙暝剩裀瓶，磬人臣俊珍清春〔三學士〕緊鶯情定眞，奮鶉名定眞 13〔雙調北新水令〕醒姓爭惺省〔南步步嬌〕冷醒行冥停境〔北折桂令〕成傾生屏錦耕領婷程行〔南江兒水〕情訂影靚贈另〔北雁兒落帶得勝令〕平應盟陣卿情性名盈鏡泠京京〔南僥僥令〕定縈迴聲〔北望江南〕聲瀛枰層行行情〔南園林好〕鳴行嶺笙生生〔北沽美酒帶太平令〕橫橫庭城行青病聲鼎幀生經徑〔南尾〕定青名 20〔玩仙燈〕青嶺明影蔭暝〔亭前柳〕翃名兵證燈成，生行情證燈成，明津榮證燈齡〔玉胞肚〕定生明行層，靜扃明經瓶，徑傾驚庭聲 25〔瑣窗寒〕橫程生潤徑輕昏〔東甌令〕暈昏身震奔春人〔三換頭〕驚罄生靚引影征經〔劉潑帽〕鬢名進慶 31〔梨花兒〕性城命頓〔三臺令〕青城庭鶯〔山坡羊〕淨定鏡驚傾醒乘聲清情成，靜倩迸憑星緊井輕行評明 32〔法駕導引〕君雲新〔勝葫蘆〕尊軍問雲 37〔普賢歌〕村人身馴問 38〔大迓鼓〕臣勳挺進焚，嗔親令君焚

《水滸記》：1〔滿庭芳〕心英騰深情生奔城聞 2〔鷓鴣天〕名平貧卿清舜平 8〔絳都春〕正尊論刃硎奮〔出隊子〕問星擒省明〔鬧樊樓〕命禁穩憎窨定鏡〔滴滴金〕聽認問甚頓穩傾酊〔畫眉序〕村逞鷹門警徑贈〔啄木兒〕橫親林信隕傾〔三段子〕林鷹林鱗影哂阱〔鬥雙雞〕噴奮奔程徑逞〔下小樓〕忿人競聞〔鮑老催〕性甚忿分忍敬恨吞〔雙聲子〕徑徑品問問隱因因尋尋證〔尾聲〕幸頸行 13〔天下樂〕濱驚闖禁〔瓦盆兒〕更衾門侵聞恨准問臣〔榴花泣〕英倫承禁勝請忍型〔喜漁燈〕禁命民林甚耕本心〔尾聲〕正親名心 14〔香柳娘〕門門

進嶺林林行定輪輪蒸引，行行頓近人人勝隕林林身引〔劉滾〕郡嶺行影徑，命進陰影徑〔吳歌〕因心人〔大砑鼓〕明尊論生行，馨身困清行〔吳歌〕生傾深〔金錢花〕沉沉睜睜橫輪平，林林尋尋深橫平〔引駕行〕辰生成困聲形，矜人靈進程形 16〔海棠春〕定靜京陣〔六么姐兒〕〔六么令〕城蒸巾〔好姐姐〕兵〔梧葉兒〕生人，驚鳴人禁明人 17〔顆顆珠〕停城〔馬蹄花〕行珍憑明穩身，嗔遵擒庭臏身〔撲燈蛾〕驚驚緊陳忍正坤奔信塵〔亭前送別〕〔亭前柳〕鶤輪〔江頭送別〕整卿〔雁過南樓〕人勤民憤逞人徑認〔章臺前柳〕〔章臺柳〕殷膺存名〔亭前柳〕訂魂津〔尾聲〕隕禁停 23〔駐馬聽〕城沉金輕近明門，鄰人鱗倫近伸門〔思園春〕身旬青塵〔粉孩兒〕甚寢深鞶冷〔馬福郎〕問暝幸憎縈滕〔紅芍藥〕痕盟淨影沈雲穩〔耍孩兒〕瞑甚沉燈盡寢悶〔會河陽〕矜聞衾痕影滾刃〔縷縷金〕井因金證雲井〔越恁好〕影影心近忍〔紅繡鞋〕裙裙萍萍衾文門〔尾雙聲〕影景巾身 31〔滿江紅〕槿泯徑泠褪零恨〔憶王孫〕墳雲人巾神〔梁州序〕粉影恨人泠塵雲命人〔漁燈兒〕身輪奔塵〔錦漁燈〕贈靈痕塵〔錦上花〕頻英人吟殷亭形〔錦中拍〕陰淪暝剩靈寢門情恨嶺〔錦後拍〕生聲興興滾衾隱盡〔罵玉郎帶上小樓〕屏心門茗情心心雲昏昏紝枕褪沉陰並，身雲萍巾心焚焚衾靈臨影恨性魂深並〔尾聲〕窨冥寢

《節俠記》：1〔滿庭芳〕橫生盟零勤塵榮平 5〔霜天曉角〕醒鏡雲〔六犯清音〕〔梁州序〕鏡影塵〔桂枝香〕盡橫〔甘州歌〕零情〔傍妝臺〕聲〔皂羅袍〕晴鬢〔黃鶯兒〕神信新〔西地錦〕正新近聲〔風入松〕城景分正閽門，峋憫緊困屏聞 13〔逍遙樂〕緊恨迎吟〔宜春令〕徑茵輕耿恨襟影明景，影陰程景問塵蔭明徑〔金字經〕聲城茵茵生成，情聲生生清平，脣陰陳陳春聲，身傾聲聲成輕〔貓兒墜〕雲頻春婷辰，沉青庭婷辰〔鳳凰閣〕嶺冥情問罄 16〔桂枝香〕正恨身影門門屏釁論仁，俊遯侵分朋朋釁論神心 17〔雙勸酒〕親甚淫佞君臣 21〔破陣子〕傾群行〔漁家傲〕塵郡信盡聲臨行〔剔銀燈〕鬢徑影信君辛〔攤破地錦花〕城景魂聲冥蒸湮〔麻婆子〕身行神暈准程 23〔金瓏

璁〕恨深沉盡神錦縏〔九疑山〕〔香羅帶〕聲凝生塵〔征胡兵〕冷緊問〔懶畫眉〕文新燈〔醉扶歸〕稱形近〔梧桐樹〕頻襯寸盡〔瑣窗寒〕憫禁針〔大迓鼓〕深勤潤〔解三酲〕痕省城忖忖〔劉潑帽〕影信〔尾聲〕引明君〔瑣窗寒〕庭輕文信門驚唇〔東甌令〕聲明緊冷人因〔三換頭〕群魂泯今頓緊新金〔劉潑帽〕影陰倩翎近〔菩薩蠻〕枕錦 26〔梁州令〕宸人生庭〔四邊靜〕盡問城郡辛聽塵進，緊信沉審辛聽塵進 31〔胡搗練〕楞信生〔綿搭絮〕零塵人昏聞聲聲，驚雲魂萍憑聲聲〔摧拍〕騰生盈盈金明幸吟輪〔一撮棹〕盆冰省仃深聞雲

《桔浦記》：2〔瑞鶴仙〕盡整訓印蘊困〔臨江仙〕身心聲情〔懶畫眉〕春憑盡橫，貧情憫橫〔桂枝香〕憫問倫鄭成成甑繒禁情，病憫情運成成訓窘憑情 4〔浪淘沙〕君銀身映門〔一尺布〕潯綸輕濱〔浪淘沙〕綸吞文影鵾〔一尺布〕羹親征冰〔亭前柳〕臣形懇生應珍傾，綸鱗隱生耿因恩 17〔雙勸酒〕深進聞定近崙〔六么梧葉〕恩城眞衡驚聞，輕蠅生刑因聞〔六么姐兒〕〔六么令〕身嗔君〔好姐姐〕影臣〔梧葉兒〕明聞，芹身生禁林鈴聞 21〔上林春〕情敬，鵬奮〔沙雁揀南枝〕身人甚畛群憎憫哂，珍賓憎阱輕論恨哂 25〔思園春〕勝影仍醒萍〔好孩兒〕信梗塵程憑瓶困〔福馬郎〕命信梗奔塵〔紅芍藥〕門庭蹤準生近春晉〔要孩兒〕緊神泯晉信〔會陽河〕塵筠成影恨信〔縷縷金〕沉憑門尋〔越恁好〕塵親影情慶倩〔紅繡鞋〕門門亭亭巡秦塵〔尾聲〕盛影輪 27〔憶秦蛾先〕庭情情令倩

《靈犀佩》：1（缺字）心論貧 4〔搗練子〕婷裙嫩塵〔惜奴嬌〕靈君鶯矜運恨人成〔鬬寶蟾〕人旌徑傾笙春心寸分〔不是路〕濱林境停生飲明韻映境〔賽紅娘〕韻品生潤遜噴呑〔尾聲〕寸燈 22〔步步嬌〕髩恨身心影瓶暈〔沉醉東風〕林嶺青問影零零濱〔月上海棠〕閏命神釁定憤濱〔尾聲〕忍隕聲 32〔女臨江〕恨春噸尋〔六犯清音〕〔梁州序〕溟冷恨斟夢魂〔甘州歌〕城星〔傍妝臺〕鶯運禁冷韻駿塵〔引〕倖生親損塵 34〔玩仙燈〕恩潤〔解三酲〕晉陳徑盟衾倖春

《春蕪記》：4〔菊花新〕紛尊春頃〔榴花泣〕辰茵人分林應晴〔錦纏道〕晴影

襟蔭英陰印輕青〔凌霄竹〕陰澠興競明映影悶罄〔漁家燈〕雲村燈影並定省星醒〔尾聲〕興春增 8〔風入松慢〕明鶯鏡痕情〔大聖樂〕冥英準魂恨情陰〔不是路〕盈沉扃徑情卿定因幸並信信〔解三酲〕境尋問情允人倩盟，郢雲闔情信音命勤〔尾聲〕奔瓶聞 9〔普天樂〕郢鎮盟聖盛衰鄰薰平〔玉芙蓉〕明影榮文慶聖明，宸境陵人慶聖明，城衰春上慶聖明，清盛鳴新慶聖明 12〔訴衷情〕醒零聲塵情 14〔出隊子〕景景清坰城雲〔普天樂〕引景雲神映明塵〔普天樂〕幸禁神盈親嶺雲魂〔普天樂〕整磴冷平映明擁塵〔普天樂〕境暝旌昏嶺雲魂 15〔懶畫眉〕昏聲行影明，庭音眞徑人，平行人井津，神驚情盡茵〔山歌〕行人春〔朝天子〕行明沉襟尋心心 17〔撲燈蛾〕嗔稟斤令人釁生，生隱甚憤情命省根〔喜遷鶯〕冷影塵雲砧 21〔三臺令〕平心尋生〔繡帶兒〕增兵行屯省泯應懲憤，尋井徑存情稟盟敬醒殞〔紅衫兒〕俊塵珍金引纓紳，振群評門文庭穎穎〔連枝賺〕庭情並幸餅競憎人忍佞佞〔紅芍藥〕人鄰順盾存遜簪挺〔尾聲〕進忿聽 25〔掛眞兒〕錦吟問〔白練序〕眞佞紳君審闔〔醉太平〕問省影心行人臣允憫餅〔白練序〕生行憎城深並營〔醉太平〕婷甚陳憤另情雲剩省傾〔宜春令〕臣庭影俊慶晉〔簇御林〕更增影准生姻 26〔霜天海角〕憤恨忖身，窘憫信人〔一盆花〕狠形身問傾貧門，硬生門命評增門 27〔似娘兒〕庭陳稱壹臣〔海棠春〕生問〔鎖窗郎〕纓臣婷命定命，門婚勤聘定命

《彩樓記》：2〔荷葉鋪水面〕心深人貧臣螢身 3〔縷山月〕廷平〔黃鍾引子玩仙燈〕慶春〔前引〕聞親〔雁過沙〕顰唇英近辰證英飲〔三字令〕稟請成映停定命聘音行晉定〔四邊靜〕境錦停臨清頻近〔尾聲〕定心親 5〔雁過沙〕雲貧身運晉文 12〔入破〕門應門緊問 14〔解三酲〕映濛冷聞扃身聽深門〔傍妝臺〕認尋親近〔八聲甘州〕魂身〔皂羅袍〕奔門〔尾聲〕應貧聞

《尋親記》：3〔劉滾令〕生盡憫治 5〔川鮑老〕人損分恩忖孫，人粉忻分論孫〔四時花〕人論論文兢親分仁狠荊〔四時花〕深緊論嗔親順門 7〔刮鼓令〕貧聞哂人門聲人，清恩傾人瓶聲人 9〔普賢歌〕深音心成侵，兢因侵

臨親，身隣聞伸因 10〔武陵花〕明廳〔梁州令〕靜行生命憑成情，瞑扃兢姓形情明，明認分證成人刑，荊鏡平定等身〔尾聲〕輕伸零〔紫蘇丸〕政靜春競 11〔似娘兒〕靜情青影〔紅納襖〕情症驚聽生深，分魂狠恁醫 13〔玩仙燈〕名憫 17〔鷓鴣天〕身親人 21〔鎖南枝〕仁身婚允心恨 27〔一翦梅〕貧紛門魂 29〔剔銀燈〕宸信分身魂們，人殞命魂音 31〔縷縷金〕親辛近文因因〔拋詠子〕因新親，金因尊 32〔縷縷金〕貧昏門程魂魂，辛人身云云〔臨江仙〕論身門 33〔孝順歌〕仁吞神論緊忍粉聞人，貧窘婷敏忻緊準情命，嗔身門認魂情穩，婚允分俊親，音存憫親情恨仁〔普天樂〕敏慶聘禁認

《運甓記》：4〔朝元歌〕城亙程迅汀影驚輕根村靜任任，隱屏澄映景橫晴京雲靜任任 8〔謁金門〕靜徑錦寢暈影迴枕〔卜算子〕城永影雲問聲準〔桂枝香〕褩警井明明聽准吟金，省耿訊矜矜閔蜢吟勤〔不是路〕城旬頓庭人信尋整等慶慶，清琴鏡村名忖門稟進悶悶〔掉角兒〕箴徑訓清磷蠅名，勤敏憫能磷蠅名〔解三酲〕訓名馨零省平，聖生卿名省平〔尾犯序〕庭命塵哽辛傾，仃忍齡情零襟，分頓聞省親盈，亭汎寧幸登君〔鷓鴣天〕分論孫雲驚聞 9〔一翦梅〕人城城迎塵塵〔菊花新〕紳情人隱，城驚旬覲〔畫眉籠錦堂〕征省勝門綸頸信嗔悶〔錦堂觀畫眉〕省門營泯靷整溷〔一翦梅〕旬亭亭津門門〔黃鶯穿皀袍〕門勤寸殷承引登膺敬〔皀袍罩黃鶯〕譖冥城整程臨〔新水令〕輪悶緊行行冷〔步步嬌〕遁奔行軫停贈〔折桂令〕騰粼澄亭林輕緊晴人營〔江兒水〕鈴定信勁勝成靜〔雁兒落〕盡群濘騰奮塵行順擒軍穩清振〔僥僥令〕零程深〔收江南〕庭嗔陵零成〔園林好〕平深靜頻頻〔沽美酒〕襟鯨獱兵明熒勝慶成親等〔清江引〕闌頓營鎮勝〔點絳唇〕徵聘警旌炯〔馬蹄花〕君聞精形聘承，生蠅彭旌命靈，生兵營盟譖貞，臣盟孫勳鄭榮 12〔滿庭芳〕禁情傾零靖生纓君〔甘州歌〕艇陵紛存傾門征津，新峋清輕明停行平，濆盈魂筋貧頻明城，名嶸騰蹭停聞心深〔尾聲〕近濱庭 13〔玉井蓮〕欽井，殯定 15〔點絳唇〕春正耿慶〔混江龍〕禁鄰正寅辛亨爭臣賓兵寧〔寶鼎兒〕鎮梗闌進蓋坤鼎〔賀聖朝〕臣春倫城〔錦堂月〕勝盛臻稔慶森，逢榮城騁聖慶森，飲斟茵景醞慶森，罄仁映盛信慶森〔醉翁子〕恨

罄慶黽京兵，𢥞郡靖佞寧兵〔僥僥令〕新成，芬春〔尾聲〕振鎮平17〔菊花新〕生青經隱，紳榛憑問〔駐馬飛〕深精定應憑准盡行，丞生任應臨慶印盟，形明命慶刑並勝軍，明貞命慎膺慍郡寧，成人病釁興應遁徵19〔念奴嬌〕景競警勝峻興韻〔本序〕驚映聞伸，省忍影憫情伸，憒京逞應群伸，哽零存病襟伸〔古輪臺〕辛生稱困悶今盡盈憒橫貞能奮靈，評橫競恨寢清幸乘靖城鼎平〔五供養〕梗民陵引京擒擒〔餘文〕膺振生20〔降黃龍〕任門鎮〔玉芙蓉〕陳盛軍擒凜驚纓，鳴整屯兵凜驚纓，晴淨形秦凜驚纓，臨阱庭林凜驚纓21〔古風〕侵尋任心沉勤陰馨今金淫箴生音〔十二時〕情分凶憒縈扃恨22〔錦纏道〕身雲臣朋卿庭耿睛盡萍，清城鳴峋扃零應成忿猖，經冥凌宸膺焚稱睜鈍罄，橫鳴京門程瑨贈芬藎音〔十二時〕扃寢膺任身釁〔榴花泣〕明心軍殞昏恨瞑勤魂，伸生星忍親阱審嬰陵〔漁家燈〕情纓城罄冷零名，程庭更興允零名〔尾聲〕盡閽眞23〔如夢令〕枕境情定竟竟信〔水底魚兒〕星禽夢神〔啄木兒〕靜生定徵形近郡城，橫紛傾公名命謹撐 25〔清江引〕蹬奔冷本，等忍遁門穩26〔鎖柳煙〕營鎮近釁整〔惜奴嬌〕荊城映景心形陣〔鬥寶蟾〕明橫塍影猛明吟勝〔錦衣香〕銀明勁陵盡城驚近迸盛進〔漿水令〕艇鉦城驚分整佞佞聽征〔尾聲〕慶柄欽〔滴溜子〕城悃頓贈請28〔窣地錦襠〕營侵靈平〔玉胞肚〕幸巡擒兵鉦，警營倰鱗傾〔窣地錦襠〕醒營徵屯，紳動增侵〔北油葫蘆〕庭柄棱逞命伸進問坤〔天下樂〕名仃零命明薰紊〔那吒令〕分鎮徇穩寧〔鵲踏枝〕兵京陵爭阱傾〔寄生草〕尊釁忍遁名奔〔么篇〕迍困命刃坌〔北賺煞尾〕憑命隱刃傾辛臣勳哂星墩29〔縷縷金〕門萍進塵遁遁，擒門進情淨淨30〔臨江仙〕餅嗔情惺〔五更轉〕柄春憒郡釁刃困，藎臣幸吻命姓燼〔臨江仙〕能軍營34〔小蓬萊〕城勝論，釁門城〔三學士〕眚盟登擒成勝動營，楯征春成勝動營，紖征營成勝動營，陣營程成勝動營 36〔縷縷金〕軍情奔緘忍忍，屯心哂襟釁釁〔鳳凰閣〕進陣巡整盡人襟釁釁〔獅子序〕傾盟恩耿恨命仁〔太平歌〕峻名釁〔賞宮花〕昏聞心勤〔降黃龍〕津甇鯨吟殉馨名炳〔大聖樂〕分進競撐38〔金瓏璁〕鼎魂冥馨情〔六犯清音〕冷靜驚〔梁州序〕音〔桂枝香〕襟蹭

〔排歌〕朋〔傍妝臺〕臨恨〔皂羅袍〕情麟〔黃鶯兒〕脡境馨今生存伸岑櫬誠深，駿仍騰津營輕瞑擒並明塋，影嶺停鳴程城城零聽焚生〔尾聲〕省艋清

《金蓮記》：2〔滿庭芳〕星聲程京〔一翦梅〕鶯痕痕塵亭亭〔太師引〕騁城情暝剩屏青，鏡人鱗俊珍驚春〔一翦梅〕征星盈萍塵情〔三學士〕進程星耿新，隱憑亭耿新，影聲青耿新〔香柳娘〕行行省景增增萍鏡城城輕另，零零恨緊征征聲影城城輕另，驚驚靚近亭亭裀枕城城輕另，京京徑回程程廷錦城城輕另 15〔喜遷鶯〕景井競醒靜，景冷病鏡燼〔傾杯玉芙蓉〕清境情驚進城，凝信箏沉進城〔北寄生草〕新增迸病性境〔北對玉環帶過清江引〕清人生鱗新行醒境映聽並〔不是路〕程丁聽卿巡證行定阱勁勁〔山坡羊〕迸定罄仃傾緊塵信聲輕情成，緊勁問聲醒阱驚明行程 21〔訴衷情〕痕昏門裀溫魂 28〔勝葫蘆〕雲村損魂

《焚香記》：1〔滿庭芳〕親城盟京心身證魂驚兵盟 2〔鷓鴣天〕眞塵名雲君情〔水底魚兒〕神清文人 4〔窣地錦襠〕人勻明眞 5〔宜春令〕星冷柄龍興幸〔宜春令〕寧民錦春井靜，心尊靜名命竟，撐身粉門聘鏡〔黃鶯兒〕名屏鏡城星行人程，迎顰令登新影人程〔簇御林〕英珍恨振身心，姻英分贈門心〔琥珀貓兒墜〕京論人聽鼜，箏明親聽鼜 9〔蠟梅花〕成近情整程 10〔憶多嬌〕盟民生心心臨，盟英婚心心臨〔鬥黑麻〕盟分名明鏡生心心新，成侵稱神鏡生心心新 14〔金瓏璁〕盡魂程心輕〔香羅帶〕身驚聲溫情繩眞，身心針門憑新人新〔臨江仙〕零人雲 18〔出隊子〕聘盟生成人 24〔玉樓春〕沉心身春君 33〔水底魚〕兵烹門門門門 37〔水底魚〕行聲焚焚，焚焚，奔行云云，云云

《龍膏記》：7〔一翦梅〕茵春春闇春春〔二犯傍妝臺〕臨神勁深枕門耿驚春，茵顰褪生影縈損吟春〔下山虎〕森運存驚勝盡枕憫人春，僝穩魂昏雲冷醒困侵春〔山桃紅〕井林巾心鏡橫冷准深春〔尾聲〕疚人停 8〔鵲橋仙〕徑悶琴盡〔太師引〕定薪塵景鬢生心，盡名經問生鱗金〔三學士〕冷津病貧等臨，贈門臣柄魂 9〔菊花新〕春勝人應〔桂

枝香〕錦井門困欽欽品俊林名，慶乘生病身身隱騁賓名〔菊花新〕塵心生映〔梁州序〕鏡噴沉俊襟春瑩頻，影映沉徑屛春瑩頻瑩頻，情俊賓冷芬春瑩頻，津令生潤勤春瑩頻〔節節高〕賓英敬潤澄俊遜並身奮，秦音影靜沉冷盛醞身奮〔尾聲〕影品深 11〔河滿子前〕音尋禁 14〔風入松幔〕生禁鏡定心〔漁歌子〕清平鳴情〔風入松〕冥另恨井針平，門定問近行平，君定並病文嗔，勝恨迸定明嗔〔榴花泣〕辰任橫沉盆信憑，鴦眞明冰生隕情〔急板令〕矜經承承撐吟情傾，塵沉心心昏吟情傾〔一撮棹〕驚庭景神行巾〔尾聲〕定準青 19〔雙勸酒〕睛寸明命經情〔海棠春〕門盛〔駐雲飛〕英橫冷勁輕蒨信明，人因並盡春證近生 20〔三臺令〕門人津因 24〔普賢歌〕人深承傾行〔劃鍬兒〕阱輕定金人影恨，論神分嗔人影恨 25〔意遲遲〕頸另情定影〔白練序〕緊陵引因驚憫塵〔醉太平〕青嫩春問沉今城證定庭〔白練序〕驚傾迎瓶塵盟省零〔醉太平〕情命形餅勤星經定緊津〔尾聲〕梗平憑

《牟尼合》：8〔番卜算〕城領迎柄〔金瓏璁〕阱聲因〔鎖南枝〕嬰丁京影營領，盟成形審城硬 27〔水底魚〕名靈，成平，生程〔玉交枝〕俊生明生屛，頓經成冥寧〔尾聲〕允訓經 30

《春燈迷》：3〔憶秦娥〕春心惺惺聲人情 9〔鎖南枝〕渾門昏問尊應，溫昆論寸匀愼 30〔菊花新〕行京星近〔剔銀燈〕明兄情命行零稱，清錦行禁程京蹬 33〔水底魚兒〕鳴營定城定城，群腥城城〔紅繡鞋〕林林星星經雲筋程，銀銀群群兵浸筋程〔尾聲〕定甚勳 37〔霜天曉月〕整信人成〔玩仙燈〕停應〔啄木賓〕〔啄木兒〕萍勝菱〔集賢賓〕疍生，〔啄木兒〕屛程形〔集賢賓〕名晉〔尾聲〕定淨聲

《燕子箋》：2〔滿庭芳〕英錦心青雲文〔黃鶯兒〕林聲影零盟命程人，雲辛近京城等迎情〔琥珀貓兒墜〕人情惺省程，憎辛行門明〔琥珀貓兒墜〕亭卿鶯聲盈〔生查子〕輕信琴任〔尾聲〕整凳程 5〔北二犯江兒水〕鐙鐙影穩鈴薰滾聲聲裙裙醒，星星冷准停迎領鳴鳴擎擎等〔點絳唇〕群陣整清醒 7〔阮郎歸〕青陵星鈴〔梨花兒〕名問臨正，興零門應〔剔銀燈〕簹頂襯錦贈，精緊行進更神允 9〔一翦梅〕情鈴針屛心

林零嗔疼星情情〔不是路〕青林審幀裙甚韻人俊並徑徑，神人身映星甚稱成稔暈姓贈〔紅衲襖〕匀領生穩星憎鳴，雲情魂逞琴忖春〔尾聲〕信忍顰 10〔點絳唇〕行闔耿行頂〔錦纏道〕京平橫兵靈生盈臣襟鬢囟恩〔朱奴兒犯〕稱滾領鎮營明逞〔撲燈蛾〕陵錦問審行蹭恩，群引信證行迸橫 18〔一江風〕惺病定整薰薰塵等，鈴緊映整燈燈瓶淨 19〔菩薩蠻〕醒卿 26〔玉交枝〕領城沉情琴，本門襟庭門〔尾聲〕振穩情 30〔紫蘂丸〕雲靜聲信〔江頭金貴〕鏡身陵隕聲泠砧明盾成音〔江頭金貴〕整魂心刃腥枕兵明慶音屏〔紫蘇丸〕成併人倩〔攤破金子令〕緊訂情領生分明屏遜倖〔錦法經〕成聽成領行陣頸青情 36〔番馬舞秋風〕親名情成領論隱，眞心明群溷明問 22〔宜春令〕分顰分等錦損，心鄰損叠趁另〔解三酲〕穩萍冷裙人請春，吻晴稱擎門怎瓶〔臨江梅〕〔臨江仙頭〕醒檠〔一翦梅尾〕顰匀零 35〔長相思〕清明星情聲聲生屏

《雙金榜》：1〔漢宮春〕敦飲巾城隣馨經庭 6〔懶畫眉〕城聲林整明，青生雲敬卿 8〔卜算子〕城靜英興迎徑文整〔畫眉序〕晴盛清影景，聲郡撐杏尹〔滴溜子〕競稱景飲文〔雙聲子〕飲飲近近影冷錦錦門〔尾聲〕甚徑城 12〔攤破浣溪沙〕深聲針裙青心 13〔憶多嬌〕生鳴輕聲津津雲，盆星軍程零行〔小桃紅〕錦冰生神人分魂〔下山虎〕軍眞存尹生萍青靈〔蠻牌令〕傾聞湛昏雲程亭春暝橫緊巡星停承情〔尾聲〕分緊生〔皂羅袍〕幸城鄰姓恩盟盡 15〔一江風〕雲正準平井停停盆汎，腥景近聲梗門門燈境〔山坡羊〕分證嶺庭頓定人聞神靈，鏡暈枕鳴聲定人貧因金〔簇御林〕程平飲緊聲城，形卿贈井林行〔尾聲〕境淨經 18〔點絳唇〕行性星竟，燈運焚夯（夯，江陽上聲）18〔二犯江兒水〕證證嶺影緋鈴林經穩云云本本領，印印井頃晶文莖靈引撐撐脛脛滾〔風入松〕痕影聽緊城笙，靈經併命行庭〔尾聲〕印應影 22〔蠻歌〕青人人問巾裙親親搵 34〔四園春〕晴清城生慶縈〔駐馬聽〕金林婷庭景星贈，清屏輕迎近程叠 46〔浪淘沙〕人分裙們〔浪淘沙〕卿林撐

（二）庚青、真（侵）

1、庚青

《四喜記》：6〔桂枝香〕訂定性聘聽論輕，慶敬幸阱境勝迎〔大迓鼓〕明鶯競平生，爭情境荊英 12〔齊天樂〕迥吟影景耿親庭穹生〔花心動〕辰整矰觥靚成並〔寶鼎兒〕頂鼎等境〔畫眉序〕清冷瀛影生，冰冷盈影生，聲冷青影生，明冷蠅影生〔鮑老催〕慶景徑競勝頃嶺〔雙聲子〕罄罄定競競定盛盛佞佞命〔尾聲〕整挺名〔掛眞兒〕領迎酊〔賞宮花〕朋情鳴平齡，徵清生平齡，星明稱平齡，觥盈騰平齡 13〔秋蕊香〕景耿整並〔針線箱〕井鏡整慶明景瓶，冷定淨勝情景瓶〔解三醒〕暝鼎憑生更幸星，剩應映笙乘幸星〔尾聲〕性情程 19〔謁金門〕淨並並頃整影領冷〔瑣窗寒〕程經精冷井情盈，凝鳴征耿景情盈〔繞池遊〕省冷哽嶺整醒〔三學士〕行名迎騁稱，行京榮騁稱，行庭誠騁稱，行征燈騁稱 20〔對玉環〕成稱鶯稱生並風輕風清〔清江引〕俊性盛命〔對玉環〕成等逢等更誠情明〔清江引〕幸病醒硬 38〔水底魚兒〕靈兵勇情，轟明並城勇情並城 40〔風入松〕增冷淨慶情誠，成整病慶停京〔念奴嬌〕競警勝勁令景〔本序〕零映更景庭，頃艇影應情庭，瑩燈烹稱盈庭，慶螟瀛聽聲庭〔古輪臺〕爭溟並勝松杏楹兢楞聽能淨精，評卿盛騁生冰幸乘靜城溟兵〔尾聲〕升盡生 28〔一翦梅〕明情情亭迎迎〔素帶兒〕徑輕逞應鶯鳴聽嚶〔昇平樂〕情婷生針熒明幸命增〔素帶兒〕青景醒行屛興〔昇平樂〕驚零旌繩清成病另縈〔□□〕行經徑敬迎兢，清英定應停情 35〔胡搗練〕清命靜卿〔一封書〕情零行明盟成更京，名生憎傾騰庭刑卿 35

《吐絨記》：18〔江頭金桂〕穽生城星行冷領憑冰命井情輕〔孝南歌〕情登行等生影應輕命，刑生釘硬平性徑行省，疼傾庚性經京淨應仃生生醒井成幸 24〔點絳唇〕庭請星命〔神杖兒〕瞑瞑兢幸應名名〔駐馬聽〕明輕領生清病丞正，刑情矜升令清應〔引〕聖等庭〔駐馬聽〕盲輕兵寧勝名省，形興營平靖營佞 28〔引〕名京〔引〕庭聽〔懶畫眉〕成生情請行，明曾城正程〔太平令〕明甥證登〔不是路〕名京省兄定罄情敬應領領，刑殞命蛉京程塍行景靚成命正應應〔山虎嵌蠻牌〕

生停棚哽情盲登正行升〔蠻牌嵌寶蟾〕身生衡平吟行停〔亭前送別〕深聲生稱〔尾〕省性成

《葛衣記》：5〔窣地錦襠〕青行情聲，軍城京聲〔駐雲飛〕徵城瞑冷行贈成淨兵銘，城生緊影徵耿零哽 6〔引〕庭聲〔引〕淨影〔降黃龍〕明淨靈境齡影燈〔太平令〕憎情迎，情橫輕〔滾〕爭逞迸爭忖盟 9〔引〕聲營陵勝〔紅繡鞋〕橫騰迎行城 12〔鎖窗郎〕婷藤城聘定稱，輕盟生徑定命 17〔引〕警整〔引〕城明〔啄木兒〕情更名屏貧競證迥〔三段子〕驚生靜經兵佞藎情穎〔歸朝歡〕零頸挺騁靜名

《修文記》：11〔疎影〕鏡情症影〔畫眉序〕京輕縈命停景，生清庭鏡停景〔滴溜子〕穎淨屏宮境頃〔鮑老催〕鼎嶺領冷景影哽〔雙聲子〕慶境競競靜〔尾聲〕定證省 13〔臨江仙〕明情靈驚生傾 21〔祝英臺〕生萍硬井影，傾明省行定 25〔耍孩兒〕令輕行生倖榮〔四煞〕層橫定驚省名〔三煞〕城明暎青獰迎〔二煞〕行醒命靈境能〔一煞〕精平併騰弃明 39〔粉紅蓮〕明輕整撐憑情生影名名 48〔山花子〕病生城迎乘形冰明，聖成行平乘形冰明，鏡明盲青乘形冰明，淨清坑醒乘形冰明〔紅繡鞋〕鳴鳴盈盈橫停成成，檽檽楹楹卿琤昇昇〔餘文〕淨明頃

《彩毫記》：6〔喜遷鶯〕景井平醒鏡鶯 9〔步蟾宮〕映聲明性〔破陣子〕庭卿迎〔刮鼓令〕能英兵平井傾情，清庭憑兵逞城纓〔二犯鮑老催〕明膺省星盛鼎罄政聲影，名榮聽屏映暝龍鏡聲影 26〔繞池遊〕命鏡境映京〔引〕興勝影艇競〔梁州序〕冷頃明鏡行迎映定勝，暝迥聲靚京輕映定勝，停整汀並卿行映定勝，靈嶺蘅盛生清映定勝〔節節高〕平星淨冷橫罄勁瑩興，明鯨映應鳴靜醒聽興〔尾聲〕盛星情 32〔紅繡鞋〕行行鳴鳴兵京銘銘，兵兵聲聲傾京銘銘 34〔祝英臺近〕省境幸〔步步嬌〕冷幸星整盟暝〔五更轉〕鏡情影井憑醒景〔江兒水〕酲映並命影京梗〔玉交枝〕聽誠景盟名訂縈定〔玉山頹〕警城傾沉冷平明〔解三酲〕境京眚瀛井英省成〔三學士〕名憑卿景傾〔園林好〕星齡慶程程〔僥僥令〕頃層永生生〔尾聲〕定情清

《桃符記》：2〔朝元歌〕青境程穩鳴哽頃藤聲鳴驚景景近 3〔麻婆子〕名成生姓影疼 4〔勝如花〕人井零忍命欣分行棱徑情，京嶺行定奔欣分行棱徑情 7〔新水令〕冥徑影聲鳴鳴證〔步步嬌〕聖應誠徑名井〔折桂令〕嚀成星萍影生廷屏盟〔江兒水〕明順令影證命〔雁兒落〕盟境競京寧星城平〔僥僥令〕冷廷併生〔收江南〕清凌升聲英〔園林好〕聆驚稟明形〔沽美酒〕旌停明省評徑聽行聲柄〔尾聲〕敬平清 13〔六么令〕凍盟程行警，命驚騰行警，景形騰行警 14〔香柳娘〕聽慶輕影情兵順，應命憑冷生盛定 19〔引〕京名〔駐馬聽〕荊生庭認姓軍證，輕刑爭輕命凌慶

《博笑記》：3〔黃鍾過曲啄木兒〕盟等矜性姓星，停等憑硬倖亨〔三段子〕影誠醒評省命梗，井生京英定聘餅 5〔雙調過曲普賢歌〕明明聲形，聲敬丞迎等 14〔雙調過曲六么令〕靈生仃承應應，明程星應應應，省庭形寧應應，井憎煢更應應，冷婷楹齡應應，影停情零應應，矜膺懲僜應應，暝繩勝城命命 15〔商調過曲水紅花〕名英並生行欞應聲，情成省乘生硬淨明靈 16〔狽仙呂寄生草〕亭印正行徵臏 27〔水底魚兒〕精形生應明名

《墜釵記》：15〔仙呂入雙調過曲風入松〕矜憎應聽聲門，形明稟定驚清〔急三鎗〕寧，聲〔風入松〕靈行行影生婷 23〔中呂過曲縷縷金〕興婷幸寧聖聖寧聖聖

《雙魚記》：18〔中呂過曲縷縷金〕旌亭省名爭爭〔剔銀燈〕興幸定驚情明京省訂倖旌城鳴〔縷縷金〕城生盛迎淨淨 20〔南呂引子臨江梅〕醒憑盈零〔南呂過曲紅衲襖〕丁坑繩秤瓶擎等承醒，城卿英行名羹餅承輕，情名爭倩零扃庭明平，輕情盟併萍程行停

《紅梨記》：2〔鷓鴣天〕京生驚鯨英京 4〔南鄉子〕聲更穩清明凝成情檽 14〔喜遷鸞〕醒冷驚耿橫〔雁魚錦〕明警頸城兵庭證境零僜定命眚鳴盟涇成憑情名驚勁情冷整病稱梗慶誠情阱惺兵哽箏兵生名影評成 19〔風入松慢〕清檽景成笙〔桂枝香〕鏡酊姓靜省騰聲，另冷定映等睜聲〔風入松慢〕橫行徑程星〔園林好犯〕誠盟慶亭整冷冥停形〔沉醉東風犯〕屏影庭井鈴省丁〔月上海棠犯〕聽境笙軿敬庭爭馨〔好姐

姐犯〕生幸凝鸚柄柄〔江兒水犯〕睛頸剩稱並成承〔五供養犯〕姓零景鳴靜興亭停〔玉嬌枝犯〕稱憎定猩爭正情醒蹬〔川撥棹犯〕等生嚀嚀星縈〔尾〕命迎情

《宵光記》：1〔瑤輪第二曲〕生平傾刑城情生亭城京能成婷 12〔掛眞兒〕京輕屏明〔啄木兒〕星逞聽刑鏡聽盆，眞明萍庭姓認明（下缺）〔三段子〕鴿情刑逞穽憫〔歸朝歡〕成罄烹横競忿青 21〔引〕存〔駐馬泣〕秦青名靈俊兵平

《金鎖記》：〔水底魚〕生寧定睜睜〔點絳唇〕生命頃明倖〔混江龍〕命靈奉行輕卿名行增行命情〔引〕令行〔三棒鼓〕盈升睜名輕城迎迎城迎迎〔碧玉令〕冷整中情〔古輪臺〕行停定罄盈冷亭暝青贈誠倖情〔尾聲〕亭餅城

《玉鏡臺記》：1〔燕臺春〕更名生能轟清聽英 2〔浣溪沙〕縈名鵬能輕纓 3〔薄倖〕鏡映冷永憑省〔黃鶯兒〕凝生靜形齡勁撐纓青笙景屏庭慶晨誦庚〔簇御林〕星更梗儆嚀刑，成經省寧嚀刑〔浣溪沙〕更横城輕聲情〔好姐姐〕盟綆萍幸影盈，矜境衿幸影盈，停整迎敬誠，英屏卿敬誠 7〔金瓏璁〕慶楹盟影屏凝〔生查子〕稱聘 9〔北雁兒落〕令星應形影爭屏〔得勝令〕鳴騁聲冥征平頂勍鼎鯨嶺汀徑傾崩京城頸 15〔一翦梅〕庭清清生成成〔懶畫眉〕横平京腥，鯨旌庭名〔六么令〕命明衡城平 16〔臘梅花〕京影騁程〔園林好〕征行景城，屏旌命城〔江兒水〕星耿騁影請成慶，横秉行蘦井成慶〔五供養〕滕承嶺蒸平頃程盈炳，聽萍境情名聘清盈炳〔不是路〕程迎整停征行命徑定，情聽哽傾影城省冷頃〔玉交枝〕勝精明榮定憑，命膺行寧省憑〔川撥掉〕穎整纓纓荊盟鏡，訂情證證更幸縈，行冰城城睜齡儆，經惸名名徵慶登〔餘文〕盈零冥 27〔謁金門〕耿屏境命，省柄鼎定〔紅衲襖〕京整聖平廷省傾，纓命頸銘柄兵盟，鯨警勝平哽定城，驚景屏勝星明零 28〔勝葫蘆〕命榮乘興〔賀聖朝〕鼎清成定，命明騰騁〔皀羅袍〕命輕營徑兵清令，柄屏憑佞兵清令，整平溟警兵清令，頸城生訂兵清令〔餘文〕鐙行平

《紅梅記》：5〔薄倖〕影醒應性徑〔二郎神〕影零領憑聲定驚鼯〔囀林鶯〕擎

猩映婷命趁憑情，停晴應情杏徑登驚〔啄木鸝〕清影情並境瓶，精稱城映艴情〔六犯宮詞〕〔梁州序〕慶幸城婷〔桂枝香〕擎〔排歌〕清名〔八聲甘州〕明〔皂羅袍〕聲情贈〔黃鶯兒〕生英〔意不盡〕症證聲 20〔河滿子〕病清冷情聲 31〔山坡羊〕定憑燈鏡驚行應成冷清聲僝形，靜徑零庭聲暝迸生京英成〔集賢賓〕明更影星扃儆惺靜，井行影庭靜應惺憑〔鶯啼序〕情傾罄定倖，盟程鈴影憑證卿命〔玉鶯兒〕〔玉抱肚〕徑檻匆定〔黃鶯兒〕傾情境零程，省誠明暝生明並嚀情〔尾聲〕冷鳴明

《題紅記》：2〔浣溪沙〕城星菁屏青 11〔鵲橋仙〕騁行應耿廷命〔鏵鍬兒〕映婷並屏青景酊，冷瓶競驚青景酊，興情贈輕青景酊，省情醒箏青景酊〔普天樂〕勁映生城醒程亭，迸暝萍青醒程亭 28〔字字雙〕名倖停興平稱輕揹〔普賢歌〕辰成誠情蹬，城親成瓶聘

《蕉帕記》：2〔鷓鴣天〕情零鳴成溟纓

《貞文記》：6〔海棠春〕姓性映〔忒忒令〕明映艴襯趁逞〔一江風〕青靜影仃冷聲成整，清映影驚醒聲鳴境，醒鏡冷亭徑聲生病〔浣沙溪〕聲應婷靚聲鳴性情清〔劉潑帽〕訂英等聲境〔秋夜月〕英迴暝競影冷〔東甌令〕生經興梗情零〔青衲襖〕煢永等呈寧整情聲，鳴等頂傾成影明零〔學士解酲〕行英醒輕耿形，英鶯聽增省冰〔懶畫眉〕丁輕鈴聽〔忒忒令〕亭徑騁冷整〔懶畫眉〕情生聲聽〔節節高〕亭鶯騁性情興姓正影〔尹令〕映杏勝名〔嘉慶子〕映傾慶生〔品令〕成幸程命慶幸京〔豆葉黃〕靈稱鳴星〔尾聲〕慶生誠 23〔杏花天〕境亭增〔小桃紅〕城近卿縈憑零梗境盟憑〔下山虎〕命整誠餅笙影星成〔浣沙溪〕成慶姓定憑梗亭程〔東甌蓮〕傾情性性惺英〔繡停針〕坰冥定鳴盡冷勁停影〔蠻牌令〕冥仃停聲星青軿〔黃鶯兒〕靈驚證生生省迎情，燈零省聲聲應醒卿〔隔尾〕迥靜影〔香柳娘〕醒整亭影冷冷行病，迴準形另命命燈定〔尾聲〕定零情

2、真（侵）

《四喜記》：21〔卜算子〕緊忍引准 34〔雲華怨〕靜痕近仍恨，斬親信恨燼〔羅江怨〕病人痕韉征緊新新准 23〔閱金令〕君動坤論，墳存門文，溫

尊分昏，聞雲淪薰 37〔包子令〕尊尊文文坤坤裙裙，尊尊云云奔奔裙裙

《吐絨記》：19〔水底魚〕勤停任門 20〔駐雲飛〕宸陳忿綸陣藎臣 25〔引〕身準

《葛衣記》：2〔齊天樂〕春門貧存論津坤 3〔引〕衮鬢寸〔引〕褪芬信嫩〔金梧桐〕印春暈悶問〔東甌令〕溫人韻昏論〔大勝樂〕神盡近氛恨魂緊韻〔解三酲〕粉芬魂裀鱗曛恨雲〔尾〕訊春頻 25〔出隊子〕動聞濱津〔哭相思〕梗引〔三換頭〕影盡身沉臣魂認盟雲，深緊論窨忍人盟雲〔望吾鄉〕門因引粉近分門

《修文記》：10〔鎖南枝〕民紳人瞬恨，賓津文哂唇寸，人眞存俊髡論，眞閽神困臣棍 30〔仙呂點絳唇〕尊論昏本〔混江龍〕衮閽蹲尊坤孫髡論遁屯〔油葫蘆〕門衮忖穩本混遯魂〔天下樂〕存門薰尊論〔哪吒令〕聞文溫門葷魂憒昏〔鵲踏枝〕文魂恩 34〔山歌〕嗔存 35〔清平樂〕滾穩恩寸〔繡帶兒〕忖魂昏屯淪恩頓〔宜春令〕魂門寸論春潤存坌〔降黃龍〕門俊困困粉坤恩揾孫〔醉太平〕論根潤雲粉氛〔浣溪沙〕峻溫眞雲存〔鮑老催〕褪瞬奔門衮準問本〔貓兒墜〕人門昏坤〔十二時〕運奔輪 39〔粉紅蓮〕魂們運門魂昏根滾君君 44〔七煞〕根聞粉恨魂狠薰

《彩毫記》：11〔西地錦〕郡聞遁動〔生查子〕閫鎮〔玉芙蓉〕麟俊衮訓雲引門辰，臣印氛振新引門辰 24〔尾犯序〕塵遁隕俊恩臣，身穩津遁牝神，塵刃眞吝印根 40〔念奴嬌〕鄰近問緊盡抆信〔七犯玲瓏〕〔香羅帶〕貧鄰穩〔梧葉兒〕塵秦〔水紅花〕津問村〔皀羅袍〕屯門痕磷〔桂枝香〕眞〔排歌〕人聞〔黃鶯兒〕身，〔香羅帶〕屯存遁〔梧葉兒〕門麋〔水紅花〕榛陣親〔皀羅袍〕雲信津閽〔桂枝香〕分〔排歌〕頻曛〔黃鶯兒〕眞，〔香羅帶〕痕塵韻〔梧葉兒〕裙薪〔水紅花〕迍褪雲〔皀羅袍〕身引醇紉〔桂枝香〕恩〔排歌〕濱神〔黃鶯兒〕人〔憶多嬌〕近震隕窘刃刃菌，躙遁釁盡刃刃菌〔一封書〕臣塵侵身焚峋君神，淪門鄰人新峋君神〔掉角兒〕運信奮神恩盆駿，坌近隱鱗身盆駿

《桃符記》：2〔稱人心〕髩困縉趁鞸肯 5〔懶畫眉〕閫雲鱗人，塵魂臣人 12〔泣顏回〕嗔盡魂寸人印，新允人順存狠〔撲燈蛾〕粉奔巡緊人，順認

人肯軍，定頓門準分，隱魂近門〔尾聲〕緊音身〔玉交枝〕愼恩棍君根聞，忖身憫人人信每吝恩論〔好姐姐〕銀盡聞運窘恩，昏遁身份郡春 19〔字字雙〕恨親論人緊珍襯 22〔大迓鼓〕身恩棍分聞，身存殞人分 29〔駐馬聽〕諄臣困遵本雲隱〔駐雲飛〕聞身本準臣君問進臣人，聞今舜信君諄隱蘊身君，陳純近近文愼進人君〔駐馬聽〕恩臣君臣分門藎〔窣地錦襠〕鱗臣新聞〔麼歌令〕門門塵塵雲新鱗 30〔出隊子〕人論盆神，盆伸新恩

《博笑記》：2〔鷓鴣天〕人春身塵親眞 4〔仙呂入商調過曲字字雙〕棍囤狠問 21〔越調過曲小桃紅〕親頓身迍饉遁仁民〔下山虎〕村新吞信肯人巡窀〔蠻牌令〕神君飩殞嗔恨隣人〔尾聲〕認銀 26〔雙調北新水令〕君鎮秦屯琨陣〔南步步嬌〕吻訊魂混人殞〔北折桂令〕軍神淪民緊韇根裙〔南江水帶撥棹〕親遴隱遁近聞雲〔北雁兒落帶得勝令〕振亙燼恩臣仁鯤順麟尊〔南僥僥令〕穩痕塵〔北收江南〕春倫辰跟分〔南園林沉醉〕陳門問伸恨身身存〔北沽美酒帶太平令〕唇唇燐村細蹲盡巹醺信〔南尾聲〕啃窘渾 28〔中呂過曲榴花泣〕親津人新伸盡勤分，軍親津人新伸盡勤分〔漁家燈〕鱗春粉恩殉趁韇哂辰，鱗春粉恩殉趁韇哂辰〔尾聲〕訊嫩雲

《墜釵記》：7〔雙調引子秋蕊香〕頓分訊緊〔仙呂入雙調過曲好姐姐〕引寸焚懇信魂，窘頓聞懇信魂〔玉交枝〕恨人釁春人鬢聞信，殞親巹人門悶聞信 10〔引〕幸春〔引〕殞明〔越調過曲祝英臺〕錦墳深神恩聞城趁近〔前腔換頭〕恨君墳魂晨訊分 26〔中呂引子遶紅樓〕親庭〔中呂過曲粉孩兒〕悃吻湮魂閫〔正宮過曲福馬郎〕窘信哂春姻存〔中呂過曲紅芍藥〕恩陳恨混論釁遜〔耍孩兒〕問人訊盡近〔會陽河〕魂人親分諢進〔縷縷金〕身訊巡遜姻悃悃〔越恁好〕人人存緊稱問〔紅繡鞋〕生生忻忻魂人焚〔尾聲〕陣賓親

《雙魚記》：2〔中呂引子滿庭芳〕塵親聞陳嫩春〔七娘子〕春人訊問〔中呂過曲玉芙蓉〕存奮親塵魂哂眞人，頻盡門隱貧哂眞人，頻盡新信貧哂眞人 8〔雙調過曲柳絮飛〕巾塵郡雲紛紛〔三棒鼓〕人塵身魂閫軍軍〔柳絮飛〕民民迍迍紛〔江兒水〕刃身本殉殯忍訊，燐魂問粉鬢

隱恨，憫陳尹郡刃遁坌，運神隱運近信櫬 28〔仙呂引子卜算子〕駿隼分恨〔卜算子〕信君人近〔仙呂過曲刮鼓令〕殷允人辰晉陳聞，勤允人辰晉陳聞

《紅梨記》：3〔西地錦〕春臣近，門氳衮〔香柳娘〕新新損信云云鄰近辰辰準，殷殷運盡分分尊瞬辰辰準，身身嫩陣矉矉痕恨辰辰準，塵塵搵韻溫溫氛混辰辰準，倫倫粉遜珍珍存襯辰辰準，門門品溷裙裙陳問辰辰準 23〔北點絳唇〕貧運昏本〔北混江龍〕韻神芬噴氳裙〔拂袖〕粉紛春引〔北油葫蘆〕嗔魂奔狠搵人印損身〔北天下樂〕論嗔津文薪貧〔北那吒令〕尊人門人塵信雲磷痕〔北鵲踏枝〕分問矉引津〔北勝葫蘆〕人春粉昏〔幺〕新人盡濱〔寄生草〕新襯暈哂雲盡〔幺〕塵憫奔近棍〔賺煞尾〕問忖損神門君近身魂淪穩

《宵光記》：23〔滴溜子〕昏振運殞軍，雲春頓魂遁君（第二十三折）

《金鎖記》：5〔光光乍〕身人論頓，身人論頓 6〔哭相思〕分巡眞神輪雲 13〔雙勸酒〕人運銀信囤門，文頓昏盡趁存〔三月海棠〕窘潤懇貧忖肯尋問〔鎖南枝〕門銀狠身盡，銀過緊人盡，存身奔恩本，分論襯門運 32〔鐵騎馬〕云云村人

《玉鏡臺記》：1〔沁園春〕婚沉奔分塵臣貞鏡平慶恩 2〔鷓鴣天〕人倫雲 4〔霜天曉角〕聘應贈嗔 7〔香柳娘〕珍珍潤衾親親蘊姻姻陳晉，人人俊奮引引進姻姻陳晉〔甘州歌〕憤門綸塵賁輪分津，雲盆薰塵奔群屯聞，身份民塵屯榛焚雲，沉吟京塵曛魂橫秦 17〔餘文〕陣駿身 23〔北得勝令〕昏奔陣浸琨臣遁〔北鴛鴦煞〕陣刃燼郡晉鎮〔北胡蘆尾〕刎困運 36〔生查子〕讖燼，論運 39〔一枝花〕盡震軫刃慍京運〔風馬兒〕訊印宸蘊民民，犹忿琛惆林林〔一封書〕輪臣嗔親憫春君恩雲，鈞動隕新印心君恩雲 39〔餘文〕枕親巾 40〔步步嬌〕困刃辰定信 40〔夜行船〕刃民深隱

《紅梅記》：18〔似娘兒〕身矉殞人〔光光乍〕人塵韻襯〔桂枝香〕俊運訓論隕神寸身，恨悶順窘盡吝親人〔金瓏璁〕奔人身〔二犯傍妝臺〕〔傍妝臺頭〕身婚均〔八聲甘州〕貞〔皂羅袍〕倫〔傍妝臺尾〕人，呑人姻秦親尊

《題紅記》：5〔望江南〕人盡新顰身魂 17〔女冠子〕損春門心瞬哂顰搵盡悶〔二郎神〕近盡準門韻粉神春，門忍嫩恩恨俊存昏〔囀林鶯〕裙門隱氳引近分，雲存緊奔滾盡均〔啼鶯兒〕濱隕紛陣暈春勤，春引紋恨寸神津〔黃鶯兒〕痕新信情恩盡勤人，文眞引魂神襯因人〔簇御林〕人門信人姓心塵，人眞準信君晉人〔尾聲〕迅恨門 35〔唐多令〕裙雲顰粉存〔賀聖朝〕門恩塵筠〔憶鶯兒〕曛昏新雲陳分迅神津，屯濱闉分襟裙隱神津，紛殷雲頻身人近神津，春村淪濆門人緊神津

《蕉帕記》：21〔梁州令〕巾眞裙巡〔山漁燈犯〕俊韻勤近穩論欣嗔悶哂〔玉芙蓉〕親〔錦庭樂〕〔錦纏道〕君人春狠〔滿庭芳〕塵引恨〔普天樂〕唇濜〔刷子序犯〕〔刷子序〕呑因云眞晉信〔玉芙蓉〕分神〔朱奴兒犯〕〔朱奴兒〕村根門問嫩辛〔玉芙蓉〕存

《貞文記》：10〔番卜算〕問塵信〔月雲高〕陣信悶問運人人，韻品鬢俊潤眞眞，韻俊奮認份人人，人引順信肯云云〔普賢歌〕筋群呑論人〔灞陵橋〕親運忻昏人，親盡論頸人〔尾聲〕晉隣人 18〔紅繡鞋〕人人姻姻陳樽忻忻醺醺忻醺醺〔北雁兒落帶得勝令〕輪滾混蛤隼昏臣人辛塵〔紅繡鞋〕辰辰親親忻人醺醺銀銀〔北川撥棹〕群盡人人人人本人〔紅繡鞋〕屯屯塵塵蛤奔民民根〔北七弟兄〕臣殉存論〔胡十八〕信軍坤存奔刎〔清江引〕人奔魂錠人本 23〔光光乍〕人塵損頓

（三）庚青、眞文、侵尋

1、庚青

《浣紗記》：6〔臨江仙〕傾兵營聲凌成〔五更轉〕境平並嶺定省靖，勁成幸領命姓鼎，盛騰請敬佞蓋整〔朱奴兒〕爭成行硬命庭靜，輕停營勝命庭靜，晶征鳴亙命庭靜 13〔山坡羊〕競定命成明境騁萍鳴名星 23〔虞美人〕情憑〔一江風〕徑淨映聲聲停姓，靜問應迎迎生敬〔金落索〕慶證庭疼訂情命經零憑井，另近生傾病星命卿程停定〔三換頭〕影徑經驚行聘成，迎進城慶領停成〔生查子〕競惱〔東甌令〕豔婷成磬定新卿，命能齡性稱荊曾〔劉潑帽〕倩兵敬清淨，令城應臨幸 26〔慶春宮〕城聲星情 37〔胡搗練〕平盛境盟〔燒夜香〕徵驚盟盟成省競〔梁州序〕姓證庭清興映敬慶，景騁征警鳴冥敬慶〔節節高〕清榮靜聖寧順盛姓營令，聲更冷整鳴競振凳營令〔尾聲〕亙驚傾

《鵜釵記》：13〔懶畫眉〕成程停逞行，明寧憑倖形，鶯醒零影行，聲生明柄成〔太師引〕憑影停清聽柄程明，領名平憑證成生〔解三酲〕穽生姓停贈程英，聲請承聽盟井行〔撲燈蛾〕誠敬行獍聲徑省亭，兄姓形病評倖聽輕〔尾聲〕命佞生 30〔夜行舡〕命廷兢病〔江頭金桂〕杏更命衡寧情井孟聲璟訂行星〔金絡索〕情請聘荊澄婷訂平命承生名敬，成柄等京升情定行聽登庚評佞〔劉潑帽〕倖能應領，鼎承並慶

《琴心記》：1〔滿庭芳〕聲亭生廷迎君仃情 9〔破陣子〕盛明景晴成〔傾杯序〕扃整屏星命省情，生病情生倖趁城〔玉芙蓉〕亭井騰影名定競行，冰梗生定明等靜生，成並瀛錦春境靜成，疼冷仃命情興明 14〔賀聖朝〕魂曾昏撐 23〔破陣子〕增燈情〔四朝元〕靜聞景影省省清冷病生另行競倩徑，定成影冷審審生另景城井瓶綆定永永，冷層靜明贈贈情迥冷婷病行命定稱稱，應城嶺景冷冷零影病撐定忖應定省省〔尾〕病興檠 39〔憶秦娥〕竟另另並〔山坡羊〕冷靜聲聽螢橫影情心冰恩星，冷靜聲聽螢橫影情，冷靜聲聽螢橫影情，冷靜聲聽螢橫影情 42〔高陽臺〕驚情更京生〔甘州歌〕興升競明橫行青生，扃嶺冷青平生澄僧，層屏騰青平汀輕行，情生烹名汀輕晴程〔尾〕興京星

《節孝記》：1〔沁園春詞〕生庭尊情盟徵遁迎乘 6〔三臺令〕營令扃榮 9〔北粉蝶兒〕扃姓應名茗經請〔南好事近〕燈境領城影騁靈〔北石榴花〕情性生增省證鏡明〔南石榴花〕冰淨明靈聲景領餅〔北斗鵪鶉〕釘證情聽性〔南普天樂〕靜定盟鏡冰〔北上小樓〕聲聽吟行隣敬性〔南一撮棹〕萍鞓生〔尾聲〕酲行領 10〔石榴花〕庭輕情層冷影鼎，盟亭齡曾兵興生〔泣顏回〕扃嚶情星醒城鏡，觥酊冥傾罄燈冷〔尾聲〕應荊情 13〔西地錦〕金迎徑卷下 8〔小女冠子〕影冷明境驚　卷下 13〔月雲高〕靜影醒定領鳴平，磴境聽徑省齡成，茗應影省冷情名，冷井並定慶生輕〔尾聲〕冷輕名　卷下 15〔八聲甘州〕膭城明

《曇花記》：12〔脫布衫〕征鯨京姓〔小梁州〕坑清名省平〔么〕暝並鳴靜橫〔上小樓〕影磴坰行證〔么〕瓶磬形勁令轟應〔耍孩兒〕盛政檠傾精定輕〔五煞〕能陵嶺靈應驚〔四煞〕鳴俍獰僧性生〔三煞〕形聲影精鏡呈〔二煞〕爭生獍兵證靈〔一煞〕多輕境情省英〔煞尾〕明景暝

21〔八聲甘州〕屏興徑荊迎清情京，行冰水淨聲輕情京〔不是路〕輕橫風行整箏卿定停婷名應〔解三酲〕鏡罌冷性聲傾憑憑睛，映情定盈盈京幸幸瀛〔黃龍滾犯〕冷冷生鼎鼎聲暝，笙笙明醒醒永橫〔滾遍〕楹並更冷整景景，耿亭影聲聲橫景景，嶺汀定冰冰瓶景景，醒屏暝經經成景景〔鵝鴨滿渡船〕傾冷燈鏡磬領景徑〔尾聲〕盛頃淨43〔重疊令〕靜定 48〔小重山〕行京笙城成莖名迎 52〔似娘兒〕明證靖軿〔桂枝香〕鏡鼎淨驚驚應境誠迎，命省整清清映境靈城

《長命縷》：2〔珍珠簾〕盛騁醒庭省警徑東慶〔夜行船〕境腥蹤景整〔朝元歌〕陵冷陵瞑京鼎領徵情生情耿映映，嶺城行平正詠聲爭橫明耿映映 5〔如夢令〕鏡靜令令命 7〔菩薩蠻〕郡盛 29〔出隊子〕應生精榮應，鏡冥橫盟憑，競庭形名稱，聖行聲爭兵〔出隊滴溜子〕〔出隊子〕命腥靈〔滴溜子〕領中省榮〔滴溜神杖兒〕〔滴溜子〕並聽〔神杖兒〕整慶登興〔雙聲疊韻〕空空警極極冷景影曾

《紅蕖記》：3〔仙呂入雙調過曲朝元歌〕聲醒情冷迥影暝行驚生萍景贈贈〔朝元歌〕競輕明清境荇映汀鳴清晴景贈贈 7〔臨江仙〕平生橫明箏情行 9〔楚江情〕成情盟平生萍憑聖誠誠靈應〔北金字經〕明齡亨亨稱命矜矜 13〔商調引子遶地遊〕幸並整瑩縈，病競領興增〔商調過曲四時花〕情平迎驚生傾停繩定影，情平迎驚生傾停繩定影〔集賢賓〕明檠鏡輕冷映等瓊，明檠鏡輕冷映等瓊〔簇御林〕屏倩婷惺，屏倩婷惺〔綏調黃鶯兒〕成賡性聽聲應靈行，瓶箏柄鈴鞓頸定凝

《義俠記》：2〔鷓鴣天〕平傾情橫行生 5〔小女冠子〕病寧聘興〔秋夜月〕憎敬定整餅景，輕另剩領景整〔東甌令〕婷丁並稱零程，輕情定命零程 13〔繞紅樓〕刑盟平性兵〔縷縷金〕鈴兵徑刑命命〔錦纏道〕鉦行鳴凌盈梗阱生名情〔普天樂〕亭徑頂兵行嶺驚贏〔山桃帶芙蓉〕影靜競整定爭〔普天樂〕聖請兵平炳靈兵〔山桃帶芙蓉〕醒命應眚勝兵〔普天樂〕應屏清寧秉生形 31〔減字木蘭花〕境領 33〔東風第一枝〕正盈廳情〔哭相思〕領哽〔催拍〕盟懲成成情城生情，憑平生生驚經生寧，更行寧寧生勝亨明，盟形生生情零生明〔一封書〕

稟營名英傾惺盟，行輕阱行英行〔甘州歌〕景平映兵行能情稱，行命形鳴僧聲情篸，輕井騁萍鳴情爭名，平映情驚增兵矰名〔餘文〕證生聲

《埋劍記》：14〔中呂引子菊花新〕城營驚幸〔中呂過曲泣顏回〕聲生矜整靖封兵，輕命徵頸病成哽〔太平令〕生清硬情，停情併錚〔撲燈蛾〕競倖騁庭青明，應競耿明影平〔尾聲〕省矜行 17〔清平樂〕寧憑撐〔雙調過曲普賢歌〕生成增傾姓 25〔雙調引子南新水令〕境病警靜〔雙調過曲鎖金帳〕醒星穽省冷清，靜增名生梗命，冷情訂盟領穽，勁成硬勝淩蹬，應情徑醒命命 27〔中呂引子南粉蝶兒〕警名證令〔中呂過曲大環著〕靜靖兵獍井銘幸請並兵瑩〔越恁好〕寧輕明秉定盛定盛 33〔雙調引子夜行船〕景聲情併令〔四國朝前〕景命〔雙調過曲玉抱肚〕慶行稱寧停，乘卿慶寧停，梗爭贈寧停，聽成罄寧停

《投梭記》：12〔駐馬聽〕清城嶒衡井平靜，呈行生兵領成定，靈卿情驚盛嚀命〔紅衫兒〕鼎整兄幸病坰英逞，兄鏡請誠棱萌朋明競〔醉太平〕酊蹬青鯁齡聽鯨警撐，敬耿省政横平盟靜聲 21〔虞美人〕情平 24〔香柳娘〕醒醒酊興驚驚境睛睛聲應，鳴鳴暝嶺靈靈嶸整停停靈敬，陵陵省頂名名撐命刑刑憑證，京京姓盛伶伶稱聘井井庭徑，聽聽命阱亭亭行影傾傾明鏡〔紅衲襖〕澄增憑箏精獍横成，情醒並盟憎倩更汀 27〔南鄉子〕行兵暝平成旌京亭 28〔浣溪沙〕生驚仃盛榮情

《鸞蓖記》：8〔誦子令〕迎清瀛〔誦子令〕瓊擎程 20〔生查子〕命整，競興 22〔出隊子〕井井京英程深 24〔步步嬌〕並徑停映並〔江兒水〕情病倩另俊幸〔僥僥令〕京騁因〔尾聲〕銘閏評 26〔風馬兒〕京迎徑青〔二郎神〕憫信領承省名幸盟星〔啼鶯序〕情清經燈冷矜鳴〔簇林鶯〕情屏並卿媖映鏡婷

《東郭記》：3〔迴文菩薩蠻〕聲鶯 5〔繞池遊〕徑定騁冷乘〔金井水紅花〕塍甥丁鳴應盟生鏡行情興〔繞池遊〕姓荇剩病生〔金井水紅花〕縈庚生應笙零徑情行命〔玉胞肚〕幸英盈卿名，敬成青情曾，省聽縈驚情，頃傾聲盟冰〔尾聲〕訂贈盟 6〔西地錦〕勝卿聽稱〔番卜算〕成聽生佞〔惜奴嬌〕生柄請幸聽佞訂，評賡徑影應競病罄〔鬥寶蟾〕明徵病定聖經寧衡幸，衡羹映寧訂情聲爭正〔錦衣香〕逞挺境憑盟

生勁徑影溟〔漿水令〕應鳴盈騂剩醒逞行〔尾聲〕幸郢明 27〔金蕉葉〕卿慶幸〔羅江怨〕嬰英形名應生征徑〔金蕉葉〕驚病勤靜〔羅江怨〕丁行旌程定聲零慶〔香遍滿〕徑應慶勝盟盛，勝興杏青情病

《醉鄉記》：6〔普賢歌〕丁升瓶星等，稜聲形平敬〔北清江引〕整頂名姓興 36〔意遲遲〕井勁聲耿情景〔集賢賓〕逞亭頃檽鼎定影冷，停冰凝瓊證另並稱〔黃鶯兒〕名京興賡登映生贏，徵應病輕清勝縈勝〔琥珀貓兒墜〕增層驚晴燈，明屏城聽更〔尾聲〕嶺徑評 42〔夜遊湖〕徑晴併〔步步嬌〕景影輕逞鵬醒〔玉交枝〕整聲鏡屏清映生盟，敬冰訂亭羹餅生盟〔步步嬌〕映聘燈翁證英命〔玉交枝〕請成姓承鳴定生盟，性擎迥青名慶生盟〔遶池遊〕

《嬌紅記》：2〔鷓鴣天〕秦巡星零成名 11〔番卜算〕城盛卿姓〔不是路〕兵傾兢城旌命驚近境應應，兵傾盛生丁訊徵進境令令〔急扳令〕鳴明迎腥靈名，霆星聲行靈名 14〔七娘子〕冷扃憑訂命〔刷子帶芙蓉〕星成憑清影另鐙橫〔普天帶芙蓉〕映徑櫺應影醒成聲〔朱奴插芙蓉〕聲應冷幸省增情〔玉芙蓉〕聲醒停靜屏性生情情〔山桃犯〕頂等行準幸盟〔摧拍〕生英卿盟程〔一撮棹〕徑驚仃惺誠定亭〔尾聲〕靜零影 22〔普賢歌〕唇名親親成〔搗練子〕星婷影〔玉山供〕定親人並慶定盟，命聽聘勝聘盟情，聘成杏影勝情星，稱成正定慶親明〔玉抱肚〕映誠另程星，應零迸聽聲，並生任運星屏〔伍供養犯〕成生盟令寧定，等英京鏡人定，省倫親聘停定〔江兒水〕生訂慶頸命等，成另冷暝聽靜〔尾聲〕命行成 25〔水底魚兒〕星名靈 26〔青門引〕冷定明病醒靜影 32〔一封書〕清明青擎靜聲生情迎，亭醒行青冷聲驚屏陵〔卜算子〕靜影憎冷〔金梧桐〕輕映徑病興景〔東甌令〕屏憑靚映生〔皂羅袍〕盛鳴屏冷影生映明興〔大聖樂〕輕醒徑茵頸增領靈，停生幸寧勝驚性聽〔解三醒〕應親硬成暝誠省行，影聲慶成訂誠幸行〔掉角兒〕屏徑映生並慶影聲興〔尾聲〕興亭影〔憶多嬌〕青明生零亭亭英，清明傳行鶯鶯聽〔鬥黑嘛〕凝庭靈生情亭行，英明情蹬冥輕行

《二胥記》：7〔南柯子〕靜影省冷 9〔逍遙樂〕迴經鳴中仃〔金梧繫山羊〕京

命醒境淨情平營成〔梧桐樹犯〕名影並柄誠瞑梗〔梧桐花〕命鼎井生境哽〔集賢賓〕影清映擎迴迸耿省〔簇御林〕羹明另病生亭〔黃鶯帶一封〕亭凝冷生生準橫盈程〔簇御林〕傾冰令定驚明〔黃鶯帶一封〕明驚應升熒幈汀冰成〔金絡索〕聲聽靜情行青勁經省更螢景，增頃另清鳴瞑燈驚哽明生影〔尾聲〕醒永明 12〔水底魚兒〕徵星鳴〔撲燈蛾〕井逞梗憎性刑，梗競勝霆命兵 13〔憶王孫〕零聲聽橫明

2、真文

《浣紗記》: 8〔勝葫蘆〕君門肯順恩 14〔北朝天子〕尊吞振秦順身郡君謹謹信信 16〔剔銀燈〕窘問糞信恩根 17〔不是路〕春人進雲勤近門悶印問問，根人貧身信旬憫俊韻韻〔皂角兒〕身病婚寸昏分秦近，村本裙嫩魂趁門運，匀褪分瞬存盡因頓 3〔滿庭芳〕存分紜臣 11〔窣地錦襠〕軍雲峋聞〔哭岐婆〕隱粉陣引〔山花子〕郡吞奔尊新文君春，燼存人根新文君春，陣裙伸紜新文君春〔大和佛〕宸雲門賓遜臣人奔順嗔〔舞霓裳〕鄰鄰親親譖身份認鬢〔紅繡鞋〕氳氳紛紛屯昏陳陳〔尾聲〕進近員 25〔風入松慢〕紛春問門，身魂訊門〔好姐姐〕雲潤唇韻進樽〔二犯江兒水〕俊俊滾茵緊塵塵雲鞾橫品巡巡近魂〔好姐姐〕群迅塵韻進樽〔二犯江兒水〕褪褪損紛引身身人勤巡穩裙裙鬢雲 33〔掛眞兒〕瞬昏順進〔北一枝花〕身鬢君信存緊〔梁州第七〕狠動陣紛存魂民闔婚塵損本振新恩〔牧羊關〕雲巡榛粉民聞〔四塊玉〕近裙陣窘分〔哭皇天〕進根濱墾針孫塵〔烏夜啼〕民存信身君論論奔緊遁門〔尾聲〕刎根近殞滾 40〔駐雲飛〕臣因窘奔民滕進恩，魂因粉燼迍糞認春 44〔減字木蘭花〕身人

《鵜釵記》: 1〔佛頭青〕仁人裙門分軍親眞 19〔菊花新〕宸臣尊鬢〔紫蘊兒〕隱粉門品〔畫眉序〕輪郡悃近品荀，醞進懇品荀〔黃鶯兒〕尊唇錦塵雲引斟春，新裀滾裙中坌紛孫〔尾聲〕忍緊尊

《琴心記》: 2〔鷓鴣天〕群勤文雲君聞 14〔花心動〕村滾根春恩准魂引〔好姐姐〕痕嫩根忍芹，魂粉人恨神，紋寸根倩昏〔寶鼎兒〕困〔雁來紅〕情吞進運人甑塵疍，文困悶陳恨吞穩〔園林好〕嗔近論分分〔沉醉東風〕昏鬢陣親裙茵運〔川撥棹〕親分近紛君分〔紅繡鞋〕恩親人

信雲郡村論〔尾〕分悶溫 17〔普賢歌〕人親呑忍分〔梨花兒〕穩門粉本，穩辛頓糞〔剔銀燈〕損悶陣褪眞呑，醒盡運應滾雲，倩晉近頓人分，悶困粉醞根芹 30〔探春令〕人忍盡〔泣顏回〕眞君軍分陣動，銀分恩深損生 33〔謁金門〕穩孫殯屛〔菊花新〕魂門緊春〔香羅帶〕人雲聞君根人，人春分昏聞塵，門雲塵因春人〔三仙橋〕運困晉雲奔門身近昏恨分，穩褪混靜群陣文門粉困淨〔鶯啼序〕迍軍信粉奔，恩孫親郡困信寸〔琥珀貓兒墜〕應運隕井悶陣，隱淨盡信進頓盡勤嚏訊雲

《節孝記》：10〔菊花新〕塵身門穩 13〔宜春令〕吟雲村近塵筍紜隱，身隣近寸春鬢紜隱，塵新潤品巾韻紜隱，唇嚬問韻門瞬紜隱〔滴溜子〕懇進隱親蘊分盡〔意難忘〕〔尾聲〕肯群陣 15〔秋葉香〕隱村金粉樽〔惜奴嬌〕雲銀引恨門問〔鬥黑麻〕懇村遴頓論人鬢〔錦衣香〕韻悶盡村呑問問噴〔漿水令〕鬢巾雲人穩駿陣昏〔尾聲〕韻樽春　卷下 3〔素帶兒〕(□□) 寸恩雲憫孫〔醉太平〕問刃仁恩輪存吻身〔素帶兒〕樽神醇身唇近昏〔醉太平〕紛勝問隱臣損訓論〔簇御林〕論尊訓身貧忿昏門〔貓兒墜〕醇輪循名身〔尾聲〕盾神新　卷下 5〔香羅帶〕辛裙貧親神人，身門鈍濱身人　卷下 7〔行香子〕心魂春貧身雲人親　卷下 8〔太師引〕論塵雲信寸魂人辰〔瑣寒窗〕詢鯤門振俊循門塵〔東甌令〕村門駿問輪身〔三換頭〕恩近親論殞君塵勤〔三段子〕輪君痕人問寸困〔大迓鼓〕倫仁殯門親〔尾聲〕悃尊陳　卷下 11〔畫堂春詞〕雲氳新塵村鈞春

《曇花記》：6〔憶秦娥先〕近引引盡〔憶秦娥後〕信恨恨悶〔園林好〕嗔津迅塵塵，臣人瞬神神〔江兒水〕痕恨引褪奔春本，新問信準忍春本〔五供養〕盡銀眞論埌認，門人屯身緊溫認〔玉姣枝〕忖跟隕勻雲粉分魂，韻因坌恩眞問分魂，進貧盡塵紉滾分魂，品人信根神印分魂〔川撥棹〕緊損身身春神聞，塵焚陳陳君神聞〔餘文〕印遁群 25〔生查子〕津運軍順〔錦纏道〕眞身雲塵神坤盡存粉民〔普天樂〕近信屯痕磷塵〔古輪臺〕人分鱗眞裙因門〔尾聲〕恨塵身〔北雁兒落〕迅震〔北鴛鴦煞〕印陣盾奮困奔進〔北倒拖船〕軍軍云云塵旻，銀銀

輪輪論旬旻

《長命縷》：2〔鷓鴣天〕聞群雲氛軍塵 10〔望遠行〕損緊雲暈〔北寄生草〕神陣噴震運〔南解三酲〕問辛準身盡貧訓訓尊〔北寄生草〕眞潤韻襯囤〔南解三酲〕鎭門引春恨魂訓訓尊〔北寄生草〕人混諢憤分〔南解三酲〕論斤信勤君村訓訓尊 21〔醉花間〕問問恨趁陣剩 22〔似娘兒〕薰旬近春〔小蓬萊〕隱鄰〔臘梅花〕尊運渾鎭奔〔一封書〕親雲存辛塵身因君遵〔大迓鼓〕眞塵閫孫婚，新根準申婚

《紅蕖記》：5〔南呂過曲春鎖窗〕新人盡引分辛親門鄰人困窘鬢親賓〔針線箱〕問憫恨搵奔哂動，分本論俊身哂紳〔解三酲〕憤伸訊巾塵遜臣，神暈輪頻薰遜循 13〔生查子〕鬢緊近分 16〔中呂過曲瓦盆兒〕魂旻神鄰閽近論津〔榴花泣〕身湮人臣忖殉吟信〔喜漁燈〕分穩姻君印親論泯因〔尾聲〕昏樽氛 19〔商調引子十二時〕認忖穩親問〔商調過曲二郎神〕憫訊近恩緊本門人，釁準搵痕魂頓論姻〔鶯啼序〕君隱辛分訓哂吻，伸品勤信俊忍醫〔啄木兒〕身佤婚順恨奔，陳因紛盡混眞〔滴溜子〕身濱晉損昏〔鮑老催〕盆春分諢遜靳趁〔滴溜子〕嗔肯悶殞恩筠〔鮑老催〕雲溫昏襯褪嫩遁〔尾聲〕韻頻旬 24〔仙呂入雙調過曲攤破金字令〕震緊隱損君人雲綸身穩〔夜雨打梧桐〕臣身塵恩殉芹宸陳窘恨魂秦 26〔二犯月兒高〕盡緊粉近準趁恩問〔醉羅歌〕信神雲訊眞眞寸辰魂 30〔中呂過曲北粉蝶兒〕恩燼馴覲津分〔南泣顏回〕人泯門引認君〔北石榴花〕新身鱗蠢筠問魂殉神〔南駐馬聽〕眞仁蘋昏鬢群盡〔北紅繡鞋〕印塵辰雲隼〔南石榴花〕陳因親勤忍趁論溫〔北十二月〕隱春緊巡釁淪〔南漁家燈〕貧諢俊存欣軍裙〔北堯民歌〕分痕文勻釁臣陣〔南撲燈蛾〕震暈滾民刃氳〔尾聲〕群村尊 34〔黃鍾引子南點絳唇前〕謹隱允〔南點絳唇後〕粉忍吻狠 38〔仙呂引子似娘兒〕春辰信雲〔減字木蘭花〕雲神〔仙呂過曲桂枝香〕鬢趁訊認諢嗔，鎭覲問恨印分，釁隕吟憫神恩，盡論韻困眞因

《義俠記》：1〔沁園春〕文進君城青恩迍痕貧身臣 12〔一江風〕人恨褪勤潤人人身遜 17〔山坡羊〕信哂問問親人魂身，奔忍陣伸恨忿云分因身〔賞宮花〕詢頻氳人，門貧銀人，尊分門人，們因論人 18〔鷓鴣天〕魂

坤鄰雲神恨聞 31〔破齊陣〕魂枕寸神貧〔燕歸梁〕殷昏紜論〔普天樂〕信隱潤門滾混魂忖訊，頓穩迅門引奮魂忖訊，潤閫信雲准運婚悃因 36〔南粉蝶兒〕忍氳盡分〔山花子〕哂根奔存恩新恩云塵，隼雲神身恩新恩云塵，振辛春椿恩新恩雲云塵，信君臣鱗恩新恩云塵〔太和佛〕尊神麟陳覲伸靳印坤〔紅繡鞋〕樽樽輪輪墾新臣臣〔意不盡〕信人論 4〔水紅花〕文君緊迍辛進身存

《埋劍記》：1〔行香子〕倫新存榛雲文紛群陳 7〔南呂引子大勝樂慢〕困俊隱〔南呂過曲秋夜月〕貧悶運穩粉粉〔柰子花〕春身郡閫頓，迍榛印損頓 12〔風入松〕軍窘憤殉辛存，分進閫奔迍〔急三鎗〕趁親，進群〔風入松〕人認近緊論淪〔急三鎗〕困閫，郡人〔風入松〕君秦近坌雲門 21〔仙呂引子鷓鴣天前半〕聞神人 26〔南呂過曲金錢花〕軍軍辛辛身紛醺〔劉袞〕窘頓坌進，忖釁們分，問引進諢 31〔越調引子金蕉葉〕君親伸本〔越調過曲山桃紅〕進雲困陳忍聞運緊憫門身，陣貧隕辛殞眞進春憫門身，信諄殉殷窘昏分泯憫門身，順勤振人粉軍郡閫憫門身〔尾聲〕信迍因

《投梭記》：9〔鷓鴣天〕新塵人椿聞恨春 13〔卜算子〕新嫩頻尹，殷奮臣憤〔解三酲〕紊旻問閽恨動捫馴〔長拍〕醺鄰勤趁塵窘門〔短拍〕云陳憫紜〔尾聲〕殞云人 28〔少年遊〕人嗔釁雲恨春 29〔錦上花〕峋峋雲軍軍陣〔哭岐婆〕盡運閽揾〔江兒水〕昏奮恨憫憤振，奔陣狠慁遁困〔江頭金桂〕〔五馬江兒水〕吻云分捫陳釁粉恩〔桂枝香〕順宸印輪〔朝元歌〕臣盡軍順新振群恩魂樽奮韻韻

《鸞篦記》：2〔鷓鴣天〕雲裙營鳴春轝 5〔鷓鴣天〕倫神恨塵 7〔北端正好〕潤眞親近〔滾繡球〕門鬢裙倫緊春魂人〔倘秀才〕巡焚隱文雲渾〔煞尾〕分秦身春倫近雲緊 24〔天下樂〕塵鱗身

《東郭記》：14〔番卜算〕髡隱君瞬〔九迴腸〕隱髡順存倫俊紛聞郡門〔生查子〕春運親奮〔黃鶯兒〕雲群諢君倫運神貧，紳人進民孫釁論銀 31〔北南呂一枝花〕紳俊墩分吞墾〔梁州第七〕仞雲震紜屯村坤津郡門引峻盡文人〔牧羊關〕分群奔村憤哂嗔忍眞〔四塊玉〕孫胤分蠢論寸輪〔罵玉郎〕問濱認津囤〔玄鶴鳴〕門認穩鄰允墩信尊〔隔尾〕俊人遜身峻

隱〔烏夜啼〕郡門湮頓坤蹲人棍吞〔尾煞〕遁淪韻津尹屯盹

《醉鄉記》：21〔香柳娘〕人人吝純純文襯新新新論問，論論盡順云云聞認瘟瘟魂殞，分分混盡馴馴人瞬嗔嗔蚊蚓，文文狠韻昏昏焚渾嗔嗔神運，尊尊運震醺醺蓀糞欣欣雲潤，真真忖運伸伸昆窘人人貧俊 25〔憶鶯兒〕巾褌旬村嗔論郡閫吞，婚姻門新欣珍運閫吞，醺塵人存伸新潤門棼，春葷人塵親捫問門棼 30〔長相思〕鄰鄰親魂村村聞 36〔古調笑〕恨恨寸 43〔憶秦娥〕近困困問悶韻鬢

《嬌紅記》：18〔鵲橋仙〕損陣痕近〔桂枝香〕悶褪恨忖問春人，韻分訊盡近神雲〔女冠子〕問塵運恨〔大聖樂〕塵裀盡存訊人損穩，痕門盡雲近魂盹運〔駐馬聽〕晨塵雲昏燈君粉，魂辰塵新悶辛問，春人門昏恨辰信 36〔醉落魄〕隱震暈神，問運信神〔八聲甘州歌〕恨雲信影魂曛聞論君，倫陣軍鬢雲殷塵新人，門問猻存文津人真蕡，論俊雲氳裙塵秦新鄰〔餘文〕近雲人 49〔北新水令〕昏寸勤溫悶〔南步步嬌〕損殞塵問聞恨〔北折桂令〕人親門損分神魂存〔南江兒水〕身損褪殞搵分〔北雁兒落帶得勝令〕人奮殉春匀晉姻辛慍吞頻〔南僥僥令〕恨魂恨根根〔北收江南〕親分魂氳人〔南園林好〕魂滾姻存論〔北沽美酒帶太平令〕屯殷鄰忻親亙身問鬢昏奔殞〔南尾〕印分穩

《二胥記》：4〔北新水令〕昏奔存魂魂困〔南步步嬌〕慍恨曛問聞穩〔北折桂令〕群奔歕存昏門魂〔南江兒水〕論殞狠忍恨盡〔北雁兒落帶得勝令〕惛進分雲昏鬢人吞塵〔南忒忒令〕君粉蘊恩緊〔北收江南〕恩奔認信昏塵〔南漿水令〕君尊親倫論焚分吻恨親〔北清江引〕遁悶奔本 25〔鐵騎兒〕進曛陣濱陣濱，進巡盡秦，近身盡人，震濱盡雲 26〔北寄生草〕嗔隱殞殉人問〔么〕恩忿狠忍倫問

3、侵尋

《浣紗記》：23〔虞美人〕心今 31〔一翦梅〕沉心心吟霖霖〔宜春令〕恨心今懍飲審，斟臨蔭甚枕〔繡帶兒〕凜尋沉斟審滲淫鴆，深沁窨陰心恁任今讖

《鵜釵記》：15〔出對子〕枕心金蔭〔風入三鎗〕金寢飲衾深尋，淫襟任浸沉參心

《琴心記》：16〔醉太平〕深臨禁琴尋侵音心

《節孝記》：3〔古浪淘沙調〕林沉心　卷下 4〔山坡羊〕枕衽春寢襟林禁侵深，

枕閩任針心飲金吟侵深，甚審喑淋瀋心襟痻尋林

《曇花記》：54〔少年遊〕心林〔急板令〕今音林臨音，深淋忱忱音簪，岑砧襟襟鐔森，琴衾吟吟欽針，尋心襟襟林音

《長命縷》：20〔清平樂〕心深琴

《紅蕖記》：17〔中呂引子尾犯〕尋喑禁琴審〔中呂過曲尾犯序〕禁窨諗枕沉鍼浸恁枕森今琛襟枕陰〔哭相思〕凜飲磣您 34〔黃鍾過曲賞宮花〕林斟深鍼〔賞宮花〕禽砧森金〔賞宮花〕尋參衿心

《義俠記》：15〔憶秦娥〕喑蔭蔭甚寢紝紝任〔金落索〕金錦凜砧心陰禁今襟蔭，沉浸審深心吟禁森襟蔭〔劉潑帽〕甚噤喑尋禁，寢侵喑尋禁禁

《埋劍記》：15〔仙呂過曲勝葫蘆〕深金甚心 17〔商調引子逍遙樂〕審窨尋襟〔商調過曲金井水紅花〕心深鍼任今吟錦滲陰侵恁 31〔南呂過曲繡衣郎〕音心窨甚禁讖審審，林尋喑廕沉祲錦錦

《投梭記》：15〔四邊靜〕寢噤審凜磣恁，鴆衽飲凜磣恁 30〔天下樂〕沉心朕今〔皀羅袍〕凜侵禁窨深尋甚，錦音林喑深尋甚

《鸞篦記》：13〔九迴腸〕〔解三酲〕甚深沁尋心恁〔三學士〕錦箴臨〔急三槍〕問沉〔似娘兒〕深音紝吟

《東郭記》：12〔霜天曉角〕錦蔭林甚，飲稔欽蔭〔皀羅袍〕甚心金錦欽尋任，審音忱讖斟簪蔭〔尾聲〕心甚飲 30〔一江風〕心寢枕音錦林林侵浸，音蔭甚心飲琴琴衾禁〔六犯宮詞〕寢枕臨陰襟禁金尋審侵心，飲甚吟簪心深襟今任尋音〔風入松〕簪蔭任音讖臨，心蔭甚欽恁臨〔尾聲〕心甚審

《醉鄉記》：10〔出對子〕飲飲深心林侵，飲飲深心林侵，飲飲深心林侵，飲飲深心林侵 34〔逍遙樂〕凜枕林心襟〔夜遊湖〕寢尋甚〔啼鶯兒〕吟蔭深飲侵凜森陰，心您欽稔吟蔭深襟〔啄木鸝〕琴心禽寢飲滲侵襟，金侵音心飲浸尋砧〔刮鼓令〕斟臨朕錦深吟寢林音，沉吟禁深琴岑任林音

《嬌紅記》：23〔海棠春〕飲甚滲 37〔生查子〕心甚錦〔臨江梅〕錦金臨心心〔玉芙蓉〕音錦欣蔭音您吟今心，簪錦金恁今蔭臨琴音〔簇御林〕侵深錦任金心，林臨甚任沉音

《二胥記》：9〔菩薩蠻〕枕錦

四、先天寒山桓歡監咸廉纖

（一）寒桓先監廉

《紅拂記》：7〔似娘兒〕權安劍蘭〔菊花新〕冠斷年念〔啄木兒〕言安然眷願全，言肩年怨亂安〔簇御林〕然年眷綣延緣 28〔月雲高〕限遣散絆遠煙鵑，遠見賤倦歎難天〔小桃紅〕嚴環旋險辦邊闉〔下山虎〕姓言門人緣眷村信難然〔蠻牌令〕傳賢然念言前川〔尾聲〕翰延邊 29〔菩薩蠻〕臉掩

《祝髮記》：1〔千秋歲〕宴限轉扇捲見豔演傳卷〔萬年歡〕媛眷變膳貫炭散全譴點冕顯 11〔步步嬌〕豨慘年煙鬢憐飯〔江兒水〕展彈面散見饍粲〔五供養〕儉諳殘晚健難斷〔玉交枝〕歎言見干幹田案然還〔川撥棹〕宦廉旋旋年難然，言酸間前煎顏牽還〔尾聲〕返遠穿〔憶多嬌〕年年全賢煙煙猿，牽然鵑間煙煙猿〔鬥黑麻〕年絃天顏漣言邊，全堅捐單漣言邊〔臨江仙〕晚煙天 12〔北朝天子〕燃喧扇散天冠面邊邊嗹忭忭伴伴〔鎖南枝〕燃年緣緣川田〔北朝天子〕鞍鞭選轉前宴〔鎖南枝〕絃彈篇怨年山〔北朝天子〕傳關扇轉傳淺邊邊嗹難遠戰戰〔鎖南枝〕蓮攀仙船編鞍 17〔西江月〕捲干幹雁轉殘珊院〔海棠春〕簾饌〔二郎神〕蹇免兼氈案膽鹽餐，慚盞椀還遣怨煩賢〔集賢賓〕閃歡遣伴飯膳亂錢，遠衫返懶緩減勸僊〔黃鶯兒〕憐尖歎鮮泉欵餐前，萱乾斷憐傳淺酸言〔琥珀貓兒墜〕全餐牽殘顏，絃鵑攔年猿 23〔謁金門〕戀雁伴斷饍歎染見〔小桃紅〕前案蘩顏煙餐換散邊添〔下山虎〕限緣前圓然限年見絃間〔蠻牌令〕展箋返還咽穿禪年，翰乾面前轉懸然綿〔尾聲〕展年前

《灌園記》：1〔東風齊著力〕簾煙泛筵天編燕遭緣旋傳 9〔縷縷金〕跚遭遠鞍展，慚年變駿遠，煩憐轉桓管，關連險鞍殿〔鎖南枝〕年邊兼全燕然 11〔搗練子〕餐冠閒〔下山虎〕諫顏園鞭然變饘院然捐〔一封書〕箋前年間遣園憐旋言〔蠻牌令〕懶鮮饌昏檻闌根垣〔尾聲〕賤恩言 15〔搗練子〕懸歡斷前〔楚江情〕闌添寒眠戀單憐氈氈掩愆諳難線〔羅江怨〕偏牽鸞眠換傳殘臉〔皀羅袍〕綣煖寒綿繭剪前短肩遣 18〔謁金門〕見斷懶短淺綻捲遠〔搗練子〕酸單難闌〔二犯傍粧臺〕干難雁鸞斷乾山緣，顏餐扇紈遠寒〔繞池遊〕亂絆顏線〔簇御林〕

遷鈿燕拈添轉煎𢢪，顏煩釧攢寬飯前𢢪，懸千眼鈿蟬釧前𢢪〔尾聲〕展言萱 30〔傾杯玉芙蓉〕翻現安面關扇苑仙〔普天樂犯〕換管顏覃貫善鸞桓〔朱奴兒犯〕雁蒨羡蘩忭限歡〔節節高〕鸞軒篆展筵眷薦獻蓮殿，肩蘭讌展盤渙款券蓮殿〔尾聲〕媛編傳

《竊符記》：7〔千秋歲〕轉願館遠婉眷〔石榴花〕妍筵男天絃膳煙前，年緣娟關肩宴煙前〔臨江子〕苑牽年〔剔銀燈〕虔念鑑面餞言懸，天綣見戀蓮傳懸 16〔謁金門〕倦線戰亂轉遣腕願〔忒忒令〕懸遣炭全，全免辯顏言〔沉醉東風〕言諫堅怨便難全燃，年探傳便辯難全燃〔園林好〕憐完眷前前〔五供養〕線間權間間關變〔玉交枝〕戰難險斷煩面穿全〔川撥棹〕遣勉堅堅丸寬間，言難年年丹寬間〔尾聲〕媛算全 26〔菊花新〕寒殘年旰〔玉抱肚〕雁遠桓韓寒〔玉山頹〕炭安戰散燕還關，雁安遠罪憲山官〔玩仙燈〕珊喚〔念奴嬌序〕仙旋滿寬贊年，眼占轉臉歡贊年，怨煙岸歎歡贊年，宴絃闌見乾贊年〔古輪臺〕前玕現漢間換面殘輦連斷轉旦看，間寒鸞殿殘斷怨難念鄲劍限還管鸞〔尾聲〕懶殘淺山 31〔天下樂〕傳殘遠寒〔奈子花〕關間瀾電安，天殘戰便延 35〔朝元歌〕邊緩原斷見險田間山南遠戰戰，眼間天歎餞鞍顏餐言遠戰戰，雁圓鸞箭斷彈園關鵑遠戰戰，電煙韓輓悍先關賢全遠戰戰

《虎符記》：9〔山歌〕船船眠扳，人船泉難 14〔金蕉葉〕憐免猿散〔香羅帶〕燃全延寒餐年難，然憐捐旋邊年難 15〔懶畫眉〕船眠牽斷邊，憐然攔免全，眠憐邊面船，鮮前旋釧看 17〔神杖兒〕譴譴戰電天天天天〔滴溜子〕山川免散全〔三段子〕然煙塡船岸面援 22〔謁金門〕斷燦短雁〔生查子〕纘絆〔普天樂〕院暗間妍捲遠旋面端 33〔憶王孫〕山山寒還殘間 36〔破陣子〕換斑返還寒〔小桃紅〕前斷翩傳還轉辨圓天〔蠻牌令〕戀纖線綿晚蠶緘牽〔下山虎〕邊然眠全歎添寒傳〔尾聲〕煖闌眠 38〔喜遷鶯〕辨煉難霰斑〔紅衲襖〕遣年岸天犴肝斑，刓延難間般談完，顏歡勸翰宣傳冠，先殿遠賢捲轉傳〔卜算子〕煙緩見〔虞美人犯〕難援幹患喘船連免畔前眷練嚴〔朱奴兒近〕線忭轉斂斂奠見顏還

《櫻桃記》：2〔恭疏引〕卷闡淺蹇便阮〔引〕硯錢晏〔金鳳釵〕聯苑遠鞭前煙妍喧穿先剪殿傳，肩感淺全氈鞭氈緣筌先剪殿傳 5〔北罵玉郎帶過上小樓〕煙斷前殘天芊憐憐眠然見感山園鞭肩奠 7〔縷縷金〕鞍眼羨晏顏飯〔馬蹄花〕蘭鸞筵鬟纏盞慚案變，間難環板挽晚還羋，赧顏罕坦鸛絆散顏漢檻眼看〔尾聲〕慣天巒 10〔縷縷金〕言騙錢按緣見，錢奸便傳顫 15〔月照山坡〕幔喚伴看亂羨桓團般〔月上五更〕館煖管盞斷換絆伴半〔金谷園〕官攢緩鸞桓，歡酸短拚完〔玉雁兒〕斷喚垣緣慢段寬緩，筭難管言慢酸 27〔神杖兒〕燦旦簡染遠〔神杖兒〕翰諫宦貫玄〔滴溜子〕前亂蔓散炭，旦患傳慢，旰患漢殫難〔駐馬聽〕顏繁黏安殘関慢，頑丹鸞看限還晏 32〔醉春風〕遷先騙天穿旋，先戰電見憐川，冤善願延元言〔引〕煆軟煉〔引〕然縣院〔漁家燈〕賢言前燕線便天透，軒全園先眷覘穿淺

《雙珠記》：3〔窣地錦襠〕源然賢先，邊鮮天鞭〔菊花新〕千前遷展，研傳仙見〔玉芙蓉〕蹇賢選便薦邅，斂懸宣憲現延，電全權戰現女連，辨田憐建現圓，顯緣旋怨賤騫 5〔南鄉子〕簷忺懶添 21〔西地錦〕遍元顯邊〔傳言玉女〕連怨戰霰見〔香羅帶〕天憐元全捐電泉，巔然淵綿便玷緣〔好姐姐〕賢現千勸殄袁，仙辨先勉蹇懸 31〔醉扶歸〕澗屼斷關棧，簡源半端汗〔哭相思〕盼見〔素帶兒〕攢早般寬伴山〔昇平樂〕願漢寰磐拚刊翰還〔素帶兒〕官覲拴慳完懶冠〔昇平樂〕看贊亂弁權韉轉變〔尾聲〕眼閒壇 35〔風入松〕漸憲欲變然盤，參塹儉免涵咸，原辯饜範嚴南〔滿園春〕瞻點〔三段鮑老催〕寒淹覽廉占贍劍現然面，潛淵選談閃撼宴薦然面〔滴滴金〕染膽遍冕掩眼眼忝〔雙聲子〕典展展遠監監勉勉玷〔餘文〕殿獻間 37〔鳳凰閣〕現翰權電山旋〔步蟾宮〕韉寒邊宣〔皀羅袍〕薦前淵勉煥然肩展，箭磐田遍煥然肩展〔謁金門〕怨選遣院殿忭遠淺〔園林好〕漣煎面娟穿，原妍變先懸〔忒忒令〕憐霰見善年，尖咽綣闌嫌〔尾聲〕蹇完專 44〔拋誦子〕天言瞞〔拋誦子〕前仙緣〔似娘兒〕囊洋遠還

《鮫綃記》：2〔齊天樂〕辨戀選蹇薦歡天〔錦纏道〕研千泉錢煙衍天遠鞭〔西地錦〕淺□倦仙〔石榴花〕年氈船然源驗淵，傳堅惓邊忝難淵 3〔引〕

鈿年捲遍淺山宴〔高陽臺〕憐延勸 5〔破陣子〕願歡 6〔山歌〕錢顛見船 15〔引〕憲辨〔五更轉〕怨天憲還辨陷斷轉，箭千面間見憲斷轉 19〔出隊子〕弁弁宣煙紘錢，蹇蹇千天泉全 20〔引〕原偃箭〔引〕煙戀〔駐雲飛〕言官典憲權陷喘天，賢篇羨變言遍顯傳 22〔哭相思〕關山難 23〔四邊靜〕戰亂漫筭見煙殄

《雙烈記》：5〔點絳唇〕川擅面偏願，鞍遍軟先電〔紅繡鞋〕天天煙煙先弦原，嚴嚴旋旋軒蓮原，塡塡翩翩喧天原，天天愆愆然賢原 6〔鳳凰閣〕眷院弦羨殿天〔賀聖朝〕垣韉鞭仙〔夜遊朝〕岸干餐絆歎 7〔玉山頹〕歎難關漢晚遣辦驪彈，歎閒安叛萬選限驪彈 12〔生查子〕賢戀願，年滿面〔懶畫眉〕前天眠轉全，前年還願妍，言年連羨緣，天牽專願緣〔步蟾宮〕仙緣綣〔梁州序〕轉軟傳蔓然賢院羨闌，遠眷鞭面聯賢院羨闌，緣願眷見蟬賢院羨闌，船眷扇願圓賢院羨闌〔節節高〕煙涎軟綻翻薦暖淺眷，傳泉宴忭憐戀綣炫眷〔餘音〕宴鸞綿 36〔啄木兒〕天言先緩變還，天全愆陷變言〔舞霓裳〕天天塡塡軟賢斷轉晏〔三段子〕淺憐赧慳眷譴忭〔歸朝歡〕天遍喧見淺遠堅 38〔畫堂春〕天冤賢權，班煙天權 39〔臨江仙〕權然淵辨愆〔丹鳳〕穿見免算〔鎖南枝〕千牽天見占判，言愆圈陷權遠〔哭相思〕戰譴〔江頭金桂〕陷前箋冤連薦權然晃晃淺緣憐，見言邊舷權變先賢遠遠免然前，戰千憐冤還劵纏筵遠遠遣緣年，件賢邊綿愆劵虔天遣遣便言緣 41〔趙皮鞋〕巔寬冠伴 42〔滿庭芳〕竿軟寒乾安〔甘州歌〕覽韉邊船喧煙泉連，邊軟塡灣船妍煙，懸練妍前翩泉川船，連掩禪泉邊仙緣眠〔皀角兒〕園見前颭轉天憐傳，源飯岩願遠天還喧〔餘文〕軟煙船

《青衫記》：6〔滴溜子〕傳剪殿選宣，天淺變點仙 8〔破陣子〕淺娟遠煙彈〔清平樂〕斷半伴散〔六犯清音〕掩燕慘年先換添眠筵鈿面遷仙〔琥珀貓兒墜〕天顏鞭連苑娟，氈年邊連苑娟 13〔醉扶歸〕面泉滿 20〔懶畫眉〕箋遷鞭遣延，箋煙懸雁錢 21〔哭相思〕牽濟難〔淘金令〕轉淺汗伴煙年牽扇 27〔步步嬌〕遣限船眠欠歡塹〔玉嬌枝〕戀緣伴煎涎面弦猿〔川撥棹〕怨鉗顏顏嫌拳撏〔尾聲〕賤綣泉 29〔出隊子〕

怨怨緣煙間前〔天下樂〕然邊衫弦

《琴心記》：3〔梨花兒〕天面遍賤，難散挽遠〔清江引〕滿短館伴，館斷滿亂〔西地錦〕減殘山遠〔二郎神〕亂看半顏遍散圓單，閒眼臉怨寬綰官娟〔集賢賓〕遠彈展怨幹斷畔散，遠憐簡倦線轉畔遍〔貓兒墜〕翦蓮前邊遍千，晚煙間媥遍千〔尾〕院淺寒22〔北點絳唇〕班輦卷站〔劉潑帽〕閃瞻斂鑒，殿膽染端扇〔六么令〕斂衫宣前薦，感男潛南染〔劉潑帽〕豔慚遍氈殿，煥縑遍男炫〔出隊子〕玷玷尖擔險添，戰戰拈仙撼南，爛爛簷簾點酣，卷卷函軒轉仙28〔水底魚兒〕關閒鑾鑾，蘭彎傳傳，膻眠前前，山還顏顏，關天瀾瀾32〔罵玉郎〕仙煙緣牽年還還山旋旋言見煙煎轉便，天船山湲看酸酸般憐憐官絆言年還怨〔歸朝歡〕前邊看蹇片緣，官看棺斷散見年，賢邊憐全變怨全，冠天冠煙轉繾憐〔大聖樂犯〕竿寒竄瘢見看連緣間仙，蘭鸇見賢念愆旃言鐫傳

《玉簪記》：2〔鷓鴣天〕年然編懸緣箋〔一翦梅〕年園歡鹽爛〔菊花新〕變編天冕4〔花落寒窗〕煎翩遠歎言牽剜，天冤煙掩言添萱〔不是路〕前煙暗攔潸見難歎險竄竄〔皂角兒〕泉看難慣看看電劍翻變難南〔皂角兒〕干趕蓮蓮天探難山變難南，翻面煙怨遠寒散邊顫南5〔縷縷金〕艱單難間絆〔金字經〕千禪禪筵賢6〔長相思〕簾簾煙閒然然弦煎〔鎖南枝〕園元元船院緣念，年間潘縣緣建，軒邊軒見源院捐阮，仙年凡蓮見9〔甘州歌〕然蟠片船連源邊韉，旋殿衫懸喧仙妍年，漫巒鸞偏間還船竿，寬殘感邊園連懸然8〔臨江仙〕簟天煎殿簾12〔桂枝香〕電變戰漢店關編，面歎見點篆閒餐，電劍面卷變驂天，院檻軟簟面天肩14〔菊花新〕關寒還姍15〔解三醒〕煉先怨原炎寒戰戰還，顯年閃寒冤戰戰還19〔清平樂〕院遍懶畔22〔浣溪沙〕散干喚〔卜算子〕沸繫〔催拍〕鞭苑連連磐前先鑾，淹轉言言鸞鵑先鑾，山寒彈彈言剜先鑾，槃帆帆牽關先鑾，肩前看看餐單先鑾〔一撮棹〕山難眼天前歎還傳〔尾〕〔生〕戀萬衫23〔水紅花〕寒單慘還彈萬掩劖關，山言飯煩關淡趕慚院〔紅衲襖〕難晚千淺慳見山〔僥僥令〕趕船帆看前〔哭相思〕見衫〔小桃紅〕潸看言間邊

減川鵑〔下山虎〕牽船斑眠面圓戀言〔醉遲歸〕見戀變院緣冤前願見甜前言邊單寒干猿〔憶多嬌〕堅圓牽難箋箋牽〔哭相思〕晚寒看桓間猿 24〔字字錦〕鮮短怨年怨天天遠園返尖尖遠點念眼，天轉雁前蹇天天憐見尖尖遠點念眼〔不是路〕天還散年圓變歡便願〔雪獅子〕錢懸喧年天天爛，猿管斷斷見圓天天鴛〔尾〕見剜難 25〔出隊子〕殿殿官班看宣〔駐雲飛〕賢先亂變原便獻言懸，言先諂斂權遠怨間間 28〔六么令〕轉間閒邊院，掩關箋言見 30〔一封書〕宣看言歡鴛憐全年〔羅帳裏坐〕簪歡然嫌院，面言斷玷緣嫌院 32〔園林好〕鉛鈿面班凡〔江兒水〕喧翦掩限卷案〔玉胞肚〕見年顏懸間 33〔菊花新〕面園天見〔哭相思〕遠圓〔皀羅袍〕散軒泉看般般戀〔江兒水〕言眷見綰遣院〔五供養〕然傳煩綰怨蓮散〔玉交枝〕見全羨萱緣面單顯〔川撥棹〕怨顏前前天年〔餘文〕轉念傳

《錦箋記》：5〔阮郎歸〕煙先懸宣，天援桓筵，旋煙弦天〔光光乍〕騙面灩宴〔排歌〕筵燃躚前聯妍遍懸仙，鮮筵寒元傳圓翦添連，歡炎寬言聯妍遍懸仙，謙間拳穿傳圓翦添連 9〔霜天曉角〕暖滿遠妍，院豔燕簾〔玩仙燈〕娟綣〔桂枝香〕遠雁念戀蹇懸官，卷褰篆簟綣憐仙，玩鑒篆硯鑒觀川〔大迓鼓〕年閒灩間緣，箋前眷紈沾，捐前染箋旋 14〔鎖柳煙〕寒淺幔展面〔海棠春〕煙〔解三酲〕伴眠暗年鳶怨愆，湎緣遣天錢怨攢 18〔逍遙樂〕炎簟旋翩〔二郎神〕限雁感天緩遣緣圓，言念幹然染院緣圓〔桃李爭放〕卷玩〔集賢賓〕苑筵感遍眷減倦，換年限綣變減倦〔貓兒墜〕煙前仙憐肝，言歡看憐肝〔尾聲〕檢戀天 19〔玩仙燈〕端遠〔黃鶯兒〕仙筵典燃懸感虔駢〔玩仙燈〕寒亂〔黃鶯兒〕先燃鑒天淵眼虔駢〔簇御林〕肩妍限占嫌憐，雋篇婉擅嫌憐〔尾聲〕轉前然 29〔卜算子〕攢滿燕畔〔玉芙蓉〕箋案院妍淺先，然見轉沾罕涎〔卜算子〕然翰原伴〔玉芙蓉〕纏染豔緣見船，船玩眷觀羨然 30〔金錢花〕嚴嚴垣垣般賢仙，憐憐兼兼眠完天，喧喧煙煙肩懸先，懸懸錢錢天氈傳 36〔金蕉葉〕煎間顏殿〔小桃紅〕前玷年僉雁選全〔下山虎〕閻閒宣前賤嫌鴛〔蠻牌令〕鬟媛苑先案冠顛愆〔餘文〕殿傳言〔出隊子〕眷顏端間顏〔庭前柳〕年全旋邊

端，天寒圓邊端 40〔荷葉鋪水面〕筵篇懸仙纏攢先旋〔踏莎行〕前眷展鸞按〔哭相思〕轉旋幻圓〔重疊令〕酸難〔玉雁兒〕串盤淺眷赧忝檢完劍〔畫堂春〕然旋端仙〔畫眉序〕燃忭媛眷田，傳展箋案田，年淺邊綣田，憐罕妍軟田〔滴溜子〕顯顯傳選兼纏願宴仙〔鮑老催〕感伴變鴛燕半遍限〔雙聲子〕灩灩勸暗暗翦轉轉換換短〔尾聲〕擅編傳

《玉合記》: 2〔繞池遊〕燦淡暖甸年，換亂院半見〔黃鶯兒〕泉天變前邊獻天年，山煙怨軒懸獻天年〔琥珀貓兒墜〕韉弦鞭翩鈿，懸傳鞭翩前〔六么令〕暖妍園懸宴宴，衍先川闐宴宴 11〔一江風〕寒淺倦間亂穿穿圓怨怨，殘遍散纖渲還還緘怨怨〔海棠春〕衍眼淺邊畔漢亂〔桂枝香〕蒜串蟬雁闌闌濺安先〔北寄生草〕怨田絢顫變然宴〔桂枝香〕扇串騫按拈拈換然筵〔北對玉環帶過清江引〕珊單翻安前還眼掩散弦〔燒夜香〕鮮聯天天連晚展〔梁州序〕瞰斷年羨仙鸞薦勸，媛璨綿淺山鸞薦勸，蟬繭前閃圓鸞薦勸，鐫彥懸便難鸞薦勸〔節節高〕山煙願鑒鴛燕見散殿，喧娟面亂沾泮淡散殿〔尾聲〕箭暖堅 14〔北點絳唇〕山漢建翻殿〔浪淘沙〕先天鞭川，弦穿原堅，騫言傳關，氈鮮懸千 22〔滿江紅〕卷變淺眼〔六犯宮詞〕〔梁州序〕輦觀轉弦〔桂枝香〕簞紈〔甘州歌〕歡鸞〔傍妝臺〕眠〔皂羅袍〕煙倦〔黃鶯兒〕纖蟬，滿線殿筵碗盤寒圓蓮偃喧泛厭蟬〔風入松〕天慘漢亂姦燕，關散遍燕鳶泉〔玉山頹〕傳難觀綻遠返安天，怨鶥棧盼點面山川 23〔集浣溪沙〕煙山殘天間 28〔月兒高〕殿淺咽展斷年緣，電遠院滿便牽緣〔女冠子〕巒冠寒壇 34〔金蕉葉〕難換軒殿〔羅江怨〕天弦邊殘怨丹寒面〔金蕉葉〕慳滿鴛雁〔羅江怨〕懸單煎泉便縑山面〔香柳娘〕邊邊檻岸然然顏眼淵淵姍見，軿軿轉緩難難關漢還還山見，煙煙滿轉驂驂褰展緣緣連斷，年年變便前前餐盼淹淹歡斷，旋旋遠輾

《鸞篦記》: 2〔戀芳春〕淵阮憐玄短遺桓〔窣地錦鐺〕篇間前顏〔玉芙蓉〕年眼賢彈按天堪，堅賤漫憐按天堪，寒蹇然宣按天堪 5〔糖多令〕年憐妍煎〔桂枝香〕蹇倦媛緣緣健忭懸萱〔不是路〕廛延亂緣言眷鈿變撼免免〔長拍〕院見娟天轉篇眷泉〔短拍〕邊怨圓 11〔生查子〕

寒宴盼〔瑣窗郎〕偎言慳頑盼訕歎，瀾言繁彈患訕歎 19〔瑣南枝〕遍然前限間亂，嚴前團畔艱犯，難仙禪冕捐戰，偏然專蹇天翰 22〔出隊子〕占占淹鵪拈添〔出隊子〕淡淡擔探三貪〔駐雲飛〕天弦變賤偏娟轞邊膻然煙鞍鞍願前船 23〔寶鼎現〕安斷〔番山虎〕牽闌掩鬟拈錢還箋箋傳，安羨年懸傳勉天箋箋言〔尾聲〕遠趲顏 25〔步蟾宮〕變苑眷圓羨〔女冠子〕院延〔紅納襖〕年選眷田篇淺眠，言轉願緣娟媛邊，前片蒨連弦面仙，佺院蒨鮮堅遠煎

《玉鏡臺記》：2〔滿庭芳〕賢編妍歡緣〔逍遙樂〕箭轉年傳遷翻熳顏牽〔集賢賓〕軟翻睆染眼現滿勸短丸換漢顯闌〔貓兒墜〕孄閒先憐歡遠羨園謙鞭〔餘文〕戀減眼 4〔解三酲〕薦翰短顏賢勉園選牽變田檢傳念鸞〔啄木兒〕顏閒賢眷選鸞仙羨扳薦忝緣 5〔桂枝香〕線幻絹幔懶閒欄，減摶諞伴亂絆煎年，變勉蔓腕倦言妍，勸憚怨戀盼拳憐 10〔番卜算〕權翰原眩〔紅繡鞋〕延延原原然天關，艱艱援援顏垣幡〔包子令〕亂亂膻膻譴愆愆天天，變變天天戰安天天 11〔錦堂春〕囀班綻天，穿片鵑〔清平樂〕箭換半幻杆源〔錦堂月〕山眼半換滿勸，觀連妍園綰滿勸，欄弦躚遣遠滿勸，簾然傳賢短滿勸〔醉翁子〕戀滿遍忭綣善圓，勉璉殿贊看善圓〔僥僥令〕緩闌酣篆錢晚牽〔餘文〕短川閒 13〔夜遊朝〕歎炭難輦眷藩扇箭〔刮鼓令〕關鞍丹賢算山還，關旋汗慚贊淵還〔刮鼓令〕傳殘安然旦蘭還，傳艱看冠赧韓還 16〔謁金門〕戀遠散怨選線淺遣 18〔憶秦娥〕歎斷線亂卷散 22〔破齊陣〕減殘添亂鸞斷千〔四朝元〕園散戀懸然箭斷遷半圓返漢，鬟滿掩寒單面遣慳遍牽怨雁，年澗憚顏山患惓願鞍宦燕，穿炭翰先偃殿頒顯全閈宴〔餘文〕滿還點 30〔卜算子〕年變端遣，山牽返〔山坡羊〕箭練勸萬亂綣惓天懸關，盼歎短線閈換憐寒年前，燕雁麵線絆眷惓天懸關，限展單難段斷晚憐寒年前〔不是路〕還言斷攢戰傳叛願眷眷言寒怨殘漣散全怨譴竄竄 31〔孝順歌〕先愆漢轉劍玷賢懸玄演難叛憾權顏前憲漣懸變煉安全願殘免斷 34〔駐馬聽〕顏潸殘患天天免，煎旋丹難安安轉〔清江引〕蹇援便戰膽悍電撼撼 37〔搗練子〕潺班寒 38〔步步嬌〕犴變寒斷顏慘，歎宴全返山見〔如夢令〕

滿遍寒限斷斷遠〔梁州序〕幔練年勸歡牽顯眷願，轉線寒饌傳旋顯眷願，亂散關遠斷鸞圓顯眷願，限怨遣遠懸鞍顯眷願〔節節高〕盤鶯遍湛纖燦戀眼覷渙，天完見旋鮮閒宴換覷渙〔餘文〕面難彈 40〔排歌〕年牽漫漣難還鐫緣圓，萱懸巔前難還鐫緣圓，邊淵歡難還鐫緣圓，關珊鸞弦難還鐫緣圓，穿占煎顏鮮觀賢妍，藩猿還園鮮觀賢妍〔六么令〕爛天間賢眷〔摧拍〕壇安乾乾山官還園，關翰天天丸攀還園，鈿弦冠冠闐端還園，旋賢前前傳然還園〔一撮棹〕全顏汗間年閻天〔餘文〕翰編傳

《水滸記》：2〔喜遷鶯〕旃肝膽山散懸鉉〔七娘子〕檻妍醫案仙年天〔錦芙蓉〕〔錦纏道〕年摶前變椽〔玉芙蓉〕念甸桓，年前憐厭殲勸難桓〔燕歸梁〕堅冠連泉〔芙蓉紅〕〔玉芙蓉〕錢劍憐變懸〔雁來紅〕念摶掾願，權怨偏變竿亂安願，摶展劍畔山怨全願 11〔上林春〕案念斷〔小措大〕閻堪艱按變亂寒安撼天〔不是路〕前氈軟川賢面邊掩遣見見存〔紅衲襖〕還便阮媛遍憐箋環，嫌券鐫變年伴關環〔大節高〕〔大勝樂〕旋綣淺〔節節高〕擔緣眷念便慚願，天案婉晩艱倦憾嫌願〔尾聲〕驀連然 15〔荷葉鋪水面〕豔憐先穿焰顛緣眼〔玉井蓮〕然婉，前燦〔海棠醉東風〕〔月上海棠〕歡豔然綿轉〔沉醉東風〕年年鸞〔姐姐插海棠〕〔好姐姐〕然燦免〔月上海棠〕鸞歡眷邊綣〔撥棹入江水〕〔川撥棹〕願懸山山憐〔江兒水〕軟〔玉枝帶六么〕〔玉姣枝〕倦然〔六么令〕憐殘伴〔園林帶僥僥〕慳憐諳妍連 18〔秋蕊香〕亂殘見翦〔蝶戀花〕遍宴扇練面見轉怨〔忒忒令〕闌檻惋言言然臉〔尹令〕檻扇展醫牽〔品令〕躚連綣燕豔攢〔豆葉黃〕憐怨憐雁雁然腕〔玉嬌枝〕驀年畔斑偏燕鴛鸞〔賽紅娘〕蹇寒扇憐綰斷減亂〔雙蝴蝶〕褰彈轉喚圓泉安〔鶯踏花〕言臉念慚〔元卜算〕牽便川山〔窣地錦襠〕仙鞭天蘚〔十二嬌〕散圞念懸前緣〔尾聲〕慣軟間 22〔搗練子〕天前蓮 28〔玉女步瑞雲〕山漢〔瑞雲濃〕前，蘭電前〔獅子序〕間肩瀾盼邅斷觀〔太平歌〕變函緘便辨天〔賞宮花〕全然掩延電轅〔大聖樂〕旋陷探便犬鸞轉念

《節俠記》：2〔夜遊湖〕選閒漢，顯蟬嶮〔啄木兒〕遷艱天亂遍年，邊奸天變

願年〔三段子〕年淵難天難變全〔歸朝歡〕姦變官亂遠慘全 3〔薄倖〕眼斷暖掩雁〔傍妝臺〕干煙燕還年殘漫，年鈿遠寒眠殘漫，煙安遠還間殘漫，看餐暗山懸殘漫 8〔如夢令〕滿半限斷斷遠 12〔意難忘前〕妍歡煙〔意難忘後〕畔邊仙翩〔惜奴嬌〕懸滿燦間燕宴羨，邊填見暖間燕宴羨〔鬥寶蟾〕躚仙見篆燦盤鮮緣限，綿鸞喚扇燦筵年緣限〔錦衣香〕邊畔巔岸聯絆煙川劍雁淺眷斷〔漿水令〕面顏山堅鑒怨散年〔尾聲〕滿暖闌 22〔謁金門前〕斷染卷亂〔謁金門後〕遠霰眼怨〔梁州序〕滿宴翰遍煙天饌勸然，滿斷泉遍端天饌勸然，賢面怨館寒天扇勸年，間見遠亂圓天扇勸年〔節節高〕筵牽遍幔占現羨雁畔，盤娟淺遍連滿羨雁畔〔尾聲〕練爛年 28〔雙調北新水令〕山亂衫難戀〔南步步嬌〕暗險懸慣驂眼〔北折桂令〕鞍潭寒關電玕片瀾肝天〔南江兒水〕難面怨限險天淺〔北雁兒落帶得勝令〕寒變觀閃山閒斷桓盼殘斑斑〔南僥僥令〕闌倦關關〔北望江南〕趕邊連寒前前蘭〔南園林好〕前全戰邅邅〔北沽美酒帶太平令〕泉泉先攔煩彎閃冠戰難斷難蘭見〔南尾聲〕幻然憐 30〔朝中措〕天前關〔山坡羊〕漢殿畔前還遍怨憐難然難，燕雁畔間還限斷憐難然難〔憶多嬌〕寒寒前年看看泉，寒寒前年看看泉〔鬥黑麻〕邊年冤天間猿泉，言捐難淵間猿泉〔繞池遊〕殿畔蘭倦〔玉胞肚〕犬肩天鸞鵑，塹奸冤鸝鵑，劍淵憐鸞鵑，扇歡顏鴛鵑 32〔行香子前〕珊翩懸〔行香子後〕冉芊綿〔山花子〕眼全安圓寒歡闌天，羨懸堅瞻寒歡闌天〔舞霓裳〕年年端端天線弦〔紅繡鞋〕煙煙簾簾管川軟斑天〔意不盡〕箭筵原

《桔浦記》：2〔鷓鴣天〕然賢鞭眠天錢 10〔風入松慢〕蟬眠顫倦闌扁遷轉〔七賢過關〕偏滿燕鈿亂泉圓暄簾〔風送嬌音〕〔風入松〕端憾遍〔惜奴嬌〕減班黯，憐返憾劍偏黯 14〔生查子〕前轉懸判，前怨冤按〔剔銀燈〕瞰絆閃陷天全，辨按劍返旋全 19〔一翦梅前〕然憐憐〔一翦梅後〕冤憐憐〔玉胞肚〕倦憐丹天還，陷援冤懸還 23〔窣地錦襠〕安冠難前〔二犯朝天子〕鞭肩瀾憐連援牽潘潘〔窣地錦襠〕仙絃歡前〔二犯朝天子〕看天安緣藩然難潘潘 27〔憶秦蛾後〕縣念念怨〔啄

木鸝〕堅面桓戀蹇先緣，難返顏燕念前緣〔賣花聲〕豔燦懸占遠奩輦〔歸仙洞〕斷限旋寒淺婉安〔尾聲〕安雁前 28〔一枝花〕燕喧雁千穿〔瓦盆兒〕前田妍連安艱現蘭宴團〔榴花泣〕端幹安鞭縣盼川苑〔喜漁燈〕遠雁懸然畔傳纏難前〔尾聲〕軒前牽 29〔謁金門前〕饌殿宴絆〔謁金門後〕選縣簡斷亂〔黑麻序〕泉山瞻懸前漢，選潭前歡桓喧旋漢〔忒忒令〕姦亂忭川川筵熳〔尹令〕按掩岸變旋〔品令〕煙川管燕衫豔仙〔豆葉黃〕年綣辨然淡豔〔玉交枝〕轉箋緣牽絆〔月上海棠〕間淺寒年縣連〔好姐姐〕言乾變旋閃宴懸〔尾聲〕川怨全

《靈犀佩》：1〔朱奴兒〕先妍年選彥前盼〔朱奴兒〕年攀翰暖顏歎 23〔瑤臺引〕賢懸〔引〕纏前〔引〕前賢〔大環著〕衍傳鸞覓薦山船苑煥爛鞭摶燕〔越恁好〕爛爛南彥仙檀淺轉〔尾聲〕感偏鮮 25〔遶池遊〕淡慘山雁念〔四時花〕妍畔田簾簷天亂顛寒連返眼〔集賢賓〕難前腆娟畔燕蹇斷〔簇御林〕鵑鴛占幹憐萱〔貓兒墜〕鸞先看懸安 30〔一江風〕雁濺顏斷天天煙轉 31〔點降神〕天鑾然掩 33〔引〕懸善

《春蕪記》：1〔鳳凰臺上憶吹簫〕緣牽鸞捐 5〔鵲橋仙〕眼遍園亂〔二郎神〕冉幻殘筵岸贊瞻綿〔囀林鶯〕煙仙怨顏賤願緣娟〔集賢賓〕眠編遠閒院媛眼遣〔鶯啼序〕前衍妍變年盼綣眷〔水紅花〕仙豔然遍轉端關〔尾聲〕怨便緣 9〔繞池遊〕箭轉暖煙苑天 10〔紫蘇丸〕半伴懸雁〔金索掛梧桐〕鮮亂懨遍慳娟憐戀然念綿源源面〔東甌令〕然傳見念看緣，懸然淺亂漫穿〔三換頭〕堅淺眠彥難傳，單斷戀盼緣牽〔尾聲〕限傳言 14〔北朝天子〕天煙宴年險筵幰顏顏眷眷忭忭〔菩薩蠻〕暗眠寒 19〔小桃紅〕鮮緩翰弦戀遠牽淹〔意難忘後〕前寒肩〔下山虎〕殘患纏牽闌懶言遍寬年〔蠻牌令〕奩閒干牽冤歡〔尾聲〕晚雁歎 20〔意難忘前〕珊山寒 24〔祝英臺近〕寒遠換亂院〔祝英臺〕懨卷院展遣，倦干亂蹇遠斷，怨然伴端雁減，歎言歡怨言連戀斷 29〔夜行船〕晚涎眷〔小重山〕苑天鸞緣〔山花子〕遠娟年懸緣弦筵牽，面然沾偏緣弦筵牽，怨鴛圓仙緣弦筵牽，羨懸歡箋緣弦筵牽〔紅繡鞋〕闐闐天天圓歡緣緣〔尾聲〕電年編

《彩樓記》：5〔三臺令〕千筵緣天 6〔金錢花〕年店錢饡怨〔山坡羊〕院店箭賢篇願轉連眠堅穿〔水紅花〕緣怨眷天全仙諧〔梧葉兒〕倦拈鈿偏忭眠 10〔駐雲飛〕虔煙獻念天言言殿憐 11〔芙蓉花〕煩難園亂單寒 12〔步步嬌〕轉箭怨面，倦戰轉膳 14〔宴蟠桃〕斂現 15〔新水令〕天電鞭纏遍〔駐馬聽〕端間關譚斷寒散〔沉醉東風〕山南灣漫翻掩，撼看攔躪鞭閃膽〔煞尾〕還壇 18〔粉蝶兒〕鞭天園箭園天

《尋親記》：1〔滿庭芳〕然塡邊憐堅全面錢年圓 8〔步步嬌〕晚面前見間便〔忒忒令〕蹇絆晚轉穿煖眠〔玉交枝〕賤年畔犯錢憲天憐〔一撮棹〕戰延免漣漣 13〔小桃紅〕寒憐川見管斷年緣，川邊還轉見斷年緣〔望歌兒〕難牽娩面煖戀，然管怨翰煖戀〔青歌兒〕遷前寒冤漣千言，冤全堅賢泉漣千言〔尾聲〕歎千年〔哭相思〕斷見〔水底魚兒〕冤前言瞞前 17〔香羅帶〕元言年然年難全，錢翻邊看慳緣酸圓 18〔雙鸂鶒〕臉言錢拳免，賤念間牽散，然冤判官泉 19〔憶秦娥〕難難娩娩見〔霸陵橋〕間單天前煙怨 23〔駐雲飛〕瞞傳諫面山散倦眠穿，還船眷戀娟羨願眠紘 24〔稱人心〕戀傳 29〔金絡索〕憐面年看短顏臉眼扮前念言〔宜春令〕般間散便緣〔梧桐樹〕間館觀翰免年見纏〔宜春令〕難酸辨探念〔梧桐樹〕年賤怨言漣懽念戀連〔宜春令〕延換念範觀〔一封書〕箋元千言選邊連冤〔羅帳裏坐〕千箋寬安乾，遠前漣還管，千見遠還轉，千官頑延免〔尾聲〕散眼懽 31〔拋諢子〕南千難 33〔五馬江兒水〕悛冤憐還遠淵，錢纏碗還遠淵 34〔哭相思〕見圓

《題紅記》：2〔遶地遊〕轉晏便懸爛邊〔鷓鴣天〕傳翩連椽箋年〔夜行船〕換闌雁練〔懶畫眉〕邊寬編展篇，幹簾泉亂園，天寒淵暖翻，蘭鮮鞍轉燃〔簇御林〕聯妍占燦園傳，圓連顫扦園傳 12〔一江風〕面變園遠憐憐斑燕，懶線前看鮮鮮妍怨，斂釧亂年年妍面，遣院闌片寒寒鐶歎〔六犯宮詞〕遠轉圓難鈿妍憐寬倦眠前，掩懶軒間鬢煩拈添賺憐前，案絆殘蓮難緣乾年換言邊〔東甌令〕憐年豔眷鈿娟，言邊怨念憐前〔劉潑帽〕斷餐旦還看，見桓散殘院 16〔似娘兒〕安遠懸遣傳〔啄木兒〕牽邊淵遍宴傳，單彈殘換斷穿〔入賺〕關間箭鐶喧喚

元見獻看看〔么篇〕聯延遠難連便錢鮮宴款款〔棹角兒〕傳選戰天換剪顯，傳轉前半安苑忭 20〔火禾蕊香〕苑牽眼斷〔錦纏道〕穿園邊嫣拈傳聯殿天〔紅娘子〕年顏賤怨千戀〔火禾蕊香〕伴年館看〔好姐姐〕先選殘遠便邊，然硯安遠便邊，圓鴈顏遠便邊 24〔光光乍〕年穿管半〔醉落魄〕遠鴈喧傳〔亭前柳〕前然邊憐限傳安，傳安穿憐限傳安〔下山虎〕言天憐安戰先元，鞭遠牽前鮮便賤宣〔蠻牌令〕遠殘轉年殿鞍園牽，返彈綻傳安園牽 33〔步步嬌〕爛面歡煖連箭〔沉醉東風〕喚腆難難轉線顛邊〔忒忒令〕牽戀閃圓圓轉〔好姐姐〕聯願劍難斷謾焰緣〔嘉慶子〕邊染遠前〔雙蝴蝶〕遠傳然綰見圓〔園林好〕聯年天念娟娟〔川撥棹〕前還傳傳〔錦衣香〕燦顫囀纖展淹軟戀眼臉點〔漿水令〕片邊天圓願滿漢晚鈿〔收尾〕罕淺然 35〔采桑子〕謾懽顏山闌鐶閒

《運甓記》：19〔木蘭花慢〕艱寬 13〔一封書〕然全懸間偏眠阡綿，圓灣眠完纖天阡綿 16〔仙燈近〕宴〔賀聖朝〕燦筵桓遍，宴廛然散〔山花子〕遠天藩原然天筵顏，顯肩元年然天筵顏，擅班賢筵然天筵顏，殿前轅歡然天筵顏〔滴溜子〕盞喧伴田獻忭〔雙聲子〕宴宴羨念念戀眷眷院院山〔紅繡鞋〕躚躚旋旋闐轣天天〔尾聲〕返歡綿 31〔浣溪沙〕船天帆傳乾 27〔行香子〕安傳安戰先煙〔好事近〕帆選淵年建殿，閒選山年建練，嚴選先年建健，天挽傳年建戰〔尾聲〕顯帆旋 33〔臨江仙〕變原猿全，願然緣憐 35〔意難忘〕冠鞍全嚴談前〔勝如花〕堅冕難按難泉天天散戰冤冤，邅暖面顫難泉天天散戰冤冤，鬟汗勸眷難泉天天散戰冤冤〔泣顏回〕天鑾巒燃扦川旋，憐殘還戰鞭顛漢傳〔尾聲〕劍顯傳

《金蓮記》：8〔一江風〕年轉變遠看看乾燕，然遠院濺川川泉豔〔六犯宮詞〕遠院前煙鈿年憐編殿翩磚，殿懶篇閒鬟然眠添淡前磚〔東甌令〕萱天健見喧前，官邊願絆鞭煙〔劉潑帽〕斷鞍片環殿，散桓霰斑怨 10〔桃源憶故人〕電院歎遠亂見〔亭前柳〕煙泉旋見傳環，鞭顏穿見傳環〔紫蘇丸〕遠願園倦〔二犯傍妝臺〕天摶怨寒川安煙，杆前年船安邊 13〔繞池遊〕淺淡滿簞卷，眼片豔願便〔桂枝香〕扇串蟬雁

圓圓絆泛然緣，醫串弦輦闌闌怨變然弦〔海棠春〕腆眼淺邊畔豔亂〔梁州序〕戀豔年羨仙鸞焰勸倩，媛眷源豔聯鸞焰勸倩，蟬繭蓮閃旋鸞焰勸倩，顏彥鈿便圓鸞焰勸倩〔節節高〕鮮前願線鈿燕見扇箭，填娟面滿喧亂茜蒜箭〔尾聲〕羨暖聯 14〔鳳凰閣〕殿面陷願尖〔皀羅袍〕塹淹銛焰前尖辯，險甘鮮豔鉗淹劍 24〔唐多令〕團禪安亂然〔出隊子〕殿殿鮮禪天然〔石榴花〕蓮丸緣詮轉源，天姦帆淹電鸞 26〔泣顏回〕仙牽年禪羨緣，鉛鴛禪年戀弦〔香柳娘〕漣漣斷念懸懸邊遣騫騫鞭劍，年年箭喘宣宣煙電環環間畔 35〔祝英臺〕暖管亂衫變

《焚香記》：2〔好事近〕山天劍年然艱〔普天樂〕遠端〔錦纏道〕延研然連煎戰鞭苑年，顏弦然騫艱間圓建言 3〔五供養〕桓鸞漫管綰牽 9〔園林好〕年泉選錢錢〔江兒水〕淺艱算遠遣怨斷，轉懸展願變遠斷〔五供養〕天冤賤甘轉戀顏緣遣〔玉嬌枝〕患管官牽變偏懸〔川撥棹〕眷全間間難愆前〔尾聲〕盼劍鞭 12〔鵲橋仙〕懶散餞，挽歎斷〔朝元歌〕年戀專遣殿眷還前看牽免念念，辦閒全面賤源攀還看免念念，旦全年騫怨斷山千難煎免念念，坦緣然眷歎慳全鴛鸞免念念〔五更轉〕斷亂散半變面，坎怨鈿減盼挽〔鷓鴣天〕牽憐難然言眠 15〔窣地錦襠〕研鮮千年〔水底魚〕篇然關關，傳前年年，翩先元元〔山花子〕遍攀觀氈前偏鞴間，願緣然顏前偏鞴間，羨穿年鞭前偏鞴間，滿肩天看前偏鞴間 18〔虞美人〕弦雁鵑千 19〔掛眞兒〕冉女連坦願〔粉蝶兒〕言劍〔好姐姐〕眼賤然誕變愆，婉怨遷羨願鸞 20〔似娘兒〕杆闌關雁〔一封書〕安牽元判難前惓言〔懶畫眉〕連緘還限懸，傳箋鞭雁錢 22〔霜天曉角〕眷便軟猿〔玉嬌枝〕前前健牽元眷緣便〔玉胞肚〕便延傳倦邊堪，遣先肩院邊堪 24〔玉嬌枝〕東前健牽元眷 28〔繞池遊〕遍滿蘚眼見然〔集賢賓〕遣然滿斷顯盼展晚〔囀林鶯〕軟顛亂山翦閃言眼干〔啄木鸝〕間邊掀見散言〔香柳娘〕面面戰犯冤冤怨纏面，言言暗挽連染願願冤辨 31〔北點絳唇〕染關范〔北混江龍〕淡寒山翰連殘電卷旋 32〔一枝花〕遠淺閃怨關免端亂〔懶畫眉〕傳間然變言，關煙原患嚴〔北斗鵪鶉〕險暗潭軟

關探〔金蕉葉〕亂轉飯〔調笑令〕傳員萬萬山山嚴〔禿廝兒〕面連殿弦漫〔聖藥王〕傳山山岩險遠遠閒〔尾〕箭面餐按〔節節高〕端貪戰劍蘭汗練返旋怨〔尾聲〕算變間 40〔一枝花〕肩難怨〔懶畫眉〕煙遷緣患難〔一枝花後〕旋翦偃殘難〔桂枝香〕戰險卷殿掩還犯然，難散眷斷挽炭難〔滿江紅〕眼面閃感〔梁州序〕遣幻年願圓寒暖滅散勸，免見顏斷鸞年暖滅散勸，緣選眼轉顏泉暖滅散勸，寬怨前範間間暖滅散勸〔節節高〕然天眼羨選遠遍暖，添旋面晚遠眷顯暖〔尾〕羨見閒

《龍膏記》：1〔玉樓春〕苑染簷院眼變晚〔滿庭芳〕間緣顏言冤難傳山滿緣 2〔瑞鶴仙〕翰箭獻苑選遣〔鷓鴣天〕殘寒冠玕難看〔錦纏道〕天安氈翰山顏染寒漢泉〔錦庭樂〕亂喚然賢憐安〔古輪臺〕然年羨賢邅山倩寰鞭〔尾聲〕辨錢寬 11〔唐多令〕桓彈年憐邅〔醉扶歸〕遠前干簞煙歎〔不是路〕蟬簾院閒眠遠冠伴斂臉臉〔紅衲襖〕傳蹇顯摶暗寒間，鮮燦薦憐篇扇天〔解三酲〕怨言面間漢天斷山，怨傳院鸞戀憐斷山〔朝天子〕欄憐綿箋然然 12〔金瓏璁〕臉肩憐淡寒簾〔沉醉東風〕憐怨簷簷亂斂拈彈闌〔忒忒令〕喧豔遣攢攢箋牽〔尹令〕淡斷遣館鮮〔品令〕殘年顏赧感難〔豆葉黃〕驩減念憐傳〔玉姣枝〕惋肝遠閒騫戀言腆〔玉山頹〕轉戀羨畔淺斷堅緣〔川撥棹〕豔紈面憐憐遠歡言〔尾聲〕怨喚難 13〔西地錦〕綿然，還漫〔鎖南枝〕邊殘摶遠鞭念，寒天間苑冠變，年攀環苑宣陷，難然玕戀還願 17〔金蕉葉〕慳陷難遠〔羅江怨〕寒殘酸漫展冤燃難，寒單酸濟黯傳攀難〔香柳娘〕寒寒戰限奸奸冤怨捐捐緣塹，天天點遍冤冤憐念關關緣塹，援援難限全全連遠還還淵漢，煩煩歎難嚴嚴閒眼攔攔關漢 22〔行香子前〕年顏緣〔行香子後〕卷燃軒簷〔惜奴嬌〕牽暖滿遍羨綣看鸞燕，然緣占畔滿願豔念鴛燕〔鬥寶蟬〕翩歡彥案羨寒年憐燕，仙千軟雁忭聯懸綿燕〔錦衣香〕蒨暖扇歡選占苑殿佔願斷〔漿水令〕院天蓮箭簾願滿限遠田〔尾聲〕見淺年〔啄木兒〕間斷弦伴漢鴛，間遠騫淺豔鴛〔三段子〕延寒年憐伴遠鴛〔歸朝歡〕慳閃然豔苑繾鴛 28〔神仗兒〕輾輾扇串間娟娟〔大迓鼓〕喧亂天願膻然〔神仗兒〕

鈿鈿琰媛彥鸞鸞〔大迓鼓〕偏緣遠涎拳 30〔北雙調新水令〕圓散官全幻〔南步步嬌〕院斷圓年面歡畔〔北折桂令〕田官娟鸞館班散寒緣殘〔南江兒水〕幻懸便怨苑眷淺〔北雁兒落帶得勝令〕盤殿寒暖間關願歡源案圓緣緣〔南僥僥令〕爛妍願天天〔北望江南〕天珊閒黏憐憐簪〔南園林好〕然然幻園丹〔北沽美酒帶太平令〕仙仙寰懸纏冕班殿冠駿邊面〔南清江引〕戀念篆殿

《牟尼合》：1〔沁園春〕山桓寒建刪間奸遠難蠻鸞環 2〔喜遷鶯〕線電遣淺圓〔梁州令〕煙年田氈〔玉芙蓉〕偏遠田錢燕憐編，妍淺煙錢燕憐編〔生查子〕冠點玄畔〔刷子序〕遣院錢緣眷牽，感煖年憐辨牽〔尾聲〕饌飯遠 5〔出隊子〕坎山翻管晚，限寬鞍延晚〔一封書〕官壇奸反翰安患，看班閒三寒安患 26〔中呂粉蝶兒〕天點然黏薦煙殿〔醉春風〕尖圓現蓮冉鼋宴〔亂柳葉〕般天線然躚顫戰〔上小樓〕蓮娟鬟點鳶〔么〕散煙天船片岸〔尾聲〕煙天岸轉

《春燈迷》：3〔夜遊朝〕天川遠〔梁州序〕轉展駢燕紘筵宴串澠，軟閃閒山蓮懸宴串澠〔東風第一枝〕倩線腆綿年〔梁州序〕憐點千演篇箋善盞倦，邊勸然展田川善盞倦〔節節高〕延川點絹錢案典便件，傳然願錢鞭換宣面建〔尾聲〕轉遠邊 7〔遶地遊〕眼綻遣〔桂枝香〕練盼遠前前燕剪妍蓮，鈿茜楦然然面建氈肩〔貓兒墜〕旋仙憐欠箋，傳前便間前 10〔六么令〕衍喧然鳶賤，剪先邊憐辨，遣偏天船燕，腆旋喧娟線 12〔春絮一江飛〕〔春從天上來〕練煙遠〔綿搭絮〕妍鮮懸然〔一江風〕便便編〔駐雲飛〕邊前〔賺〕然連船鑽院言轉善騙騙，娟贍邊賤眷緣現亂建建，顛傳面燕遠然盼怨獻獻，年仙願晚前言罕眷件〔一封書〕然懸天穿傳纏前圓，然虔言錢錢纏前言〔黃鶯啄山桃〕〔黃鶯兒〕蘐年喚〔啄木兒〕線案〔山桃紅〕見煎鵑〔尾聲〕戀遣牽 15〔字字雙〕暖選籤縣權憲見見片片盼盼限限汗〔啄木兒〕賢編然畔踐冤，煩然捲辯善傳 19〔懶畫眉〕天然邊綻傳，氈錢年健扳，邊煙川見懸，賢盤天轉喧〔不是路〕傳邊選元眷戰飯飯〔一江風〕川選健獻前前懸憲，反遠怨探鵑鵑天鴈〔貓兒墜玉枝〕〔貓兒墜〕前旋遠〔玉交枝〕然圓怨，〔貓兒墜〕氈年妍〔玉交枝〕冠

年忭〔尾聲〕鞭晚傳 23〔瑞雲濃〕年換喧綰眷〔西地錦〕翰鞭憐淺〔降黃龍〕奩串然倩建，緣儉田獻腆〔黃龍袞〕筵筵選阮顫濺，天天戀漢綣展〔尾聲〕願半天 25〔菊花新〕山編喧綻〔黃鶯玉羅袍〔黃鶯兒〕氈錢囀〔玉胞肚〕鞭〔皂羅袍〕然偏冠，〔黃鶯兒〕邊川蔓〔玉胞肚〕〔皂羅袍〕年憐染〔南枝金桂〕〔鎖南枝〕懸傳煙園〔江頭金桂〕天前〔卜算子〕傳見懽面〔南枝金桂〕〔鎖南枝〕三傳賢僉〔江頭金桂〕選緣〔卜算子〕旋犬天轉〔香柳娘〕眷眷憲宴然然前贗圓圓燕，天天燦建邊邊天眼圓圓燕〔尾聲〕遠便傳 26〔金蕉葉〕連年冤番〔小桃紅〕山縣前玩篇船言辯天全〔下山虎〕圓願前眠現面憐柬年懸〔蠻牌令〕欠冤年店鳶前天，邅旋憐顛元辯煎 32〔縷縷金〕天寒願願喧飯，然安願天欠〔鎖南枝〕籤然痊險膳換，先千邅顯言驗，仙眠天勸旋彥，員間船縴邊顯〔撲燈蛾〕喧鏇錢彥現纏，然然扇彥濫願飯片〔孝順南枝〕前鞭喧彥涎飯欠還換，年鞭權擸安占喘邊獻

《燕子箋》：11〔步步嬌〕亂見鬟戀還線〔減字木蘭花〕前簾〔風馬兒〕拈纖轉珊〔黃鶯兒〕端尖靨然般綻憐肩〔鶯啼序〕邊軟面腆鴛〔集賢賓〕衫前忝慣現占轉鬟〔鶯鶯兒〕箋煎怨憨〔琥珀貓兒墜〕鈿箋邊天緣〔尾聲〕掩畔箋〔四時花〕〔惜黃花〕仙〔問花袍〕畔翩〔錦添花〕然單邊千〔一盆花〕煙〔錦添花〕鈿前現遠遠〔浣溪沙〕展箋鑽天天便邊煙牽〔柰子花〕天煎挽見見般 12〔番卜算〕灣變泉遣〔步步嬌〕怨眼簾換煙餞〔醉扶歸〕豔傳然畔顏現〔皂羅袍〕面牽煙面還旋瓣〔好姐姐〕箋塡管先遣閃添〔馬蹄花〕間轉〔江水兒〕邊燕盼片玩面〔川撥棹〕善展前前傳然閒〔尾聲〕選練園 14〔菊花新〕寒冠監選〔窣地錦襠〕錢鞭眠番，賢煙然元 15〔六么令〕範艱嚴宣玩，點喧完關亂，欠番瀾酣點，欠乾餐換換 20〔水底魚〕關寒丸，天間關〔北清江引〕竄險燕演 21〔燕歸梁〕閒間天圓〔玉芙蓉〕傳轉宴懸賤年前，銜綰萱簾賤年前〔滴溜子〕院畔喘苑戰，犯散畔宴輦〔尾聲〕換綰管 24〔風入松〕關寒健犯乾蘭，羶安竄頒患前〔玩仙燈〕間面〔啄木兒〕言尖關輦散泉酸，彈淺艱連按斷看〔簇御林〕間年

面綣連顏，環然燕展天年 32〔一翦梅〕天前間娟邊邊，闌山山萱錢蓮〔梁州序〕滻獻天戰仙筵串綰緣，煖片連選懸艱串綰緣，憐腆彈展川煙串綰緣，妍軟傳忝田千串綰緣〔節節高〕孌姍辨畔邊看倩亂，緣看面喚連卞辨燕〔尾聲〕現扇番 33〔六么令〕辦年憐宣賺，健先喧看畔〔神杖兒〕殿殿遣現燦遠傳傳，選選宴覽忭見顏顏 36〔菊花新〕懸鮮妍冠，錢元仙扁〔菊花新〕仙閒緣選〔駐馬聽〕賢班懸磚焰藍選，酸天聯傳賺旋坦 39〔似娘兒〕蘭顏選，山慚面〔瑣窗郎〕年還山犬亂散，娟懸闌管辨感〔賺〕顏圓遠健邊僣選權忝諳簪建，慚山翩瞻年展檢元忭贗現面〔馬蹄花〕緣腆，潸伴〔催拍〕山牽憨憨歡流緣般偏，言年連連酸前單牽看

《雙金榜》：2〔鷓鴣天〕寒端殘冠難看 4〔點絳唇〕官串環扮〔新水令〕寬飯藍衫躦〔醉扶歸〕滿肩壇纏飯〔北折桂令〕南轅單三酣探蘭〔皂羅袍〕勸山慳前然願〔雁兒落帶得勝令〕蔓漢板槵團天伴單寒鑽饞轉〔僥僥令〕轉飡蒜煖煖〔收江南〕涎便幹然然般〔園林好〕嚴漢遣管站單〔沽美酒帶太平令〕攔慢顛飯薦劍燃面拈言岸便〔尾聲〕犯欖展 7〔六么令〕擔旋鞍跚漢，燦圓彈鬖殿〔六么令〕電竿穿鞭戰，板冠彈環顫 14〔縷縷金〕天田院拈顯，鈿芊碾闌案〔鎖南枝〕錢娟鬖綰連坦，緣鮮田販般驗〔降黃龍〕煙誕軟揀懶，暄山衍淺訕阮〔黃龍袞〕攀攀站劍汗簾遠，還還看面畔現眷〔尾聲〕晚戀旛 30〔風馬兒〕年煙煥騫 39〔夜行船〕濺囀展鑒，遣旋轉忭〔鎖南枝〕言般宣變傳轉，天偏旋陷泉便，鸛官關賺言換，蘭般翻鑒幹見 41〔菩薩蠻〕見燕閒彈

（二）寒桓先、監廉

1、寒桓先

《四喜記》：1〔西江月〕年仙變賢天羨 2〔瑞鶴仙〕遠苑斷短滿暖館〔金瓏璁〕端娟〔夜行船〕斷桓伴，換般亂〔錦堂月〕緣泮仙管換滿暖，看寬軟鴛遠斷滿暖，綣歡綰端短願滿暖，觀冠攢卷緩滿暖〔醉翁子〕伴款眷玩完半，勸算卷願鵷半〔僥僥令〕腕盤元，嬿圓般〔尾聲〕滿暖歡 7〔鳳凰閣〕殿喚賢見獻然〔駐馬聽〕愆燃泉連漢天忭，年虔

仙延遍天忭 16〔步蟾宮〕顯院傳忭，淺面旋宴〔玉井蓮〕年羨〔好事近〕賢選看年願顯，泉源千寒勸殿，天年翩傳傳忭，原摶垣筵宴院〔字字雙〕便辨鮮看船健穿見，全幹胭現筵饌涎咽 17〔新水令〕言見鮮亂遷感〔步步嬌〕玩綻妍遠宴〔折桂令〕顛煙前遍傳娟仙寒筵〔江兒水〕船怨面殿�院〔雁兒落〕牽遣歎煎乾便憐天〔僥僥令〕然圓淺〔收江南〕間難番女連緣〔園林好〕冤纏遍傳〔沽美酒〕軒眠聯筵弦忭羨仙勸〔清江引〕歡管滿暖緩 27〔丹鳳吟〕年變遠遣〔行香子〕妍傳安戰先鈿〔石榴花〕選賢椽仙安鞭遍傳，遠懸寒言乾幹旋願宣〔不是路〕山箋見傳前選看願羨忭忭，鞍寒箭延前選看騙辨亂亂〔掉角兒〕元選變錢偏苑仙，天忭善肩偏苑仙〔餘文〕轉仙懸 34〔□□□〕眠歎漣遠聯言，顛賤願歡散天圓 34〔江頭金桂〕淺捐見便善堅傳戀延弦，舛憐變遠換援遣遍牽筵 36〔梁州序〕滿遠眠遍娟傳汗殿筵，扇眷懸換閒弦汗殿筵，干轉面宴圓仙汗殿筵，闐婉亂願邊漣汗殿筵〔節節高〕眠憐見淺翩遠濺換戀，然天半岸偏便羨換戀〔餘文〕圓健干緣 38〔鏤鏤金〕漣言願便天免 41〔新水令〕安淺田年伴〔北慶宣和〕妍天冤辨〔北折桂令〕潛煙編箋玄弦鈿前〔雁兒落〕寬暖管〔得勝令〕川筵勸眠鮮遍邊煎〔北鴛鴦煞〕殿苑健盤踐遠便演〔北絡絲娘煞犯〕賢苑

《修文記》：3〔祝英臺〕管爛半冠〔駐馬聽〕壇難蘭肝楦般案，壇難瀾乾斷般案 9〔謁金門〕眷願院伴〔二郎神〕畔般案竿檀篆卷緣團，端睆管亂欄殘斷緣團〔集賢賓〕珊端冠面滿輦篆綣眷〔琥珀貓兒墜〕丹盤關詮團〔十二時〕漢鍊翰 21〔打草竿〕厭仙遍飯泉見 24〔七娘子〕傳絆言天，還面天鮮〔孝順歌〕仙緣壇簡譴譴淺虔漢，全玄懸挽善善濫天箭，傳邊仙返舛舛玄蹇〔好姐姐〕箋傳轉緣眷殿前 29〔金瓏璁〕遠関壇仙涎，片翩天虔軒〔黃鶯兒〕天虔現川仙院鞭詮，緣然館煙騫眷園筵 41〔臨江仙〕牽環緣圓〔前引〕前鮮軒田〔普天樂〕院燦傳占然爛辦田蓮仙〔鳫聲犯〕年然殘戀電箋伴編選〔傾盃序〕鮮殿蘭旋系玄憐〔山桃犯〕面斷線天妍戀眷緣〔尾韻〕換偏前 43〔滿庭芳〕山幔寒捲煙仙〔菊花新〕傳蓮天獻〔前引〕山壇禪變〔前

引〕篇年煙遠〔前引〕邊山泉蒨〔惜奴嬌〕緣賢蘚天遠管〔鬥黑麻〕禪壇難辯案蓮山遠〔錦衣香〕鬢飯見緣娟浣院遍現淺〔漿水令〕邊編傳誕見眷凡凡滿勸旃 45〔寄生草〕勸先譴天炭看

《曇花記》：1〔瑞龍吟〕漢宴漫羨院管散難翰亂苑遍現演見 2〔滿庭芳〕膻煙券蟬年〔菊花新〕妍憐弦箭，前筵然面〔梁州序〕輦甸天挽煙筵扇按泉，濺滿山見泉年扇按泉，柈饌園宴天仙扇按泉〔節節高〕傳闐院宴錢辦遍串線，邊鬟倩散闌燦盞薦線〔餘文〕健顏年 17〔金瓏璁〕輦山顏丹班，遠煙巔緣詮〔排歌〕緣關田圓鉛仙全年，然煙綿天巔旋鸞元，編玄千宣仙間班緣 20〔紅衲襖〕然返遠年蓮輦煙，艱淺傳綣邊滿穿，板冠憐遣天院千〔江頭金桂〕雁然田緣山遠邊錢免免遣煎禪，展煙戀遠仙縣然苑怨怨卷寒牽〔不是路〕縣穿淺畔傳面攀倦見漣轉 32〔齊天樂〕懸電炭慘餐然仙〔山坡羊〕卷展簪淺喧傳殿間冤鵑憐弦，亂濺蓮顫前言面緣顏年泉冤〔二郎神〕遍捐難殘寒戀鬟〔集賢賓〕奸肩見涎翦犬怨見〔黃鶯兒〕山間翦關奸算然眼顏〔啄木兒〕瞞壇漢選輦煙〔三段子〕展殄散炭煽免眼〔啼鶯兒〕奸險冤辨天殿年邅〔御林鶯〕泉弦宴鞭煎見言瞞 39〔唐多令〕園妍欄限然〔石榴花〕園妍欄前煙見源，天園鮮關憐怨顏〔泣顏回〕仙牽扇年鈿羨弦，園間減禪蓮扇顏

《彩毫記》：1〔滿庭芳〕蓮煙仙前然邅難冤圓 5〔卜算子〕灣半間遠，顏漢關滿〔北二犯江兒水〕電電眼阪弦館泉煙天田苑然然院院仙仙，院院滿鈿短壇仙編詮輦緣緣戀戀番番〔北寄生草〕年盼串扇短，歡歎遠怨管 12〔小重山〕官殘冠安湍鞍怨彈 13〔祝英臺〕暖管換短〔西地錦〕管天宴傳 14〔番卜算〕韓漢奸亂，安遠凡翰〔瑣窗郎〕前言權難竄殿，年權乾漢竄殿 18〔掛枝兒〕戰壇官〔金井水紅花〕還安仙伴竿冠言滿奸天餞，牽筵言盼鸞鞍盤卷班船亂〔玉鶯兒〕遠緣冠筵壇怨然關，漢冠鸞天鞭眷然關 33〔沽美酒〕縑鮮穿憐輦毯蓮綻散寒還片，穿殘煙妍旦燕鵑鈿薦邊牽眼，餐妍看鈿扮患年乾散間言燕 39〔天下樂〕煙圓弦〔步步嬌〕甸現蓮院憐面〔醉扶歸〕鬟錢宴然亂〔皀羅袍〕選煙泉箭憐緣展〔好姐姐〕虔

轉筵算殿箋〔香柳娘〕仙仙綣遠牽牽緣見邊邊圓館，年年選淺憐憐傳怨邊邊圓館

《宵光記》：1〔瑤輪第一曲〕丸箭蘸煙見傳換變纏旋怨 4〔菊花新〕寒間官短，安邊錢岸〔玉山供〕璉先顯線展愆山，換關難遠便旋山 7〔花心動〕妍天扇輦眷〔齊天樂〕奠淺滿遣暖傳〔畫眉序〕筵豔軒衍忭年〔滴溜子〕煙獻宴躚囀年〔畫眉序〕前鮮間見忭年〔滴溜子〕軟軟邊轉轉扇燕絃囀年〔畫眉序〕然罕寰旋淺年，千盼煙冠年〔大和佛〕天盤捲圓傳挽媛娟選殿前〔紅繡鞋〕喧喧懸懸輦鞍幰鞭然然〔尾聲〕換短鸞 20〔點絳唇〕煙轉畔珊殿〔引〕偏展〔駐雲飛〕顏邊慢甸原踐原捍篇，全肩賤獻壇展建旋 24〔尾〕願滿煙

《金鎖記》：1〔滿庭芳〕淵全奸冤娟卷然羨圓 2〔望遠行〕卷勉遠薦變〔桂枝香〕辨見煉善倦言前〔一封書〕箋傳展筵船前連軒 3〔似娘兒〕賢遷願筵〔引〕連卷〔二犯傍妝臺〕泉煙變園勉穿編賢〔引〕見遠〔皂羅袍〕電源傳辨延賢建 7〔好姐姐〕元踐聯遣顯緣 8〔縷縷金〕泉天喘邊便便 11〔玉芙蓉〕年蹇顯選眷官賢 13〔引〕還綻 18〔辣姜湯〕片硯面權〔引〕淺怨天面〔園林好〕椽言片前傳〔尹令〕倦變讞天〔品令〕言奸舛嚥喘電泉冤〔江兒水〕前變獻辨嚥顯〔玉交枝〕辯懸喘研原怨冤愆〔玉抱肚〕鍊前年連填〔川撥棹〕讞剪〈瘥〉〈瘥〉言憐天 20〔哭相思〕言前燕煙 22〔引〕天緣〔引〕淵天〔駐馬聽〕宣憐全連倦 23〔端正好〕讞天冤便〔滾繡球〕顯傳辨淵短延軟船天言〔叨叨令〕眷面怨見便〔脫布衫〕顛泉斷線〔小梁州〕先年全見煎〔么篇〕善前見顫言〔上小樓〕典憲篇冤憐年鍊怨〔四邊靜〕旋前天辨冤變〔煞尾〕前轉喘淺 31〔引〕選淺〔引〕倦卷〔太師引〕顏戰言院旋眷殿淵，念泉前轉戰源泉〔東甌令〕緣天戰薦邊年，年遷讞辨邅冤〔劉潑帽〕戰連戀旋辨

《二胥記》：6〔秋蕋香〕壇萬捲〔賀聖朝〕山間關瀾〔風馬兒〕蟠蠻斷萬關 9〔菩薩蠻〕眠寒 11〔神杖兒〕捲捲炫變戰忭川川 16〔掛眞兒〕遠然垣惋〔紅衲襖〕傳散賤邊巔遍旋，天眼燕鮮間轉鵑，闐顯選邊蓮軟煎，堅淺面船天霰鈿〔大迓鼓〕顛奸畔殘猿，天傳辨顚猿

〔孤雁飛〕轉殿展輦擅變賢然泉，輦燕殿遍川塹原然泉〔薄眉滾〕面踐善賢天，顧面譴專天 17〔北雁兒落帶得勝〕翻變丸電天煙田川岸憐船 26〔破陣子〕煙斷懸邊〔芙蓉紅〕天漢戰電圓絢前捲，鮮燦偃戰騫趲旋展〔普天樂〕變茜先闐漩淵圓，箭巘泉川展員鞭

2、監廉

《四喜記》：34〔鵲橋仙〕染染染檻點點點減 41〔劃鍬兒〕占簾茜髯甜險染，撼岩賺添甜險染，忝藍斂酣甜險染，閃南淡尖甜險染

《修文記》：18〔駐雲飛〕嚴瞻馬念緘檢塹顏，銜嚴玷諳坎懺忝 44〔二煞〕銛尖險砍潛頷參 45〔寄生草〕饞店劍茜塹

《曇花記》：14〔皂羅袍〕塹甜銛焰殲炎陷，驗甘黲黶鉗尖殮 40〔似娘兒〕庵奩攬拈〔繞池遊〕掩湛儼，魘斂纖〔金索掛梧桐〕藍紺焰嚴簾減探濫諳儼譫鑒，龕瞰孱喃堪懺銜驗奩曇藍劍，簷檻站慚添鑒簮痁擔殲淹玷〔東甌令〕憾嫌參念塹拈潛，敢男銛砍勘凡芟

（三）寒山、桓歡、先天

1、寒山

《浣紗記》：15〔鎖南枝〕艱殘寒患山雁，斑鬢蘩飯難賤，彈翰翻漢顏歎（15）；〔浪淘沙引〕潺珊寒歡關山難間

《吐絨記》：2〔遶地遊〕案難雁便棧散，岸限看〔宜春令〕簡煩瘝反綰安漢殘雁 23〔半箭梅〕山關關〔甘州歌〕漢萬間膽炭反灣變艱關還綸，難飡殘戰鞍塡山燔寒〔清江引〕趲散懶犯

2、桓歡

《浣紗記》：16〔剔銀燈〕館伴亂半碗寬；30〔洞仙歌〕汗滿亂漢轉換

《吐絨記》：9〔憶鶯兒〕縵端盤觀圓歡絆漫寬

3、先天

《浣紗記》：13〔十二時〕天遠靦憐怨 19〔鵲橋仙〕卷轉踐變淺殿〔甘州歌〕遠芊換年先園天煙，千院鈿年前弦鵑邊，連箭遷年川船堅然，全練拳年傳然懸天〔尾聲〕殿闐年 27〔黃鶯兒〕言千面遷燃願娟冤，邊鳶燕鬉胼片先旋〔簇御林〕前弦箭戰專傳，堅憐勉變漣年 29〔錦堂春〕田然船仙 32〔鳳凰閣〕殿面倦箭年〔獅子序〕顛間言前轉川殿

然〔太平歌〕年怨戰箭園喧〔賞宮花〕偏懸遭蹇千〔降黃龍〕鸛權善天憐年轉〔大聖樂〕傳先遠船言泉 41〔四邊靜〕殿顯電前顫現，院鮮燕前顫現

《吐絨記》：14〔香柳娘〕前前戰面邊邊連遣船船圓練，仙仙衍險天天錢勸眠眠船見磚磚邊院眠眠倦憐憐權善〔清江引〕箭縣願眷

（四）寒山、桓歡、先天、監咸、廉纖

1、寒山

《鷂釵記》：16〔西河柳〕爛蔓歎，患絆飯〔二郎神〕難罕煩返岸間灣〔囀林鶯〕乾見鬟還案坦扳間〔逐鶯兒〕還赧看慣炭幹訕〔簇御林〕煩彈扮慢關〔尾聲〕眼綻壇

《紅蕖記》：3〔菩薩蠻〕看散 10〔雙調過曲步步嬌〕晚返寒雁間趲〔忒忒令〕壇盼飯山眼〔沉醉東風〕餐看安範絆慳慳番〔園林好〕閒遠綰闌殘〔尹令〕限瞯綻犯干〔品令〕乾攔訕赧泛看〔荳葉黃〕伴頑懶攀拴〔五供養〕罕憐顏丹產扞難散〔玉交枝〕惋灣棧環偏慣殫挽〔月上海棠〕刪蔓蘭柬案玕〔江兒水〕闌歎儹襻岸揀〔川撥棹〕誕反關關彈翰凡蹯〔尾聲〕萬難翻 22〔正呂過曲朱奴兒〕殘煩還晚雁單歎，灘跧閒返雁單歎〔破陣子〕顏看斑〔玉芙蓉〕竿版看案帆飯蘭安，繁懶漢瓣班飯蘭安，丹眼限挽慳飯蘭安〔正呂引子破陣子〕難翰關

《埋劍記》：8〔南呂引子轉山子〕爛看晚攢〔上林春〕憚赧按〔南呂過曲白練序〕粲難懶關壇難簡，看間肝彈繁難晚挽〔臨江仙頭〕簡鞍〔紅芍藥〕旰安山山眼慣閒患，還安鞍鞍閈看關還〔搗白練〕燦單看難，飯懶範難〔尾聲〕晚蠻還 30〔遶紅樓〕寒顏綻攀〔大石調過曲催拍〕壇蠻環難煩看潸，丹斑慳番山看潸，難闌顏還關看潸〔一撮棹〕趲攀安山殘盼關

《投梭記》：8〔風入松慢〕干闌綰刊鞍〔字字雙〕難販閒慣儇罕鰥漢〔步步嬌〕按揀嫺趲扳懶〔江兒水〕山萬散盼慢粲〔玉山供〕岸安蔓管泛頑攀〔玉胞肚〕訕般反壇班〔桃紅菊〕翻彈範範慳〔園林好〕珊返盞跚〔忒忒令〕潸挽歎晚〔好姐姐〕散眼奸限案寒〔錦衣香〕綻疸扮顏

關赧飯旦侃憚〔尾聲〕炭番竿31〔眼兒媚〕殘干看關山

《東郭記》：9〔更漏子〕單寒15〔二犯江兒水〕宦宦趕蘭眼餐孱珊彎罕鰥鰥粲粲間，饌饌赧蹯產關顏斑翻罕看看飯飯汗〔北對玉環帶清江引〕鬟閒寒攀環闌關餐殘慳難盼反罕35〔金錢花〕干干餐餐灣潺潸〔滿庭芳〕關環鬟幡〔朝元歌〕殘綰闌散趕赧顏萬翰鞍歎慢，炭斑閒掩雁山憚單巒歎慢，擐播關眼幻翩按看凡盼棧，限安還袒難彈悍煩寒盼棧36〔六么令〕擐壇閒殘罕，簡竿看餐飯，誕關山寒憚，贊班欄還赧

《醉鄉記》：18〔破齊陣〕閒限蘭山〔風雲會四朝元〕幻蘭面產攢攢殘幹燦幹歎丹晚旦散，散餐範綰岸岸環漢絆凡盼翻泛攢按，按煩汗眼返返檀晚爛間燦闌間慢萬，萬斑坦案卯卯蘭曼罕殘赧看返晚幻33〔鵲橋仙〕晚眼還案〔太師引〕限頑盼殘板侃閒瀾，慣繁爛間泛赧頒顏〔桂枝香〕旦漢關慣單單歎按彈寒，燦絆攀犯班範岸珊看〔大迓鼓〕餐嫻翰灣潸，環彎罕帆拴〔尾聲〕掩看番36〔古調笑〕按按幻

2、桓歡

《鵜釵記》：10〔剔銀燈〕管暖伴館寬完〔桂枝香〕半換鸛亂貫觀寬〔六么令〕館桓酸歡絆，算瞞漫完換22〔三疊引〕半短寬館〔霜天曉月〕幔喚盥桓〔梁州序〕椀繁滿觀亂湲盤，伴玩團鑾亂湲盤〔秋蕋香〕館桓緩〔生薑芽〕垣漫竄渙繁斷算觀亂，端寬短半磐歎判莞貫〔尾聲〕亂萬歡

《紅蕖記》：21〔南呂引子稱人心〕喚斷判滿〔南呂過曲梁州序〕暖伴鸞算寬歡半，暖伴鸞算寬歡半，抃管團換冠槃半，抃管團換冠槃半〔大聖樂〕潘煖幔般完短，潘煖幔般完短〔金錢花〕端端桓桓觀團漫，攢攢酸酸官蟠鑾〔尾聲〕亂讙瞞31〔西江月〕般酸爨讙鸞伴

《埋劍記》：9〔正宮過曲玉芙蓉〕寬短剜鸛冠暖讙端，盤盌歡爨官暖讙端

《投梭記》：26〔秋夜月〕蟠半款鸛短短〔瑣窗郎〕漫盤湍畔喚竄，巒垣鞶緩斷竄〔節節高〕歡桓暖奐搏冠亂斷瞞觀，攢官貫浣完煥算逭瞞滿

《東郭記》：21〔出隊子〕渙渙丸欒盤漫漫，灌灌官驩鑾湍湍，碗碗搬桓鑽歡歡，幔幔酸團完拚拚，觀觀鸞巒寬般，斷斷觀冠瞞攢40〔大迓鼓〕鑽摶

奐觀攢，搬摶算歡攢，紈摶緞官攢，饅摶蒜酸攢〔北清江引〕判半搬斷灌〔么〕判算盤段灌

《醉鄉記》：20〔六么令〕冠官端冠亂，冠觀般湍管，冠端冠完判，貫觀摶鑾冠，貫鑽饅拚管 32〔字字雙〕官煥團半般喚酸算，漫短團卵鑽管饅盤〔亭前柳〕冠盤般鑽管桓搬，瞞官完鑽管桓搬

3、先天

《鵜釵記》：7〔步步嬌〕遠倦便線燕〔桃紅菊〕眠喧變鴛〔雙蝴蝶〕顛言傳園阮邊前先宣〔金谷園〕燃聯面旋穿〔鬧樊樓〕片院仙劍圓〔滴滴金〕蹇緣顯見還言園〔鬥只雞〕邊遣劵年轉言〔尾聲〕面件牽 21〔虞美人〕竿天賢邊，氈筵源連〔八聲甘州〕傳煙犬縣現懸堅旋，電元遠憲變鮮堅旋

《紅蕖記》：3〔菩薩蠻〕煙天 21〔酒泉子〕前燕 28〔雙調過曲孝南歌〕船緣前轉年見展天天牽冤〔銷金帳〕怨遠忭顯願仙〔孝南歌〕軿（便平聲）忿鐫貶顫眩譴憐憐援冤〔銷金帳〕變舛辯蹇勸仙〔孝南歌〕萱燃淵衍便面變全全堅冤〔銷金帳〕遍懸眷遣殿仙 34〔太平歌〕篇綣便緣旋 37〔南呂引子臨江仙〕邊鴛天川煙

《埋劍記》：10〔黃鍾引子西地錦〕掾然願連，賤韃戀鞭〔黃鍾過曲啄木兒〕年轉邅便遠掾，偏遠軟眩汗邊〔三段子〕轉言然天勸願顯〔歸朝歡〕堅轉全遣偏免年 16〔黃鍾過曲神杖兒〕蹇蹇倦絃衫典鞭便便 18〔南呂引子鵲橋仙〕蹇援亂遠〔仙呂過曲解三酲〕願冤賤邅懸展前，俠鞭戀傳前剪邊〔太師引〕面然抃援踐錬纏憐，巘邊便前倦便然權 27〔中呂過曲朱奴兒〕天煙遷賤天天面，田先錢面絹旋戀，傳轉延便絹旋戀

《投梭記》：3〔光光乍〕纏妍選賤〔似娘兒〕憐連面塡〔月上五更〕遍轉片軟線燕翦戀年怨〔蠻江令〕院遣辦闐見〔月照山〕變淺飯覸劵絹寒串偏涎全緣〔涼草蟲〕繭勉煎倦綿 14〔謁金門〕顫扇燕遍〔換頭〕電遠薦展〔鎖南枝〕捐年戀堅倦，緣穿轉船見〔孝南枝〕懸顛萱翦勉願宣免，奸喧拳遣賢勸咽牽便，弦磚掀躚忿辯鞍院天面，千錢蓮宴漣善展傳騙，仙篇軒殿聯眷編憲寬專怨，騫還喧戰連船便軟

《東郭記》：13〔南鄉子〕天煙邊肩言憐然眠 20〔七娘子〕顫穿面〔漁家傲〕天煙展偃鉛廛〔剔銀燈〕絹件旋纏然扇邊〔擲破地錦花〕言宴旋娟冤前〔麻婆子〕延憐騫勉院眠 38〔減字木蘭花〕遠展 42〔北端正好〕賤穿綣面〔滾繡球〕天變宴饘宣眷掀偏援〔叨叨令〕羨轉遍倦見〔倘秀才〕緣涎堅犬鸇鮮〔滾繡球〕全踐戀筵鮮媛軒賢然〔白鶴子〕先片〔煞尾〕譴憐卷

《醉鄉記》：2〔滿庭芳〕元顛篇仙〔梁州令〕鮮煙園然，鞭懸前氈〔梁州序〕卷選肩眷穿眠勸片遣，卷選肩眷穿眠勸片遣，天院展遍玄筵勸片遣，天院展遍玄筵勸片遣〔尾聲〕縣遠鵑 43〔鵲橋仙〕院展煙電〔臘梅花〕邊絢然纏〔掉角兒〕妍面緣忭綿遠遣言淺〔瑞鶴仙〕炫宴燕忭軟羨〔寶鼎現〕奠宴面囀片〔錦堂月〕天仙眷卷勸篆〔前腔換頭〕緣鈿田垣淺遠勸篆，掀田泉彥硯勸篆，妍憐躚徧便勸篆〔醉翁子〕願燕扇婉煙邊奠年，偃顫殘倦轉牽奠年〔僥僥令〕展燃傳，纏穿眠〔尾音〕蹇言憐

4、監咸

《鵜釵記》：2〔錦叢春〕氈藍南覽擔車感酬〔醉歸花月渡〕淡甘堪暫慚杉諳簷暗蠶

《紅蕖記》：29〔正宮引子燕歸梁〕擔探潭淹，擔探潭淹，擔探潭淹，擔探潭淹〔正宮過曲刷子序犯玉芙蓉〕婪憨膽撼鑒嵐〔雁過聲〕臢（茲三切）慘甘芡淡衫函覽黲感〔傾杯序〕塹談憾探黯南〔山桃紅〕減醮勘轗賺驂〔一撮棹〕糝含耽喃攬毿

《埋劍記》：16〔仙呂過曲一盆花〕陷驂堪暗探衫覽，撼談婪面賺慚俺

《投梭記》：27〔尾犯〕潭纜驂感攬〔駐馬聽〕南探岩銜撼堪膽，憨參擔嵌敢蠶憾〔紅繡鞋〕藍藍憨憨鑱岩邯邯，婪婪慚慚談男鄲鄲〔馱環著〕賺賺簪濫檻減慘斬陷

《東郭記》：7〔字字雙〕擔擔談探諳暗男嵌〔意遲遲〕探感堪俺耽泛〔集賢賓〕覽慚探酣淡檻減懶，感探湛驂菡欖減懶，覽談濫三站範減懶〔琥珀貓兒墜〕男含談堪衫，慚岩緘耽南，諳南談含參〔皂鶯兒〕含耽慘堪慚淡諳甘探談驂 28〔秋夜月〕泛探頷談談〔西地錦〕壜

堪談淡〔八聲甘州〕感歎堪慚談衫簪，南擔攬銜驂衫簪

《醉鄉記》：19〔搗練子〕男含俺〔鎖南枝〕南探喃喊談膽，惔堪談探驂鑑，堪潭男鑑擔濫，男三藍鑒甘賺 28〔縷縷金〕探喃慘嵐減〔生查子〕淹膽菴探〔馬蹄花〕男擔潭貪斬談〔縷縷金〕蠶衫感饞淡〔馬蹄花〕衫酣嚴饞啗南〔縷縷金〕諳談俺讒攬〔馬蹄花〕參堪貪擔犯驂，談甘痰南膽貪〔縷縷金〕參南斬貪儳〔雙調江兒水〕覽鑒瞰藍探感，梵膽賺曇探感〔餘音〕減談堪

5、廉纖

《鶼釵記》：9〔夜行舡〕點兼炎染豔〔半剪梅〕瞻鐵巾詹〔榴花泣〕拈鰜嚴奩添玷詹，淹潛漸嫌鉗劍蟾

《紅蕖記》：20〔中呂過曲縷縷金〕炎淹店髯釅釅，嫌返劍鶼欠欠鶼欠欠，奩簾塹甜念念〔中呂引子天下樂〕拈纖尖〔中呂過曲剔銀燈〕簷漸槧占掩鉗，臉玷豔斂點撏，諂灩厭閃染忺

《埋劍記》：20〔中呂引子破陣子〕淹占添〔中呂過曲漁家傲〕甜厭塹瞻南淹〔剔銀燈〕檢劍瞻欠添〔攤破地錦花〕恬閃占甜兼嚴〔麻婆子〕簾簷沾店斂懨

《投梭記》：28〔金菊對芙蓉〕瞻兼尖欠纖〔漁家傲〕忺簾塹念潛占〔剔銀燈〕拈點玷臉懨奩撏〔菊花新〕淹蟾簷焰〔粉孩兒〕渰掩慊甜險〔紅芍藥〕閻黏嶮塹鹽劍漸閃〔耍孩兒〕口店鶼厭槧魘〔會河陽〕簾苫忝檢豔臉〔縷縷金〕嫌蒹占簽舔舔〔越恁好〕拈黏沾諂颭灩〔紅繡鞋〕炎炎銛銛殲添髯〔尾〕苒恬謙

《東郭記》：16〔杏花天〕廉玷嫌檢〔山坡羊〕占念店恬瞻歉豔纖添懨淹，驗劍欠嚴兼厭儉嫌髯謙尖 37〔長相思〕添懨奩黏兼僉簾拈〔二郎神〕冉閃斂鈐險諂淹拈，鶼苒掩纖點豔嚴尖〔囀林鶯〕沾髯儼炎念劍瞻添，忺占欠黏點閃嫌謙〔啄木鸝〕銛歉瞻念塹纖拈，兼掩簽僭占鹽纖〔尾聲〕念沾尖〔香柳娘〕添添倩念兼兼沾瞻奩奩殲占，簷簷漸焱瞻瞻尖險簾簾炎豔

《醉鄉記》：14〔梨花兒〕占倩店儹〔駐雲飛〕瞻髯閃點尖臉欠添，炎兼瞻歉嫌點厭尖，潛廉儹欠謙諂儼瞻，炎添險臉籤劍焰縑 22〔賀聖朝〕臉髯醃餂〔豹子令〕鯰鹽占甜廉，銛兼厭尖廉 36〔古調笑〕懨添

（五）寒山、先天、監咸、廉纖

1、寒山

《節孝記》：4〔金瓏璁〕劍旛壇翰亂難 5〔賀聖朝〕藩山瀾挽 14〔桂枝香〕散懶頑岸眼間閒，歎挽散漢岸閒變遠，懶綿飯遷岸關難 17〔逍遙樂〕凡間顏孄　卷下 3〔菩薩蠻〕閒間

2、先天

《節孝記》：3〔花柳爭春〕原錢〔憶多嬌〕眠妍鵑川原前 4〔眞珠馬〕捲電變天箭 12〔梁州序〕薦然憐練年遷宴勸緣，遠天蓮剪涓煙宴勸緣，川院煙變顚天宴勸緣，煙片喧羨鮮眠宴勸緣〔節節高〕仙筌願面怨（□□）（□□）天緣戀（缺字）煉（□□）〔尾聲〕便弦遣 14〔寄生草〕天電線緣見，天轉遠綿變 17〔六么令〕篆邊賢韉眷，變泉宣言薦〔集賢賓〕堅鞭轉戀線遠面見〔黃鶯兒〕漣馬褰怨遣天轉延淡喧〔貓兒墜〕言染然戀電〔尾聲〕傳篇傳　卷下 13〔醉扶歸〕淺旋年面錢卷，見煙懸典原硯，遠憐猿電源阮　卷下 5〔鵲橋仙調〕斷便變怨減面丸願　卷下 7〔沁園春〕憐煙年延篇

3、監咸

《節孝記》：卷下 5〔哭相思〕慘減感黯

4、廉纖

《節孝記》：10〔四園春〕簷添漸尖劍顏

（六）寒山、先天、監咸

1、寒山

《紅梨記》：20〔滴溜子〕關山趕澗奸，寒山誕散翻〔紅衲襖〕班攀篡殘間散山環，顏炭漢班乾飯安翻，殘漢旦關綰還奸寒

2、先天

《紅梨記》：7〔瑣寒窗〕言弦年卷怨憐喧捐，煙然懸鳶蘚憐喧捐，偏天軒輦燕憐喧捐，然懸煙殿怨言旋前 11〔鳳凰閣〕殿遍邊面轉顏〔獅子序〕變遷煙懸轉鳶苑鵑〔太平歌〕連囀遠燕娟緣〔賞宮花〕偏穿沿仙〔降黃龍〕憐聯眷年前便面怨宣〔大聖樂〕連眠院懸前牽 18〔薄媚衮〕縣獻賤怨言免〔秋夜月〕前遠顯健喘軟〔東甌令〕鮮年犬戀田園〔劉

潑帽〕舛捐展天賤〔金錢花〕喧喧牽牽言纏天天 27〔懶畫眉〕懸鮮天願前，天煙喧灩仙〔刮鼓令〕宣天專銓縣邊憐，漣淵全前匾慳言，緣元天鮮絹穿前 28〔刮鼓令〕宣天彥專銓縣邊憐

3、監咸

《紅梨記》: 8〔月雲高〕暗感撼監濫膽三嵐，慘轗勘堪陷賺擔淹

（七）寒山、先天、廉纖

1、寒山

《長命縷》: 11〔水底魚〕艱壇丹，連寒韓〔劃鍬兒〕岸帆晚鬟殘袒返，天灘掩間殘袒返，萬山綰還殘袒返〔江頭送別〕犯辦旰安

《桃符記》: 28〔二郎神〕挽案難顏赧晚丹還，看眼旦寒攀晚丹還〔簇御林〕丹顏盼案飡幹〔尾聲〕盼難堅 30〔排歌〕山關間妍閒難寒瀾〔尾聲〕漢般間

《義俠記》: 6〔玉井蓮〕煩綰〔玉抱肚〕散還看山間，幹間慢安看 21〔寶鼎現〕歎案範盞〔錦堂月〕限山雁挽患，悍寒欄看散挽患〔醉翁子〕晚眼案歎寒旦，按漢難懶難旦〔僥僥令〕反翻乾，泛安環〔尾聲〕幻健看〔朝天子〕看顏還殘餐難難 32〔山歌〕閒寒單

2、先天

《長命縷》: 7〔菩薩蠻〕天眠 9〔六么令〕蹇先煙宣忭忭，宛延錢涎獻獻〔園林好〕遷援願原原，邊前見原原〔江兒水〕諠建轉變電鞭斷，懸面便遠戰鞭斷〔五供養〕練連權堰甸拳宴〔玉交枝〕善掀濺旋弦扇年天〔川撥棹〕殄偃淵淵然鐫傳延〔尾聲〕暖淺賢 16〔西地錦〕全泉戀眠〔少年遊〕憐綿〔催拍〕邊前千千鳶年瞻濺，先連懸宣錢瞻濺，堅傳然然圓穿瞻濺〔一撮棹〕遠牽還川煙見鴛 28〔戀芳春〕綣元〔一江風〕憐踐濺殿篇篇筵勸，仙選憲彥鞭鞭餞戀〔香柳娘〕邊邊轉輾前前然偃宣宣筵甸，絃絃鈿願緣緣牽繭焉焉妍嚥，轅轅建獻員員錢捲言言緣卷，船船串殿川川檀賤言言緣卷，天天面電然然娟遠煙煙懸見

《桃符記》: 3〔錦堂月〕年眼千綿天換宴傳〔醉翁子〕蹇犬淹偏翻羨連〔僥僥令〕剪喧千 8〔引〕田年〔鎖南枝〕賢言淺延典，辨拳便箋典，轉

捐膳傳覥，撚聯年善遠獻

《義俠記》：9〔風入松〕綿拳騙遣肩然，邅旋羨軟賢穿〔急三槍〕眷前，犬冤〔風入松〕言堅勸面言天〔急三槍〕勸面，眷纏〔風入松〕言連健奠然纏 10〔秋蕊香〕面牽獻轉

3、廉纖

《長命縷》：28〔臨江仙〕瞻纖簷忺兼嚴〔三換頭〕閃塹淹占尖驗甜，沾厭添豔染簾甜

《桃符記》：9〔賞宮花〕嚴鹽嫌謙

《義俠記》：20〔十二時〕念閃忝嫌掩〔黃鶯兒〕雨戩添豔簾鹽占懨甜，兼沾颭纖尖占簷簾〔簇御林〕簾沾店欠謙嫌，淹鉗玷贍閻嫌

（八）寒山、先天

1、寒山

《墜釵記》：24〔北仙呂后庭花〕關限壇餐案閒間山難難

《雙魚記》：9〔南呂引子生查子〕難棧鞍眼〔瑣窗寒〕寒看安患粲歎，肝還關慢粲歎，頑煩乾飯粲歎 17〔浣溪沙〕寒安乾按冠鞍 18〔越調過曲梨花兒〕眼顏爛晚 26〔黃鍾過曲獅子序〕顏環欄產間安閑閒〔太平歌〕鞍難患山還〔賞宮花〕奸間看山〔降黃龍〕顏孱蔓寒煩山安〔大聖樂〕殘眼範犯寒難挽

《蕉帕記》：30〔瑣窗寒〕攀頒鞍旦懶潸絆〔臨江花〕瓣關壇眼〔針線箱〕慣限盞散彈遠還〔搗白練〕綰難趲〔三學士〕晚珊難挽還〔半叫鷓鴣〕閒寒看〔解三酲〕案竿眼班姦歎歎蘭〔神仗兒〕燦燦爛雁萬殘殘

《嬌紅記》：13〔海棠春〕旦盼晚〔鎖南枝〕間山散捍辦，慣還晏難趲 45〔烏夜啼〕般灣難飯旦艱雁慳

《貞文記》：12〔北端正好〕灘棧顛戀煽趕彎肩牽幡殿岸 22〔風入松慢〕寒鬟殘咽看〔皂羅袍〕遠欄鞍盼彈單歎，旦存斑看寒殘半〔步步嬌〕限眼難雁篇岸〔醉扶歸〕眼鬟欄晚顏盼，綰山幹眼鸞限〔玉胞肚〕慣斑山間乾，怨難雁珊欄〔玉肚交〕岸丹煩安看晚還刊〔姐姐帶僥僥〕慳綰艱山，難絆閒難〔薄媚賺〕安攀限漢酸襴幹歎宦誕誕〔三囑付〕返安坦願攀限〔喜還京〕難番襴館換間案

2、先天

《墜釵記》：2〔仙呂入雙調過曲風入松〕原先見前鵑〔月上海棠〕船轉源線遠緣，船便蓮衍遠緣 5〔北雙調新水令〕元遍千圓戀〔南仙呂入雙調過曲步步嬌〕遠淺傳面傳免〔北雙調折桂令〕年憐言愆苑天涎然〔仙呂入雙調過曲江兒水〕先傳遠見燕前見〔北雙調雁兒落帶德勝令〕天眷院捐闐延權遍纏筵〔南雙調過曲僥僥令〕轉仙宣宣〔北雙調收江南〕天年緣然然田〔南仙呂入雙調過曲園林好〕阮管怨懸煙〔北雙調沽美酒帶太平令〕禪禪拳然轉牽便戀旃韉前宴〔尾聲〕線旋遠11〔仙呂入雙調過曲窣地錦襠〕眠鵑言年，韆然眠喧，前蟬延眼 17〔黃鍾過曲小引〕年錢 27〔南呂引子哭相思〕燕院泉見 29〔駐馬聽〕仙篇園賢舛躔見，傳捐錢篇轉先淺

《雙魚記》：3〔商調引子遶池遊〕燕轉展線看倦纏〔商調過曲黃鶯兒〕田鐫淺懸肩變憐，邊前顯傳面宣筌〔簇御林〕全權羨選天錢，聯權剪釧萱緣

《蕉帕記》：12〔醉扶歸〕遠綿膻變堅轉〔似娘兒〕天泉電前〔紫蘇丸〕顯件言翦〔香柳娘〕邊邊喘線憐憐煙電言言天淺，然然蹇便傳傳延轉全全肩面，專專遠賤喧喧邅免鞭鞭牽遣，年年倦獻緣緣掀院然然邊犬 15〔生查子〕鴛犬懸便，天卷婕阮〔紅衲襖〕仙鮮蹇鞭椽遠穿，年眷顯聯錢奠川，天面硯言偏舛穿，圓見眷然憐羨全

《嬌紅記》：12〔步步嬌〕院面鈿轉邊怨〔忒忒令〕怨轉靦散言畔見〔嘉慶子〕見遠眠轉源然〔尹令〕便院見前〔品令〕前偏勸戀緣〔豆葉黃〕緣全全面軟前邊憐〔園林好〕年天遍園園〔江兒水〕面天岸棧殿戀天便〔三月海棠〕眼遍煙怨轉面川岸〔江兒水〕天濺戰變顯娟燕〔玉肚交〕院然眠穿怨前邊〔川撥棹〕面眼天鈿然言，天懸緣緣眠然言〔尾聲〕舛怨天 21〔一封羅〕旋前晚懸邊間踐〔臨江梅〕遠然邊牽連〔奈子宜春〕前川見展譴，年編選線眷〔宜春令〕連言眷燕便，緣牽眷宴絹〔三學士〕言全緣眷天，淺前緣眷圓〔尾聲〕然眷傳 25〔駐雲飛〕前痊誕舛延牷患間〔北寄生草〕顯虔轉旋展顫，纏眷片怨面，天顯現展塹，纏戀眷綣院〔駐雲飛〕邊然遣患煙牷壇遍天 31〔十二時〕遣怨閃煎線〔集賢賓〕鵑邊淺前遍轉麵線〔梧桐樹犯〕前變苑戀鈿卷奩扇〔金梧繫山羊〕傳怨遍變展煎天憐眠遣〔梧葉兒〕

斑言遍天轉〔黃鶯兒〕篇斑蘚怨鈿辨川〔貓兒墜玉枝〕言堅圓變言言〔金絡索〕偏變漢見年言箋牽遣邊泉見〔攤破簇御林〕然然前淺怨念專緣〔黃鶯兒〕憐天轉前邊面肩鵑，前堅戀邊邊忭言泉〔四犯黃鶯兒〕言前願年邊願變燕，緣穿怨邊邊面見片〔尾聲〕綣宴緣 42〔碧玉令〕面選言願〔鎖窗寒〕娟年鴛眷選緣忭，連懸全眷轉攀田，川緣堅限權免便，天言傳綣選緣忭〔尾聲〕宴然筵

《貞文記》：14〔夜行船〕展全綣願〔玉井蓮後〕轉〔金水令〕燕肩前弦願變鵑圓，顯言全年便霰鵊然〔海棠醉春風〕天舛選鴛殿然緣牽，眷線箋選言緣佺弦，淺眷穿鮮慳艱眠〔豆葉黃〕卵殘言言展牽鈿〔五供養犯〕天泉憐然轉滿氈賤，酸連煎然怨全免〔玉交枝〕淺鵑岸川緣願天泉，面船眷緣前轉邊邊〔玉胞肚〕願牽變天連圓，怨漣眷圓綿邊，怨憐鵑連仙，賤言泉堅傳〔玉肚交〕舛憐前纏元眷鐫言〔江兒水〕天眷賤願犬便怨〔好姐姐〕偏怨言怨伴喧〔川撥棹〕賤願氈氈年天懸，弦圓泉緣，緣捐堅堅鴛〔餘文〕怨蹇言 23〔憶多嬌〕堅牽年圓緣緣緣邊，艱牽千圓緣緣緣邊 30〔琥珀貓兒墜〕面前然牽言泉見，面言天冤憐泉見〔尾聲〕見然圓

（九）只有先天部

《博笑記》：2〔雙調引子五供養〕薦錢天蒨傳邊〔仙呂入雙調過曲園林好〕廛苑見前年，喧千見懸翩〔江兒水〕鈿面院宴忭仙賤，鵑遍憲衒纏仙賤〔五供養犯〕轉蹇旋言串顛怨，煎穿緣遠便軒喘〔玉交枝〕箭牽善先掀獻煙垣，眷漣願泉船媛全塡〔川撥棹〕淺然憐憐堅鞭選，展腁賢賢愆權專〔尾聲〕線藺天

（十）先天、桓歡、監廉

1、先天

《紅梅記》：3〔憶秦娥〕變燕燕幡顫院見見煙面 12〔金蕉葉〕閒院男便〔江頭送別〕釧店見傳，貫縣便連，喘扇電鸞，見邊見蟬 34〔少年遊〕然圓〔催拍〕然言緣緣牽然年，年仙淺淺天牽年〔人月圓〕案殿綣綿，片面變綿〔尾聲〕見纏眼

2、桓歡

《紅梅記》：11〔遶地遊〕喚畔斷〔玉芙蓉〕般亂歡喚寬瘓鸞，觀算團館垣瞞鸞，盤纂垣換官滿摶〔雁來紅〕〔雁過沙〕酸寬斷半歡〔紅娘子〕短叛，攢垣畔玩歡寬喚〔朱奴兒〕殘歡鸞斷亂端短，般團鸞館亂端短

3、監廉

《紅梅記》：21〔玉抱肚〕厭染黏廉慚，淡沾廉嫌嚴〔醉落魄〕歛閃〔皀羅袍〕儹嚴淹歛堪箝陷，驗鵪喃豔潛嚴劍，斂鹽拈睥貪兼憾，險貪兼厭瞻詀月臽

五、蕭豪

《四喜記》：4〔如夢令〕悄巧了曉曉少 5〔粉蝶兒〕鳥郊草島〔駐雲飛〕朝饒耀少高叫道飄飄，梢嬌笑倒橋照到招招，搖消巧好腰緲小燒燒，雕描嫋繞嬈早老勞勞 8〔窣地錦襠〕苗招高醪，勞霄妖饒〔山花子〕曉瓢洨敲消濤饒勞，槁郊橰瑤消濤饒勞，豪表飆杳高消濤饒勞，嬌沼橈坳謠消濤饒勞〔紅繡鞋〕橋橋舠舠潮拋陶〔尾聲〕兆抱謠 14〔薄倖〕沼早了杳禱〔金衣公子〕聊袍抱濤簫草焦膠，高遙搗宵朝早焦膠〔琥珀貓兒墜〕遭梢邀拋消，逃交燒拋消〔解三酲〕巧嬌巧調搖抱交，曉醪笑腰消抱交 18〔霜天曉角〕老渺耗消〔劉潑帽〕貌熬到招惱，杳調保招惱〔六犯清音〕杳曉焦調綃腰梢描笑聊朝，杳小飄宵饒萄醪逃照遙操，皎掃消橋寥簫交凋到熬蕉，巧杪搖爻迢敲燒勞詔僥嬈〔尾聲〕俏抱高 23〔上林春〕繞曉耀 31〔金錢花〕描描搖搖交俏嬈高〔□□〕好照詔耀〔生薑芽〕飄飆導簫好島叫〔憶奴嬌〕搖交小笑好宵島〔鬥寶蟾〕朝郊叫惱勞高老〔錦衣香〕皎巧繞袍翹悄到老兆〔漿水令〕倒嬌綃消妙少曉表朝〔尾聲〕禱保高

《浣紗記》：5〔一枝花〕曉繞好暴保笑〔水底魚〕蕭腰遁敲，高搖少濤〔大迓鼓〕驕包孝朝逃，韜曹棹巢饒〔撲燈蛾〕豪孝少老勞討笑逃，髦表犯島橋緲棹潮 12〔北點絳唇〕袍帽曉巢小〔混江龍〕釣飆濤牢綃刀標高樂皋〔油葫蘆〕逃小滔弔（弔）掃嫂告遙〔天下樂〕拋嬌漂撈毛討〔那吒令〕敲著了報豪〔鵲踏枝〕桃苗蒿了咷〔寄生草〕高跳躍鬧道〔么篇〕遭到造眺孝〔賺煞尾〕料少早牢曹鼇勞笑遭 16〔剔銀燈〕老耗貌糶了敲 28〔臨江一翦梅〕掃飆袍朝勞，老朝拋條飄〔瑣

窗寒〕聊抛熬報掃腰綃描，茅嬌霄照曉腰綃描〔柰子花〕僚朝告孝禱好，騷寥樂抱禱老〔解三酲〕笑苗倒嬌俏饒老老宵，說遭小敲鬧交老老宵 42〔菊花新〕豪消郊曉〔榴花泣〕嶢霄條消草照刀，嬌朝綃宵緲到滔〔漁家燈〕苗抛梟毛少了瞧腰袍，邀僚饒僚曹報饒笑惱〔尾聲〕鬧霄遭

《紅拂記》：12〔一江風〕迢草道報橋橋勞到，撩了繞小調調嬌料〔哭相思〕好道〔一江風〕嬌繞耀教茅茅好〔梁州序〕曉勞袍巧標嬌調好勞，窕宿遙倒蕭喬調好勞，喬誚濤料饒梟調笑醪，豪少高巧毛交調笑醪〔節節高〕郊豪料繞昭耀寶到曉，髦標討少豪小道早〔尾聲〕料要遙 14〔霜天曉月〕曉抱報描〔棉搭絮〕宵廖邀抛挑，聊刀寥燒飄 30〔番卜算〕堯掃韜好〔四邊靜〕討徼朝島高要邀，表剿島高要邀，調嶠朝小高抱討，掃倒濤繞超到邈

《祝髮記》：4〔花心動〕條老道老操倒〔鎖窗寒〕毛搖曹悄耗郊號消，鷯梟哮料討郊號消，廒枵嗷道擾郊號消 4〔三學士〕襖袍勞少遭，操條高少遭，寶漂腰少遭 4〔掛眞兒〕惱朝老了 7〔海棠春〕敲到 7〔桂枝香〕告料趙少倒挑飽交，造莩飽告了抛鳥交 7〔千秋歲〕草討表嘯老盜倒掃小廟 8〔夜遊船〕曉迢杪少 25〔神杖兒〕道道掃造緲袍袍 25〔解三酲〕老抛少條召交貌袍，棹潮潮囂寶朝孝詔 25〔傾杯玉芙蓉〕鼇嘯刀鳥韜討道醪 25〔普天樂犯〕哨調樂巢趙掃韶 25〔朱奴兒犯〕老道照勞濤毛袍 25〔尾聲〕保早廟 25

《灌園記》：16〔霜天曉月〕帽少報宵〔太師引〕蒿了刀耗鷯抱保韜毛，繞搖窕調槁少交勞〔霜天曉月〕照惱掃蕭〔桂枝香〕貌表搖鳥茅茅料寶袍早標，峭曉高老貂貂抱道袍小刀〔大迓鼓〕曹勞廟橋膠，要條鳥簫膠〔尾聲〕掃寥遙 22〔清江引〕好擾草曉，好寶耀飽 24〔朝中措〕韜朝豪〔四邊靜〕道巧鳥教道驕討，掃擾譟教道驕討

《竊符記》：3〔窣地錦襠〕招饒高勞〔皀羅袍〕笑倒豪髦老韜盜誚 25〔玉芙蓉〕濤掃梢趙勞號噪韜，刀砲巢報高號噪韜，袍襖梟討鼇掃道勞，旄道高討毛詔効勞 39〔踏莎行〕掃覺曉〔醉扶歸〕草招遙表銷老〔小桃紅〕郊到遙皐道草猱蒿〔下山虎〕條朝交巢寶郊掃椒牢〔蠻牌令〕

報曹交趙朝梢招〔尾聲〕島飄簫

《虎符記》：8〔菊花新〕高消拋兆〔五更轉〕詔郊倒擾笑料表，耀巢少惱保造禱〔不是路〕滔遭到逃勞噪巢燥早套套 21〔如夢令〕緲曉鳥惱惱飽 40〔剔銀燈〕交噪到兆袍刀，道繞趙紹翹刀，笑照廟孝韶刀〔海棠春〕曉覺拋料〔催拍〕消毛勞勞膏曹梟璈，凋燒搖搖橋腰膠萄，調逃濤濤漂桃朝鷯，韜腰調調皋綯膏茅〔生查子〕到保〔山花子〕浩高膏弢要腰朝堯，掃調巢髦要腰朝堯〔撲燈蛾〕燒廟孝禱篙操毛，高誥報冒膏操毛〔尾聲〕孝謠標

《櫻桃記》：3〔青州小引〕寶表造〔引〕飽遶〔金井水紅花〕勞調稍鬧鑣豪朝道高廟 5〔引〕朝條老惱〔引〕召銷〔學士解醒〕老蒿饒高掃毛，孝餚招澆掃毛 12〔引〕茂寶 14〔引〕嶽報巢〔石榴掛魚燈〕濤豪耗高耀嗷了〔清江引〕道掠寶了 17〔引〕道郊勞〔引〕悄招〔宜春令〕飄高杳遶囂禱，濤惱巧芒渺焦早〔六么令〕好勞苗嬌倒，貌貌跑飈橋燥，到潮皋飄到〔採紅花〕嶠燒了曹喬跳淘交 22〔引〕早少惱〔引〕樂落〔梧桐犯〕交招好貌糟告惱，曹調貌了饒俏老〔端正好〕料交報耗〔滾繡球〕到梟豹巢苗橋盜毫嬌袍〔倘秀才〕道騷到鬧〔太平會〕嬌招少到保殼饒刀，帽交告刀討 29〔引〕道曹小〔鬥鵪鶉〕巢耗搗鬧報〔紫花兒序〕僚曹橋道韜〔金蕉葉〕袍詔號〔小桃紅〕旄帽交餚醪宵道朝膏牢料苗敲搖惱燥曉交〔禿廝兒〕朝茅條驍著遙梟蒿〔清江引〕惱保了抓，討報了盜〔出勝令〕遙茅燒〔清江引〕掉俏報好 35〔神杖兒〕蹈倒表僚，蹈倒表僚，蹈倒表僚

《鸞釵記》：17〔羅帶風〕寥少高嬌到搖敲老〔不是路〕鷯牢了著敲到朝叫曉調，叨鬮惱瞧告到遭好早噪〔亭前柳〕壕橋道囂到嬌，翹緣樸刀鬧饒〔縷縷金〕梟遙召瞧詔詔，焦牢耗條報報〔馬鞍兒〕好曹老瞄膏咲著寥朝〔四邊靜〕巧少好倒惱鈔，套咲調橋惱曉，倒道討梟叫到 26〔神杖兒〕繞嫋道掃朝〔駐雲飛〕堯饒要小驕道誥蕘，苗朝曉討毛耗勦驕，朝高老討烋繞孝曹〔神伏兒〕緲道詔帽嬌〔滴溜子〕髦叨要討飽〔神伏兒〕巧鬧小寶囂

《吐絨記》：4〔秋夜月〕牢帽轎叫燥惱 5〔新水令〕咲霄遨小〔步步嬌〕嫋巧

橋到梢少〔折桂令〕曹膏朝僚鑣詔焦道鷯〔江兒水〕高料道暴好〔雁兒落〕毛較驍噪巢造朝憔告豪遭遭〔僥僥令〕饒小調調〔望江南〕泊落爵饒饒逃〔園林好〕橈濤罩遙僚〔沽美酒〕鐃鐃椒鑿焦絛昨鶴角廟〔清江引〕少老高小惱

《雙珠記》：1〔蝶戀花〕曉了老草少道杳小〔阮郎歸〕絛僚遙勞 4〔大迓鼓〕曹迢剿淆饒，曹毫到朝饒，曹牢了逃饒，曹勞早銷饒 10〔唐多令〕嬈熬交倒焦〔普賢歌〕雕高刀髦少〔海棠春〕號到 18〔紫蘇丸〕陶照表聊〔畫眉籠錦堂〕焦逃遭悄杳草〔錦堂觀畫眉〕報高飄少告搗〔霜天曉角〕倒告啅熬〔黃鶯穿皂袍〕交曹道撓巢道靠調惱〔皂袍罩黃鶯〕抱勞朝醮銷絛〔尾聲〕號倒敲了 26〔點絳唇〕曉樂繞〔小重山〕高旄濤袍〔駐馬聽〕僚曹毫杓杳遭考〔駐雲飛〕迢昭道敲兆小苗調〔小重山〕遙叨堯焦〔駐馬聽〕宵囂消招告忉早〔駐雲飛〕刀饒草霄照蕘詔絛郊〔山花子〕保胞號勞遼熏妖搖，表聊高滔遼熏妖搖，槁喬翹陶遼熏妖搖

《鮫綃記》：6〔引〕皐高〔沽美酒〕毛毛高杓蛟帽照橋耀樵樂樂，鼇鼇桃拋袍草惱瑤鳥樵樂覺 25〔畫眉序〕豪掃詔討兆搖〔滴溜子〕遭表繞掃灶〔大和佛〕高袍韜勞驕〔雙聲子〕炮炮鬧照照到豪豪驕朝〔尾〕報苗曹 27〔引〕繞少早了〔引〕到瓢綃橋効〔降黃龍〕宵渺遶綃草照，高滔召老描桃照〔黃龍滾〕鼇鼇鳥巧棹到，拋拋掃咲料了〔尾聲〕要套條 29〔耍孩兒〕高小暴砲苗道消，豪刀腦照條道消〔沽美酒〕蛟蛟橋燒澆腳咲嬌樂喬稍鈔

《雙烈記》：3〔行香子〕嬈巢高豪交〔梨花兒〕貌嬌好保〔祝英臺近〕早老抱〔祝英臺〕消苗教笑倒，曉老皜豪告笑饒，道拋曉譊惱啅，惱操好焦了飽 10〔蝶戀花〕曉了老草好笑惱道 15〔賞宮花〕髦曹拋姚，飄高消姚〔降黃龍〕堯廟報叨島早，豪朝小擾教島早〔降黃龍滾〕刀帽瀑誥纛廟，搖倒嶠誥纛廟〔尾聲〕笑耀勞 25〔夜行船〕到倒貌保 32〔縷縷金〕高消繞躍逃保，高艘嶠耀逃報 33〔劃鍬兒〕倒告弱逃殍道豪饒朝好，度笑虎雕套跳刀梟朝飽，貌落耗叨埒掠好勞道草，倒曉道勞我朝好饒報保 43〔繞池遊〕少老棹，曉覺杳〔御林鶯〕

遙寥孝擾朝調，遙勞繞杳朝陶，勞拋好了朝宵〔琥珀貓兒〕醪勞宵倒惱，宵饒嬌倒老

《青衫記》：1〔謝池春〕好倒曉廟少早鳥老 3〔霜天曉角〕悄曉了勞〔錦纏道〕聊消憔交刀槽腰笑操道招〔普天樂〕焦躁俏俏喬拋着騷，鈔釣燒橋着妖〔古輪臺〕饒梢笑噪勞套繞宵貌熬掃凋少消苗〔尾聲〕料拋夭 7〔玩仙燈〕調抱巧〔惜奴嬌〕髦綃惱抱刀好〔鬥寶蟾〕嬌宵調表倒少豪約笑〔錦衣香〕醪倒肴造嬈笑袍老保禱照島〔漿水令〕小桃朝搖廟少了高〔尾聲〕報拋腰〔十二紅〕貌豪宵少調腰梢到 12〔水底魚〕蕭腰雕，敲高勞 20〔似娘兒〕皋寥消杳 17〔秋夜月〕高寶道照嫖嫖，喬寶笑照嫖嫖 26〔喜遷鶯前〕詔道朝遙〔虞美人〕了老小渺〔孝順歌〕高霄招巢照緲討陶調〔喜遷鶯後〕到邀眺袍〔啄木兒〕勞寥宵朝保道軺，鳥毛桃鷯搖要趙蕭，調騷饒皋勞耗笑消 28〔新水令〕槽少鳥蛟嘈調〔步步嬌〕老道高倒聊到〔折桂令〕消勞嬌腰槽槽熬高〔江兒水〕表杓曉操〔雁兒落帶過得勝令〕腰貌高抱拋操巢燒廟橋要要〔僥僥令〕惱苗造要要〔收江南〕宵道膠條交交描〔園林好〕標髦早喬喬〔沽美酒帶太平令〕鴞鴞膠毫騷璈趙笑誥綃潮老〔尾聲〕早宵桃 30〔探春令〕召〔大環著〕召召朝詔廟曹要好耀堯鮑〔越恁好〕倒倒髦笑交交調霄道老〔尾聲〕少道毫

《葛衣記》：2〔齊天樂〕好繞道杳孝紹消〔引〕遙寶廟老調〔集賢賓〕考勞桃鳥寥報禱草，早瓢窕袍悄少禱草〔黃鶯兒〕蒿遭道豪寥料抱稍〔貓兒墜〕鷯燒高朝僚〔尾〕豹遙毛 15〔忒忒令〕凋保造藐了，拋告妙勞遙杳了〔沉醉東風〕交鮑霄孝鳥高搖腰，苞喬曹保草高搖腰〔哭相思〕搗迢袍綃〔江兒水〕遙孝少道惱老〔五供養〕告夭濤窕操潮造〔玉胞肚〕禱燒交濤要〔玉交枝〕杳到燒霄寶超抄〔川撥棹〕惱消臯邀了〔尾〕抱遭遙 22〔金蕉葉〕高槁道〔紅衫兒〕了條靠操霄料，惱騷弔嘲耀好 26〔新水令〕交笑陶刀哨〔步步交〕道料落莒靠〔折桂令〕敲聊遨高蕭濤毫高〔江兒水〕燥嘲到倒誚曉敲調〔雁兒落〕標草拋了朝薄巧喬敲敲了〔僥僥令〕早桃造操〔□□□〕交橋勞老豪鴞〔園林好〕要操老交〔沽美酒〕叨曹較叨了趙討噪交交哨〔尾〕照褒筲

《琴心記》：6〔薄倖〕小杳曉到〔羅裙怨〕簫敲麼嬌草調調攪腦，橋條梢遙鳥貓貓翹飽〔香遍滿〕袍草拗條飽，招老笑消少 19〔菊花新〕豪髦高照〔賞宮花〕軺遙濠高，軺遙濠招 27〔臨江仙〕渺焦迢綃，渺消嬌騷〔紅衲襖〕醪笑到敲飄攪敲，勞到到朝消掃曹，耀轎繞飄嬌消霄，惱笑到喬腳腰嬌〔大迓鼓〕逃綃棹蕭橋，高嬌簫潮橋，饒朝遙勞橋 29〔步蟾宮〕到遙朝老，早聊邀召，早綃袍笑〔梁州序〕小老巢惱嘈嬌倒笑島，草好消告繞簫倒笑島，宵曉繞到嬌巢倒笑島，飄渺鳥倒標腰倒笑島〔節節高〕搖橋導沼桃嶠到少詔，遙高妙好搖杳巧報詔〔尾〕鬧高勞 37〔掛眞兒〕到飆草攪〔懶畫眉〕高梢蕉俏拋，桃癆梢貌妖，飄高嬌耗消，調拋嬈信梢〔桂枝香〕渺杳老好效嬌巢，繞倒少燒燒到老喬挑

《玉簪記》：2〔一翦梅〕老皐朝勞勞 10〔黃鶯兒〕敲交套著著巧樵苗，饒瞧到著著弔蜩勞〔貓兒墜〕桃寥膏告橋，綃老交造調〔尾〕笑調挑 15〔番鼓兒〕燒小少掃，嶽草掃 19〔皀角兒〕橋少交老保朝抱嬌招，條草嬌倒早朝道竅消〔尾〕掃調拋 25〔點絳唇〕燎早朝調 27〔掛眞兒〕杪消老 28〔蠻牌令〕告茅交遙勞，瑤綃囂交橋 31〔憶多嬌〕喬憔遙撈騷騷遭，嘲操高敲消消高〔望吾鄉〕袍條少早叫遙高遙霄

《節孝記》：2〔曉行序〕寥啕勞蒿騷 3〔杏花天〕草勞皐醪〔鏵鍬兒〕落葽腳焦渥柞較，早勞繅饒棗稻樂 3〔西江月〕霄茅少條高藻 4〔窣地錦襠〕嶽霄蕭掃 5〔窣地錦襠〕霄僚袍草 6〔鵲橋仙〕少抱好笑 11〔風馬兒〕詔樵道勞〔掛眞兒〕落皀少〔望吾鄉〕翹飄草照濤落寥橋〔啄木兒〕茅軺消好到高，朝遙桃草老招〔三段子〕鑣鳥朝造耀詔〔歸朝歡〕高傲（□）好樂（□）笑朝〔浪淘沙〕落寥橋　卷下 2〔金索掛梧桐〕招造稿勞毛老喬孝茆瓢貂道，朝少飽消焦庖孝恨郊瓢貂道，勞巧曝腰袍號孝恨條瓢貂道〔劉潑帽〕貌霄兆廟，操喬草稿　卷下 3〔菩薩蠻〕曉早繞耀　卷下 7〔水紅花〕熬勞燎調拋照毛藥，消逃稿勞嗷孝老貂笑，操消老勞抱膏喬造〔鼓板賺〕橋寥草橋遙到拋稿療棹，蕭少到勞朝笑消道少抱〔紅衫兒〕草杳袍孝條巢焦早孝報遙消高桃老寥草〔醉太平〕報褓翹高朝招召刀，計刀學膏曹勞教

霄〔尾聲〕笑勞毛　卷下 8〔生查子〕曉了老〔長相思調〕早曉老少炒惱

《修文記》：8〔水底魚兒〕霄搖妖〔耍孩兒〕討逃嬈襖綃咲郊〔一煞〕妖招廟小消盜條〔二煞〕稍苗竅㕬巢照燒〔三煞〕魈曹號嘯邀誚朝 12〔破陣子〕了超飄霄遙朝〔一江風〕霄俏導草橋橋徼罩，遙詔蕭掉杳 14〔卜算子〕杳嘯〔宜春令〕遙寥嶠杪宵草，跑號道照宵草〔金字金〕燒銷銷遭寥，澆凋凋逃超〔琥珀貓兒墜〕妖寥梢宵杓，逃招翹宵杓〔打草竿〕道高草到了老 21〔打草竿〕道高草到了老 26〔普勸歌〕橋遭咲道曉到著橋遙倒好笑嘲銷校遨曹騷調豪雕號杓毛了咬牢巧高朝孝驕道勞刀套喬爪苗號抱焦燒要饒梟悄寥濤好包著郊妖藥騷好效饕祧小罩搖惱抱了了了倒槁媼嫂俏寶繞禱較蹺了橋到瞧惱了好條高調鈔俏笑表僚爪弔腦到考著熬告拋捎笑好好高了了早倒頭咲咲轎罩了落藥蚤瓢燒掃落遙 27〔北朝天子〕高巢到逃玅弢號超超惱惱造造 34〔梨花兒〕盜要騷腦 38〔粉蝶兒〕霄照橋照道〔清江引〕小到著惱，早玅道了 39〔小桃紅〕惱喬到消夭少調曹饒要遙橋，寶標道寥操淖藥調蕭校撓巢 44〔四煞〕稍潮咲罩包造郊 34〔山歌〕消嬌敲 45〔寄生草〕樂寥悼誚到草 46〔七娘子〕少老道耗〔雙調新水令〕聊較朝桃桃覺（音教）了〔川撥棹〕標高騷耀茅咲寥弔〔鴈兒落〕高高丱毫調〔得勝令〕蕭昭妙巧僚奧朝高高〔掛玉鉤〕遙曉超道早鑣茅茅〔七弟兄〕豪好高饒牢倒〔收江南〕膏蕭拋悼逃好〔梅花酒〕遭遭韶霄韶飄袍咲翹超超招召霄僚弢條消高遭標苗朝囂澆遼遙〔尾韻〕潦了勞槁巢好 48〔前引〕蹈道

《彩毫記》：4〔西地錦〕棹簫少毛〔駐雲飛〕豪高表竅毫告昊超，飄消寶趙刀嶠耗毫 15〔新水令〕橋峭搖高杳〔步步嬌〕罩到霄耀消掉〔折桂令〕標飄騷簫囂超喬〔江兒水〕邀繞嫋奧妙淖〔雁兒落帶凱歌回〕遙小勞照寥翹搖橋皎毫超〔僥僥令〕邀老朝〔收江南〕遨拋遙濤濤嶢〔園林好〕高操緲韶璈〔沽美酒帶太平令〕導到悼槁島宵道了曉橋〔清江引〕妙竅到老 20〔意遲遲〕道好高草杳〔北一枝花〕豪調鼇叨叨跳挑了〔梁州序七〕倒遙棹梢苗橋椒襖簫曉惱藐傲朝樵〔牧羊關〕

到招逃巢道殼毛高〔四塊玉〕笑騷寶草稍〔哭皇天〕早牢好消保坳招苗〔烏夜啼〕耗招朝召僚樵喬喬調高好嶠霄〔尾聲〕笑逃了遙惱繞 38〔窣地錦襠〕高朝袍遙〔宜春令〕高朝導繞老，弢超奧召老，寥霄悼草老，調杓到道老

《曇花記》：3〔清江引〕惱好寶討，道好槁草 5〔混江龍〕高茅旄貂璈貌膏〔油葫蘆〕牢抛老鐃朝嬌蒿豪逃〔天下樂〕刀曹消澆謠腰覺〔北節節高〕調道好到著寶朝遙〔元和令〕妖落朝嬌消討〔上馬嬌〕曹豪道苗〔勝葫蘆〕潦僚道蕭耀宵繞杓〔後庭花〕好曉挑遙泡早套朝招焦梢〔柳葉兒〕照醄喬耗消苗〔寄生草〕杳帽罩導號〔尾聲〕凋倒早了撈毛遭豪到高 16〔好事近〕霄照繞導杳小，曹校了部詔討〔千秋歲〕僚巧保罩竅笑好寶媌，騷調招道造掉小赦逃〔越恁好〕毫表髦髦袍瓢道誥，霄杓搖搖橋朝簫繞道〔紅繡鞋〕朝朝蕭蕭詔璈曹〔尾聲〕照超報曉 21〔金谷園〕梢老少了豪〔嘉慶子〕好消挑夭霄〔忒忒令〕嶠調了了草寥〔伊令〕豪喬悄道宵〔品令〕貌嬈皎杳遙描〔玉交枝〕效朝寶消橋笑寥曉〔豆葉黃〕調撩操操綃騷妖邀邀苗〔江兒水〕嶠蕭好巧妙調翹老〔川撥棹〕惱了嬌嬌梢條簫〔尾聲〕道少飄 26〔北出隊子〕到消挑刀了〔倘秀才〕妖消霄囂逃〔慶東原〕燒澆條搖消〔雁兒落〕嫂逃搖倒〔沉醉東風〕罩超耀挑掃喬套了〔十憂傳〕掉搖撬敲尻腦竅牢澆鐃〔滾繡球〕逃抛跳咷草鬧跑勞臯〔醉太平〕高妖操剿討道曹遭〔尾聲〕小耀超 28〔粉蝶兒〕少韜到報〔西地錦〕詔翹少腰，沼僚照瓢〔降黃龍〕遙到詔朝道孝，勞貂耗報教草表，嶢霄繞好教帽老，條蛸妙耀苗草早〔黃龍滾〕弢鞘到表照號，袍誥到表照號〔尾聲〕廟道寥 29〔唐多令〕霄朝遙嶠樵〔步步嬌〕早道朝逃號臯報〔沉醉東風〕老悼邀耗島遙〔忒忒令〕梢杳到孝抛〔好姐姐〕朝褒詔早冒耀逃〔嘉慶子〕高老道寥〔雙蝴蝶〕袍條蒿道廟郊〔園林好〕高貂耀醪朝〔川撥棹〕小效勞勞孝茅樵〔錦衣香〕廟討鳥苗僚襖椒繞島嶽洮〔漿水令〕徼誥包搖報刀少消草腦堯〔尾聲〕詔朝招 42〔玉芙蓉〕騷耀簫罩高到昊璈，飄導曹繞弢道奧曹

《錦箋記》：12〔山歌〕橋桃嬌嬌遙毛稍弔撩臯跑到高陶橋燥巧敲嬈抛〔掛眞兒〕

好繞襖到〔七娘子〕嬌〔惜奴嬌〕橈笑遙繞瞧少驕嫋〔鬥寶蟾〕朝嬌笑草表標招邀嶠〔錦衣香〕橋好邀棹倒醪桃抱表嘯老〔漿水令〕靠交膠梢好曉繞高〔尾聲〕高繞了招 32〔霜天曉角〕早耀樂槽〔哭岐婆〕鬧繞道笑遙到〔山花子〕島曹豪包搖嬌標遭，繞霄鼇搖搖嬌標遭，曉遙朝茅搖嬌標遭〔紅繡鞋〕肴肴濤濤陶堯搖搖，毫毫袍袍遙驕搖搖〔尾聲〕表朝遙

《玉合記》：4〔女冠子〕沼韶霄調報曉早老〔好事近〕高耀表繞島，皋朝早巧嫋繞〔千秋歲〕韶到了貌耀俏搖沼苕，饒道少照鬧躍惱箸刀〔越恁好〕招小毛毛槽簫了少，消腰標標腰綃繞笑〔紅繡鞋〕騷騷遙遙藻飄韶，嬈嬈蕭蕭照燒橋〔尾聲〕耀調了 5〔薄倖〕杳照少少小〔香遍滿〕曉挑嫋搖飄毫照〔北二犯江兒水〕俏俏曉挑小高高操皋霄巧消消笑笑飄〔懶畫眉〕翹嬌遙棹桃，郊橋簫峭桃，啐搖霄鳥桃，宵寥消草桃草桃〔朝天子〕邀嬌招苗搖飄飄 19〔梁州令〕驕飆朝奏敲〔四邊靜〕掃眇刀鳥超搗繞，表保雕鳥超搗繞 27〔破齊陣〕貂搗渺遙橋〔七娘子〕徼灶曜道〔傾杯玉芙蓉〕朝討姚詔勞嘯老樵，濤表遼效逃嘯掃樵〔玉芙蓉〕調小綃笑驕杳梢條，消報聊老巢杳梢條〔雁來紅〕高遙小笑寥少刀照，翹標草道寥少刀照〔朱奴兒〕饒挑毫調貌腰耗，搖憔遙島貌腰耗 36〔天下樂〕簫迢寥〔排歌〕橋瑤標霄消饒飄朝，潮皋舠橋高韶搖朝

《長命縷》：12〔滴溜子〕緲嫋擣倒朝，掃攪小少消朝〔神杖兒〕繞繞躍好老巢巢〔鮑老催〕照耀耗號到詔料〔雙聲子〕笑笑槁噪噪弔報報紹紹誥 20〔清平樂〕草道早老 25〔麻婆子〕少腰噪帽鈔宵，調妖騷襖寶宵〔破陣子〕憀調梢〔傾杯玉芙蓉〕搖轎招道庖譟倒袍〔玉芙蓉〕操報巢暴消好高嬈，喬趙倒早交好高霄〔雁來紅〕早銷巧告桃笑饒照，嬌蹺小俏桃抱勞照〔尾聲〕擣飽了〔普天樂〕哨到翹爆耀橋惱遭〔錦纏道〕朝憔苗苕嫂號邀挑著鷗〔朱奴兒犯〕草套料瑤保好描〔山桃犯〕老杳貌兆鬧拋

《紅蕖記》：6〔正宮引子破齊陣〕高到牢拋〔正宮過曲白練序〕渺翹少道勞招抱繞〔醉太平〕笑嬈遭腰妙橋〔白練序〕毫挑邀嬌搖瞧銷攪套〔醉

太平〕檮教棹叫聊飄耗曉潮〔賺〕濤毛飽遙舠好飄了少報報曉饕惱牢綃巧稍杳潦弔弔 31〔南呂過曲秋夜月〕喬鬧帽寶表鴞，標鈔笑繞老縹〔三學士〕好騷腰棗稍，小嬌飄棗稍〔大迓鼓〕韜高蛟耀猱遭，邀遙醪照苗遭 33〔商調引子憶秦娥前〕套鈔鈔倒〔憶秦娥後〕耀照照孝〔商調過曲金落索〕〔金梧桐〕豪暴教桃曹繞〔針線箱〕消〔解三酲〕誥〔懶畫眉〕條〔寄生草〕喬喬哨，饒禱好交爻草梢料料橋高高靠，刁道懆抱勞惱遭耗潮樵樵到〔貓兒墜桐花〕袍招蕭笑少，燒了嬌好俏，包保刀較告 36〔南呂引子一翦梅〕毛騷茅簫招遙，橋驕燒毫苗稍〔於飛樂〕報瞟鬧小〔南呂過曲賀新郎〕橋鳥著遭巧好草老，腰少討邀杳好草老，早寶表嬌剖好草老，倒狡曉嘲禱好草老 37〔節節高〕高搖照少豪貌笑抱叫，消嬈照告喬調笑道噪〔尾聲〕保拋朝

《桃符記》：19〔引〕韜掃噪少〔一封書〕著逃招稍包迢蕭勞 25〔秋夜月〕遭照抱攪了了，焦小到俏巧曉

《博笑記》：1〔西江月〕饒嘲少勞毫笑 7〔南呂過曲秋夜月〕高操孝表了了，交跳耗保了了，遭巧懆倒了了 22〔中呂過曲泣顏回〕叨惱少耗靠〔前腔換頭〕熬道瓢笑小〔太平令〕嘲消好毫，曹醮了條〔撲燈蛾〕著口鬥弔卻毛倒交，著口鬥弔噪瞧拷勞〔尾聲〕寶高曹

《墜釵記》：8〔南呂引子一翦梅〕高招熬〔南呂過曲五更轉〕弔號耗號好否到保，造操到療倒叫了 12〔正宮引子破陣子〕遙勞〔正宮過曲普天樂〕到小弔交召少交曉著，道了耗簫俏告曹少著〔朱奴兒〕高巧學兆告牢誚，豪號梢老告牢誚 14〔仙呂過曲八聲甘州〕著棹搖曹消瞧褒標〔前腔換頭〕度交少逃消嘲焦 19〔南呂引子掛眞兒〕緲宵料〔南呂過曲一江風〕條攪教遭搗勞勞著笑，曹抱禱著覺逃逃消討〔大迓鼓〕嘲勞招倒遙苗，濤遙禱巧消苗 20〔北雙調清江引〕道老小表〔玉環清江引〕飄宵遙繞高島緲早樂

《義俠記》：1〔臨江月〕遙飄簫高茅曹 8〔縷縷金〕喬熬調消套套 12〔紅衲襖〕嬌老俏標焦笑嚼，嬌好道腰澆討著 24〔生查子〕袍造了〔宜春令〕高饒少了拷，憔著倒了繳躁，交勞報好療巧，消豪曜了療躁 29〔駐馬聽〕

豪招消抛告袍耗，曹了招交報牢早〔菊花新頭〕遙著〔駐雲飛〕刀遭要早遙了到抛〔剔銀燈〕焦了藥燥飄交了，著倒調到饒刀了

《雙魚記》: 7〔中呂引子燕歸梁〕橐勞曹驕〔破陣子〕標朝招〔中呂過曲駐馬聽〕搖寥霄簫雀勞少，條操蒿邀好勞少，標招交搖杪勞少〔菊花新頭〕勞霄〔駐雲飛〕妖搖教擾銷老勦標，嗥梟詔討逃鬧掃朝 9〔南呂過曲秋夜月〕豪好覺抱暴暴 10〔南呂引子掛眞兒〕草抛道料〔菩薩蠻〕杳曉〔南呂過曲五更轉〕暴招草曉靠孝表，擾勞倒保笑抱了〔越調過曲憶多嬌〕卻著託覺落落數，約諾妁謔落落數〔鬥黑麻〕託惡酌卻度錯約，捉卻著腳覺錯約 14〔越調過曲入破第一〕討表討勦詔朝表噪烋討道剖眇朝道苗道〔破第二〕少調惱早〔袞第三〕報要早道消道〔煞尾〕朝眇豪蒿搖郊杪〔出破〕豪到少詔 16〔黃鍾過曲出對子〕笑標腰喬瓢，砲敲豪消喬〔黃鍾引子戰鬥機〕耗條造聊〔黃鍾過曲賞宮花〕消挑交簫，條苞消簫，曹喬交牢 19〔北正宮端正好〕落落超到道〔袞繡毬〕遭著鴞霄橋跳巢腰勞〔倘秀才〕討炒操調謔〔袞繡毬〕窯瓢樂驕約託交熬朝〔倘秀才〕表錯敲僚了〔醉太平〕倒揉度倒落悼條學〔尾聲〕惱朝麴瓢巢繳 21〔中呂引子粉蝶兒頭〕憂（□□）〔越調引子金蕉葉〕遭消豪剖〔越調過曲小桃紅〕消報少條郊跳嘯弔燒薄〔下山虎〕遭道高豪蛟潦瓢邀著〔亭前柳〕嗷苗毫嗥滔霄〔蠻牌令〕迢陶遭熬〔尾聲〕巧曹遭 22〔雙調過曲六么令〕鳥驍澆遙到到，剖著曹僚道道〔玉包肚〕浩著褒消了，繞饒小叨牢〔六么令〕惱撓皋勞嘯嘯，擾消條饒報報〔玉包肚〕校了勞饒逃，曉苗告豪曹，告喬號刀交〔好姐姐〕皀了著告草刀 29〔南呂引子生查子〕曹調饒少〔南呂過曲金錢花〕嬈嬈飄飄僚喬毛毛〔東甌令〕嬌邀傚教豪調，苗招好少簫鵰

《埋劍記》: 1〔滿庭芳〕交豪茅倒巢道刀邀交 11〔越調過曲水底魚〕韜朝高高，旄霄招招〔北黃鍾醉花陰〕少擾烋消炒〔出隊子〕笑招消驕搗〔刮地風〕逃凋牢哨鬧搖落勞雹〔四門子〕曹遙悄勞著逃巢苗爵〔古水仙子〕度著早著消毛朝〔尾聲〕少蕘掃招招〔水底魚〕囂高鳥梢梢 19〔北雙調清江引〕討覺峭少，少耗哨跑〔雙調引子搗練子〕郊嗥

保〔雙調過曲鎖南枝〕號著到了閣，躁牢惱了好套〔清江引〕繞笑鵰巧 23〔越調引子霜天曉月〕靠告保遭〔征胡兵〕操保道效，炒勞倒效 26〔雙調過曲惜奴嬌〕腰抱號嘯好遙條〔鬬寶蟾〕倒挑撓勞口堯焦消蹺僚〔錦衣香〕暴到飽膏臊蛟耗道少廟〔漿水令〕蛟勞妖豪妖小著魈〔尾聲〕靠調瀟 27〔中呂引子思園春〕勞遭交消毛〔中呂過曲粉孩兒〕老草巢挑槁〔福馬郎〕了套保臯勞蒿〔紅芍藥〕遙勞耗樂凋照條弔〔南耍孩兒〕照寥樂耗嫂〔會陽河〕遙姚高笑照造〔縷縷金〕高標了樵弔弔〔尾聲〕嘯考寶

《投梭記》：1〔瑤輪第七〕焦呶聊�遙澆陶酌朝邀豪 17〔繞池遊〕落薄曉杪招〔小桃紅〕遨了瓢椒飄毫濤〔逍遙樂〕悄杳皋潮〔下山虎〕草苗雀囂醪燒到交到坳勞，槁騷靠遙凋饒耗杓料寥〔本宮賺〕敲鬧昭好報著討跳笑調調〔章臺柳〕邀朝妙嬈遼曹躁〔醉娘子〕焦遭腰抓少〔豹子令〕霄霄郊郊老嬌陶，飄飄嚼嚼療嘲陶 21〔喜遷鶯〕落惡道蒿惱勞〔七娘子〕笑遙繞棹〔錦纏道〕皋濤騷嘲豪聊滔掃高照陶〔普天樂〕杪報寥朝泊宵〔四邊靜〕討鑠島剿嬈表，耗到閣眺約笑〔七娘子〕倒遼貌爆〔錦芙蓉〕喬僚椒樵槁饕攪草妖〔芙蓉紅〕迢樂澆倒挑嶠老飽〔四邊靜〕召早灶剿嬈堡〔尾〕托索爵

《紅梨記》：2〔破齊陣〕高少招調，嬌宵招搖〔玉芙蓉〕宵抱蕭嬌惱照瀟，驕道朝遙拗草高〔傾杯序〕嬌濤妙跳遙高勞〔朱奴兒犯〕帽好綽道抱桃宵〔尾聲〕惱鈔曉 5〔點絳唇〕草道驕小〔清江引〕繞道耀掃，了搗笑宵抱 30〔逍遙樂〕曉小璬，島到嫋緲，少耀少簫〔一封書〕桃高霄燒嬌牢遙調，曹勞要膠招牢遙調〔尾〕貌了朝

《宵光記》：10〔清江引〕老小了陶曉，好寶調妙〔玉胞肚〕到招倒稍淘，倒巧遭邀曹 29〔引〕嫋埽〔金絡索〕消掃報嬌聊僚道刀早邀濤潮照〔劉潑帽〕耀璬少召，到繇繞召〔東甌令〕瑤標高拋消，杓霄遙飄到滔 30〔引〕包交

《金鎖記》：7〔三學士〕曹濤高 11〔引〕豹蛟笑豪 12〔引〕照孝老高〔小桃紅〕拋倒蕭髫早教交朝〔下山虎〕貌濤調簫飄招老熬茅霄〔五般宜〕搖燒交夭早杳了〔山麻秸〕悼巢條靠寥〔江神子〕挑高號焦了〔亭前

柳〕拋濤撈孝消〔尾聲〕到鬧曉 16〔蛾郎兒〕消聊包調交效藥〔秋夜月〕高俏道到好巧 26〔緱山月〕高勞朝銷〔朱奴兒〕搖繞郊標到高耀〔普天樂〕早套巢梟操拷號保了，杳到交曹調少敲挑冤朝 33〔引〕搖飄〔引〕杳蕭

《鸞蓖記》：3〔一翦梅〕飄聊聊高調調，招饒饒梢消消〔浣溪沙〕泥西啼蹊閨〔懶畫眉〕皋飄蕉少遭，巢調蕭到寥，嬌銷腰道挑，標毫桃兆描 21〔一江風〕朝到瞭嬈飽梢梢寥料，韶調繞搖杳豪豪瞧道，標照少軺小遙遙焦巧，飆小道鑣套苗苗超貌〔單調風雲會〕俏笑翹嫋小嬌描 22〔駐雲飛〕遙高道嶠搖表掃豪

《玉鏡臺記》：17〔望遠行〕詔驟照報到〔蝶戀花〕跳候透瘦笑負奏少 24〔喜遷鶯〕討表調道霄詔〔惜奴嬌〕勞驕照掃擾曹道，豪霄朝召造調曹道，迢遙杳極報少調曹道，遼銷耄繞孝渺耗曹道〔江兒水〕飄悼茅表弔告豪棹草倒料告

《紅梅記》：2〔海棠春〕到悄早抱少藻〔遶地遊〕曉早笑妙倒〔梁州序〕島曉騷貌搖霄嶠到小，嬈鳥簫貌橋招嶠到小〔節節高〕驕朝暴懆搖擾道料叫〔尾聲〕了臊保 19〔駐馬聽〕朝騷曹嬌妙熬燥 23〔金蕉葉〕銷到牢炮〔劃鍬兒〕遶逃料遙寥叫保，靠交熬〔水底魚兒〕袍刀毛毛，搖高驕驕 29〔添字昭君怨〕少耗搖銷到杳描嬌 30〔哭相思〕簫耗〔縷縷金〕挑勞少縞朝到〔紅納襖〕焦倒貌條招了遭，牢好夭逃敲杳簫，朝巧表梢橋報拋，高好道橋遭了羔

《水滸記》：1〔玉樓春〕好棹鬧少笑照 5〔北醉花陰〕草曉豪毛調〔北出隊子〕笑豪曹好效〔北刮地風〕驕饕寶膏耗擾囂腦掏豪〔北四門子〕小小招醪寶消豪挑驍〔北水仙子〕屩高醄繞遙皋寥廟宵〔北尾〕攪豪鳥 10〔點絳唇前〕耀巧笑〔點絳唇後〕了到倒小〔降黃龍〕朝膏寶倒，豪草到調巧倒，韜到效椒套倒，遙嶠道遊效倒〔黃龍滾〕豪豪到老巧擾，高高巧杳倒擾 21〔霜蕉葉〕鬧草調遙〔小桃紅〕聊照宵爻邀巧橋敲〔下山虎〕遙緲寥杳覺俏調邀笑〔山麻稭〕笑稍約桃〔五韻美〕約效調窕草嘲倒〔蠻牌令〕飄嬌綃倒騷交遙〔五般宜〕茅寥邀倒笑巧豪擾〔江頭送別〕惱笑寶搖〔江神子〕僚招鮹消繞〔尾聲〕

草擾消 26〔綵山月〕濤勞巢騷〔西江月〕霄驕少瑤橋曉〔普天樂〕繞邈繞到造遙杳勞〔雁過聲〕朝繞交杳勞潮巧倒料〔傾杯序〕濤綃帽燥倒飄〔玉芙蓉〕刀笑落搖保寥紹瓢搖〔雁來紅〕耗消豪老草霄傲毫抱〔朱奴兒〕醪羔豪倒杳高報

《節俠記》：7〔上林春〕豪了〔北賞花時〕霄濤遙少蒿〔北後庭花煞〕袍帽討朝牢保毫毛標道料消笑遙〔長相思〕寥遙饒桃銷 10〔二郎神〕搗草道嶢老靠遙軺，焦少料飆到梢悄聊〔囀林鶯〕鳥遙棹鑣悄到簫，杳勞抱濤緲好朝〔啄木鸝〕鴞鳥袍傲槁焦橋，刀草蕭老照蒿橋

《桔浦記》：1〔玉樓春〕好眺稻少笑料 8〔紫蘇兒〕弔耗聊草〔小措大〕悄拋照療倒料少巧爻〔不是路〕遙茅報樵潮遶濤早保舠舠〔長拍〕高高矯搖濤消兆飄渺橋〔短拍〕驕驕渺胞濤保毫〔隔尾〕刀渺寥〔尾犯序〕搖靠邀簫落曹，聊袍鳥交道曹 9〔北出隊子〕到消調嬌耀〔倘秀才〕號消寥遙莩〔慶東源〕遼腰高濤嘆囂〔雁兒落〕倒逃漂竈〔沉醉東風〕擾銷消小逃掃套保〔十憂傳〕到號棹敲飄消竅饒潮橈〔滾繡毬〕遙橋棹朝報落咷草濤消〔醉太平〕消驕調少告早膠遭〔尾聲〕小杳橋 15〔霜蕉葉〕耀弔高〔普天樂〕召告銷曉杳曜鼇寶遙〔雁過聲〕喬笑消號綃鳥悼勞〔傾盆序〕消造逃倒靠臯〔玉芙蓉〕搖巧蹺料交報毛高〔山桃犯〕倒巧飽爪調逃〔尾聲〕號保毛 16〔神杖兒〕緲緲躍召巧濤濤〔北醉花陰〕到消早〔神杖兒〕鳥鳥草暴罩濤濤〔北刮地風〕毛笑鳥造嗥饒〔北四門子〕盜盜豪毛早巢嫠腰喬澆倒〔北水仙子〕道拋濤告嘲號臯蹈喬〔清江引〕逃到靠嘲，澆巧道嘲 20〔霜天曉月〕杳峭遶消〔小桃紅〕宵照拋嬌緲膏囂超〔下山虎〕潮効鵰腦老小嬌消妙〔山麻客〕島邀療喬〔五韻美〕消稿照笑棹皎翹灝〔蠻牌令〕髦牢號保消交瑤〔五般宜〕豪霄蒿好鳥笑到耀〔江頭送別〕保好鳥鷯〔江神子〕髦邀標招耀〔尾聲〕到老寥

《靈犀佩》：5〔太師引〕嘯嘲嬝撓倒條擣寥消〔三段子〕憔鴞寥搖笑草杳〔劉潑帽〕棹綃巧消調〔撲燈蛾〕嬌調鳥惱騷笑好曹〔尾聲〕薄諾皎 19〔小桃紅〕皐漂曹潮荷鷺老標嬌〔山桃紅〕貌苗抱悄驕梢 34〔引〕悄渺 35〔粉蝶兒〕搖璬〔引〕宵巧〔永團圓〕宵耀袍小嬌巧調鳥交

妁笑少貌好〔尾聲〕調巧宵

《春蕪記》：2〔滿庭芳〕調髦聊守飄老霄〔傾杯玉芙蓉〕要老寥醪抱鮑茅〔生查子〕茅廟笑〔黃鶯兒〕霄毛調高遙道邀曹，樵刀老瓢簫草邀曹〔琥珀貓兒墜〕標毛蒿遙朝，霄毛蕭勞朝〔尾聲〕少寥饒 23〔八聲甘州〕告道朝刀僚囂嗷，曹高標交髦豪茅，焦蹺曹招巢蕘遨，朝高巧遭嘲著濤

《彩樓記》：7〔劍器令〕叫曉 9〔上小樓〕罣腰搖著攪挑悄鳥交 12〔駐雲飛〕窯消抱鬧蹺到燒〔尾聲〕到跳寶 18〔駐雲飛〕窯袍跳耀巢窯道窯

《尋親記》：7〔青香兒〕妙燥耗，鬧笑標躁 11〔撻破歌〕了曉 16〔卜算子〕老寶杳草 21〔遶地遊〕道狡炒老〔集賢賓〕消憔貌嬌杳巧好〔鶯啼序〕嬈了巧描了〔啄木兒〕高道標刀孝懊貌〔普賢歌〕浮儔羞樓秋〔黃鶯兒〕了照窕炒靠曹蒿，少惱小了套焦飄〔尾聲〕刀貌了 24〔風馬兒〕迢號草抱勞 25〔賞宮花〕曹交學交高，炒攪小饒驕，教曉道鬧小噪豪交，道遭淚驕噪較小濤〔生薑芽〕勞造道攪冒教霄造，陶報笑報耀豹霄造〔尾聲〕鬧膏勞 31〔香柳娘〕寶貌遙陶較惱，了表抱道〔清江引〕小報濤了笑，稿燥勞了笑 32〔駐馬聽〕飄勞消抱照寥拋，驕老滔高惱宵惱了，毫嘲騷道調熬了熬 34〔剔銀燈〕噪抱早抱橋噪高到

《題紅記》：4〔七娘子〕曉鬧吠倒〔玩仙燈〕消了曉好〔錦堂月〕饒哨照吠好昊，老調耀照早好昊，告蕭鳥吠遶好昊，曉銷嫋帽掃好昊〔醉翁子〕緲繞到倒勞討朝，調藻早道毛討朝〔二犯江兒水〕早早悄梢嫋翹綃調挑小腰腰貌貌條〔僥僥令〕窕嬌寥，嫋搖譙〔餘文〕少吠醪 12〔薄命女〕曉繞少杪悄小〔吳歌〕臊高熬 15〔出隊子〕曉曉譙桃髦飆好好驕鑣標韶〔芙蓉紅〕霄昊少豹鼇好嬌導，袍帽吠早驕好嬌導，綃葆繞倒拋好嬌導，消淖島耀饒好嬌導〔三叚鮑老催〕高濤遙飈道妙掃少霄笑〔生薑芽〕交醪巧報飄繞小嫋吠〔雙聲子〕調調緲道道鬧照照高高蕭〔意不盡〕兆罩朝 26〔破齊陣〕朝耀笑高刀〔生查子〕韶遶〔北越調鬥鵪鶉〕襖號勒刀腰報〔紫花兒序〕刀巢到袍交〔寨兒令〕搖嚎高燒漂霄腰梢抄橋〔禿斯兒〕袍刀道鑣哮〔聖藥王〕驍

饒搖橋朝高〔尾聲〕擾掃曉〔水底魚兒〕刀驕高，袍豪逃，高霄橋，蕭消貂橋貂〔山花子〕詔朝蛟杓搖交姚，繞消袍韜杓搖交姚，嫋蕭高宵杓搖交姚〔黃龍滾〕旄旄帽耀徼廟表〔尾聲〕討消朝 36〔遶紅樓〕遙條朝鑣〔梨花兒〕帽勞拷報〔金菊對芙蓉〕窕軺遶翹宵〔降黃龍〕曹少討朝笑好，搖霄愀潦遨報老〔丹鳳吟〕霄曉到遭〔畫眉序〕霄曉貂紹照繞，高照苕妙照繞，遙到饒窕照繞，條繚交葆照繞〔霜天曉月〕詔表耀遙〔大環著〕誥誥霄繞耀報照造掃消皎〔喬和笙〕笑笑勞較條造巧毫好倒導妙髦抱消調耀〔越恁好〕少少豪挑掃拋調咲〔煞尾〕峭妙嘲

《運甓記》：1〔沁園春〕豪朝標忉撓濤僚昭旄 2〔夜行船〕老蒿教抱，道袍絮老 40〔千秋歲〕草到表誥料老倒好了考

《蕉帕記》：6〔桂枝香〕嫋小草俏到夭蕉，曉嫋繞擾效苗招〔丫叉豆葉〕宵薄橋高好牢遭了著敲〔入賺〕鑣搖到貂肴好爻道妙造造〔憶秦娥〕照料料噪躁暴暴少〔黃鶯兒〕熬焦腦澆燒跳調消，綃瞧耗窽好宵消〔貓兒墜〕交少勞焦高，朝袍橋超刀〔尾聲〕抱啅嘲 14〔山坡羊〕皎杳倒焦搖悄嬌蹺橋囂梢〔五更轉〕寶遭小套倒弔叫〔好姐姐〕了到落調靠招〔園林好〕饒敲瑙喬交〔川撥棹〕嶠雕學刀毫〔僥僥令〕好瞧巧拋〔尾雙聲〕鬧覺燒交 20〔雙調新水令〕霄到桃嬌覺〔駐馬聽〕妖作腳條腰貌錯藥〔喬牌兒〕棹少好〔攪箏琶〕灶瓢肇遙茅了牢〔雁兒落〕蕉料兆〔得勝令〕蹺嬈俏包臊帽糟殼〔折桂令〕條梢渺滔濤囂毛標〔甜水令〕老遨曹樵〔收江南〕鼇高綃雹雹迢〔清江引〕繞嶠導了，惱廟寶屌〔鴛鴦煞〕報卻曹略鬧標小 27〔北新水令〕郊噪高到〔南步步嬌〕小抱貂貌飄俏〔北折桂令〕腰雕霄小捎高飄〔南江兒水〕叫寥道少報惱落〔北雁兒落帶得勝令〕蛟道鞘霄茅條烋捉搖抄〔南僥僥令〕瀟表潮潮〔北收江南〕瑤焱弰毫毫腰〔南園林好〕梢嚎廟豪豪〔北沽美酒兼太平令〕條條袍饒爪搖抱敲跳倒逃交孝〔尾聲〕了窽掃 31〔六么令〕悄巢宵刀報報〔滴溜子〕道托到小朝朝〔六么令〕小交高遙到到〔滴溜子〕掃叫著到吵吵〔六么令〕早敲刀蕭曉曉〔滴溜子〕到校哨鞘旄旄

《金蓮記》：3〔薄倖〕杳草惱小〔掛眞兒〕老苕調〔好姐姐〕簫小條早好翹，嬌靠描掃草寥〔二犯江兒水〕俏俏好調嫋綃霄橋瑤巧消消繞繞澆，曉曉草梢沼簫腰挑調小遙遙杳杳拋〔懶畫眉〕饒嬌綃少桃，高邀豪棹桃，翹雕描鳥桃，宵橋交儔小桃 5〔出隊子〕曉曉嬌袍毫韶〔畫眉序〕詔擾早絞道，告擾皞廟道，抱擾道灶道，道擾浩照道〔滴溜子〕表照繞耀沼〔芙蓉紅〕霄照皎豹袍好嬌鬧，條帽繞棹袍好嬌鬧，消淖耀詔袍好嬌鬧，高兆老帽袍好嬌鬧〔意不盡〕曉好朝 7〔臨江仙〕好滔高主曹〔謁金門〕導擾嫋老，沼草杳掃〔柰子花〕僥傲豹告誚廟，朝道悼孝誚要〔解三酲〕朝灶笑料棹橋惱皋，豪抱掉倒上交惱皋 23〔北新水令〕瀟峭橋濤好〔南步步嬌〕棹灝簫悼蛟傲〔北折桂令〕濤飄潮雕囂逃皋〔南江兒水〕翹老鳥島妙淖〔北雁兒落帶凱歌回〕遙小勞繳寥翹窯皋皓囂號〔南僥僥令〕邀老朝〔北收江南〕翱濤逃消霄〔南園林好〕朝招擾貂貂〔北沽美酒帶太平令〕曉好笑草槁嬌了曉苗〔北清江引〕豹弔擾島 32〔西地錦〕到貂詔嶢〔賞宮花〕飄朝饒翹，朝高遭蕉，交叨高韜，燒袍豪曉〔神仗兒〕曉報嫋皞僚〔降黃龍〕招保道叨廟草，朝勞照道雕草召，曹貂少灶條曉療，豪標廟教高倒詔〔黃龍滾〕遙老繞道搗孝，凋效棹藻抱傲〔尾聲〕道廟朝 34〔北混江龍〕濤毫潮貂高曉朝〔油葫蘆〕憔嬌貌標消描飄簫敲〔天下樂〕毫道濤堯鳥巢霄朝了〔節節高〕貌誥俏著鮫遨〔元和令〕標好膏朝消掃〔上馬嬌〕曹遙約袍〔勝葫蘆〕袍騷貌迢曉蹺惱毛〔後庭花〕好曉遙招繞超笑調消燒橋〔柳葉兒〕笑蒿喬耗超苗〔寄生草〕杳妙奧竅早〔尾聲〕高掃槁繞勞遙招撈消套道

《焚香記》：7〔喜遷鶯〕早草聊了熬，抱嘯鼇〔搗練子〕老豪袍少〔普天樂〕少調擾道草兆搖〔雁過聲換頭〕膏小韜好霄毫杳到老〔傾杯序換頭〕熬焦料飽笑造牢〔玉芙蓉〕招笑肴消調高豪，饒早倒姚調高豪，嬌老眇到消調高豪 13〔滿庭芳〕拋高交袍〔八聲甘州歌〕杳倒描遙拋熬驕條，渺袍消勞重拋熬驕條，凋豪草老消曹毫標橋，迢高宵好澆〔合前〕曹毫標橋〔尾聲〕抱早遭 16〔十二時〕惱到倒消兆〔二郎神〕悄靠禱熬療倒爻，杳料調遭曉〔繞池遊〕老抱少敲遭腰〔繞池

遊後〕悄老嬌〔囀林鶯〕熬飄料焦著召交消，巧逃到交保薄勞消 18〔北新水令〕瓢瓢早蹅落索約〔南步步嬌〕少到髦島道交拗〔北折桂令〕蒿囊聊綃熬樂拋消卻〔南江兒水〕曉高繞調棹渺俏〔北雁兒落〕饒落交貌雀草調燒號告敲〔僥僥令〕霄小高〔收江南〕著叨聊袍翹膠〔園林好〕拋喬倒苗朝〔沽美酒〕遭遭條茅消少道拋繞杳抱攪託〔尾聲〕擾繞寥 21〔女冠子〕飄到繞道勞笑〔女冠子〕道早〔畫眉序〕軺草謠緲勞，茅鼇島誚勞〔滴溜子〕豪詔廟早霄，袍朝抱效遙〔鮑老催〕高綃毛倒落繞藻〔雙聲子〕召召報教教道表表曹曹勞〔尾聲〕繞道寥 25〔菊花新〕霄旄驍笑〔六么令〕擾饒軺照潮道道〔錦堂月〕蔔抱笑稿倒召，眇刀效消草倒召〔醉翁子〕保表教鶴倒召，曉擾鞘茅倒召〔僥僥令〕袍刀，調醪倒高〔尾聲〕道笑了 30〔霜天曉角〕杳曉搖〔月雲高〕緲靠告毫料否道宵著，倒草廟告到套消遭 39〔虞美人〕曉少〔虞美人〕早曉

《龍膏記》：16〔一江風〕聊悄杳勞到招招消鬧，交早夭條抱陶陶寥噪〔四邊靜〕曉造料遙杳草，浩曉蹈遙杳草〔鷓鴣天〕豪消銷高憔了飄 26〔女冠子〕曉銷條惱杳遙悄槁老〔二郎神〕悄少草消料老搖梢，飆靠惱高好草交梢〔囀林鶯〕高瀟窕翹嫋繞嬌遙，寥憔保綃草槁邀消〔啼鶯兒〕巢鳥嬌靠到焦遙，袍耀聊繞笑鷂毛〔黃鶯兒〕苗霄貌遙遙早號朝，桃消抱調描老拋嬈〔貓兒墜〕苗寥皋勞橋，蒿簫膠勞霄〔尾聲〕杳峭消 29〔意難忘前〕梢霄飄〔意難忘後〕報高消膏〔好事近〕宵照罩繞島，宵霄耀曉到島〔千秋歲〕橋繞了巧照峭早夭，橋道了巧耀繞好桃〔越恁好〕饒俏綃綃膏毫調笑，饒調簫簫霄鼇好笑〔紅繡鞋〕飆飆遙遙耀嬌饒，邀邀遙遙耀嬌饒〔尾聲〕好銷了

《東郭記》：3〔憶秦娥〕少好好老小曉鳥〔迴文菩薩蠻〕掃早〔金落索〕嬌俏杳翹嬈饒老焦好銷簫橋照，寥笑了饒豪挑少嬌好銷招邀〔劉潑帽〕好遙早巧，邀巢藻縞 24〔黃鶯兒〕高朝笑叨嘲倒蒿嬌〔夜遊湖〕笑聊套〔黃鶯兒〕搖毛弔驕高料豪交，豪邀道條條誥嘲曹，蕭曹少超高盜敲交〔啄木兒〕郊了騷笑鏊高，嬌翹操造道螬，邀超瓢教俏肴〔三段子〕薄高寥佻道套袍，號交囂邀鮑道曹，高郊驕招教豹鷂〔歸

朝歡〕褒灶拋巧早了嘲

《醉鄉記》：3〔西地錦〕妙高少簫〔遶池遊〕峭少了，杳到鳥〔玉山頹〕巧梢笑早窕遶橋妖，小銷草道少好腰矯〔玉抱肚〕妙鼇標兆描招，耀苗褒討橋遨〔尾聲〕草鳥宵 13〔秋蕊香〕少宵窕繞〔錦纏道〕嬌夭飄腰簫膏騷到喬老宵〔朱奴兒〕髦嬈翹掃標調〔好姐姐〕高巧招操掉逃，包少饒道傲瞧〔尾聲〕表好妖 38〔鵲橋仙〕曉鑣兆好勞草〔劃鍬兒〕好袍小喬高遶沼，小搖討撩高遶沼，道翹皎招高遶沼，貌邀小騷高遶沼〔掛枝兒〕鈔囂俏招要，調毫貌嘲炒〔普天樂〕叫罩橋腰嫋敲郊，套掉條遙嫋敲郊

《嬌紅記》：6〔蘇幕遮〕曉嫋鳥杳杪少早 9〔掛眞兒〕悄嬌少〔香遍滿〕照牢叫早拋消了〔懶針線〕遙描宵悄靠草桃少苗〔懶畫眉〕飄條瞧早寥〔劉潑帽〕曉梢調嬈好〔浣紗溪〕毫調標鳥簫嘲條〔紅衲襖〕巧小爆描調好消，毫稿操簫剖襖綃〔秋夜月〕交作落草告譊〔東甌令〕躁饒了倒笑道條朝，喬貌俏遭苗〔尾聲〕曉遙拋 10〔菩薩蠻〕掃老16〔六么令〕繞刀飄遭曉曉，掃妖袍調號號，噪號驕條笑笑，嘯濤高交保保，小驕橋巢報報 23〔海棠春〕早到倒〔山坡羊〕保好到拋惡廟消焦燒熬澆，緲倒到宵了道惡蹺描囂條 34〔七娘子〕小僚保抱〔字字雙〕高笑麼套交調勞靠〔劃鍬令〕料哨蹺倒燒療苗，貌俏熬倒消到癆，嶠巢夭要藻好交，小調嬈教交好消 40〔一枝花〕料少好杳道〔女冠子〕貌草道妖套倒招度，調落叫蹺妖料挑度〔一江風〕朝曉道蹺叫卻卻作惱，嬌悄到麼叫招招瞧跳〔梁州序〕弔杳綃掉簫梢告，悄到挑笑宵寥道，喬倒燒貌綃翹調，著渺招了宵飄跳

《二胥記》：1〔滿庭芳〕交道朝僇郊袍搖操霄孝標 3〔水底魚兒〕濠高號逃〔六么令〕弔雹郊消孝孝〔大迓鼓〕朝號到刀消〔水底魚兒〕雕霄到號〔六么令〕叫袍驕巢保保〔大迓鼓〕嬌消道宵拋，朝刀孝郊嘲 11〔神杖兒〕噪噪倒笑悄鳥遙遙鳥遙遙 21〔水紅花〕苗高弔郊飄保銷拋〔山坡羊〕道島杳少蚤遙條號颷飄，帽鳥曉高草調號濤嶢焦〔孝順兒〕倒虓遭跳豪爪狡表道，了哨貌擾豪跳了昊草〔水紅花〕遙雹熬毫料否霄撈〔金梧桐〕盜報鈔寶好，盜惱道杳到 29〔鵲橋仙〕噪

號袍曜〔金雞叫〕表皎道倒〔一封羅〕郊霄掃銷號搖武虎，朝郊矯逃銷刀昊〔解酲帶甘州〕草告好袍小勞叨〔啄木兒〕造高少報導孝毛〔歸朝歌〕高誥交好草道勞〔鮑老催〕高遙少沼淼曜〔尾聲〕了高朝

《貞文記》：13〔謁金門〕到少草繞鳥曉悄了〔孝順兒〕條毛腰了喬照跳道弔，梢消憀倒拋槁調道照〔二郎神慢〕到草悄小擾報覺到兆約落〔集賢賓〕交牢早銷老好了落，薄梟倒高豹暴了告〔黃鶯兒〕霄討貌豪高道交簫〔黃鶯穿皂袍〕消梢了高遙道飄招好，交簫掉高遙廟挑拋貌〔攤破簇御林〕髦包豪傲笑牢膠，操漂條操表豪夭〔尾聲〕杳遙了20〔糖多令〕潮飄霄到郊，橋標軺豪〔二犯傍妝臺〕飄蛟小高杳驕翹嬈，豪鼇笑搖繞簫拋標〔感亭秋〕拋霄了廟敲表，毛蒿蹻要高草〔望吾鄉〕豪毫道少好飄笑，綃毛草導笑搖少〔尾聲〕跳橋袍 31〔北點絳唇〕濤鬧曉勞島，朝倒擾苗道〔絳都春序〕擾調老少了道，笑度覺道了寶到

《牟尼合》：12〔夜遊湖〕草巢寶報〔駐馬聽〕毫消樵遙導袍早，臕橋綃掏寶忉褓 19〔憶秦娥〕掃掃暴〔小桃紅〕號巢靠梟草操敲凋招〔下山虎〕燎報遭朝耗了稍抱遙招〔泣顏回〕嬌條標交效喬，梟嘲胞操笑澆〔蠻牌令〕遙稍哰嘄邀條袍，交茅稍巢飄髦鑣〔尾聲〕早抱飄 34〔一江風〕嘈報早誥遙遙橋笑，驕道曉罩標標囂抱〔海棠花〕鑣耀〔降黃龍〕飄早笑叨道表，高照少孝耀寶〔黃龍衮〕巧巧耀兆早造繞，高高道小好兆了

《春燈迷》：6〔一江風〕小廟攪笑聊聊招料〔六么令〕兆調朝傜笑笑，遶跳猱焦俏俏〔一江風〕璬鬧繞跳簫簫拋告 22〔北點絳唇〕高照稍報，調票杓繞〔滴溜子〕曉藻繞笑搖〔畫眉序〕鼇表堯釣朝〔滴溜子〕造誥島笑高〔畫眉序〕遭表標耀宵〔滴溜子〕報擾討草勦〔畫眉序〕苗兆消保報〔滴溜子〕詔道教貌調〔畫眉序〕曹表搖躍朝〔雙聲子〕好老道兆朝〔尾聲〕繳兆少

《燕子箋》：11〔減字木蘭花〕老惱 34〔風蟬兒〕條好高耗了〔泣顏回〕嘈宵袍焦寶桃，橋毫勞條報腰〔撲燈蛾〕標標報套繳道報交，高高到曜

惱標弔饒 37〔天下樂〕高朝姚飄〔玩仙燈〕宵到，描報〔甘州歌〕表桃繞濤拋橋搖高，僚銷寶高敲袍飄蕭，飄嶤鳥橋交巢簫描，囂鐃照袍標姚驕高〔尾聲〕到照鑣

《雙金榜》：3〔一翦梅〕嶕高凋招巢橋，嬌描搖凋潮蕉〔傍妝臺〕燒寶高飄膏翹橋，飄搔條調挑高〔解三酲〕俏描好拋嬌到嘮，到瑤草梢醪鬧橋〔尾聲〕早笑草 12〔西地錦〕鳥桃了蕉〔絳都春序〕早了兒較少鳥草，道掃苗皎巧笑小〔下小樓〕到挑了嘲〔侍香金童〕島飄遙搖姚了窕調綃〔傳言玉女〕到罩鳥嫋嬌笑潮巧敲道燒小〔尾聲〕到寶瞧 25〔女臨紅〕蕉巢毛桃〔繡帶宜春〕〔繡帶兒〕巧潮嘈〔宜春令〕悼鳥弔，〔繡帶兒〕嫋條凋〔宜春令〕悼寶笑〔黃鶯兒〕標翹抱礁遙嘯滔橈，鼇橋好潮邀鳥鵰濤〔簇御林〕橋飄號豪跳交，道腰敲哨砲吆曹〔尾聲〕到少秒 33〔菊花新〕饒寥桃報，袍高僚繳，巢桃燒調〔山花子〕少璈搖簫霄翹毛兆邀，遙報燒搖條霄翹毛兆邀〔尾聲〕少報早 35〔風馬兒〕到蒿叫料，好凋耗遙到〔朝元令〕毛稿搖鬧寥耀道毛高囂調孝考到，逃料高好勞飽要高標袍橋孝考到〔多字雙〕包好銷弔跑笑蹺到腰巧蹻了邀要條，曉燒跳搖高高落拋道療好鬧兆報〔不是路〕朝橋道草敲報早勞嬈孝道炤，孝標郊笑交曹瑤雕趙勞巢掃〔尾聲〕耗犒銷 40〔生查子〕潮口粵艚號，搖小聊表〔玉胞肚〕寶交朝膠毛，緲潮鼇嬌橋，告招誥高標，倒搖苗毫逃

六、尤侯

《四喜記》：23〔畫眉序〕洲酒頭後首，球藪猷就首，儔斗收秀首，饈有綢奏首〔撲燈蛾〕酬酬騶候厚周頭〔意不盡〕就漏旒 36〔玉山頹〕後樓流就久舊厚酬甌，瘦愁儔負口候厚酬甌〔玉交枝〕偶柔垢繆憂首勾友，守裯又收逑手勾友 37〔賀聖朝〕後籌樓受〔宜春令〕秋頭後久酒，謀侯鬥走酒

《浣紗記》：1〔漢宮春〕遊侯留頭繆囚仇舟秋 4〔夜遊朝〕宙洲寇走〔瑣窗郎〕囚尤州溜宥咎，游口溝愁宥咎，仇酬羞逗宥咎 13〔虞美人〕愁流 16〔駐馬聽〕囚游仇由舊憂壽，頭羞流頭後投宥，繆仇柔留受樓首，

溲瘳牛猶謬鉤酒，秋流鬮愁漏騮驟 23〔虞美人〕走首 27〔二郎神〕首逗謬流疚瘦流頭，囚肘就糾手受求由〔囀林鶯〕柳投媾羞後醜悠收，剖籌僽牛候守愁秋〔鶯啼序〕酬走柔透彀酒口，儔擻頭晝漏否有〔琥珀貓兒墜〕颼頭洲啾秋，舟久樓眸愁〔尾聲〕候又頭 34〔雁兒舞〕醜輳羞走〔喜遷鶯〕九耦首久頭〔雁魚錦〕游媾謬由休逑偶幼〔二犯漁家傲〕羞留瘦柳逗幽囚丘肘流頭儔〔二犯漁家燈〕投讎受鍪手舊醜愁〔喜漁燈〕彀舊候愁鉤柳樓舟〔錦纏道〕首收酬牛儔口求頭

《紅拂記》：2〔鷓鴣天〕頭侯牛舟投裘 3〔一翦梅〕秋樓樓收頭頭〔駐雲飛〕樓流皺袖留逗後由愁，收周酒柳酬瘦受秋鉤〔駐馬聽〕鞲愁蝣樓斗由彀，樓羞愁頭首由偶 9〔喜遷鶯〕岫斗頭秋眸〔鎖南枝〕浮樓鉤就手，愁休收剖憂肘 25〔水底魚兒〕貅牛手州手州，頭愁首樓首樓〔縷縷金〕愁投後侯走侯走〔水底魚兒〕州流驟愁驟愁，幽讎咒休咒休〔縷縷金〕流羞手愁首愁首〔清平樂〕舊柳就候 32〔步蟾宮〕走狗收彀〔錦上花〕幽颼愁休休手，鉤頭頭休休手，謀投留休休手

《祝髮記》：3〔北點絳唇〕謀僽彀讎透，猷候冑侯後〔豹子令〕手手留留口鉤鉤愁，守守流流手州州愁 9〔清平樂〕口鬥手候 15〔步蟾宮〕久母求斗〔懶畫眉〕愁休洲舊遊，秋丘愁後籌，州流遊受稠，悠秋求瘦幽 20〔水底魚兒〕貅游頭頭，劉謀休休〔清江引〕竹頭口手 26〔醉花陰〕晝酒透後袖瘦

《灌園記》：4〔瑞鶴仙〕後侯首媾壽逗〔錦堂月〕畝酒覆壽守，構偶久壽守〔醉鄉子〕祐茂柳牡儔透柔舊，蔻剖候否遛透柔舊〔僥僥令〕輳流秀侯，袖洲漏柔〔尾聲〕有繡瘦

《竊符記》：15〔縷縷金〕浮猶繆鬮彀，騮留友謀手，悠留候騶朽〔太師引〕求透周後酬受口投舟，厚籌手讎口就收舟 22〔駐雲飛〕謀酬驟僽頭後侯侯，頭收朽秀貅走後鉤鉤〔紅納襖〕鳩牛漏囚丘秋鉤〔撲燈蛾〕鷗鬥有覆收逗丘〔尾聲〕友眸愁 27〔破齊陣〕秋九騮愁〔風雲會四朝元〕袖樓手久酉酉浮酒瘦休鉤僽綵首逗逗，皺鉤守藕後後篌首漏休囚候遊偶受受〔單調風雲會〕鉤繡偶侯右宥州裘，眸偶剖留候舊由鷗

《虎符記》：2〔高陽臺〕遘鉤走寇喉守〔生查子〕侯守猷手〔高陽臺〕守偶肘鬥冑友，愁柳九手久扣，堠鬥驟否疚狗，輳繆有剖走奏〔尾聲〕右謀旒 19〔雙勸酒〕遊右韝彀求侯，彪偶鉤鬥驟頭〔瑣窗郎〕囚收頭杻走厚，謀籌侯赳走厚 23〔金瓏璁〕鬥收流首舟愁〔集賢賓〕藕留守友瘦驟皺秋，有羞口受後咎懋頭〔鶯啼序〕流洲愁祐口否母，覆浮逗口宥厚〔琥珀貓兒墜〕留頭舟謬樓，鷗收驟輳州〔尾聲〕祐旒仇 31〔步蟾宮〕後手仇鬥〔生查子〕侯鬥朽〔玉芙蓉〕遊驟舟袖州右牡籌收，矛冑貅吼流右牡籌收

《櫻桃記》：5〔學士解醒〕垢流愁 12〔青歌兒〕轂州謳遊驟愁，口侯守頭驟愁 20〔柳搖金〕走樓頭久口手遊油逗〔二郎神〕鷗醜愁手羞鳩〔囀林鶯〕酹頭朽游手儔丘〔啄木兒〕休遊侯首受酎謀〔簇林鶯〕牛投貿有休口由〔貓兒墜〕輶收留流〔尾聲〕愁瘦頭

《鶼釵記》：4〔雁兒舞〕遊友首秋手〔胡搗練〕頭走樓袖〔玉山供〕豆周酒就厚手求州，舊酬口後舅尤丟頭，究遛柳媾祐偶眸收 27〔步蟾宮〕受樓候〔泣顏回〕侯猴手丘由口頭，仇稠酒謅搜柳頭〔鵲橋仙〕袖帚樓候〔刷子序犯〕洲柔州逅鈕柳樓〔雁過聲〕偶頭首逑由口受友〔傾杯序〕留有收肘鳩〔尾聲〕手後求

《吐絨記》：7〔引〕繆舟 10〔引〕遊羞〔引〕州肘〔太師引〕走樓投足受眸留，口遊舟後頭求修 27〔燕歸梁〕樓後〔風入松〕謀有肉後偷求，由謬久剖頭修〔半枝花〕溝候

《雙珠記》：9〔如夢令〕溜皺透舊舊瘦 13〔憶秦娥前〕皺皺咎咎懋〔憶秦娥後〕舊舊舊牖〔香遍滿〕陬逅誘羞獸，眸受斗仇手〔羅帳裏坐〕流驟赳休垢，謀寇朽休垢〔排歌〕流遛遊儔囚逑優猴丘，酸愁蝣酬寇讎由留頭 19〔滿庭芳〕遊秋颼頭〔月雲高〕藪剖久懋九由投，走狗售手厚流休〔宜春令〕囚仇宥帚朽，周皺後琇茂，眸留究舊寧否，憂儔缶首偶〔字字雙〕囚守秋否頭口留偶，颼朽休走羞醜儔有〔花心動〕瘦頭悠袖〔集賢賓〕柳眸紐候久舊九，樓鉤斗溜守後九，籌透收剖憂偶九，流晝投逗移扣九〔琥珀貓兒墜〕夠丑手疞酒，奏牖就疞酒

《鮫綃記》：6〔山歌〕颼愁頭 12〔引〕走頭偶秀〔引〕輳壽〔桃奇〕儔洲收浮

謳樓牛悠，遊羞秋頭謳樓牛悠〔不是路〕矛彪騶手〔皂角兒〕手剖柔究流救祐走漚〔尾〕吼口愁 17〔一尺布〕仇手謀酎，苟手休手 28〔引〕裒侯〔解三醒〕愁流莠韝朽走偶偶奏〔引〕騶垢愁袖〔黃鶯兒〕囚手斗牛受眸愁，州旒奏酬周晝眸愁

《雙烈記》：3〔菩薩蠻〕樓愁 6〔神仗兒〕首首壽厚走樓樓〔滴溜子〕流奏晝樓袖剖 19〔謁金門〕驟透嗅瘦授奏獸祐〔風入松〕頭候守偶樓侯，流手寇守休侯〔得勝令〕騶油樓裒〔五供養〕寇廷州綬甌酒州壽，透斟浮府洲厚篌守〔駐馬聽〕侯謀休憂首秋候〔江兒水〕愁朽首舊候寇，憂首後守久縠

《青衫記》：10〔神仗兒〕守守驟厚後州州，守守柳候臭留留〔白練序〕友頭奏遊秋手酒，頭流留收游手酒 20〔集白句〕悠頭 22〔山查子〕耦袖，厚候〔玉胞肚〕輳樓後裯遊，柳留流守洲牛〔山坡羊〕僽瘦鷗耦流由有彀羞舟留頭〔臨江仙〕州頭收悠投秋 25〔浣溪沙〕秋悠留頭幽〔朝天子〕秋羞收浮樓酬酬，頭浮投留由流流

《琴心記》：20〔虞美人〕僽候颼樓〔上春花〕口剖斗，手究溜〔瑣窗郎〕愁頭甌枸久手〔柰子花〕鯫侯晝秀輳茂，鉤頭就守輳茂，牛丘就手輳茂，流儔口走輳茂 36〔稱人心〕久眸酬奏首帚〔海棠春〕舊，救〔瑣窗郎〕囚收舟袖又友，繆游愁口又友，侯儔丘柳又茂，浮憂秋愁又茂 44〔似娘兒〕秋樓久牛，秋愁偶勾〔畫眉序〕秋酒又瘦舊，秋手豆宿舊，秋偶儔柳舊，秋酒繆茂舊〔鮑老催〕酒手舊漏後首，久否就偶九首〔雙聲子〕受受壽壽有厚厚酬酬久甌，奏奏朽朽口厚厚酬酬久甌〔尾〕輳壽晝

《玉簪記》：2〔園林好〕遊幽逗流頭〔江兒水〕就酬手候首驟頭右〔五供養〕剖後秋柳收袖〔玉交枝〕就舟候繆遊後丘舊〔川撥棹〕受稠頭頭旒留修〔尾〕豆首留 3〔新水令〕秋鬥喉貅手 4〔清江荷葉〕走鬥後守溜守 15〔點絳唇〕頭救憂鬥〔清江引〕走後守奏 21〔石榴花〕愁羞頭籌醜後愁，留流悠鉤愁透愁〔泣顏回〕流繆樓丟厚有，秋頭鉤口瘦牛〔尾〕咒手久

《節孝記》：7〔二郎神〕柳舟袖酒鷗狗愁〔鶯啼序〕秋稠洲柳否蝣〔簇御林〕

酒愁憂剖休謀口甌求〔啄木兒〕謀周頭否僽收〔滴溜子〕戶畝後憂走舟〔貓兒墜〕儔遊嘔鬥留〔尾聲〕友侯丘 10〔青玉案〕酒久九否瘦首口有　卷下 6〔月上瓜州調〕秋悠洲憂求　卷下 6〔古風〕由愁　卷下 7〔錦纏道〕眸丘秋鬥流投收首悠　卷下 9〔浪淘沙〕愁悠稠投收樓丘流　卷下 15〔醉落魄〕後偶有求猷

《修文記》：1〔遶池遊〕就手九首遊，牖候酒繡眸〔榴花泣〕舟修溝收柔繡愁愁，侯流丘幽鳩受頭頭，舟鷗秋籌虯母甌甌，遊篌頭收稠瘦鉤鉤〔勝如花〕頭柳鬥候遊侯郵口籀洲，逑偶久又遊侯郵口籀洲 5〔清江引〕謬走後有，手久守朽 10〔雙勸酒〕頭口鉤首求尤 22〔鵲橋仙〕叩遊究〔玉胞肚〕秀流修浮酬，輳頭丘遊舟 39〔粉紅蓮〕修頭臭油柔鉤流呪憂

《彩毫記》：10〔榴花泣〕溝樓篌流憂甃頭，游遒舟浮樓晝秋，甌謳柔收侔後丘，憂鷗遊侯簃溜求〔勝如花〕樓首斗袖頭眸溜皺州州，謳口柳候頭眸溜皺州州 21〔憶秦娥〕瘦後後候〔黃鶯兒〕流秋茂稠投候樓頭，浮幽繡收簃候樓頭〔夜遊朝〕晝鷗酒〔啄木兒〕優手遊驟口丘，幽流州後畝頭〔三段子〕仇舟侯頭漏岫憂，遊秋抽由酒侑謳〔歸朝歡〕頭口收柳構鬥求

《曇花記》：5〔傳言玉女〕州驟候袖秀〔疏影〕就袖扣溜候〔晝眉序〕遊繡洲構鉤，彄手流皺鉤，騮酒篌岫鉤，羞首頭透鉤，侯厚秋又鉤〔滴溜子〕遊久有口憂〔鮑老催〕驟輳奏首彀守否透〔雙聲子〕首袖周周鉤〔餘文〕舊頭謀 51〔十二時〕就岫朽州走〔二郎神〕久守叩侯寇斗遊流，憂有救羞受祐悠由〔囀林鶯〕究丟首愁牖帚幽修，遊州就留偶謬頭秋〔啄木鸝〕僽鬥旒叟垢休，休手丘首誘鉤詬仇〔金衣公子〕樓頭走手口咒修憂，遊秋遘抽收候留頭

《錦箋記》：2〔吳歌〕休頭舟 21〔秋夜月〕籌首狗否收收，投偶友走頭頭〔金雞叫〕候秀柳透〔寶鼎現〕撈就〔梁州序〕透剖丟修滿悠秋偶受有，牖晝樓逗游秋偶受有，牛守漏頭酒流秋偶受有，浮走袖潺逗洲秋偶受有〔節節高〕舟游阜候眸竇偶首就，鉤頭驟友儔久候逗漏〔尾聲〕走游求

《玉合記》：1〔玉樓春〕酒手口首有否 9〔唐多令〕頭秋裘柳流〔醉扶歸〕守留頭口愁候〔不是路〕流樓扣遊瀏友頭晝瘦酒酒〔紅衲襖〕周叟偶流愁候秋，遊友後求頭手秋〔解三酲〕宿秋守愁岫頭湊湊牛，口鳩狗儔岫頭湊湊牛 11〔啄木兒〕遊久愁轂首舟，樓鉤騮逗授舟〔三段子〕兜勾投頭扣縐羞〔歸朝歡〕抽手頭柳瞗構羞 29〔憶秦娥〕逗透透候〔二郎神〕久繡逅流守僽侯頭，休口舊投手轂收頭〔囀林鶯〕樓悠又柔舊柳求秋，頭愁後投受守憂秋〔啄木鸝〕愁首抽候透收遊，鷗柳舟鬥漏留遊〔隔尾〕瘦愁遊〔簇御林〕鉤兜瘦後眸洲，修牛斗後眸洲 26〔逍遙樂〕首否流洲遊〔金井水紅花〕秋樓流繡收丘袖猴牛後，遊愁休舊稠舟岫侯丘後〔玉鶯兒〕斗樓州裯緱後悠頭，走遛投塸鉤後遊頭

《長命縷》：7〔菩薩蠻〕遊流 8〔駐馬聽〕遊樓鉤憂後流受，收羞彄頭首愁受〔馬蹄花〕悠秋透柔謳就投，由洲柳鷗求誘投 21〔黃鍾絳都春〕酒幽守有究瘦〔降黃龍〕儔留籌休就手，羞流堠柳求逗由，剖頭舅謬籌酬舊，否遊鬥浮眸悠受〔太平令〕某周搆秋，啾牛皺愁愁〔黃龍衮〕樓樓岫祐驟湊遘，逑逑偶久友透救〔尾聲〕偶柔袖 27〔逍遙樂〕友有裘幽稠〔畫眉畫錦〕〔畫眉序〕樓偶就柳〔錦堂月〕酒壽〔畫錦畫眉〕流羞首繡逑奏鳩〔簇林鶯〕〔簇御林〕柔投釦〔黃鶯兒〕休遊受悠鉤〔貓兒墜梧葉〕〔琥珀貓兒墜〕留頭眸〔梧葉兒〕搜籌〔尾聲〕後遊丟

《紅蕖記》：9〔南呂過曲柰子花〕舟猷受岫口，洲尤候逗走 11〔仙呂引子劍器令〕休酒猶〔卜算子〕僽守丟受〔仙呂過曲八聲甘州〕由洲裘愁繆遊流樓留舟悠〔排歌〕秋鉤收頭浮州柳憂，鷗蝣艘幽投羞久毬〔中呂過曲朝天子〕兜柔牛求鳩勾勾，兜柔牛求鳩勾勾 16〔菩薩蠻〕頭愁〔西江月〕酬鉤僽愁休久 32〔一落索〕秀皺瘦久手愁袖 37〔中呂引子滿庭芳〕秋兜騶繆〔中呂過曲漁家傲〕遊憂幽驟流留〔會陽河〕騮州緱厚皺瘦〔攤破地錦花〕憂岫愁悠猶鷗〔麻婆子〕裘樓侯袖手頭

《桃符記》：16〔憶秦娥〕媾候候扣〔山坡羊〕口久謬逑仇手走稠投仇休，首酒媾由口手仇投憂喉

《博笑記》：3〔仙呂過曲八聲甘州〕頭休流走留由，遊周讐儔友鞲兜〔賺〕憂俅後丟謅偶投驟咎口口，樓逑手酬眸謬周陡輳厚厚〔解三酲〕否搜候篼扣裒愁稠〔前腔換頭〕優柔候牛求肘酒裯〔光光乍〕鉤羞頭受有有，鉤羞州藪有有〔尾聲〕就收首10〔頌子〕修勾油佛〔頌子〕修修佛修佛

《墜釵記》：6〔中呂引子尾犯〕愁僽瘦〔榴花泣〕求儔求休否媾丟，憂愁侯遊謬剖篌〔漁家燈〕篌遊右頭九後鳩周收，由偶裯休受收憂求久〔尾聲〕皺奏留22〔南呂引子哭相思〕秋愁頭27〔商調過曲山坡羊〕後首又遊口首久篌舟鳩休〔梧葉兒〕求留久收舊〔商調過曲水紅花〕蝣儔驟休丟咎幽修〔梧葉兒〕酬尤頭囚守〔水紅花〕流頭手羞留候頭樓〔尾聲〕逗頭休

《義俠記》：6〔夜行船〕首秋就走，口貅咎就〔朝元歌〕收吼休走首憂優頭侯久湊湊，就愁儔斗授流牛酬州久湊湊3〔生查子〕鳩繡秀〔三學士〕守優游剖謀，酬儔愁剖謀〔大迓鼓〕眸樓侯瘦頭兜，憂頭幽受遊兜22〔七娘子〕遊袖皺〔朱奴兒〕韋菁頭樓酒湊愁後，州遊頭酒受頭厚〔四邊靜〕溜僽受逅鬥受，手走救逅鬥受34〔北清江引〕守寇驟首35〔鷓鴣天〕籌裘旒流浮頭

《雙魚記》：3〔如夢令〕柳候瘦受受繡6〔仙呂引子似娘兒〕悠頭驟稠〔仙呂過曲二犯傍妝臺〕丘後秋逗留手侯〔皂羅袍〕求〔傍妝臺〕樓，遊眸丟首流騮樓〔不是路〕鄹頭走愁由驟儔後奏否否，投收究州周寇留候酒受受〔皂角兒〕秋晝寇州籌肘遛祐，系侯驟皺周憂肘遛祐〔尾聲〕候輈州11〔越調過曲水底魚〕貅州醜侯醜侯侯，頭籌手秋手秋秋，鉤愁鬥頭〔北雙調清江引〕久謬（□□）走，就救醜醜19〔南呂過曲〕〔柰子花〕鳩舟後走舊

《埋劍記》：9〔仙呂引子天下樂〕溝樓酒愁〔卜算子〕袖手流驟〔勝如花〕侯柳肘受遊酬奏冑眸眸，緱手友遘遊酬奏冑眸眸〔賺〕樓遊候憂留驟愁厚否晝晝，籌侯叩騶留候侯逗肘候候〔商調過曲滿園春〕儔處處遒州侯侯陬，儔處處後憂侯侯陬〔尾聲〕皺柔秋21〔越調引子霜蕉葉〕陡遊醜〔越調過曲憶多嬌〕手杻休走求求肘，陡走鷗舊鉤鉤否〔鬥黑麻〕收休求讐尤由留，留儔逐頭求由遊34〔商調過曲集賢賓〕

友由首悠口逗否，頭丘吼收袖口猶〔南吕引子臨江仙〕愁休丘憂憂〔南吕引子五更轉〕壽休候救受後朽，幼俅厚否受後朽，厚流皺首受後朽，候儔厚酒受後朽

《投梭記》：3〔昭君怨〕流頭10〔宜春令〕幽鳩扣叟晝，侯疇斗醜守，求投宿遘繆，儔留就奏售〔梁州新郎〕剖走舟九侯籌袖右逗，友朽鉤受由遊叩廄后，劉紂就牖酬丘袖否逗，秋有酒肘仇流叩岫〔節節高〕樓綢輳陋稠厚驟詬友，裘猴綬手眸口究透友〔尾聲〕逐周侔32〔西江月〕鉤侯偶流鷗舊

《紅梨記》：12〔滿庭芳〕流鉤貅愁〔傾杯玉芙蓉〕州首篌奏樓柳頭收〔破地錦〕悠友仇繆鳩尤肉〔古輪臺〕猶流溜袖勾牛酉儔僽久由輳洲〔尾〕醜陡丘28〔女冠子〕州頭首楙〔柰子花〕鉤儔彀逗樓流，流修丘口首剖，收頭袖授友首〔柰子花〕繆柳手酒彀

《宵光記》：2〔瑞鶴仙〕鬥偶剖走守後〔錦纏道〕求尤（□）（□）羞猷頭鉤手酬後悠〔生查子〕奏剖〔玉芙蓉〕流後騮肘頭偶帚頭〔普天樂〕幼鬥讐舟口浮〔古輪臺〕憂留遊僽候酉籌首後由受鞧〔尾聲〕手愁耩5〔一翦梅〕樓頭頭流鉤鉤，稠悠悠流愁愁〔二犯江兒水〕鉤透手浮酒樓柳洲溝（□）（□）守偶偶儔儔遊，壽壽口頭後榴鬥甌秋籌籌宥宥遊〔黃鶯兒〕篌留驟流求守浮悠，儔眸首騮籌鬪浮悠22〔風入松〕讐茅偶醜彀休〔風入松〕頭袖授後謬投〔急三槍〕肘仇〔風入松〕頭謀候首救囚〔急三槍〕牛首眸〔風入松〕牛尤祐漏求宥

《金鎖記》：15〔女冠子〕幼憂受叩〔五更轉犯〕手留咎壽祐療舊〔香柳娘〕有受繆輳口口謅厚，救獸酬口守守頭走，竇漏頭守休休收摟30〔引〕騮有〔解三酲〕友流後遊州究頭33〔柳搖金〕溜舟流吼浮愁否州流溜

《鸞蓖記》：6〔西地錦〕疚留輳矛〔賞宮花〕稠球繆牛〔西地錦〕祐儔就羞〔畫眉上海棠〕浮溜繆耩偶輳守，樓偶憂裯帚輳守〔滴溜子〕手口友房酒久〔餘文〕受投酬15〔七娘子〕垢由府構〔字字錦〕樓晝友幽垢休酬後舟舟酒走偶〔接雲鶴〕流求〔賞宮花〕投酬求尤〔黃龍袞〕裘裘袖首〔清江引〕走謬口首22〔駐雲飛〕騮優鬥溜流覆繡遊

《玉鏡臺記》：6〔駐雲飛〕侯優厚首裘輳橋臼投騶游舊冑州秀岫流樓逑耦友儔

舊婦溝收鉤就守州斗厚羞 13〔五更怨〕鉤愁籌悠 26〔菊花新〕謀仇矛流，猷收侯儔，謀憂劉猴

《紅梅記》：14〔一江風〕州首受頭走頭頭由候，幽驟嗾扣頭頭九母〔哭相思〕流首〔宜春令〕侔猴彀勾留走，由羞侑褥留走，州頭候耦收口，流頭後裘構〔尾聲〕受守丟 19〔駐雲飛〕流婁究透鰍候手頭

《水滸記》：7〔番卜算〕州候浮壽〔桂枝香〕轃偶苟遛遛彀僽猶優，舊久走遊遊厚救舟優 30〔劍器令〕由彀究芻〔八聲甘州〕久侯驟候投收由，擲謬頭久浮尤由〔解三酲〕咎憂首頭蚪牛湊由，漏糾僽尤久憂咎由

《節俠記》：14〔一翦梅〕幽游游鉤頭頭，愁憂憂秋裘裘〔太師引〕鷲幽猴透首酬流，有頭丘柳秋囚舟〔三學士〕秀流侯構遊，有秋樓友遊 27〔風馬兒〕驟瘦晝〔花落寒窗〕儔愁友邁休留樓，留繆厚守休裯裘〔不是路〕丘陬友投頭湊由叩透走走〔掉角兒〕仇受休僽流驟丘頭，眸斗鉤岫愁驟丘頭

《桔浦記》：8〔如夢令〕驟酒否舊舊瘦 11〔一江風〕流救躊受投酬僽，猶茂悠九酬瘳僽〔太師引〕湊眸投瘦遊劉瘳，候浮酬咎樓休瘳〔三學士〕久鉤候秋有憂，友收救酬疚憂

《靈犀佩》：10〔宴蟠桃〕頭〔東甌令〕幽浮舊構浮頭〔秋夜月〕幽晝岫繡袖蔻 12〔節節高〕幽洲鷲溜浮縐候瘦愁舊 13〔燕歸梁〕愁悠謀流〔上林春〕樓僽〔普天樂〕舊久秋儔口負流守颼頭〔古輪臺〕愁裘受剖口湊舟偶眸州僽悠〔尾聲〕荳袖鷗 21〔甘州歌〕鬥首柳洲愁流流愁〔尾聲〕眸憂愁

《春蕪記》：6〔鬥鵪鶉〕鉤斗搜投叩究猶走〔紫花序〕秋鉤愁手牛〔調笑令〕鳩侯鬥彀斗秋〔禿廝兒〕緱頭手否尤愁〔尾聲〕走授偶 19〔雁魚錦〕游逗候頭猶儔愁〔二犯漁家傲〕休收有偶否浮投丘久悠投游〔二犯漁家燈〕流儔謬裯手秀袖樓〔喜漁燈犯〕構彀鉤後羞憋逑〔錦纏道犯〕首鳩浮留裘漏酬牛 24〔羅敷令〕愁鉤皺頭游流

《彩樓記》：6〔擲破金字令〕愁首手醜由颼秋〔夜雨打梧桐〕秋休愁侯頭流否瘦悠袖

《尋親記》：5〔小蓬萊〕有州短流，久謀後頭〔八聲甘州〕有守籌守頭，憂謀

柔愁謳，休坵侯留秋謀，有脩後留勾 6〔喜遷鶯〕皺偶首有 10〔哭相思〕囚留頭〔雁過聲〕籌受勾休手後愁，憂㑳湊收誘求由 13〔水底魚兒〕州守手酒晝由 34〔破陣子〕憂頭流

《題紅記》：1〔漢宮春〕流鉤浮愁求儔樓 11〔打棗兒〕後頭袖流酒，後頭袖流酒 19〔山坡羊〕候舊又流頭袖瘦火禾羞酬愁〔生查子〕透受〔山坡羊〕口候又頭收逗逅流劉樓愁，柳㑳逗火禾收有溝休頭悠愁，偶就後投火禾受收頭羞眸愁 23〔步步嬌〕舊逗愁㑳火禾又，漏奏留謬騶晝〔夜遊湖〕朽留逅〔粉蝶兒〕柳頭樓舊袖〔玉交枝〕瘦火禾候流頭柳丘螓，剖樓豆由頭秀丘螓，首侯厚酬遛受丘螓，守頭舊勾逑偶丘螓 34〔憶秦娥前〕偶受受首〔玉蘭花〕牛求口流又酬偷，火禾流首頭螓酬由〔憶秦娥後〕後漏漏袖〔玉山頹〕㑳溝口逅柳祐樓儔，候遊逗螓手祐樓儔，偶頭就首媾祐樓儔，袖逑逗手繡祐樓儔〔卜算子〕久候〔玉胞肚〕友酬樓繆投，柳勾騮繆投，朽休洲繆投

《運甓記》：4〔薄倖〕九六鹿轂 5〔賀聖朝〕覆謀州手，斗秋樓後〔宜春令〕秋頭袖久甌，憂侯鬥走甌〔豹子令〕吼吼流流偶收收州州 14〔似娘兒〕裘丘覆繆〔排歌〕投丘猶留流舟悠頭，游楸樓流遒州漚愁，油優游頭謀槱酬騶，舟鳩幽仇溝流耰稠〔尾聲〕逗舟猷 25〔二郎神〕後皺驟騶後袖㑳愁，秋候疚收侯奏㑳愁〔囀林鶯〕就州瘦抽久首悠收，猷籌逗牛漏否悠收〔琥珀貓兒墜〕後鳩偷裘啾漏頭，去眸收留啾漏頭〔尾聲〕首剖逑

《蕉帕記》：4〔北點絳唇〕流舊首愁又〔混江龍〕朽頭儔秋就求〔錦纏道〕由頭羞牛勾柔球漏周轂愁〔西地錦〕斗侯幼愁，手鉤候休〔畫眉序〕洲繡眸首喉，秋又柔豆喉，收晝頭柳喉，遊酒流袖喉〔歸朝犯〕甌首騮候皺否樓〔尾雙聲〕就壽羞丟 8〔步步嬌〕瘦岫頭偶悠轂，首謬樓否牛口，肘驟休晝憂斗〔山桃紅〕求咎投陡流祐手壽頭愁〔下山虎〕由頭謅勾袖羞受兜揉〔蠻牌令〕悠颼樓偶求搜頭〔一江風〕繆手走透偷偷留就，眸酒抖候休休遛厚，樓柳走嗽由由憂漏〔本腔雙煞尾〕扣宿 31〔山歌〕頭颼侯

《金蓮記》：1〔漢宮春〕流繆游儔 16〔夜遊湖〕肘愁剖〔黃鶯兒〕秋舟㑳愁投

又優游，騮裘口浮投又優游〔夜遊湖〕酒鷗受〔黃鶯兒〕愁流首游投又優游，頭流口緱榴又優游〔哭相思〕手流〔啄木兒〕州酒牛驟詬羞，稠流洲瘦口謳〔三段子〕愁秋尤收漏剖流，謀搜囚勾鬥構猷〔歸朝歡〕愁宥收剖手口抔 19〔梨花兒〕有囚酒狗〔十二時〕愁岫僽秋候〔紅衲襖〕儔首口舟羞疚緱，游受岫頭羞詬流〔小桃紅〕鉤投羞流頭後愁游〔下山虎〕秋遊尤流彀藪口羞愁〔蠻牌令〕夠由肘游鏤鉤秋求〔尾聲〕後愁樓 22〔逍遙樂〕首有疇愁秋〔金井水紅花〕秋洲流鬥鷗留袖愁樓候，舟秋悠舊稠漚袖丘頭候〔玉鶯兒〕剖流州投鉤候秋頭，皺遛投甌緱候秋頭 25〔似娘兒〕秋愁豆羞〔梧桐樹〕樓秀柳逗鬥瘦〔東甌令〕秋酒後扣舟樓〔大聖樂〕頭否袖樓奏浮裘，洲游袖悠吼啾愁〔解三酲〕口頭首秋由袖袖投，溜流透鷗浮漱漱舟〔尾聲〕驟畝頭 26〔憶秦娥〕久逗逗後〔二郎神〕後瘦透樓溜獸颼頭，啾口酉投守瘦頭篌〔囀林鶯〕頭悠有裘受舊求秋，樓愁透籌走守憂侯〔啄木兒〕秋守裘幼驟優游，愁手舟首溜收游〔隔尾〕瘦愁樓 27〔北點絳唇〕戈鎖播挲破〔南倒拖船〕戈魔魔河河歌〔七娘子〕候裘僽〔漁家傲〕頭遊口僽侯休〔會河陽〕條留秋憂候溜〔水底魚兒〕丘流流〔擲破地錦花〕投候愁謀丘浮頭〔水底魚兒〕裘裘收浮浮〔麻婆子〕尤裘鉤手溜流〔一封書〕侯留酬頭厚羞收繆投，秋流留緱眾侯收繆投 30〔哭虔婆〕柳首愁候〔海棠春〕稠久〔玉山頹〕驟裘綬柳候酒甌颼，斗樓久宿漏酒甌颼〔北新水令〕蝣首樓修修透〔北駐馬聽〕頭走肘浮愁剖朽狗〔玉山頹〕剖漚狗偶彀謬周悠，垢眸袖咒叩謬周悠〔卜算子〕久漏〔玉胞肚〕逗流投繆頭，瘦留悠繆頭，走愁裘繆頭，偶流愁繆頭，垢酬流繆頭，鬥勾鷗繆頭〔鷓鴣天〕裘流愁浮蝣舟

《焚香記》：3〔二犯傍妝臺〕〔傍妝臺頭〕愁流丘〔八聲甘州〕頭〔皂羅袍〕儔〔傍妝臺尾〕收，眸樓舟愁守由 17〔駐馬聽〕流逑儔頭後謀輳，樓投勾儔首謀輳 24〔越調鬥鵪鶉〕收久僽酒口有〔紫花兒〕嗽揉救喉勾袖悠〔北小桃紅〕瘦秀頭受收究儔〔禿廝兒〕謀收投手皺鉤頭〔麻郎兒〕宿守逐舟流〔聖藥王〕守守樓愁愁頭儔〔絡絲娘〕瘦儔有就〔東原樂〕醜羞彀皺愁耨逗〔鬼三臺〕僽投走手休勾後〔煞尾〕受

頭扭〔尾聲〕祐口勾咒

《龍膏記》：12〔浣溪紗〕秋洲樓牛愁 15〔掛眞兒〕繡州嘲詬〔八聲甘州〕守偷玖垢久投愁愁，浮臭侯詬口舊牛羞囚，休繡斗秋臭鬥仇謀愁，尤手游構宥救投搜求 23〔山坡羊〕驟透瘦愁流久牖憂休羞休，掊朽否流休受柳憂頭羞頭〔字字雙〕遊厚流就謀舊頭受〔憶多嬌〕樓樓丘頭柔柔求〔鬥黑麻〕休頭牛鶩羞流舟〔憶多嬌〕儔儔由流繆繆求〔鬥黑麻〕喉投休頭尤逑姜舟〔臨江仙〕處流丘洲

《東郭記》：13〔掛眞兒〕厚投否〔三換頭〕求秀偶投媾頭有逑羞由，休久醜愁幼柔就投繆偷〔滿江紅〕就帚袖否〔賀新郎〕游偶秀逗鳩湊扣厚受，流肉誘幼由宿後酒受，尤首守舊裯厚幼走受〔節節高〕游攸湊有修又秀鬥謀宿，羞柔奏厚稠守舊謬投透〔尾聲〕修有樓 33〔生查子〕謀叩求奏，謀鬥優右〔桂枝香〕首奏驟後就猕頭〔神仗兒〕走走叩奏首遊 34〔玩仙燈〕秋手〔小蓬萊〕守游友求〔五供養〕舊秋繆疚髗驟，舊秋繆疚仇驟〔江兒水〕眸首否有口憂走，眸首否有口憂走〔玉嬌枝〕候游狗愁休又流丘，候游狗愁休又流丘〔鷓鴣天〕矛猷柔啾悠頭

《醉鄉記》：8〔西地錦〕友侯酒浮〔番卜算〕遊叩休漏〔惜奴嬌〕丘右舊耦友遘臭〔前腔換頭〕儔溝守走候偶逗鬥〔鬪寶蟾〕流遊有酒究酬周憂天候，謳休舊久驟樓洲愁稠有〔錦衣香〕牛驟猴醜鬬眸有州休友首透口〔漿水令〕久投留周又受剖休〔尾聲〕酒手州 12〔少年遊〕遊樓流否羞愁 30〔念奴嬌〕後繡瘦候首漏〔梧桐樹〕愁叩瘦晝遊漏逗，羞謬受厚偷偶誘，求遘秀壽溝右媾〔浣溪沙〕剖鉤晝秋否憂，叩流守兜受頭，口樓嗽丟袖浮 40〔意難忘〕遊頭憂求儔綬舟〔菊花新〕收遊投秀〔江頭金桂〕牖休稠秋遊偶流愁祐悠牛，秀流洲儔浮九頭秋首遊周，臭儔憂稠頭宿流酬右洲悠，繡流搜眸鳩狗丘遊驟騮樓

《嬌紅記》：10〔繞地遊〕後候逗陡又投，候透晝陡瘦秋〔金絡索〕愁陡瘦悠流愁猶愁又，由謬偶求頭儔修流受，羞逗後投儔頭悠繆守〔喜梧桐〕手否休僽走，瘦瘦悠久後〔金梧桐〕晝瘦厚否〔簇袍鶯〕裘眸奏否投酬偶由舟，投羞有否頭溝逗由流〔貓兒墜桐花〕愁樓頭酒繡，愁頭休漏

就〔尾聲〕就愁樓 30〔夜行船〕柳流偶傸〔銷金帳〕手謬有秀逗救宿，口溜柔就柳逗宿，偶岫求摟受肉宿，友湊偶厚耨後宿〔玉抱肚〕幼幽就流籌，就有頭樓勾〔江兒水〕貌有手舊漏壽儔秀〔川撥棹〕就逑流流柔流休，籌頭樓樓儔流休〔尾聲〕右就酬 50〔糖多令〕流頭投就遊〔二犯傍妝臺〕樓幽舊愁偶勾流繆，投周樓由咒頭休留〔玉女步瑞雲〕柔候叟〔駐馬聽〕楸丘頭悠吼流酒，幽頭樓休傸丘否，瞅休頭丘後儔岫，丘頭逐求透儔受，流樓頭愁覆休否，流投遊丘咒牛右〔催拍〕頭頭幽幽悠休丘流，頭遊休休秋愁丘流〔一撮棹〕久流收休楸後朽頭〔一封書〕幽流酬頭走悠謳甌遊，幽秋漚休水頭洲樓勾〔紅繡鞋〕留留休休綃甌岫岫〔駐環著〕岫岫遊走驟扣祐口偶儔手〔永團圓〕壽幽口媾偶朽謬輳繆有久後舊〔尾聲〕友負求

《二胥記》: 8〔遶地遊〕宙手奏走鬪流，輳右寇就肘儔〔出隊子〕冑州浮休收，彀籌愁鍪收〔泣顏回〕酋鬥吼走袖狗，鉤岫驟偶後狗〔滴溜子〕口驟寇朽，岫鬥寇手 12〔水底魚兒〕愁讐鬪休〔撲燈蛾〕口搆獸麀宥休，狗寇冑丘首舟 27〔梅花引〕頭首流舊丘〔秋蕋香〕岫囚救右〔海棠醉春風〕奏右蝣袖投休收，祐偶貅首投休收〔三捧鼓〕州收叟陬休憂侯丘〔五枝供〕祐州有羞讎覆輈樓，尤州晝丘樓祐後仇甌〔川撥棹〕首柳州州流仇遊，收愁仇仇丘酬休〔忒忒令〕丘繆舊否〔江兒水〕尤後宿蹂首侯狗〔僥僥令〕肉流秋〔江兒撥棹〕後仇覆厚朽袖酬休〔尾聲〕久手愁

《貞文記》: 4〔瑞鷓鴣〕求侯陬牛頭 7〔番卜算〕丘臭羞首，頭臭鬥，籌右州偶〔八聲甘州〕偶洲籌偶逑求儔，求就修口頭流羞休儔，謅謬投首頭偶逑憂儔 11〔怨王孫〕愁悠 23〔浪淘沙〕漚流髏休 28〔如夢令〕驟酒舊否否瘦 32〔霜天曉月〕陡瘦救休〔換頭〕秋又舊收〔遶池遊〕久瘦瘦陡久頭〔集賢賓〕有丘久舟宿偶右就，休樓首留幼右傸受，頭勾守留候後厚又，有籌否丘候走後謬〔二鶯兒〕瘦縷柳儔偶流休否頭遊〔滴溜子〕偶守扣首鷲〔簇御林〕由休救受流留，休流後就幽留〔集鶯花〕收頭右儔偶驟遊，頭漚驟休休朽楸〔尾聲〕狗走勾 33〔紅衲襖〕樓柳奏修有口洲，流口皺愁首樓遊

《牟尼合》：7〔香柳娘〕州州溜手頭頭咎樓樓韭，舟舟透柳投投右頭頭吼，口口漏狗流流詬友友走，收收救久酬酬咎州州口，口口厚晝樓樓鬥囚囚究，憂憂酒否抽抽詳宥偷偷驟〔尾聲〕後走遛 17〔風入松〕謀流右手頭休，州牛酒有樓侯

《春燈迷》：17〔番卜算〕候鉤久〔二犯傍粧臺〕秋樓流鉤投牛，鉤頭鏤羞秋毬

《燕子箋》：22〔如夢令〕鬥咒透受受瘦 29〔孝順歌〕收樓籌吼祐垢後投頭手，頭休投就剖後厚頭右

七、家麻車遮

（一）家車

《紅拂記》：17〔番卜算〕夜家捨〔西地錦〕斜涯〔獅子序〕罷麻涯墟故渡歌〔賞宮花〕假他葭花〔降黃龍〕嗟捨撾訝摸發〔大聖樂〕靶捨嗟灑 19〔青衫濕〕花家鴉涯 21〔南園林好〕遮沙卦麻華

《虎符記》：4〔蝶戀花〕歇節爇鐵越傑折月 28〔憶秦娥〕節月月合歇絕絕血〔宜春令〕雪熱寡綫暇葉，徹雪架折假跌，節越夏蛇寡潔，疊別夜屑靶下 36〔菩薩蠻〕叶匝

《灌園記》：29〔謁金門〕罷晝大捨駕也假話〔金索掛梧桐〕差假罵他沙花家迓車呀掛，差靶話咱華霞下家迓車呀掛，咱嫁吒瑕誇媧價家迓車呀掛

《青衫記》：4〔一翦梅〕霞花花斜涯涯〔菊花新〕華誇家亞〔黃鶯兒〕霞賒晝麻加價家花，騗花掛瓜咱下嗟紗〔簇御林〕賒花掛化遮些，花涯掛駕誇槎〔尾聲〕遐灑誇 16〔六么令〕晝家沙華話話〔普天樂〕娃架下花掛麻罷涯

《葛衣記》：19〔點絳唇〕野滅蹶〔水底魚〕笳遮法邪，霞賒蛇〔四邊靜〕雪烈赫烈邪闕

《修文記》：6〔夜行船〕駕嫁夏邪，下晝掛謝〔桂枝香〕跨駕嫁迓化化家，灑暇嫁駕化化葭沙 31〔西地錦〕駕霞下車 32〔急板令〕霞紗花花葩賒加芽，華車花花奢拿加芽，葩家花花瑕誇加芽，加茶花花沙嗟加芽〔大環著〕訝訝華詫撾下花也灑迓沙掛駕雅，假假牙跨瓜話家寡馬踏沙掛駕雅〔越恁好〕謝謝麻遮沙捨也下〔十二時〕怕瑕 44〔三煞〕賒差化馬車大他 45〔寄生草〕雅家怕話下把 47〔步蟾宮〕下

駕霞瓦，暇車譁話〔二郎犯〕話灑媽花夜差，嗟亞謝芽雅拔華〔囀林鶯〕大沙也查罰下他，耍瓜些瑕迓下咱家〔啄木公子〕麻寫沙灑駕霞賒，誇寡花舍下家涯〔尾韻〕者也 48〔引子〕灑者

《彩毫記》：13〔臨江仙〕花霞紗華家賒 19〔霜天曉角〕下跨峽花，掛舍馬花〔漁家傲〕華些謝花嗟〔剔銀燈〕遮馬下夜涯賒〔攤破地錦花〕野家奢華車〔麻婆子〕撾麻華卸家 23〔清江引〕灑罷釵罣架，耍下牙剮我 29〔夜遊朝〕下花馬縑〔霜天曉角〕馬靶牙寡〔點絳唇〕家大遮下〔混江龍〕馬咱家甲花畫枒〔油葫蘆〕者嗟查啞瀉家霸邪〔天下樂〕麻扯牙加他〔那吒令〕笳楂邪蛇嗟傑車

《曇花記》：11〔浪淘沙〕花伽他下沙，花瓜鴉跨砂，涯家華駕差〔小桃紅〕嗟也邪嫁花馬琶牙下賒娃〔下山虎〕家瓜花笳話華下斜咱〔蠻牌令〕華花沙掛芽加車〔憶多嬌〕嘉瑕伽迦華華他 43〔重疊令〕車花

《玉合記》：6〔誦子令〕花家呱 17〔駐雲飛〕葩家亞大喳踏他他〔北清江引〕搭抹查軋遢，發刮抓掐瞎〔駐雲飛〕遮髢嫁壓衙下挪架他他〔駐馬聽〕華花紗誇畫靫罷，華花加斜掛嘩罷〔勝如花〕賒灑瓦靶麻瓜沙下那家家，花雅寡帕麻瓜沙下那家家〔榴花泣〕琶霞涯差華掛花，車笳些娃嗟化花〔急板令〕斜賒槎槎華加家牙，撾嘉咱咱紗叉家牙〔一撮棹〕騧鴉遐華馬遮遮〔尾聲〕駕馬他 39〔生查子〕牙霸畫，加詫掛〔刮鼓令〕槎華迦家下瓜花，斜霞嗟馬馬紗花，誇罝涯下駕沙花

《紅梅記》：4〔番卜算〕家大紗下〔憶秦娥〕下詫詫發〔繡帶兒〕假花芽價話嗟野〔白練序〕花刺些馬他衙鴉〔醉太平〕查家假瑕耍答雜華下家達〔降黃龍〕喳華化掛嗟怕下譁花〔簇御林〕牙咱帕下呀花，咱他化法家蛇〔尾聲〕化下他 6〔北點絳唇〕撾灑刮沙下〔清江引〕馬怕下耍，乍刮馬下 8〔大迓鼓〕加家嫁拿佳，家華畫佳差 17〔掛眞兒〕下紗打〔北一枝花〕詫些喳發衙殺〔梁州第七〕打喳呀剎押衙枷呀叉牙呀查察拿耍大詫差些〔牧羊關〕家紗涯下怕加殺家大牙〔四塊玉〕咱下衙話家假家他〔罵玉郎〕下華罷他呀踏〔哭皇天〕麼殺雅呀話他花〔烏夜啼〕把家花殺霞華誇吒差〔尾煞〕話衙乍娃加下 19〔駐雲飛〕紗霞滑襪花把甲斜

《桔浦記》：7〔駐雲飛〕娃槎亞雅家下假鴉，娃丫寡猾葭架下鴉〔駐馬聽〕槎花嗟霞畫華架，枒華喳槎下車架〔菊花新〕巴沙涯掛〔泣顏回〕麻假寡沙瓦嫁巴，譁加嗟髮遮罷寡巴〔撲燈蛾〕花瓦弱灑加塌蝦，嘉大雜灑嗟駕蝦〔尾聲〕大家嗟

《靈犀佩》：26〔引〕嗟馬〔憶鶯兒〕車遮他華嘉加涯〔憶虎序〕卦娃花華耶奢奢霞〔上林春〕衙下〔山虎嵌蠻牌〕亞華牒家嫁鴨雀蛇架涯下協花

《春蕪記》：18〔泣顏回〕華霞霽花誇價麻，誇花鴉下查斜弱巴

《金蓮記》：3〔渡江雲〕沙花華鴉 6〔花心動〕掛話罷詫亞〔駐馬聽〕騧花紗斜掛槎畫，華涯霞衩掠衙畫〔不是路〕華花惹遮斜罷誇畫架下下〔榴花泣〕紗霞巴些鴉下哇，訝斜笳花賒寡華〔急板令〕斜賒華華霞花家遮，麻瓜華華芽鴉家遮〔一撮棹〕涯斜槎華涯帕遮遮 15〔鷓鴣天〕家騧沙麻霞瓜 18〔唐多令〕賒槎帶笳〔桂枝香〕邁灑帶華華下寫涯鴉，在待對賒賒債敗涯紗

《牟尼合》：15〔新水令〕鴉霎瑕馬〔步步嬌〕發者衙下家詐〔折桂令〕牙牙差痂蟆薩法拿聶〔江兒水〕遮汊暇坌架大磨話〔雁兒落帶得勝令〕伽蠟瓜刺喳抹洽唼〔僥僥令〕鬧艖搭打〔收江南〕譁擦些斜家家差〔園林好〕撒下發發〔沽美酒帶太平令〕滑下瓜馬下撒剎薩斜發馬〔尾聲〕掛刺搭 25〔生查子〕霞馬家掛，花大紗罷〔玩仙燈〕娃話〔園林好〕紗涯化麻花，家瓜法紗達〔江兒水〕紗馬閥謝瓦話，涯打話假罰灑〔川撥棹〕鴉者芽芽紗加，葭達咱花〔尾聲〕雜下佳

《春燈迷》：16〔金瓏璁〕暇花涯加家〔黃鶯兒〕花譁瓦嘉華搭沙家，鴉賒下紗滑煞沙家〔簇御林〕華斜畫雅涯花，佳瓜煞話鴉衙〔山坡羊〕下乏假罰夏搭花芽花插，法煞鮓辣罷掛花沙花搭〔尾聲〕話他咱 20〔水底魚〕笳沙家〔皂羅袍〕獺花牙化家達者〔水底魚〕家馬話，下差家架華花馬〔尾聲〕大法沙 35〔北點絳唇〕花炸怕華咱〔醉花陰〕馬跨乍紮話獺罷納〔喜遷鶯〕瓜滑譁架撾〔出隊子〕紗大衙擦撒打〔刮地風〕大花發榻抹家撻花發掛差畫〔四門子〕塔家砑打加雅嫁價花撒〔水仙子〕他叉下家大化滑花搽〔尾聲〕花下殺〔玉芙蓉〕花馬麻華乍罣加，華下涯紗跨沙加

（二）家麻、車遮

1、家麻

《四喜記》：22〔海棠春〕花下〔馬蹄花〕加誇差瑕價華，嘉蛙牙涯下家 25〔生查子〕下話〔二犯傍妝臺〕涯加他花家，霞茶麻差花家〔普天樂〕誇價灑霞娃雅下紗畫掛〔生查子〕榭迓

《浣紗記》：2〔繞池遊〕霸下馬話華〔金井水紅花〕斜霞誇畫家花罷他咱話〔繞池遊〕下灑寡那紗〔金井水紅花〕紗芽釵訝斜花下他咱嫁 13〔梨花兒〕馬家下打，煞抓怕耍

《櫻桃記》：2〔賽鷓鴣天〕花誇霞 32〔引〕馬化 34〔引〕家下沙化〔北一枝花〕鴨沙花煞下他話詫〔梁州第七〕耍薩雜紗鴉巴法下花插假話大殺家狹罷〔牧羊関〕家咱誇價帕畫茶加怕他〔四塊玉〕俠拔華嫁雜家下法涯〔東原令〕話家攙他差差〔醉皇天〕差差他壓瓜馬咱洽〔烏夜啼〕話牙花發琶呀達他〔尾聲〕華衙駕家下

《鶼釵記》：8〔卜算子〕下耍娃下，乍駕家迓〔錦堂月〕芽鮓駕花醡㚥耍發，畫娃花家雅〔醉翁子〕雅寡訝加灑琶，媽姬話法拿〔僥僥令〕跨喳八家，檟麻把花 32〔尾聲〕價託紗〔鳳凰閣〕化花衙姬話拿〔出對子〕嫁家葭花差〔降黃龍〕瑕駕伐家巴法達〔大聖樂〕家詐瑕卦牙假琶〔稱人心〕跨下匝答訝踏發〔紅衫兒〕假話家納茶巴薩啞〔醉太平〕差馬芽花鴉罷雅

《吐絨記》：8〔唐多令〕麻暇〔芙蓉燈〕瞎法霞臘砂咱達，誇價麻髮牙加花 25〔醉落魄〕下稼華瓦〔普天樂〕馬寡華華花耍狹家〔朝天子〕撾伐雜拿掛涯加加達達殺殺〔皀羅袍〕馬（□）牙話茶化納，達家車榻〔皀羅袍〕訝差衙察他下

《雙烈記》：3〔鷓鴣天〕紗琶華 13〔霜天曉角〕嫁家，掛家〔泣顏回〕麻家假些他大花，咱呀差啞涯他罷家，丫家咱廈牙茶罵媽，他嘩華打牙他下家 16〔喜相逢〕家下〔小蓬萊〕家花〔海棠春〕牙下

《玉簪記》：1〔沁園春〕雅涯霞誇呀娃佳華家遮麻葭 5〔貓兒墜〕家麻華呀涯，涯家瓜灑華 12〔菊花新〕洒家花涯 17〔一翦梅〕呀家家花涯涯 20〔大迓鼓〕家華話喳衙，他紗下巴衙 33〔憶秦娥〕花耍他〔二犯朝

天子〕花華麻花華他誇佳，斜花涯沙車他呀咱

《節孝記》：2〔海棠春〕畫麻花〔錦堂月〕家闍霞灑假，雅家花馬畫灑假，家麻答雜雅灑假，華花發掛瓦灑假〔醉翁子〕怕沓假佳乏，誇把訝霞乏〔僥僥令〕下加鴉，花賒〔尾聲〕訝佳華 12〔臨江仙〕花家茶賒霞加 16〔西地錦〕掛槎耍華〔瑞雲濃〕駕霞家花涯　卷下 2〔高陽臺〕沙涯下爪呀　卷下 14〔出隊子〕馬驊霞華加〔滴溜子〕滑花畫下家〔連枝賺〕霞華訝加麻〔棹角兒〕瓜匣華掛涯化沙家，麻下加價涯灑誇華〔尾聲〕檟槎花

《錦箋記》：10〔賀聖朝〕鴉摭涯嗟〔好姐姐〕花冶佳掛下賒〔行香子〕花加喳查〔好姐姐〕紗畫佳雅價加〔玉胞肚〕訝耶車沙嗟，假斜瑕差花，冶葩話花嗟，啞瑕馬佳他

《長命縷》：4〔北點絳唇〕衙化架華馬〔風檢才〕呀花八琶咖咖〔生薑芽〕沙窪下掛加大夏霸畫，牙騧下跨花抹駕霸畫

《紅蕖記》：17〔正宮過曲錦纏道〕涯槎家法馬架查咱花，葩鴉霞察耍嫁罰它華，沙衙娃麻瓦化漥達琶，譁牙拿芽假話撒洽砂 24〔黃鍾引子絳都春〕馬家夏把假訝掛〔西地錦〕駕涯乍叉〔黃鍾過曲降黃龍〕沙華花雅下，誇話灑葭大喳，詫化架瑕茶耍，遐寡麻槎差罷〔黃龍滾〕鴉鴉罷埣瓦怕，騧騧靶跨迓赮〔尾聲〕價暇殺 28〔黃鍾過曲出隊子〕駕佳沙鴉家，夏華涯霞咱，迓騧槎瓜衙 35〔仙呂入雙調字字雙〕查暇衙耍叉怕瓜打 38〔正宮北醉太平〕馬沙衙打迓話誇花

《桃符記》：3〔吳小四〕花狹娃瞎家殺 10〔柰子花〕法伐架話耍下 11〔光光乍〕花差啞掛，衙家耍迓〔皂羅袍〕卦花紗乍他咱下 21〔紅衲襖〕衙馬罵發匣把咱〔剔銀燈〕耍把打下押查，法下箚假咱查，箚詐下亞拿耍，榻耍假下拔瓦

《博笑記》：17〔中呂過曲駐雲飛〕家紮罵打花茶罷拿，家咱怕下薩他罷假，家麻迓架拔納話耍，家灑埣價壓納帕啞，家衙話詐煞呀價打，價麻雅罵喳麼謔瞎 23〔越調過曲亭前柳〕誇察芽話納，花麻芽下納，插撒發架殺

《墜釵記》：2〔山歌〕華家麻 14〔仙呂入雙調過曲字字雙〕法詫家訝涯駕煞大

《義俠記》：7〔光光乍〕家花瓦乍乍，查家下乍〔撲頭錢〕大發答答答耍耍耍假，霸打殺殺殺耍耍耍假，大打撒撒撒耍耍耍假 8〔菊花新〕衙牙家下〔古輪臺〕家花下馬喳話家假家話他，呀巴罣灑下夏達架麼詐咱〔撲燈蛾〕怕察發家化誇滑，假吒大達壓抹差〔尾聲〕殺他靶 12〔一江風〕家話怕他下咱咱他下 20〔普賢歌〕家叉瓜蛙霸 34〔北清江引〕插大下馬

《雙魚記》：13〔中呂引子思園春〕涯查加麻花〔中呂過曲泣顏回〕芽啞華撾謊沙，家麻沙家詿呀〔千秋歲〕呀假化話下耍家，咱打霸下罷耍家〔撲燈蛾〕家詐掛大譁啞怕發，狹話下打拿答訝家〔尾聲〕話家花 15〔仙呂過曲光光乍〕喳花耍乍乍，涯家罷乍乍 27〔商調過曲鶯集御林春〕遐俠察達答大薩，法咱發軋達〔四犯黃鶯兒〕洽納話咱媽打牙法煞，家花寡納拔大伐達〔尾聲〕襪踏榻

《埋劍記》：10〔南呂引子臨江仙〕涯華笳 12〔雙調過曲步步嬌〕跨下差架瓦，瓦馬叉寡怕 19〔中呂過曲四換頭〕發撾乏打把加衙狹耍嘩家華花，家沙轄鴉詐咱花他罰差押拿咱 27〔越調過曲小桃紅〕家駕賒達衙話寡他拔〔下山虎〕乏誇乏靶假家化殺涯〔越調過曲蠻牌令〕呀達遐瓦涯家

《投梭記》：20〔縷縷金〕猾巴殺衙架架，查涯詫麻罷罷，娃呀答喳迓迓〔古輪臺〕咱家馬劄下槎雅花嫁他八茶，誇芽靶乏話吒拿下踏瑕價華〔撲燈蛾〕怕薩法洽掛抹霎，煞寡灑押發雜差〔尾聲〕話搭牙

《紅梨記》：15〔生查子〕笳大劄達，嘩麝紗罷，花馬涯打〔繡帶兒〕雅華琶差怕蠟榻寡，訝囉話嘩灑誇亞馬答靶〔太師引〕話柤葩達法喳鋏，價咱茶札罷榻峽〔三換頭〕娃耍大寡假洽花瓜〔東甌令〕話嘉假下嫁涯大〔秋夜月〕拏帕劄把答答〔金蓮子〕霞姹娃鴉〔尾〕詐啞他

《宵光記》：17〔光光乍〕沙茄大乍，涯華瓜乍〔窣地錦襠〕誇蛙瓜加，街斜芽譁 18〔粉蝶兒〕查化拏怕抓話〔紅繡鞋〕架闍雜衙家耍〔普天樂〕下花架跨涯巴唬〔石榴花〕芽華達法葭薩家怕他〔滿庭芳〕發抓踏刮捺譁馬瑕匣麻〔上小樓〕迓家擦話〔耍孩兒〕誇下雜牙罷拏〔二煞〕啞賈乏沙靶怕呀〔尾〕灑下耍

《金鎖記》：8〔引〕家雅〔八聲甘州〕劃涯下蛙誇遐〔排歌〕雅狎沙鴉加艖拿譁 10〔二犯朝天子〕達槎涯巴遐家麻鴉鴉

《鸞篦記》：10〔番卜算〕賈價〔八聲甘州〕髮誇嘉下奢喳花，衙把差家假叉酢加〔番卜算〕馬駕〔羅袍歌〕馬花華乍涯沙佳家，罷撾呀掛遐鴉乏家〔一封羅〕賒家價霞加遐訝 18〔掛眞兒〕灑紗掛〔太師引〕搭壓芽寡花訝佳法，話家察把槎答札達〔三學士〕雅芽咱髮煞，伐茶瑕打煞

《水滸記》：4〔生查子〕涯駕下，麻大下〔瑣窗郎〕奢沙華納價誇，嗟沙芽納法誇

《節俠記》：25〔梨花兒〕大花化耍

《彩樓記》：18〔光光乍〕家罰下乍 19〔光光乍〕家裟罷乍

《題紅記》：13〔臨江仙〕沙涯槎，華差家〔繡帶兒〕馬花涯呀話下葭價，洽下遐花家駕榻霞化 17〔減字木蘭花〕花家

《蕉帕記》：3〔鵲橋仙〕暇畫花下，馬吒撾罷〔羽調排歌〕涯華葭槎佳家芽花〔北寄生草〕花嫁畫霸怕怕〔排歌〕丫鴉瓜娃家差花〔北寄生草〕拿插打下怕〔排歌〕霞誇裟嘩蝸家紗花〔北寄生草〕蝦殺價大怕〔排歌〕嘉麻瑕叉茶家衙花〔北寄生草〕差法嫁話怕〔尾聲〕下牙家 7〔番卜算〕呀話加帕〔九轉迴腸〕〔解三酲〕訝芽話霞差下下〔三學士〕耍拿瓜〔急三槍〕家〔二犯江兒水〕峽鴉紗花葭鴨葩娃煞搭 19〔仙呂端正好〕灑紗話家槎花砂砂化

《龍膏記》：18〔北斗鵪鶉〕下法馬花卦怕家〔紫花兒序〕沙牙枷罰涯〔金蕉葉〕沙華咱馬〔調笑令〕查尬大察芽拔華〔小桃紅〕蝦化馬花價誇〔禿廝兒〕叉嘩乏抓〔鬼三臺〕架射鍔麻加家髮〔天淨沙〕蟆衙滑吒嗟〔麻郎兒〕架達納察〔么篇〕攞詐家大〔絡絲娘〕牙衙發塌〔尾聲〕跨塔罷

《東郭記》：8〔掛枝兒〕罷琶下耍華假，啞家價殺他打〔北寄生草〕牙胯下駕罵，家話罷詫罵，佳怕答暇罵，誇嫁臘壓罵 9〔謁金門〕罷灑榻怕嫁話詫下〔女冠子〕雅下話嫁假答下俠〔錦堂月〕葭華跨達罣蠟，誇家涯亞畫罣蠟，他華紗婭怯罣蠟，花娃洽下婭罣蠟〔醉翁子〕姹

價嫁加紗耍瓦，搭話怕家他耍瓦〔僥僥令〕甲葩大撾嘉，罵嘩八花瓜〔尾聲〕嫁察家 29〔步蟾宮〕大家涯假，大嘉紗刮〔錦纏道〕家拔差遐涯蝦瑕馬嘉掛花，滑佳發誇加咱華踏踏話家，涯家嘩他誇瑕衙榻咱殺紗，他差涯咱家華娃嫁紗大達〔古輪臺〕嘉花罵涯乏踏罷遐話牙〔尾聲〕馬達蛙

《醉鄉記》：1〔蝶戀花〕耍雅假馬夏啞寡打 11〔金雞叫〕榻花下跨〔逍遙樂〕耍家笳〔皂羅袍〕下家華灑衙猾夏，畫槎霞馬麻達下〔尾聲〕駕假麻 23〔北新水令〕笳發罵蝦華化〔步步嬌〕跨壓查下家亞〔北新水令〕霞紗查花寡巴叉呀塌乏〔江兒水〕誇下法價話雅〔北雁兒落帶得勝令〕誇價牙話麻佳亞家豭下鴉喳〔僥僥令〕瞎譁掛拿拿〔北收江南〕撾打瑕家咱咱沙〔園林好〕娃華罷葭葭〔北沽美酒帶太平令〕踏他涯拔達馬賈雅紗麻霸〔尾聲〕寡佳差

《嬌紅記》：20〔水紅花〕鴉嘩下瑕踏滑衩，花家罷華加亞鴉〔梧桐花〕罷下怕紗殺話〔繡帶兒〕下家紗嘩大殺煞話，瑕煞花葩槎下駕佳價，呀大家差華八法華暇，誇恰峽紗娃罷跨加洽〔隔尾〕駕瑕花〔醉羅歌〕亞家下拿拿怕察他芽〔太師引〕榻價加沙撒花衙囁，下奼洽華刮家巴下〔衮遍〕花花詐家大罷唬，華華話罷把話〔尾聲〕話些咱 39〔月上五更〕罷灑化下架蠟煞掛大，下蠟假迓煞乍颯襪刮〔醉羅歌〕下紗呀掛他他假差〔白練序〕罷華詫咱家下亞〔醉太平〕訝夜霞紗涯琶假下加〔白練序〕下涯夜掛麻花亞罷〔醉太平〕呀也鴉家呀花跨察差〔尾聲〕滑也花

《二胥記》：7〔戀芳春〕家花話暇茶涯〔甘州歌〕雅家話鴉鈀花斜紗，灑艖佳沙霞涯窪家，衙踏華家賒呀麻奢，花家馬麻爺蝦差華〔不是路〕拏家嚇杈嘩大他詫下迓迓，華家訝芽差駕涯察詿答答〔三換頭〕加下置察芽下罰咱〔香遍滿〕捺他假麼麻罷〔浣溪沙〕乍察詐他家花〔秋夜月〕詉罷假下罵〔劉潑帽〕下個羅過科謝〔東甌令〕麻麼壩亞枷家〔五更轉〕駕罷恰灑詫亞把〔尾聲〕紮家咱 15〔點絳唇〕牙峽罷加大〔混江龍〕下哇葩家芽加蝦詐差〔油葫蘆〕加煞家詐罵蟇下枒〔天下樂〕耍家些麻衙辣〔醉扶歸〕大洽加辣嗟煞下〔金錢花〕牙

家罷華沙鴉〔寄生草〕拔麼夜汊下乍〔么〕瞎駕霸架下〔後庭花〕遮沙野咱麻剮家花把麼掛〔醉中天〕下踏差詐嗟塌察〔遊四門〕家沙下麻花〔賺煞〕化大霞華斜漥髮打家 30〔青玉案〕也瀉瓦馬下謝野罷社乍〔菊花新〕斜家涯話〔石榴花〕芽呀枒沙麻下差，邪芽家車察借差〔大和佛〕家涯蛇差加婭下家，嗟誇家花打麼下捨霞〔思園春〕遐訝家差〔會陽河〕差花罝罷駕下〔越恁好〕賒涯罷假假〔縷縷金〕加拿化車假假〔越恁好〕大大加野涯賀賀〔攤破地錦花〕捨芽亞嘉誇〔麻婆子〕沙花假家〔永團圓〕霞耍察假下呀峽化罷〔尾聲〕灑也蛙

《貞文記》: 11〔女臨江〕下呀花涯〔太師引〕華殺紗雅花瓦下瓜鴉，些話家馬鴉下撒涯花〔呼喚子〕華鴉槎差家葭呀，華花涯衙巴罷枒〔紅衲襖〕花衙嫁馬娃榻差，差耍帕紗家寡艖，花榻掐霞他咱家，咱他下�芽發涯〔繡衣郎〕呀花發甲家寡踏駕，瑕家價壓拔達化灑〔尾聲〕假踏麻 27〔糖多令〕華茶華裟〔祝英臺近〕亞下家惹〔祝英臺〕葭華差馬法，花寡誇嫁下，耍家差誇馬誇下，婭芽家他假髮〔尾聲〕嫁家假 29〔忒忒令〕華畫馬耍，佳打亞耍，華亞惹耍

《燕子箋》: 6〔七娘子〕花家馬罅，斜鴉聒下〔刷子帶芙蓉〕〔刷子序〕瑕華花紗答些〔玉芙蓉〕畫花〔山漁燈犯〕罷馬牙甲寡茶謝花法差煞馬花〔普天樂犯〕〔普天樂〕畫殺花峽洽麻〔玉芙蓉〕亞花〔朱奴插芙蓉〕〔朱奴兒〕雅差畫假打〔玉芙蓉〕花〔尾聲〕罣畫搨 11〔減字木蘭花〕紗花 30〔浣溪沙〕花家紗涯茶

《雙金榜》: 2〔齊破陣〕霞化罷紗花〔步步嬌〕瓦譁亞差夜〔江兒水〕斜滑跨社夜話〔玉胞肚〕駕花夜差麻〔五供養〕臘鴉牙雅大花接〔川撥棹〕鴉花他 7〔生查子〕花夜斜馬〔泣顏回〕華馬蠟沙遮罅花〔泣顏回〕花衙譁撾炸家家〔尾聲〕價罣斜 17〔似娘兒〕耶花車鴉，華家花馬〔一封書〕槎涯家紗裟叉華，華家掛怕霞枷發花〔尾聲〕榻話花 27〔三疊引〕架馬花話，霞霎槎化〔九迴腸〕〔解三酲〕價家馬花槎罣〔三學士〕畫譁笳〔急三鎗〕車，〔解三酲〕馬花夏斜瓜咱〔三學士〕大琶槎〔急三鎗〕車〔尾聲〕也下華

2、車遮

《四喜記》：11〔絳都春〕葉咽遮節纈接〔出隊子〕節說褶潔撚〔女冠子〕列蝶鬣頰楫舌〔滴金子〕切結奢帖貼跌斜拽〔畫眉序〕舍設屑啜蛇〔啄木兒〕榭閱寫恰些者別協〔三段子〕疊決怯捨揭月野哲〔鬥雙雞〕爇徹惹越滅〔上小樓〕迭謝撇絕野〔鮑老催〕涉夜闕折歇徹嗟掣熱冽拙雪說〔尾聲〕歇竭也 14〔香柳娘〕馬馬下絕也也斜歇舍舍滅，葉葉割鐵烈烈闕折徹徹轍 22〔海棠春〕科野 30〔高陽臺〕闕結揭列，缺液聒徹悅〔高陽臺序〕悅節劣列結，閱蝶別聒絕設，潑雪掇闊頡發，說業折切轍滅 38〔點絳唇〕鉞決雪〔四邊靜〕鐵列葛烈遏闕，滅穴訣烈遏闕 29〔玉樓春〕頰列切蝶徹曲 40〔木蘭花〕冽雪

《浣紗記》：18〔傳言玉女〕謝也夜赦〔疏影〕徹赦紲妾傑闕〔畫眉序〕列熱設越節，別闕雪絕節，歇褶血蝶節，切結滅葉〔滴溜子〕疊撇涉竭缺〔鮑老催〕熱徹絕揭悅怯烈〔雙聲子〕列列疊接接滅折折別月〔尾聲〕傑業些

《鵜釵記》：18〔點絳唇〕笳野裂〔滾春花〕伽爺血鐵靴耍〔包子令〕匣加冶爺蛇，捨堞截穴撇

《吐絨記》：13〔山坡羊〕折滅劣別結熱節舌絕覓〔引〕別月〔紅衲襖〕葉鐵缺撅也穴，邪說節裂也諜

《玉簪記》：6〔金瓏璁〕冶遮熱疊穴接 18〔桂枝香〕葉月熱蝶鐵說血，舍夜月熱貼說嗟〔不是路〕蛇也遮榭些者撇舍接接〔長拍〕蝶遮潔鐵舌折奢烈〔短拍〕月撇熱折〔尾〕說掘折

《節孝記》：卷下 12〔霜天曉月〕葉夜轍蛇

《錦箋記》：25〔霜天曉角〕涉歇折遮〔香柳娘〕切切月怯疊疊蛇別也也越，揭揭烈絕爇爇遮閱也也越，貼貼說折絕絕嗟闕頰頰蝶，悅悅決揭別別奢葛頰頰蝶〔憶多嬌〕決烈穴竭裂裂別，絕竭越缺裂裂別〔鬥黑麻〕閱鉞烈悅越徹訣，說月節結越徹訣〔尾聲〕涉也嗟

《長命縷》：20〔鳳凰閣〕惹也徹炧〔二郎神〕怯折熱些葉拽劣遮，躡揭疊耶姐迭舌遮〔鶯集御林春〕說血歇捨別，節協社跌泄〔四犯黃鶯兒〕奢賒夜邪嗻雪謝缺月，車嗟悅結接絕撇挈決〔尾聲〕頰設者

《紅蕖記》：1〔千秋歲引〕月熱別業歇雪接絕訣 7〔南調引子高陽臺〕雪節咽

絕揭疊歇月〔商調過曲山坡羊〕葉孽帖遮斜謝跌嗟賒邪車，折業懾頰靨夜撇嗟賒邪車〔鶯集御林春〕挈劫摺舌切涉，結輟怯貼接轍〔琥珀貓兒墜〕楫別閱愜缺〔水紅花〕些劣惹鐵竭也浹鐍〔琥珀貓兒墜〕泄徹冽潔爇〔水紅花〕滅迭趄喋訣扯掣穴〔尾聲〕別說熱 26〔仙呂過曲二犯月兒高〕捨野惹赦捨藉賒也夜〔醉羅歌〕謝遮嗟借耶耶趄結涉 35〔仙呂過曲小醋木〕結葉瀉射捨切遮怯節〔賺〕劣迭夜帖借月月〔長拍〕協說蘗卸客訣寫熱〔短拍〕折絕惹靨〔尾聲〕謝牒也38〔正宮北醉太平〕者耶賒也社夜斜爺

《義俠記》：14〔懶畫眉〕迭悅嗟謝迭，歇帖纈舍謁，折別截借絕，撇徹接謝客〔香柳娘〕謝設竭撇結奢夜，捨折遮赦，悅蘗設也絕舍，說赦說也謝 34〔北清江引〕界列射折

《雙魚記》：30〔黃鍾引子傳言玉女〕嗟卸惹捨麝〔女冠子〕月徹列遮怯車熱頁〔西地錦〕榭車夜奢〔畫眉序〕車闕斜列冽徹，車鋏揶結冽徹，遮月嗟鰈冽徹，車葉斜妾冽徹〔鮑老催〕悅協牒蝶劫月挈〔雙聲子〕雪雪貼熱熱傑傑節節折〔尾聲〕別設說

《埋劍記》：13〔商調引子遶地遊〕捨惹也野榭嗟〔商調過曲吳小四〕躞葉跌姐些接〔二郎神〕捨社斜者捨奢業，惹趄邪賒葉奢業〔黃鶯兒〕嗟遮寫妾歇捨蛇缺，疊賒惹傑業夜蛇缺〔琥珀貓兒墜〕疊篋月車，攝滅歇車〔尾聲〕謝也遮

《投梭記》：18〔一枝花〕蹶傑絕夜籍徹嗟拙〔山桃紅〕堞裂鐵頰舌節月滅截鬣〔下山虎〕颭蕨澈潔爇竭斜帖穴妾〔蠻牌令〕寫些也喋瀉血說雪〔劃鍬兒〕越揭孽閱竊蠍泣〔五般宜〕燁纈哲協劣轍訣〔五韻美〕樾蘗絏業屑罝烈〔江頭送別〕裂牒撤決 31〔金蕉葉〕嗟也斜蘗〔小桃紅〕遮結葉迭協烈蝶月〔山桃紅〕疊別睫滅折血轍徹竭說〔五般宜〕折涉蹶熱撇姐〔山麻稭〕酌爇俠業頰〔江頭送別〕別雪者泄〔尾〕決揭闕

《紅梨記》：1〔瑤輪第五曲〕列浹別業屑月拙捷折節鉞舌 16〔步步嬌〕怯客帖鐵，折月闕屑〔忒忒令〕賒蹀射蔑〔沉醉東風〕嗟熱撇裂蛇蠍決〔園林好〕闕穴怯雪月〔江兒水〕車掣徹月別迭〔尹令〕說血咽〔品令〕堞車羯寫月〔川撥棹〕切越轍轍迭滅絕〔嘉慶子〕結說扯遮斜〔尾〕

姐也歇

《宵光記》：28〔引〕揭疊〔青衲襖〕別些結滅孽葉切說〔香柳娘〕別別夜月野野葉

《鸞蓖記》：14〔縷縷金〕車賒也斜切切，涉跌夜列歇歇〔榴花泣〕頰切些遮鐵蝶夜〔撲燈蛾〕裂轍決折貼絕

《水滸記》：19〔六么令〕者者者者也也，也也也也者者〔北新水令〕傑涉徹越折熱〔南步步嬌〕者切嗟疊遮帖〔北折桂令〕劣怯射揭列訣孽也車〔南江兒水〕列設徹滅脫烈〔北雁兒落帶得勝令〕月雪徹合〔南僥僥令〕車決脫〔北望江南〕捷躡沙野絕撅〔南園林好〕滅捷野孽業〔北沽美酒帶太平令〕懾懾者截軏業月疊折發轍血〔尾聲〕結徹滅

《東郭記》：22〔北新水令〕嗟也賒烈〔步步嬌〕寫葉遮劣些咽〔北折桂令〕傑俠奢車挈軼（通「迭」）舌邪業迭〔江兒水〕咽舌潔藉妾月折〔北雁兒落帶得勝令〕截碟舌接邪撇賒節爹葉瓞潔別絕〔僥僥犯〕斜說呆劣血裂熱〔北收江南〕蛇折截竭嗟嗟奢〔園林好〕也些跌瘸折〔北沽美酒帶太平令〕者者業斜奢賒葉穴碣耶咽〔清江引〕月洌邪說也〔尾聲〕熱悅說 43〔北粉蝶兒〕車妾嗟藉耶屑〔醉春風〕懾說頰〔紅繡鞋〕冽遮奢撇斜也〔迎仙客〕熱姐耶月怯悅〔石榴花〕疊斜蝶徹野獵穴〔鬥鵪鶉〕爹業疊滅血瓞越〔上小樓〕咽說穴車斜冶閱〔么〕爺舍節軼也也截涅〔白鶴子〕穴別〔四煞〕傑些者〔三煞〕劣奢說〔二煞〕截碟啜〔快活三〕斜喋爺跌〔鮑老兒〕徹節謝遮何嗟〔滿庭芳〕哲節邪者烈竭熱悅喋〔耍孩兒〕潔節琊遮蟨邪說嗟〔尾聲〕姐也劣

《醉鄉記》：27〔北點絳唇〕遮捨鷓寫〔寄生草〕奢瀉夜赦月，奢瀉夜赦月，耶借拙啜業，耶借拙啜業，斜咽洌熱社，斜咽洌熱社〔賺尾〕些歇孽接邪蛇嗟車蠍蝶 37〔一落索〕奢咽賒折，耶者些說〔降黃龍〕爺劣血嗟決孽，邪遮結瀉蛇藉屑〔黃龍衮〕茄舌鼈蠍啜，爹業鐵歇劫瘸

《嬌紅記》：4〔一枝花〕謝雪血頰疊夜〔香羅帶〕絕帖怯斜蝶舌折〔羅江怨〕褶怯些也惹賒歇切〔五更轉〕怯別切血說咽月，說穴葉劣迭折貼，捨嗟劣折捨悅越〔五更轉犯〕絕愜劣結耳也說〔二犯五更轉〕節帖謝怯月滅夜絕揭也〔尾聲〕榭月也 45〔秋蕊香〕摺呆謝也〔步步嬌〕

摺趄怯滅嗟也〔沉醉東風〕怯嗟夜竭裂歇蝶血滅〔好姐姐〕姐月劣怯褶些，嗟別滅切葉血〔三月海棠〕愜夜徹也帖竭接，徹業遮切拙迭撇〔忒忒令〕設爇滅劫牒者〔伍供養犯〕跌結車說別葉，劣穴轍業撇節〔玉交枝〕節設絕嗟劣折夜撤貼，咽切捨折雪月說絕〔江兒水〕絕月葉血夜熱〔豆葉黃〕嗻月嗟疊〔園林好〕者也業折滅〔川撥掉〕別切月絕疊，結別悅絕疊，別缺說絕疊〔哭相思〕別也〔尾聲〕絕咽也

《二胥記》：11〔小桃紅〕葉也疊折斜裂也血〔下山虎〕也趄些葉捷迭者遮 18〔一江風〕斜切咽賒血置嗟捨〔楚江情〕折劣嗟緤別妾烈絕疊疊竭捨，絕別些緤劫買撇嗟雪結結韉夜，些徹滅遮越歇月斜絕轍轍裂夜，鐵裂說遮穴滅嗟瀉別別些絕〔梨花兒〕絕怯別〔憶多嬌〕切咽些怯呆呆血，烈咽迭舌嗟嗟血〔皂羅袍〕謝些斜扯怯嗟葉賒也，謝些嗟借邪俠買捨〔醉扶歸〕別切傑捨竭結，卻別節熱訣絕〔東甌令〕別穴烈折蛇嗟，訣闕別捏蛇嗟〔尾聲〕俠些也

《貞文記》：3〔齊破陣〕嗟榭蛇斜〔錦纏道〕遮疊夜雪絕〔燕歸巢〕爺遮伽爹〔刷子帶芙蓉〕蛇呆嗟傑藉夜也車〔普天帶芙蓉〕姐帖撇夜節邪葉賒〔雙鸂鶒〕業結牒設節，奢車冶賒劣撇〔尾聲〕者也斜 24〔高陽臺〕歇節鳩血〔換頭〕摺折蝶缺滅〔北粉蝶兒〕賒接遮裂蛇闕〔醉春風〕別爹怯嚇〔迎仙客〕傑別捨奢榭〔普天樂〕別些說切穴妁結〔鮑老兒〕別血切摺迭穴〔快活三〕怯劣邪脅〔滿庭芳〕姐爺節嗟葉蛇孽耶些〔柳青娘〕說撇爹爺者熱竭也〔紅芍藥〕耶也葉業蝶者賒呆邪〔十二月〕呆嗟謝斜〔堯民歌〕斜車蝶呆呆竭絕〔紅衫兒〕闕襪發雪徹徹滑〔賣花聲〕月斜蝶咽揭說〔尾聲〕徹疊惹也 30〔鶯集御林春〕耶也別耶說，絕熱夜撇節，說設捨悅滅，撇劣爇孽也

《燕子箋》：25〔香柳娘〕怯怯賒舍歇歇節劣劣挈，血血拆絕捨捨別者者摺，白白者挈姐姐也別別撚，絕絕者色得得熱歇歇折〔憶多嬌〕黑涉闕咽遮遮血，別說月撇遮遮別〔鬥黑麻〕咽謁說轍設烈撇孽，妾別節訣貼烈撇孽 35〔眞珠馬〕月切說節血〔二郎神〕瞥些怯別借節說〔集

賢賓〕熱接舌惹別月測色〔簇御林〕車叶者折闋貼，賒撇捨別闋貼〔皂羅袍〕寫舍遮葉得闋月，舍節車說泄轍客，絕寫些悅也得熱，泄些車緤月蝶業〔尾聲〕也歇惹

《雙金榜》：30〔二郎神〕咽些別遮雪冽怯刻〔集賢賓〕疊貼孑撇絕褶〔囀林鶯〕傑策涉折帖結者泊〔黃鶯兒〕別攝褋歇箔竭切拆〔貓兒墜〕越涉切月〔尾聲〕咽蝶惹

（三）家麻車遮歌戈

《尋親記》：8〔天下樂〕家花他〔步步嬌〕下話広掛家坐 13〔鎖南枝〕家下差下話惹打假巴達下〔玉交枝〕下家火途坡渡馬〔沉醉東風〕拿假個查寫過打下〔玉胞肚〕詐衙牙墮查涯 16〔解三酲〕寫家坐涯才家 16〔瑣寒窗〕跎過華做果查何

八、魚模歌戈

（一）模歌

《紅拂記》：1〔西地錦〕渡波火烏 4〔北二犯江兒水〕戶戶鎖歌侶戈途過河取符符度度壺，佐佐虜符紫夫呼醐醯雨夫夫虎虎爐 17〔東甌令〕窠坷渡固多波

《祝髮記》：14〔破齊陣〕泥主孤多〔楚江情〕姑和波何羅殂跎跎過奴奴奴路，初和途夫蛾隅胡胡婦麼奴他暮

《灌園記》：8〔西江月〕楚多符我 20〔園林好〕幃扶火蕪莎，鋤膚護躇娛 27〔金蕉葉〕何祖柯戶〔紅衫兒〕賀夫他過跎我我，怒何他多夫戶戶

《竊符記》：20〔步蟾宮〕坐鎖戈武〔一江風〕波我坷火莪莪何臥〔步蟾宮〕過火歌鎖〔泣顏回〕符戈扶座何，河魔過我阿〔催拍〕鶩戈都蘿他跎弧，阿何坡蝸河坡訛〔一撮棹〕伍虎翥俎苦撫櫓和

《虎符記》：1〔賀聖朝〕主舞婦古土俎 11〔水底魚兒〕戈多我羅羅我羅〔縷縷金〕波跎露扶虜〔水底魚兒〕多歌婦徒，波坷路戈〔縷縷金〕沱羅佈過護護〔皂羅袍〕訴婦夫呱躲破無火無路 13〔番卜算〕驅主虜府〔番卜算〕軀左府〔孝順歌〕故途夫波虎主破故俘都，虜夫餘魚至濟訴府虛吾，語多羅圖虜輔五措兒所，侶雛孤符所數路護途都 24

〔步蟾宮〕戶樹曦至〔鳳凰閣〕御御尺珠處阻符〔解三酲〕主孤護符赴都訴魚，楚孤遇敷疏駒去衢，露壚故孤母渠喜廬〔北沽美酒〕扶壺都鳧墓樹多土呼悟 29〔番卜算〕波俎孤父〔梁州序〕斧譜舞夫書旨事虜〔封眞兒〕腑符府武 30〔香柳娘〕耳耳止砥辭辭枝樹途途壚李，苦苦馳誤肅肅塗府途途壚李，殂殂旅苦目目扶土途途壚李，楚楚釜雨夫夫珠睹途途壚李

《雙珠記》：1〔法曲獻仙音〕伍武府土苦侶母數浦 29〔瑞煙濃〕火堵路誤臥〔風馬兒〕波惰〔排歌〕蘇枯羅多歌都虜胡圖，過戈徒磨歌都虜胡圖，夫河謨頗歌都虜胡圖，孚和孤哦歌都虜胡圖〔三換頭〕可娥瑣阻魔多何，素吾果坷途夫何，數何許府符無何 33〔翠華引〕呼孤〔紅繡鞋〕驅驅途途弧胡糊糊，隅隅枯枯郛墟糊糊，辜辜屠屠戈都糊糊，徒徒趨趨酥爐糊糊 38〔西江月〕爐糊座梧蘿數

《鮫綃記》：10〔菊花新〕多坡陀路，波羅窠婦〔皀羅袍〕府土過河路夫鼓娥兔，怒和湖婦烏磨數福處〔剔銀燈〕虎土貨補躲禍，坐火大我躲禍 23〔引〕壘圖膚（不清楚）〔清江引〕悞弩鼠偺襯，舞部兔欲數 28〔普天樂〕怒播惡火故波寡躲擄

《琴心記》：4〔一翦梅〕途孤孤書都都〔風檢才〕破大苦餓做，可過務個做，火虎我大破，補做裸我火，個數過坐大 5〔錦衣香〕儒顧露負吾臞具聚午慕赴〔惜奴嬌〕醐塗苦途數訴〔鬥寶蟾〕吾故古伍孤壺布〔槳水令〕暮模廬車戶路晤晤度嘘〔尾〕阻鴣初 31〔祝英臺〕暮度路露步〔唐多令〕苦路〔折桂令〕壚扶促苦孤阻苦墟〔雁兒落〕枯度吐赴夫多暮徂顧孤烏〔收江南〕塗途乎枯枯辜〔園林好〕知虛誤孤孤〔沽美酒〕夫孤多孤徒徒故顧素污奴度〔尾〕措赴顧 34〔北端正好〕餓脯苦我，剁戈虎火，過波鼓斧，大歌果苦〔北滾繡球〕奴簿蘿武婦何鵝戈〔喜遷鶯〕訴故婦孤負阻苦呼〔金雞叫〕戶怒

《玉簪記》：8〔梁州序〕土朵波苦磨河悟墮陀，鎖誤窩簿波何悟墮陀，GG暮娑措姑何悟墮陀，波果無路孤爐悟墮陀〔節節高〕蘿多暮坐羅臥度度，珂河楚訴多大幕躲〔尾〕和我他 10〔番卜算〕路句 13〔字字雙〕

娜個陀過我貨拖我

《錦箋記》：37〔生查子〕左步〔滴溜子〕娥霧舞無荷女訛〔鷓鴣天〕娥廬多訛吐磨〔刮鼓令〕過羅廬吾何途呼，坷無娥磨鎖他何〔尾聲〕暮誣魔

《水滸記》：9〔光光乍〕途戈泊負〔瑣窗繡〕〔瑣窗郎〕都夫途虜〔繡衣郎〕土土，多夫徒虜土土 12〔熙州三臺〕跎娥過他〔黃鶯學畫眉〕〔黃鶯兒〕過疏左朔〔畫眉序〕鵡壺〔黃鶯穿皂羅〕〔黃鶯兒〕梭搓那睃蘇路〔皂羅袍〕羅疏慕〔貓兒墜玉嬌〕〔貓兒墜〕初珂娑〔玉嬌枝〕貨負錯〔貓兒墜桐花〕〔貓兒墜〕顧波蜍雛〔梧桐花〕拖露 29〔玉井蓮〕蘇坐〔風入園林〕〔風入松〕珂河鵡〔園林好〕躲蛾蛾〔月上園林〕〔月上海棠〕瑣我過〔園林好〕錯娥娥〔風入園林〕〔風入松〕蘿跎暮〔園林好〕露河河〔月上園林〕〔月上海棠〕吐過鯆〔園林好〕誤河河〔風入園林〕〔風入松〕波他負〔園林好〕怒磨磨〔月上園林〕〔月上海棠〕顧禍娥〔園林好〕措磨磨

《節俠記》：4〔北點絳唇〕河主墟武，娛鼓呼溥〔鳳凰閣〕玉蛾蘿宿土 19〔似娘兒〕多戈過羅〔瑣窗郎〕多壺河輔禍珂，跎坷歌左禍珂

《靈犀佩》：17〔懶畫眉〕敷鴣胡鵡河，羅蘿波路婆，蕪波和朵姑，珂多羅暮盧〔梧桐樹犯〕歌破路艫附墮 18〔五更轉〕過訛我鷺步兔故

《尋親記》：5〔賞宮花〕孤婦吾夫無 12〔臨江仙〕訴我 13〔五供養〕素途暮臥物路訴禍〔玉胞肚〕布暮助吾婦，故途過夫麼

《運甓記》：1〔齊天樂〕縷組母古府頗補羽伍腑譜處主 2〔瑞鶴仙〕俎午土阻吐虎閣虞〔黃鶯兒〕吳舒賦謨戈播符圖，弧粗路瑜沽府符圖〔梁州序〕素布鋪播柯多戶壺，垛虎和富多何戶壺，蕪虜扶怒摹麼戶壺，誅舞臥苦何屠戶壺〔節節高〕無奴脯母膚哺睹附路，疏壺鼓夥墟墮臥吐路〔尾〕過無衢 10〔玉樓春〕暮戶絮處去路 16〔北二犯江兒水〕火火鎖歌度波螺河過和和佐佐壺，圃圃午羅侶和多梭伍蘇蘇鼓鼓波 21〔破齊陣引〕蘇堵梭皤〔風雲會四朝元〕播呼賈阻疏步負踏惰鋪戶度度，故初徂苦戈弩補符悟多夥幕幕，臂瓿頗扶吾土數符賈奴虜素素，路烏侮土戈蠱挫糊怒餘布破破 24〔西地錦〕扈他附戈 31〔臨江一翦梅〕妥郭駒阿娛〔剔銀燈〕左鼓坐兔沱麼夫，墮脯貨吐醐麼夫，布破賦負棋柯夫，固垛挫數蒲盧夫〔臨江一翦梅〕戶虞

如隅魚〔撲燈蛾〕圖虜戲吾度波，疏怒備鋤誤河 37〔醜奴兒令〕戈河符圖吾枯〔對玉環〕鑼奴戈粗吾火弧狐僕〔清江引〕我坐鴣鷓足〔大迓鼓〕窩奴塢湖過〔對玉環〕坡多隅盧烏躲都芻〔清江引〕五播顧果〔大迓鼓〕渦邪渡峨過過

《焚香記》：5〔西地錦〕姝儒處〔生查子〕可路〔薄倖〕鎖楚呼步塢度〔薄媚令〕聒活躲果婦〔駐雲飛〕嫫波路貨唆吾破多，鵝窠禍破婆儸個多 10〔生查子〕妒吐 17〔鳳凰閣〕播破步妥〔醉太平〕婆苦多訛 20〔金錢花〕波波湖湖科過呵

（二）魚模、歌戈

1、魚模

《四喜記》：3〔菊花新〕愚舒諸緒，湖如衢住〔剔銀燈〕賦度戶股儒夫，故兔步苦儒夫，悟務污古儒夫，數布路吐儒夫 26〔步步嬌〕主雨梳舉如縷〔集賢賓〕睹虛蕪所苦緒許數〔江兒水〕餘吐阻度聚女〔香柳娘〕撫撫賦嫵語語疏顧誤誤取〔餘文〕楚羽侶

《浣紗記》：3〔鷓鴣天〕居余書吳如夫〔卜算子〕度步，鷺補〔玉芙蓉〕鴣鷓聚圖慮謨吳，艫櫓據胥慮謨吳，無主虎孤慮謨吳 20〔西地錦〕暮如佇廬，父孤露墟〔啄木兒〕虛語吾訴父徒，途隅如去許軀〔三段子〕紵齊孤吳顧土扶〔歸朝歡〕都虎去去書居去楚胥 22〔清江引〕女娶褲路 24〔小蓬萊〕魯如吳，武驅躕〔桂枝香〕步擄拒助許疏扶，馭主庶度語蘇扶〔皀羅袍〕慮愚吳魯予儒覷，句徒馳處予儒覷 43〔哭相思〕黍主所去〔香柳娘〕途途路舞孤孤知所吳吳虜，胥胥藞處夫夫區主軀軀地〔紅衲襖〕圖樹去衢誅數蘇，疏住去隅狐鼠胥，艫土兒虎魚木湖 4〔天下樂〕軀窬無 29〔霜天曉角〕路暮所如〔錦堂春〕處樹侶廬 30〔念奴嬌〕素女浦處〔古歌二〕浦櫓苦

《櫻桃記》：4〔春風引〕余珠 5〔草調風雲至〕愚處主虛慮聚閭〔引〕余書〔元和令〕屬路母呼阻讀吾夫熟戶鋤〔豆葉黃〕恤疎父玉砆逐〔玉交枝〕暮覆付吳途座取護〔事上海棠〕孤虎〔川撥棹〕故腑烏負蔬吾〔尾聲〕悞僕府

《鵜釵記》：6〔逍遙樂〕國目觸鷺鹿凫〔遶紅樓〕蚨徒〔生查子〕魯暮〔解酲

帶甘州〕圖五六富無逋纑，土鋤武夫苦圖鵠，武呼甫吾叔途夫〔大迓鼓〕無都舞俗宿，逐扶物蚨轤，初吾暮醐讀 29〔一翦梅〕都顱無途途〔半步蓮花〕污楚步〔鎖南枝〕無五夫殂母顧苦，婦奴吾孛布孚譜，無呼塗僕處圖負〔啄木兒〕玉腹都股阻符，無孤臚嶽玉沽〔三叚子〕圖覆誣物怒故吳〔歸朝歡〕濁齪復鹿哭父污

《吐絨記》：3〔夜遊湖〕署盧主府〔八聲甘州〕虎都祖鷺蘆 22〔臨江仙〕府都枯扶〔引〕都枯〔江兒水〕武吳路虎鵡數土〔川撥棹〕負祖蚨蚨途謨奴〔尾〕武數蘇 27〔梨花兒〕吐都扶 30〔雙查子〕臚膴廬武玞助〔半圓春〕賦楚

《雙烈記》：1〔青玉案〕路絮據去豎許數去寓處 27〔點絳唇〕謀武伍於否 28〔清江引〕阻湑楚土，鼓湑虎數〔出隊子〕路路圖呼睹廬〔喜遷鶯〕戶露書慮浦廬 31〔掛眞兒〕虜疏復 33〔憶秦娥〕聚去去路 44〔福清歌〕役苦衢府〔迎仙客〕疏無湖枯，無殊書廬〔大環著〕主主愚語土符翥武戶露布數補，祿祿廚福土喜路玉細簇布數補〔越恁好〕戶霧舞呼幾止苦數，宇武堵舒負取縷浦〔尾聲〕伍無圖

《葛衣記》：4〔引〕謨府符武〔玉芙蓉〕符鼓軀粗主狐，圖戍徂孤主狐 11〔引〕楚廬 18〔不是路〕迤居去虛嫗書顧語絮〔宜春令〕罣踈慮軀楚錄，篤苦羽侶取錄 20〔引〕途儒〔一江風〕黍釜悞無路，故許無疏舒踈暮

《節孝記》：8〔夜行舡〕魚女雨 11〔生查子〕古渡住路 13〔瑞雲濃〕符模蝦稌俗　卷下 5〔三仙橋〕土訴祖苦殂軀僂枯補股膚母，父母目孤楚魚蕪暮無怙母　卷下 9〔夜行舡〕楚扶負〔秋葉香〕路枯舞午　卷下 10〔北端正好〕露扶訴路　卷下 12〔金蕉葉〕無蕪駒土〔山桃紅〕苦劬虛夫鹿負補吾孤，楚吾枯除露玉幕途孤，哺烏如枯菊富輔隅孤〔蠻牌令〕扶無路呼古沱途虛〔尾聲〕羽初殂　卷下 15〔探春令〕路蕪谷鶩

《修文記》：2〔步蟾宮〕污虛居雨〔步步嬌〕露府物語廬路〔天下樂〕虛裾書〔醉扶歸〕數轤逐絮都土〔皀羅袍〕姆途醐露樹徂玉枯度〔好姐姐〕居書土殊慮故呼〔解三醒〕霧糊殳都妬蔬度度鑄爐 23〔一翦梅〕都書書廚虛虛〔沽美酒〕居書疏硃翥組廚府侶舒舒土，廬符隅醐女雨枯度普予予處 16〔山坡羊〕霧路處所侶楚軀扶盂，母祖婦疏土苦籲

軀扶盂 19〔打草竿〕趣奴路腐土 21〔打草竿〕趣奴路腐土 27〔中品普天樂〕度翥粗都區苦驅〔北朝天子〕途膚數狐霧株樹楚楚怖怖度度〔普天樂〕許渡糊都阻區苦驅〔普天樂〕護吐途隅阻區苦驅〔普天樂〕處露枯呼阻區枯驅 33〔掛眞兒〕府壺素 44〔耍孩兒〕軀珠覷女姝旅臚 48〔前引〕暮誤，泊木

《彩毫記》：6〔太師引〕許疏廚舞度壺膚，遇魚珠素姑都車〔針線箱〕府露脯柱都遇娛，羽助日部凫遇娛〔解三酲〕署虞遇敷女虛妒瑚，武好聚躇杼珠妒瑚〔三學士〕傅如疏去扶，慕車謨府廬 17〔謁重門〕遇妒羽暮〔孝南歌〕俱敷梧蠹杼羽疏疏蹰衢，書驅圖主阻去蘇漁廬徒〔好姐姐〕都爐侶疏路主孤，車廬武趨處樹居〔尾聲〕住主呼 27〔石榴花〕圖奴扶鋤呼怒顱，烏都湖驅吾露糊 32〔鳳凰閣〕黍路徒御謨 35〔金瓏玲〕罟廬虛魚居〔一江風〕古侶虎予衢處，雨戶婦殊如路，魯遇主徒都霧

《曇花記》：1〔玉女搖仙珮〕路廬塢步舞趣戶土兔妒語府虎雨露悟部 19〔霜天曉角〕處樹楚蹰〔香遍滿〕土父處書苦，苦侶羽聚母〔青歌兒〕覷去哺歸故，度素布府戶，污露路珠土，苦土圖府戶 22〔夜行船〕虎軀路，土都故，府都訴〔桂枝香〕路訴霧處緒歔居，露負處樹酺都呼〔劃鍬兒〕護居訴徂呼舞都府，度途負逋污苦羅土 46〔菊花新〕輿衢都主，軀夫驅鼓〔紅繡鞋〕驅驅殳殳虛狐庶都，弧弧枹枹呼誅庶都，都都胡胡逋車庶都〔縷縷金〕圖徒鼓儀路，都鋤虎糊露〔縷縷金〕戶奴除肅堵輿故 50〔六犯宮詞〕〔梁州序〕戶路珠〔桂枝香〕舒〔甘州歌〕敷都〔傍妝臺〕壺〔皀羅袍〕堵扶護〔黃鶯兒〕瑚孤，〔梁州序〕注土盧〔桂枝香〕疏〔甘州歌〕覆趺如〔傍妝臺〕呼〔皀羅袍〕書度〔黃鶯兒〕虛廬〔玉山頹〕路衢污座所步蹰如，土途土具悟苦超臾 52〔神仗兒〕所所土主女雨醐醐

《玉合記》：3〔祝英臺近〕許未語 8〔番卜算〕符府圖主〔倒拖船〕圖圖臾臾麗麗胡，弧弧衢衢旗旗胡〔番卜算〕符土趨語〔柰子花〕符盧俎伍武甫，驅謨鼓護武甫 11〔歸國遙〕暮雨鵡侶 12〔夜遊朝〕部呼處〔瑣窗郎〕圖廬胡鶻路度，圖弧狐睹路度 33〔北水仙子〕孤鋤住術符壺都〔么篇〕軀珠馭無株婦夫趨〔寶鼎兒〕晤〔白練序〕孤宇佇

書無處舞〔醉太平〕取褥鋪娛糊虛戶婦蹯〔白練序〕姝圖襦衢嘘徂雛主去〔醉太平〕臾付注歟蜍處樹〔尾聲〕阻孤餘〔意遲遲〕語浦縷雨

《長命縷》：13〔普賢歌〕輿許姑顧〔水底魚〕乎乎乎〔普賢歌〕余殊諸沽土〔海棠春〕曙緒炬語〔八聲甘州〕戶雛虞舞孤蹯，富鬚貯路渠魚〔不是路〕居呼妬虛奴主夫處雨護護，襦珠負蘇蘆訴疏絮樹去去〔皂角兒〕疎度趨阻如踰遇，都瓠胡侶如踰處〔尾聲〕鼓府湖 19〔臨江梅〕御蕪都如如〔瑣窗郎〕胡虞驅赴路顧，徒圖呼駐路顧〔大勝樂引〕度諭〔大勝樂〕疎堵遇車書甫殊，狙土故糊夫護除〔戀芳春〕佇濡〔三學士〕府樞趨侶扶，武謨符侶扶

《紅蕖記》：14〔南呂過曲香柳娘〕顧素無路都賈，渡虜浮悞枯度，阻步途婦呼訴，汝去須緒籲許〔北南呂一枝花〕鑪戶疎圖錄蕪福〔梁州第七〕佛怖符鋤車租足株俗數速處愚珠〔尾聲〕府書沒牘俘苦 15〔正宮引子七娘子〕雨居諭據〔正宮過曲三仙橋〕布護苦故孤枯污疎膚母肚，遇處縷度籲書句歙軀去緒〔洞仙歌〕奴吾富無訴路夫污服〔普天樂〕措阻戶扶侮父蕖楚符〔踏莎行〕初女去渡晤賦露 8〔越調過曲亭前柳〕疎途桴樹魚，蕪孤徒路鱸，鋪初蘆愫烏〔章臺柳〕羽縷余如舒車處，駒儒居蘇湖艫鷺〔鴈過南樓〕書姝壺沽苦無浦渡，誣主齬楚去繻裾簿〔江頭送別〕除宇住酺，素旅付莩〔尾聲〕賦枯夫 31〔西江月〕無奴路疎趺渡 34〔太平歌〕吾渡樹夫初 38〔減字木蘭花〕雨侶樹路

《桃符記》：9〔望遠行〕女土〔二犯傍妝臺〕贖枯母烏殂途〔不是路〕居廬處除主居語麗遇遇，劬曲與珠女拘慮娶去去〔皂角兒〕速悞鸎咐錄步沽鋪，奴付覆訴呼妬卜辱〔尾聲〕赴謨奴 15〔小桃紅〕暮糊做途福婦富枯初〔下山虎〕余主襦膚楚束枯幅梳〔亭前柳〕糊戶污徒怒吾〔蠻牌令〕疎伏蘆與糊婦謀膚〔憶多嬌〕徒鞠覆戮戮贖〔鬥蝦蟆〕欲縮逐育圖圖夫贖〔憶多嬌〕荼糊夫圖雛雛復〔鬥蝦蟆〕模夫圖鞠圖圖毒贖〔尾聲〕負目吾

《博笑記》：6〔越調過曲梨花兒〕去糊熟足，碌促府步 9〔中呂過曲駐馬聽〕

都宿夫孤污烏路，吾枯途沽處舒路，屬苦佛足悞醐路，浮壺碌務物悟 12〔商調引子憶秦娥〕去泞泞叔羽〔商調過曲山坡羊〕緒楚語孤苦度所夫甦乎呼 17〔雙調過曲玉井蓮後〕俗鼓〔雙調過曲玉抱肚〕訴居處躇樞，余趨舉渠余，戶我做蚨疎 18〔南呂過曲刮鼓令〕俗穀目促虎腹歿，苦途粥粟虎屠吾，路負哭縮虎曲餔，注圖撲菟虎促恧 24〔中呂過曲縷縷金〕途護戶宿路路

《墜釵記》：4〔南呂引子步蟾宮〕御聚渚〔宜春令〕無如處據取壻，渝吃棄貯絮句，趨奴慮語語諭，模母婦與你論 13〔南呂過曲懶畫眉〕奴玉屬誤徒，糊熟孤覷奴〔薄眉衮〕富路去路途阻，渡去負慕福鼓

《義俠記》：5〔玉樓春〕住女妒苦婦簿 6〔鎖南枝〕撲速覆阻足軸〔鎖南枝〕疏夫牧虎都伍 12〔皂羅袍〕故謨伏暮促孤簿，路俗六渡促孤簿 26〔梧葉兒〕處疏夫處虞主 30〔滿江紅〕舞赴補虎〔梁州序〕炬付蘇組糊符暮數誤，武魯扶路吾除暮數誤，主路助謨蘇暮數誤，兔府路夫無暮數誤〔節節高〕舒躇覷絮驅住蠹恕遇，除舒注舉壺路處訴遇〔餘文〕處途呼 31〔減字木蘭花〕暮路 32〔梨花兒〕賭窸富虎

《雙魚記》：1〔沁園春〕魚居儒驅途虛軀車姝 2〔鷓鴣天〕余疎如虛初賦書 5〔越調引子霜天曉月〕主宇樹旅輿〔越調過曲鮑子令〕武符阻孤都，佛佛伏伏阻殂都都 12〔雙調引子　南新水令〕楚路阻誤〔雙調過曲雙勸酒〕讀富塾附籲揄〔北新水令〕居樹侶幮書佇〔南步步嬌〕書步居語除墓〔北折桂令〕浮殂孤孤糊譜途呼續贖〔南江兒水〕處車遇雨注緒據〔北雁兒落帶得勝令〕疎處句都書塾書玉虞珠珠〔南僥僥令〕路途悞福福〔北收江南〕謨服符蚨〔南園林好〕雛犢戶蘆蘆〔北沽美酒帶太平令〕孤孤疎讀苦徒句乎書故步〔南尾聲〕絮居虛 23〔雙調過曲　窣地錦襠〕鄘都疎書疎書書，珠疎烏夫，墟旟虞渠

《埋劍記》：5〔黃鍾過曲出隊子〕殳儒夫都〔滴溜子〕隅舉督符武俘，謨圖午疎輔俘 17〔清平樂〕據去所主 24〔仙呂過曲月雲高〕裕緒阻故疎盧〔光光乍〕夫途阻步步〔月雲高〕許女負阻顧疎徒〔光光乍〕徒局賈路路〔排歌〕途沽枯愚車魚居吁，疎塗圖孤車魚居籲 29〔南呂引子稱人心〕婦護除苦路數〔南呂過曲紅衫兒〕苦負奴乎躇姑初顧，

護肚區驅軀許途故〔醉太平〕蹦去度數都途圖誤聚訴，訴母古都夫劬居住竚阻

《投梭記》：2〔破齊陣〕娛父侶書徂〔清平樂〕暮劬戶軸薄姝梳〔玉芙蓉〕無足軀沽慮語廬，隅遇如蘇路鶩途〔新荷葉〕哺舞夫赴〔錦纏道〕疏居除魚謀浮虎儒主蘧〔朱奴插芙蓉〕壺露黍素箸盧〔傾杯序〕諸趣圖蕪烏〔小桃紅〕曲澳目足碌哭〔福馬郎〕務物誤臾墟糊〔尾聲〕祿辱躄 4〔減字木蘭花〕故數 23〔漁父第一〕語嶼處曲宇殊雨虛羽竽觸聚鑄徐慮如〔刮地風〕貯宇渚愚除築〔出隊子〕路浮糊扶娛無〔下小樓〕度壺鋙數醐〔滴滴金〕阻舞虎侮俎觸膚〔尾〕五穀吾

《紅梨記》：7〔紅繡鞋〕驅驅呼呼蘇枯圖圖 9〔玉山頹〕部幕舉侶取府盱區，女娛膚馬顧去趄迂〔三學士〕虎車孤阻廬，伍餘途阻廬 22〔番卜算〕諛楚胡吐，孚顧都路〔醉扶歸〕路圖孤苦蜍玉，女如襦酺娛翥〔皂羅袍〕土途呼赴步都腹雛誤，舉紆虛阻步都腹雛誤 26〔玉樓春〕路去雨苦縷處

《宵光記》：24〔北寄生草〕蟲骨禺宿酥曲路〔么篇〕鶩麓賦數曲 30〔瑣寒窗〕蘇初除赴樹符

《金鎖記》：6〔風馬兒前〕都姑〔風馬兒後〕座臾〔集賢賓〕舒衢苦蹦語去楚雨〔引〕縷珠〔黃鶯兒〕廬書許儒姝樹初疎，琚濡侶母雛附孤姑〔貓兒墜〕途諸譏書虞，劬除臾躕舒 17〔桃李爭春〕扶褥〔羅帳裏坐〕篤護肚虛粥，虛吐筋如補〔雁過沙〕木塗毒苦故目，呼無府住悞母 27〔引〕語據〔梁州序〕故住圖婦毒奴府，怒護住路餔殂訴，居魯姑母壺沽誤，衢取虛做塗夫恕〔尾聲〕語據除 28〔大勝樂〕聚府摹〔繡衣郎〕夫殂婦女廬訴府府〔奈花子〕虛糊聚女取暑〔大勝樂〕趄目楚措聚孤去悞 29〔引〕女竚〔引〕舒車娛〔哭相思〕女雨〔刮鼓令〕都苦舒鼠軀臾，拘羽婦余睢苦烏諸

《鸞蓖記》：12〔北點絳唇〕途步誤籲訴〔混江龍〕故驅疏都玉珠摹樹廬〔油胡盧〕夫無塗簇綠膚暮屠〔天下樂〕無毒瑣呼烏〔寄生草〕足餘注句賦據〔么篇〕愚護鑄度佇〔煞賺〕蠹苦驢徐舒趣駒鼠儒 26〔繞紅樓〕

初除暮娛〔剔銀燈〕殂住譽侶取渠，都戶護福魚廬

《玉鏡臺記》：6〔普賢歌〕迂餘稀如侶〔水底魚兒〕資衢車 15〔浣溪沙〕軀如珠居渡 19〔夜遊朝〕輔符柱雨 20〔沽美酒〕蒲鳧梧路霧鱸兔虎枯故，湖壺符怖需補軀宇枯故 21〔朝元歌〕隅渚虛櫓住湖胥輿渡武，侮夫吾釜苦屠蘇居渡武，弩鬚胡虎父轤鳧途渡武，露盂壺霧翥誅衢虛渡武

《紅梅記》：2〔蝶戀花〕木綠馥玉篤哭束逐 19〔駐馬聽〕余書蘇模語乎讀 20〔玩仙燈〕鬚語徐度疎雨〔金絡索〕〔金梧桐〕孤度雨疎〔東甌令〕扶枯土〔針線箱〕衢〔解三酲〕悞〔懶畫眉〕臾〔寄生子〕娛婦，無悞肚姑都初母夫處主娛婦，書語女虛蹰處聚珠苦除魚與，襦睩楚轤籲玉淚書府虛魚與〔尾聲〕句湖讀 22〔粉蝶兒〕廬去〔急板令〕趨居虞虞蕪如途蹰，驢閭途途湖僕途蹰

《彩樓記》：5〔雁過沙〕鹵褸夫主富府

《題紅記》：8〔花心動〕護暮序樹度〔惜奴嬌〕輿處度嶼竚路賦步，紆渠霧誤雨處女訴樹〔鬬寶蟾〕疎護女取書圖躇處，蕪注許睹呼徂糊素〔北對玉環帶清江引〕敷疏隅駒夫符襦縷住婦雨〔錦衣香〕車馭驅扈塢騶瑚路侶妒雨緒〔漿水令〕故逋蒲鳧去主杜處處炬暮暮鋪〔尾聲〕扈度圖 17〔減字木蘭花〕數賦 23〔如夢令〕駐嫗處去去誤 30〔念奴嬌〕處路浦訴〔梧桐樹〕如注護度虛誤暮，途阻簿侶虛緒竚〔浣沙溪〕楚臾暮夫慮烏，肚躇侶臚取梳

《蕉帕記》：11〔風入松〕裾虛娶戶閭籲〔芙蓉燈〕都富噓侶雛父途續，舒顧苧語書慮渠吾〔風入松〕珠躇誤侶迂魚〔剔銀燈〕斧取語吐歟乎姑，宇阻步木迂居書，侮肚富股區鬚珠〔尾聲〕賈浦胡 16〔月上五更〕〔月兒高〕句侶樹苦〔五更轉〕婦娛負雨絮路〔香歸羅袖〕〔桂枝香頭〕許主珠杵腹腹語趣夫〔皂羅袍中〕吾護緒餘〔桂枝香尾〕無

《龍膏記》：25〔木蘭花令〕霧戶絮舞語處

《東郭記》：4〔北脫布衫〕孤疏漁鹿〔小梁州〕途鳧僕骨孥〔么〕楚居且母廬〔上小樓〕鼠腹須圃趣〔么〕濡宇虛塗趄畝黍墟汝〔耍孩兒〕處苦徂徒殊注逋〔五煞〕乎夫目咀取余〔四煞〕渠敷粟舒無污〔三煞〕吾餘俎雛土需〔二煞〕都無古糊主蔬〔煞尾〕臞吐語 9〔更漏子〕

娛夫 20〔小重山〕籲如予孤 25〔繞池遊〕住去語曲奴〔卜算子〕餘舉余取〔朱奴兒〕途孤娛雨曲蕪去，都且抒縷曲蕪去〔雁來紅〕夫奴女護吾語歔住，徒吾路淑都語歔住〔尾聲〕徒取趨 26〔小蓬萊〕主都趨〔紫蘇丸〕妒與與去〔排歌〕夫車珠餘樞辜拘徒，鬚襦狐都趨餘夫奴，都酥姝如噓夫奴姑，孤胡呼娛無乎居輿 39〔卜算子〕去住路訴

《醉鄉記》：4〔北端正好〕府疎露度〔滾繡球〕無如珠趣徒素朱躕〔倘秀才〕臚驅居余女〔煞〕樹圖渚 17〔北賞花時〕無姝儒目書〔么〕壚疎趨轂虛〔中呂粉蝶兒〕軀宿壚妒余汝〔醉春風〕肚估估所〔紅繡鞋〕突脯夫主娛暑〔迎仙客〕骨主余住處侶〔石榴花〕瑜誅無獄僕疎〔鬥鵪鶉〕娛數軀腹服襦數〔上小樓〕汝瞽暑疎數女語〔么〕妤姑女姝屬婦〔曰鶴子〕無物〔二〕汝奴鋪洙蛀〔三〕土觸做〔四〕活毒足〔快活三〕粗毒污妬〔鮑老兒〕怒拒宿夫疎〔滿庭芳〕負故鬚鋪渚爐補暑壺〔耍孩兒〕足淑符徐主夫竹居〔收尾〕和妬處主 41〔杏花天〕與夫車褥〔剔銀燈〕余隅阻母不誣足，儒姝許杵不誣足〔生查子〕盧故徒做不誣足〔剔銀燈〕舒籲取主不誣足，都如目斧不誣足

《嬌紅記》：1〔西江月〕舞歈除古疎無負 3〔摸魚兒〕趣數處路舞住慕覷主遇 6〔鳳凰閣〕緒度除去處孤〔金梧桐〕緒處聚苦數，語肚住去暮，阻暮路渡佇〔梧桐樹犯〕簿誤訴孤處遇〔不是路〕姝孤覷初扶語籲遇路遽遽，株無覷膴籲訴枯取度去去〔浣紗溪〕度吾語無數如，據虛聚孤訴如〔尾聲〕楚模如 18〔剔銀燈〕儒女語聚躕舞圖，語緒戶句吾蘧模 24〔風入松慢〕如無數閭疏〔鎖南枝〕途吾土哭碌，圖書逐屬土，吾腹侶卜獨，籲圖女腹玉，舒枯句古女，疏侶舉婦〔孝南枝〕句無疏隅阻負路初暮，日初爐婦孤楚處書墓 31〔清平樂〕宇縷去雨 33〔女冠子〕妒疏玉去〔哭相思〕阻數毒續〔五更轉〕暮枯去住渡處訴，雨無去住路處蹩，樹魚妒土遇注數，阻無去負聚數續，去疏護渡處路故，楚籲去露處故墓〔香羅帶〕梳模孤書初爐孚虛，無虛枯初呼如除吾〔尾聲〕縷疏書 48〔破齊陣〕孤雨疏無〔刷子帶芙蓉〕初娛孤籲阻樹梧孤〔普天樂〕哭處糊魚苦塗嫵語書〔尾犯序〕籲緒

車誤虎玉軀，蹰慕書籲福注枯〔香柳娘〕遇訴睹阻阻續，去舞哭阻阻處〔江兒水〕怖速住措處續籲路〔哭相思〕隨路〔二郎神〕語慮路閭虛去榆，籲住女睢與枯如〔二鶯兒〕語去書負枯無去所噓〔二賢賓〕語雨居雛女負楚肉，取雨軀無姝物楚肉〔尾聲〕聚居余

《二胥記》：5〔清平樂〕序堵舞渡 11〔神杖兒〕鼓鼓雨處阻布孤孤布孤孤 19〔西地錦〕路烏處都，土都足隅〔駐馬聽〕胥夫榆謨數語，殊誅屠鋤簿塗父，都枯夫湖如苦辜毒，吳墟蕪顧婦舞，胥胥籲吳渡脯住〔三學士〕毒圖夫負虎，汝吳蕪雨 24〔燕歸窠〕都吳謨隅，楚吳圖糊〔山花子〕取驅隅顱嵎屠誅胥，楚都瀦渠嵎屠誅胥〔紅繡鞋〕驅驅趨趨符呼楚楚 26〔么〕苦篤哭續肉僇〔么〕酷鹿獨綠屠哭〔么〕舒土去故處〔么〕足渡住去圖處〔賀新郎〕楚父疎苦楚墓語，楚父枯阻楚故語〔節節高〕孤湖渡訴枯宇苦足做，夫初負去都楚訴簿做〔尾聲〕古臾胥

《貞文記》：1〔玉樓春〕處墓絮訴句雨 4〔紫蘇丸〕墅福娛暮〔解三醒〕故暮去雛付孤慮虛，無數雛珠居慮榆〔黃梅雨〕賦緒女鵡〔天香滿羅袖〕戶蕪書鵡露酺車誤，宇閭書數土閣模負〔尾聲〕負蹰姑 9〔風入松慢〕珠夫戶如圖〔天下樂〕壺蘆酷〔鎖南枝〕裾圖侶斧腹，雛俱侶如語，都無物主婦，初琚侶許做〔玉胞肚〕福蹙籲故躇無，與淑父夫模呼，富夫珠渠模廬，付圖書侶鳧浮，誤模書侶僕夫〔尾聲〕肚負籲 11〔怨王孫〕度譜 26〔惜奴嬌〕去阻續楚炷〔金絡索〕故聚籲虛無蹙如模緒，度譜蹰如吾處臙模續〔山坡羊〕侶婦註籲孤女奴歔圖呼圖，曲楚誤籲孤住呼乎俱夫枯，府步路孚孤土夫呼枯呼無，侶女主殂殂土夫呼枯呼無〔金甌線解醒〕住去衢隅哭奴苦除，數去居蹰儒續俱慮孤，簿誤趄蕪浦書母如，數暮主踈無鵡鴣訴殊，雨路無居土否汝珠，簿侶圖余禹無苦如，去苦初無做余處梧，筋去疎枯無負舉〔鷓鴣天〕烏呼夫珠蹰哭圖

《牟尼合》：6〔遶地遊〕絮去雨犢戶〔集詞〕〔菩薩蠻〕路去〔黃鶯兒〕蕪無數夫雛福烏呼，廬珠露狐膚怒途拏〔簇御林〕儒徒樹取之無，扶愚係筋之池〔鬥黑麻〕骨肉足卜屋續哭，獄足目肉辱屋宿佛〔餘文〕喔

路我 9〔桂枝香〕哭宿綠鴣鴣去曲燕烏，服谷土湖湖取處躕孤〔貓兒墜〕戶吾污趨取儒，鋪夫奴取拏〔尾聲〕慮理取 11〔集詞〕〔惜分飛〕露聚淚處絮暮語去 32〔菊花新〕廬書車係，諸渠舒旨〔園林沉醉〕〔園林好〕儒裾暮〔沉醉東風〕車樹哺綠娛閭〔江兒撥棹〕〔江兒水〕舒舉勵取雨〔川撥棹〕繻居〔五供養〕舉途儒顧路徒土〔玉交枝〕顧珠取戶魚圃吾母〔川撥棹〕怖躇取珠珠狐沽無〔尾聲〕暮步呼

《春燈迷》：18〔遶地遊〕暮苦取杼主〔金甌線解酲〕〔金絡索〕符路府籒〔東甌令〕浮虎孛〔針線箱〕腹〔解三酲〕楚尺塗，〔金絡索〕圄土如無〔東甌令〕福粟屋〔針線箱〕簇〔解三酲〕取語誣〔憶多嬌〕骨肉錄覆福福木，玉腹梏獄哭哭屈 24〔中呂粉蝶兒〕都都部蠹姑數書府〔泣顏回〕蘇佛符雨奴塗

《燕子箋》：4〔字字雙〕蕪故糊賭無雇都苦苦〔水底魚兒〕途孤烏〔駐雲飛〕蕪鋪酥鶩都沽櫝虛，疏股呼度蘆乎妒沽〔一封書〕都綠沽住初奴都鹿，無壺渝侶鳧蕪瑚壚 8〔鎖南枝〕糊鋪圖佛魚污，糊蚨壺肉鋪宿 12〔菩薩蠻〕去處數譜

《雙金榜》：5〔菊花新〕壺初躕府，呼壺圖路〔駐馬聽〕都舒呼虛路娛負，踈車烏洙蜀娛扈 26〔西地錦〕戶梧蘇故〔啄木兒〕符湖趺熟護徒，符夫無步路逋 31〔點絳唇〕圖度徒塑，屠普烏誤〔混江龍〕符符沒出數佛朱傅都簿虎烏粗祖〔天下樂〕詁初冱母數育〔金盆花〕賦無母步府〔後庭花〕都咈父觸補〔醉中天〕數無母婦覆土〔後庭花〕簿數舉府暮徒〔賺煞〕書數屈脯故鵡鴿呼舞

2、歌戈

《浣紗記》：9〔祝英臺慢〕鎖臥過 36〔綿搭絮〕過跎多矬窩蛾柯柯，訛磨梭何他波河河〔金瓏璁〕我何河多歌 10〔鷓鴣天〕坷磨多波何河 17〔普賢歌〕駝科拖多貨 23〔虞美人〕鎖可 30〔古歌一〕多歌波 32〔稱人心〕禍舵舸過鎖〔紅衫兒〕破何臥波柯麼〔醉太平〕娑羅助麼羅訴墮磨

《櫻桃記》：6〔普天插芙蓉〕鎖和途波臥過娥他柯，火破坡哦妥餓何磨挫〔黃龍捧燈〕科夫貨學多坷做〔黃龍太平〕惡可頗我大可〔黃龍滾〕合

薄卻我果〔尾聲〕沫左磨 11〔一江風〕荷羅朵多火大果娜〔繡帶兒〕鎖哥嗑可和梭波〔粉蝶兒〕磨軻柯末幕梭〔醉宜春〕波可多麼過顆墮〔鎖窓繡〕何娥窩菓渴他〔大節高〕哥我麼他落顆貨錯餓〔尾聲〕大妥落 33〔醉春風〕陀羅摩跎跎樂〔洞仙青歌哥〕何袯那破多大住薄波他果〔三仙橋〕座袯惡個魔和臥荷落屙合〔洞青歌兒〕泊過多座火那擱落奪擱合〔三仙橋〕個過果坐他，羅盒落做葛〔金蕉葉〕閣哥過合奪脫裹多葛活，露戈錯破魔他訛座多合果，麼也活割學，科頗多薄落託閣〔尾聲〕過我多

《鶼釵記》：5〔如夢令〕過臥破坐 11〔掛眞兒〕火我閣〔番卜算〕臥著過〔玉芙蓉〕荷果峨唾歌座薄跎，�賀波佐羅座薄跎，梭磨多我他座薄跎〔探春令〕河我何做〔香歸羅袖〕妥可幙個弱他哦臥皤過，大賀課薄和羅饠和磨麼 31〔風入松慢〕磨訛鎖錯柯奪〔紅納襖〕河薄索落柯多，広嗑度和何那他〔二郎神〕薄做多朵錯合貨哥〔鶯集御林春〕何広我渴賀戈科，奪錯我個葛和挪，末做著閣我諾娥，濁活他破脫託磨〔四犯黃鶯兒〕薄何我多柯做佛奪錯，麼過座娥婆大鎖縛妥〔尾聲〕和合拖

《吐絨記》：6〔桂枝香〕臥縛坐左妥磨過，戶課惰我可抹磋〔一江風〕何吐娥坐他他多過，波個禍我著麼大 16〔引〕磨過我過〔不是路〕梭婆破何他大我做活活，蛾多鎖麼訛錯可我做做〔引〕何坐〔皀角兒〕訛做多播哥躲果學做科大薄訛我哥我，他母婆我嗑錯魔我哦〔尾〕數落覺

《節孝記》：3〔羅帳裏坐〕縛何左跎臥跎臥，阿瀆谷歌足，目櫝穀謨鹹　卷下 2〔逍遙樂〕我婆何窩窩〔遶地錦〕蛾墮何　卷下 3〔菩薩蠻〕座臥　卷下 5〔望遠行〕我何我何坷禍可　卷下 12〔犯胡兵〕何臥割個，那莛躲

《修文記》：28〔南呂哭相思〕所我妥墮〔香柳娘〕羅羅火過広広柯破呵訶坷，多多墮果河河屙禍呵呵大，何何躲坐広広魔挫陀陀妥 39〔粉紅蓮〕我何客哥拖睃哥火撮 48〔前引〕那波

《彩毫記》：8〔逍遙樂〕臥火阿峨河，裏鞞何珂歌〔柳搖金〕邏波莎歌鎖鎖蘿何河河座，佐羅阿多舸舸坡歌河河座 31〔水底魚〕河多戈戈，鑼多

波波，戈梭羅羅，那波坡坡〔懶畫眉〕戈羅謨挫坷，軻過戈破歌〔香柳娘〕何何躲播波波峨臥窩窩蘿禍

《曇花記》：35〔懶畫眉〕過磨羅座何，河多過破那，波河魔鎖過〔醉羅歌〕禍魔娥坐螺波裹峨麼，奪挫河坐羅歌虜磨麼，那國何錯多過破挲麼

《玉合記》：24〔水底魚〕歌駝河河，戈羅娥娥，峨多河河，螺珂娥〔縷縷金〕那拖坷蛾我蛾我，波陂裹科我科我

《長命縷》：26〔曉行序〕波和〔玉胞肚〕果窠柯和多，賀娥螺河珂

《紅蕖記》：2〔黃鍾引子鳳凰閣〕我歌過鎖左蘿合破可〔黃鍾過曲漁父第一〕坷妥和顆舵莎朵窩臥多墮鞞大皤挫何〔刮地風〕舸座夥麼梭賀果過跎〔三段子〕脫唆度羅個荷躲〔歸朝歡〕磨託呵剉惰懦脫簑25〔好事近〕和歌蘿譌那珂朵荷〔千秋歲〕河趖賀佐貨鎖窩〔普天樂〕懦舵何羅多多磨〔古輪臺〕娥哥大跎波破闊挪播科〔尾聲〕課可窠32〔南呂過曲三換頭〕鎖大過何落他奪泊，墮怯多那脫怖波泊

《桃符記》：18〔小梁州〕坐個過過多呵跎，躲課訶左何挫，婆個羅污麼他酡，娥那訛可羅磨和〔尾聲〕可睃多

《博笑記》：11〔南呂引子生查子〕陀課果〔南呂過曲香柳娘〕墮挫痾坐渴渴呵過，火禍麼個佛佛呵過，破臥窩可我我多過

《義俠記》：6〔鎖南枝〕多戈河坷哥禍 9〔繞池遊〕過墮鎖破何〔集賢賓〕果多過梭果禍娑，呵河顆梭果大皤〔琥珀貓兒墜〕河我跎多何，訛可何羅波〔尾聲〕污我訶23〔卜算子〕挫妥坡坐〔桂枝香〕禍餓裹大唾麼多，破我貨個坐魔河〔不是路〕婆麼過多呵我哥播大賀賀〔皂角兒〕坡貨皤過活阿裹羅破，睃破潑墮何挫訶哥，過左哥蹉戈坷他訛34〔北清江引〕左播挫火

《雙魚記》：16〔雙調引子玉井蓮後〕磨我〔雙調過曲玉交枝〕貨度磨躲波破皤合，大磨污羅哥挫多破，懦磨個果婆禍奪濁26〔南呂過曲紅衫兒〕污破麼何呵訛舵〔醉太平換頭〕訛個可多跎波挫賀果

《埋劍記》：11〔南普天樂〕挫佐訛和我何〔北醉太平〕坷麼左座破跎夥〔南普天樂〕播大何羅我羅〔北醉太平〕擴多何破那呵果30〔大石調引子東風第一枝〕痾跎和珂

《投梭記》：1〔滿庭芳〕多蘿梭艖戈磨河活阿 10〔麻婆子〕裹窩舸梭魔那阻搓 11〔剔銀燈〕駝過羅唾何個，鵝禍躲火夥拖，合髀朵破磨哥 26〔朝中措〕我戈河何波

《紅梨記》：17〔霜天曉角〕鎖我可何，多過瑣羅〔小桃紅〕和薄儸娥多合何婆〔下山虎〕磨羅缽波合搓貨睃坐窩〔五般宜〕蘿娥羅螺峨軻我〔江頭送別〕屙波過酡〔五韻美〕可墮過寞落他果〔山麻秸〕蹉河磨躲哥〔餘音〕破挫可

《金鎖記》：13〔風入松〕跎躲過火和麼，搓垜餓我訶何〔急三鎗〕我那，我婆〔五供養〕我波多過羅磨，我陀稞禍過活婆

《鸞蓖記》：8〔雁來紅〕柯羅果濁惰閣課

《玉鏡臺記》：13〔五更怨〕多何歌

《紅梅記》：7〔中呂粉蝶兒〕珂珂妥坡破歌躲〔泣顏回〕波可歌裹羅〔上小樓〕那梭儺朵拖墮破過麼〔泣顏回〕歌和多過拖〔黃龍滾犯〕閣個陀破〔撲燈蛾犯〕陀座肉陀娥〔上小樓犯〕蹉那娥糯錯〔疊字兒犯〕墮火拖個蹉波傞座陀〔尾聲〕過臥多 29〔七娘子〕坐活縛〔普天樂〕閣瑣多那朵抹窩臥哥〔雁過聲換頭〕跎多錯過梭哥破落我〔傾杯序換頭〕個羅裹脫火課夥窩娥〔玉芙蓉〕磨簸波窠何唆〔山桃犯〕貨破個大閣波〔尾聲〕朵多可

《題紅記》：1〔臨江仙〕梭多何荷娑歌 21〔北仙呂點絳唇〕戈座破峨火〔混江龍〕鎖磨珂闕柯哦挲歌駝河陀螺蛾多坐何〔南倒拖船〕戈戈跎跎河河歌，羅羅魔魔鑼河河歌 32〔雙勸酒〕多我窩窩婆鵝〔風入松慢〕河哦舸妥娥，過多掇可羅，何歌過朵珂，和波破我羅

《蕉帕記》：24〔北點絳唇〕河貨做挲座〔節節高〕羅朵闊多大我賀蹉蹉

《東郭記》：9〔更漏子〕鎖躲可 18〔北醉花陰〕瑣左蘿過臥哥我〔畫眉序〕皤挫波藿弱割〔北喜遷鶯〕貨薄哥婆活何〔畫眉序〕多大落峨個餓〔北出隊子〕頗歌睃嗑聒〔滴溜子〕諾可渴我掇〔北刮地風〕羅哦我訛禍過可何躲那哥〔雙聲子〕餓餓撮左左破躲可可爾我〔北四門子〕掇鵝脫磨何多唾抹挪過〔鮑老催〕墮破聒禍託括坐〔北水仙子〕麼訛婆娜磨多蘿萼哥〔雙鬥雞〕割挫麼闊閣臥〔北尾〕鎖挫阿過 27〔添字昭君怨〕個貨多睃 39〔花心動〕萼個墮破卜那〔駐馬聽〕睃

那娑何愕多掠，哦何河過麼跎坐〔不是路〕波過娜蘿拖大他和樂坐〔榴花泣〕河多波呵羅坐蛾，麼蹉皤過多賀歌〔急板令〕睃那度度河波麼矬，拖羅過過歌波麼矬

《醉鄉記》：7〔夜遊宮〕娜坐麼過〔傍妝臺〕螺睃多呵梭麼，娥窩過何訛多，柯他娥薄羅酡，波河梭訛蛾睃〔尾聲〕那矬婆 29〔番卜算〕麼那過破，哦墮跎個〔瑣南窗〕屙睃訛唾座波何魔，歌娥多臥略波何魔，磨呵鵝餓坐波何魔，和磋蘿末藥波何魔〔尾聲〕貨荷科

《嬌紅記》：7〔窣地錦襠〕莎羅多何，羅多過歌，過多哥何〔風馬兒〕窠窩朵多〔集賢賓〕閣何朵多過抹鎖可，個何度屙麼破奈坐，和多可羅朵我諾諾〔囀林鶯〕左柯鎖呵窩朵哦多〔簇袍鶯〕魔羅座過多多個哥磨〔攤破簇御林〕和多羅我大何多〔簇御林〕多他和那合河〔琥珀貓兒墜〕儸和波河多〔尾聲〕過麼哦 29〔剔銀燈〕多坐過可妥麼〔漁家傲〕多那鎖趓闊他〔醉扶歸〕破波磨禍羅可，錯多何和哥個〔桂枝香〕坐躲鎖垜破鵞麼，挫嚲閣大我模他〔大迓鼓〕睃羅和跎何，摩多躲波何，多窩可磨麼

《二胥記》：〔潑帽落東甌〕餓活過那他 13〔金錢花〕儸儸婆婆坡過鑼〔金錢花〕梭梭娥娥婆呵他 28〔普賢歌〕左朵大和脫〔船入荷花蓮〕果破羅閣賀〔換頭〕妥過賀何末〔孝南枝〕過歌多佐摩坷座哦拔，多和河妥摩坷麼哦拔〔窣地錦襠〕波磨過多〔青衲襖〕窩瑳臥渦多闊娥羅〔宜春樂〕婆窩坐朵波〔薄媚賺〕他麼我訛磨嵯個活末末〔繡衣郎〕鼉波挫合沱禍果果，歌羅挫拔那荷果果，戈磨禍大和播果果，波呵墮破那鎖果果〔尾聲〕左多他

《貞文記》：1〔沁園春〕蘿左河合磨挫跎娥窩破多和陀麼訛 15〔北新水令〕羅過屙抄臥〔步步嬌〕嗑坐過儸賀〔撥不斷〕多蘿果個大麼〔掛玉鉤〕哥裹麼大貨多〔秋蓮曲〕大多麼螟鵝柯掇〔甜水令〕落多可蘿〔折桂令〕柯娥哥妥過合和果訛〔雁兒落〕和葛大〔德勝令〕呵貨多羅他酪我〔水仙子〕柯何柁波鵝大梭河〔收江南〕呵娥波婆和他多〔殿前歡〕哥婆磨和麼割挫羅〔離亭雁煞〕左坐掠奪過個我 23〔浪淘沙〕多波何我魔 30〔二郎神慢〕過閣落坐我破墮麼過樂臥鎖〔金索掛梧

桐〕過麼個娥何多挫歹坐魔坐，過坐我多歌何挫磨訶臥〔攤破簇御林〕我他何屙我破魔多〔囀林鶯〕摸波我何鎖破多我他

《牟尼合》：10〔字字雙〕河大他那訛我磨個，薄貨歌麼多座河託〔一江風〕河破我過渦渦歌坐，珂過褐磕羅羅坡臥〔皂羅袍〕顆河科遢學作錯，泊多鵞火窩雀果 30〔搗練子〕蛾窩可，多何妥〔五更轉〕我磨個可合所鎖，抹過餓足坐藥臥挫〔三學士〕何窩和麼，過他多訛〔尾聲〕個大和

《春燈迷》：11〔香柳娘〕可可合閣落落所踱踱舵，弱弱挫過墢墢顆落落覺，朵朵破坐多多惡覺覺卻，蘿蘿過火那那臥多多和多多和〔二郎神〕可覺妥摩臥那渴〔貓兒墜〕螺窩艖可那，訛裰多躲河〔北新水令〕柯喝多羅羅摸〔步步嬌〕坐躲訶臥掠何剁〔北折桂令〕多科作軻何何窩落〔江兒水〕多過薄學大雀〔北雁兒落德勝令〕科嗑惡破多羅落那苛作作〔僥僥令〕歌脫羅羅〔北收江南〕過和蛾鑼波波娥〔園林好〕軻割著渦訛〔北沽美酒帶太平令〕搓過括摩合墮活葛合豁果〔尾聲〕所播錯 21〔長相思〕和過多波窩和河梭〔二郎神〕潑多閣何磕過我藥，可合昨窩覺火惡撥〔囀林鶯〕索涴作麼渴那過，著科瞌羅作摩他〔啄木公子〕蛾作落和挫波莎，度作裹角合蘿梭〔哭相思〕著卻 24〔上小樓〕磕魔破幕和撥河〔泣顏回〕歌和攞駝無坐河〔黃滾龍犯〕幕火波閣夥〔清江引〕喝火朵嗑，大過渴朵

《燕子箋》：31〔金蕉葉〕蛾落螺缺雀〔五更轉〕火磨活可錯托個妁〔梧桐樹犯〕訛錯果麼卻科閣可

《雙金榜》：11〔臨江梅〕和朵羅羅〔梁州序〕葛託磨和邏坷坐禍何，錯可科度訛羅鎖禍何，柯朵過坐羅磨大禍濁，羅索何錯訛科和略何〔節節高〕歌蘿挫羅坐閣遢，科陀脫酌夥臥脫〔尾聲〕大駁多 22〔一封羅〕羅朵河歌蘿那，磨柯梭河多臥〔尾聲〕賀葛坷

九、支思齊微魚

（一）支思齊微魚虞

《紅拂記》：1〔青玉案〕路絮據許遇樹數羽〔鳳凰臺上憶吹簫〕魚車遇處舒躇驅居圖符 4〔玉芙蓉〕夫阻谷苦遇訴途，逐覆馳蘇遇訴途，屬據墟

時遇訴途，里語的歧遇訴途 6〔夜遊湖〕暮驅底主〔集賢賓〕雨魚主時許會旅斧 8〔步步嬌〕去侍姿覷予事〔江兒水〕樹枝絮濟易住思〔川撥棹〕沸喜絲絲息支時〔尾〕去迷思 10〔懶畫眉〕扉渠兒至車，疑衣兒異隨，持時圍易追，兒姿追去知 11〔杏花天〕啼飛樹〔生查子〕氣會〔剔銀燈〕氣地濟水棲的，寐比輩慮棲的 14〔點絳唇〕起髻翠袂水二倚 18〔沉醉東風〕畿避如如去致姿期知，易子窺窺主緒〔生查子〕處入〔園林好〕知期計居私〔江兒水〕氣期去住使具事〔五供養〕至伊辭事處齊利〔玉交枝〕取知濟的弛死的兒〔川撥棹〕絮取涯涯立伊伊〔尾聲〕住易思 19〔金蕉葉〕思的圍誓〔山坡羊〕墜絮緒思誰底繫書稀迷疑，碎墜淚兒伊細處隨非隨息，至住至兒時臂粹知絲知肌 22〔一枝花〕己里至倚枝住〔桂枝香〕沸起地伊伊具繫疑時，氣際翅依依致棄疑歸〔長拍〕思際止歧飛去時石肢〔短拍〕蟻離錐緒縷土車〔尾聲〕寄誰蹄 24〔神杖兒〕巇巇羽制義齊徐〔滴溜子〕驅樹際雨趨〔祝英臺〕珠竽與釜取〔祝英臺〕知徂機棄試濟 29〔天下樂〕微飛眉〔菩薩蠻〕絮雨〔征胡兵〕些涯淚至，支時處至〔香遍滿〕事與處里的知濟，去許語裏的持計〔琥珀貓兒墜〕脂時詩肢絲，其時扉眉迷〔尾聲〕去飛思 31〔破陣子〕主私是思奇〔越調鬬鵪鶉〕洗裏息失〔紫花兒序〕池敵的勢威旗〔柳營曲〕摧悲晦持雷〔么篇〕旗猊器戟世劈刺旗尾〔小沙門〕藝低避機蹊〔聖藥王〕低催稀劈疾裏飛〔尾聲〕去貝椅 33〔賀聖朝〕雨壘旅遇護〔駐雲飛〕陲除計尉威矢寄歸，威揮地矣爲利費書〔海棠花〕隅績〔玉交枝〕喜知誼涯飛裏時術，去機主之飛住主里〔玉抱肚〕氣思忮旗歸，里威計旗歸 34〔長相思〕枝枝遲移期期稀時

《祝髮記》：9〔霜天曉月〕處濟米饑〔金索掛梧桐〕時備米眉時易饑去厎炊氣〔劉潑帽〕棄義事淚淚〔紅納襖〕苴屣米葵糜珠，疑妻恥頤糜帷匙，提避背推魚枝奚，飛侶母妻女主姑〔羅帳裏坐〕伊禮誰計濟的子，伊此伊彼紙的主，米去義死米的悔，妻米義取臂書智 19〔七娘子〕倚指時處至〔醉扶歸〕砌低迷閉枝避〔生查子〕水旨〔山坡羊〕去米離兒惜喜棄悲慈悲妻，淚緒事肌伊處寄悲慈悲妻，緒氣味時姬倚

碎悲慈悲妻〔生查子〕義寺〔二犯傍粧臺〕思妻氏齊粒枝兒饑，籲志的妻梨提兒〔撲燈蛾〕的剃棄衣錫提，兒比職彌尾悲〔尾聲〕去非虧22〔西地錦〕去知閉書〔繞池遊〕計侍寄〔玉抱肚〕紙的迷書魚，縷的妻垂兒〔阮郎啼〕歸慈〔玉抱肚〕第宇黎迷盂〔泣顏回〕是衣提涯耳離〔摧拍〕西虀思閨時池迷〔一撮棹〕去幃息啼羝歸妻

《灌園記》：6〔步步嬌〕事起危此持計〔江兒水〕起齊蔽斃地濟技〔川撥棹〕處避歧歧衛兒兒〔錦衣香〕易恕味奇危知庶至肆制〔漿水令〕齊齒旗徊至計籬疑〔尾聲〕事時伊8〔水底魚兒〕知鬚敵枯枯〔玉抱肚〕挫魯榆記池夫，鹵威魚去疑夫12〔阮郎歸〕圍眉垂歸〔朝天子〕齊離飛棲微圍圍，書西兒立葵畦畦17〔似娘兒〕時機比爲〔泣顏回〕疑機彼知疑去持圍，移時位差隙計持圍20〔七娘子〕倚指旅緒〔忒忒令〕戚侶戲珠裏，肥綺旨夷裏20〔川撥棹〕意迷渠渠的伊，誰知追追的非〔尾聲〕字知兒23〔醉扶歸〕起攜肢豎眉例〔香柳娘〕裏裏處被的的欹墜彼彼持慮，裏裏取珥疑疑蹊蔽此此及對，跡跡履氣密密低住圍圍衣砌，歸歸事醉的的知戲起起西避〔宜春令〕扉渠會壁處意

《竊符記》：8〔西地錦〕氏吉寄枝，簪簏事枝，紫菲髻枝〔桂香枝〕戲製取食止輸知，慮至鄙備事疑旗〔大迓鼓〕爲知騎陲如，疑逼窺弛，疑維士危虞11〔七娘子〕已壘虞遞濟〔懶畫眉〕狐虞腴倚愚，枯隅魚樹烏〔不是路〕師遺沸使旨旨，書的士取至至，吾軀懼書軀去夫慮付誤誤〔皂角兒〕書鷲途路離處孤狐，夫遇嵎樹凫處孤狐17〔霜天曉月〕聚嫵絮絲〔羅江怨〕疏途多壺戶鴣雛去，舒魚躕籲步竽閭數〔香柳娘〕計計易事伊伊推議彼彼知與，恥恥簪愧計計私議辭辭軀事，俐俐意悔稀稀胥起帷帷機勢，此此尾至符符瑚鵡居居日雨，夫夫制戲微微圍蔽栗栗疑豫，珠珠與俁池池河渡故故吾付，氣氣許慮壘壘蛛注衢衢閨宇18〔憶秦娥〕碎計計戲〔金索掛梧桐〕危計胥濟是時霓臍力奇悴遲閭閭使〔劉潑帽〕醉氣至爲避爲避〔三學士〕志師期裔時爲避，紙涯雌裔時爲避21〔夜遊朝〕計危悸處〔瑣窗郎〕支師羆尾翅細，姬渠雞遞翅細〔北新水令〕姬事姿笞碎〔步步嬌〕地你

知媚危事〔北折桂令〕的辭追得池低釐推旗〔江水兒〕衛窺啓裏陛使罪〔北燕兒落帶得勝令〕圍止珥葵兒記齎疑去知欺欺〔僥僥令〕計機裏非〔北收江南〕提罪施孜威威歸〔園林好〕時違子移持〔北沽美酒帶太平令〕頤頤眉危持依齒被閉時之私魏〔尾聲〕置遲期 33〔啄木兒〕圍危支計意離〔秋夜月〕微利計回虆栗〔啄木兒〕垂支齊貴意思〔歸朝懽〕的的逼備圍悔〔唐多令〕滋遲眉隨〔白練序〕疑裏壘遞歧魚鼠〔醉太平〕杼虎鬚眉追時己呂〔白練序〕奇侮枝馳知綏貳騎〔醉太平〕汝理雞棲疑篪寄滯 40〔甘州歌〕尾篪際威葵菲宜輝，知梓悲儀葵菲宜輝，眉袂涯絲葵菲宜輝，時蕙提啼葵菲宜輝〔節節高〕歸威喜珮衣紫礪蟻歲，微回沸綺彝裏豫否歲〔尾聲〕比義書

《虎符記》：1〔千秋歲引〕氏否至壘死義底邸姬煒始 6〔粉蝶兒〕知濟〔好姐姐〕旨氏義死至畿，旨氏危裏起畿，旨氏危裏示畿 9〔似娘兒〕枝馳遞篪〔排歌〕知涯眉兒處余杯誼枝思〔山歌〕飛臾啼伾處余杯誼枝思 22〔長相思〕時時知疑期期稀時 29〔梁州序〕羽體（虎）猊制弛移語忌部〔梁州序〕旗勢麗尾違奇易意疑，時地義主諜舒器懼池〔節節高〕機臾事計奇智異呂秘〔節節高〕儲徒素意時會類寓繻賦 34〔意難忘〕旗師姿猊威〔泣顏回〕鯢離移翅辭，師枚霓志兒 36〔菩薩蠻〕垂飛 39〔風入松〕菲師去至歸，威嘶喜至歸，衣絲庇至歸，畿輝隊至歸，暉闈紫至歸，扉衣喜至歸

《雙珠記》：6〔出隊子〕士士畿涯眉垂，里里歧馳時知〔哭相思〕矣地 8〔生查子〕書句愚處，除絮都樹〔玉姣枝〕遇輸旅須濡雨儒補，處株水眉餘暑拘主，許蘇所紓俱楚儒補，齬孚聚盧劬侶拘主 9〔卜算子〕語住，路雨〔香羅帶〕稀飛此歸萋逝樗閭〔懶畫眉〕涯無殊許衣，餘驅凫矣於，榆娛籲恤圖，除樞衢際珠〔香羅帶〕暉舒所疏迂句河俱 11〔菩薩蠻〕絮雨 25〔福清歌〕地計祇止意〔夜行船引〕累氣二比〔梁州序〕意耳飛洗期頤內事逝寐，縷戲知思去池時內事逝寐，靡麗倚味慮衣內事逝寐，差水語杼之非內事逝寐〔節節高〕低滋未至悲墜繼世棄，霏微細卮沸替易棄〔尾聲〕幾移爲 33〔翠華引〕除

衢 37〔玉樓春〕氣驥利 38〔畫眉序〕期啓絲裏契，移水頤婿契，輝醉怡倚契，猊綺宜蟻契〔江兒水〕起危避棄姊地稀處，語淒濟世寓計緒〔五供養〕否妻詞死嵎錐，矣遺馳奇西時〔尾聲〕句思裏 39〔醉落魄〕利計犁宜〔海棠春〕機氣〔羅江怨〕絲西啼頤旨衣衣意，離眉遲涯矢悲悲淚〔催拍〕輝洟貲陲闈累疑，兒回姬題飛欺稀，茲遺時羈池娛諮，珠兒歸思之非垂，彝推罹攜齊奇期 41〔玩仙燈〕魚居世絮處〔紅衲襖〕歧取琚狽與寄蛆，俱此市嵎軀棄渚，儒闈會馳龜幃誰，涯衣遇居如豫餘〔東甌令〕揮非書區迷，隅輝頤詞途，眉且睽符思，維微裾彝披〔尾聲〕煦美時 42〔一匹布〕羆麾爲夷〔二郎神〕底視棄思指止飛垂〔囀林鶯〕羽追棄維墜死致爲〔七娘子〕志濟里器〔番鼓兒〕委委旨美機邇比〔雁來紅〕池機雨世衣際志萃，悲枝地庶畿際志萃〔朱奴兒〕棋齒錐矢披彝，奇子儀否披彝

《鮫綃記》：1〔沁園春〕居期飛涯績墀除彝 5〔引〕史計〔懶畫眉〕辭知欺髓頤，遲絲期器時 7〔引〕涯迷〔五更轉〕住時此矣世裏非雨，嫗時避枯主會非雨 9〔引〕遲衣米氣〔傍妝臺〕闈移醫裏時齒閨〔不是路〕垂遲啓猊細旗蘸致致〔解三酲〕位機女彝疵事指易移，解儀事祀旨時指易移〔尾〕閉裏吹 13〔引〕事廬替悴水書語裏縷雨〔駐馬聽〕兒余際蹊癡意娛味，疑取水非機意娛味〔太平令〕趨飛懼畿〔錦衣香〕起子書事欺水鳌子體裏費魚〔漿水令〕儒蟻廬書取辭死畿去去雌〔尾〕嘴旨魚 14〔山坡羊〕居的許知兒狽意悲知悲誰，第裏矣期依意（字不清楚），歲禮七儒爲濟處悲知悲誰〔山坡羊〕繼氣慮兒廝意避 18〔縷縷金〕徊錐庇時去，飛書費衣嘴〔好姐姐〕偉貴夷喜至時，沛內伊喜至時，理畏持喜至時〔憶多嬌〕溺（缺字）德澤極 22〔引〕旅序衣至〔懶畫眉〕期池離細嘶，眉遲時聚宜〔引〕宇許〔梁州序〕裏世依寄衣時地避己，隅誼時衣己時地避己〔太平令〕輝師戲遲，飛的計屍〔玉胞肚〕語妻計主依時，涕取遲去主依時 23〔引〕除佩類〔引〕會〔紅繡鞋〕師師機機兒枚回 25〔引〕衣戟

《青衫記》：1〔看花回〕期隨飛爲稀眉處枝歸 4〔菩薩蠻〕淒嘶翠淚啼迷 5〔園林好〕衣裾里居居〔江兒水〕麗迷際去係語曳〔清江引〕矣翳市侶

15〔駐馬聽〕遲之迷悲碎驅止 17〔金瓏璁〕肌移〔耍孩兒〕蟻翠宜幾泥，美媚遲幾泥〔東甌令〕癡誰淚計兒辭，兒些誓棄棲雞 19〔月雲高〕避裏樹細你誰枝，止事慮戾忌衣遲〔生查子〕閨倚至〔紅衲襖〕知緋敝的疑知衣，時回係易迷密衣，的誰事枝知伊移，眉圍意枝知疑悲，伊渠費珠知迷枝 21〔鵲橋仙前〕淚喜〔鵲橋仙後〕起〔一封書〕姬淒余飛迷隨違題 23〔眼兒媚〕萋西棲溪歸閨

《葛衣記》：11〔三學士〕去居書取遲 12〔引〕細議契〔引〕閉悴曳〔四換頭〕你誰兒悔底移味違水媒遲非楣恥持移志題非裏違渠垂逼妻 13〔繡花郎〕棲時閉蔽旨理 14〔引〕渠幾〔金井梧桐〕書計禮霓爲事茲秘淚，余志符意齊蔽異時淚〔引〕飛許 16〔引〕眉知〔引〕肢脂〔好事近〕垂飛幃知義疑此涯〔榴花泣〕思書離渠取移去姿棄〔催拍〕去提舒虞知 20〔剔銀燈〕絜質矣取期推禮，據繼取誼悲的輩，醉勢濟取知威罪

《琴心記》：5〔一江風〕堵魯除除虛治〔生查子〕酯聚〔生查子〕履處 13〔菊花新〕低雞衣細，飛移啼未〔憶鶯兒〕衣裾遲移宜娛洗嬉西，飛啼迷悲車裾主菲西，蹊陂飛知堤衣去低飛〔石榴花〕處妃棋碎嬉啼裏堤，氣飛詞詩扉時指梯〔泣顏回〕枝躕時思裏西，吹馳歸時主遲〔尾〕迷西衣 15〔卜算子〕題去離聚〔解三酲〕知矣扉語西侶知，遲底飛語時啓知〔卜算子〕氣去〔金雞叫〕事地〔一封書〕隨追知杯詞絲隨時，時之雌飛馳車旂歸，奇珠癡題規馳棲知，非垂兒追蒂枝慈期〔十五郎〕齊螭髻珮篦制兒珠珥，霓衣縷袿襦袂裾縭被 21〔卜算子〕幃氣暉悴〔黃鶯兒〕時之死持支貴雌枝〔玩仙燈〕墀取〔步步嬌〕雨緒悲味淚〔園林好〕馳去遇違非，餘際樹飛低〔江兒水〕依去際隊配寺，眉裏里睡意娶〔五供養〕契依違水時至里時辭遇思齊〔玉交枝〕語衣處注低際依知，廢危處去西地隨隨〔川撥棹〕車樹飛輝歸非知奇思肢〔尾〕處去迷 25〔連珠令〕緋西肥〔清江引〕使事處至，至刺覷賜 31〔謁金門〕女兒喜婿輿〔江兒水〕非濟意去碎處〔僥僥令〕取非你歸歸〔新水令〕儒儒技書如侶羽〔步步嬌〕賦志初予綺娛起 41〔步蟾宮〕矣非思裏，里期題雨〔綿搭絮〕知期迷疑否否，

如絲時悲紙，居籲車除語，衣予稀輝居〔皂角兒〕雨水矣虛鬼飛微起，嘴背壘癡衣圍知鬼〔尾〕水去飛

《玉簪記》：5〔宜春令〕離歸狽泥雨啼寄，淒居緒依主思寄，時知味序翠知會 11〔新水令〕飛起迷依依會〔探春令〕眉圍 19〔繡帶兒〕起淒思西嚦悲去色〔宜春令〕迷處樹猊綺知會〔降黃龍〕疑飛起輩輩題趣你迷〔醉太平〕癡緒雞寐思知制騎〔浣溪沙〕媚蹊疑誰悔伊襦〔滴溜子〕跪比思取女會李〔鮑老催〕意計起詞謎棄易悴〔貓兒墜〕知移衣娛配〔尾〕記離題 12〔太平令〕棲吠至疑，題垂去棲，疑沸息啼 13〔水底魚兒〕萋裏迷，堤西扉 17〔謁金門〕味氣尾些 18〔卜算子〕啼睡淚 27〔五更轉〕餘際閭罪恕字寄，餘淚夜霓意誓會〔好姐姐〕書意期去字歸，去樹知喜淚衣 30〔夜遊宮〕許眉移悲 31〔卜算子〕沸旗 32〔番卜算〕侶眉媚〔出隊子〕珮珮歸池遮催

《節孝記》：4〔南呂一枝花〕齊集催依計機擊〔小梁州〕旗奇羆踞鬼履圍實避氣隅記微〔煞尾〕閉奇計追欺鬼 5〔哭岐婆〕鼓矢駟雌齒 7〔十二時〕迷眉葦移計〔憶秦娥〕利累淚驥意貴 8〔新水令〕兮歸悲追及〔步步嬌〕計對時癡隨水葦〔折桂令〕迷非移衣微依隨離〔江兒水〕霧飛趣計未機淚〔雁兒落〕攜醉移寄趣閉飛〔僥僥令〕機歲吹〔收江南〕兮息書戚及車寂〔園林好〕笠席翼日〔沽美酒〕逝已疾委意期攜詩疑〔尾聲〕計屣離 9〔遶紅樓〕裏其累〔破陣子調〕頤疑昧基替知迷 13〔出對子〕笈迷題奇日 14〔寄生草〕溪裏閉歸侶　卷下 2〔慶青春〕立疑依衣　卷下 4〔尾聲〕疲眉知　卷下 9〔園林好〕肥斷眉〔江兒水〕迷綺遞沸衣醉〔五供養〕液飛霓翠洗西利〔玉交枝〕日衣易疊眉轡催飛移〔川撥棹〕裏啼徊歸泥頹回〔僥僥令〕霧黎（上有竹字頭）墜迷〔尾聲〕醉期悲　卷下 10〔耍孩兒〕密啓威悲逝離狽歲移〔二煞〕弟立倚戚兒疾離〔三煞〕逵史貴棄違〔四煞〕治希矣夕〔五煞〕日歲違四余疾疾遲〔六煞〕私期赤識知意葵〔煞尾〕意喜至〔一撮棹〕遲辭日騎嵬持裏力〔風淘沙〕蹄馳淚裏息日委〔尾聲〕急回灰　卷下 11〔高陽臺引〕祁規許衢〔高陽臺〕回犀膩催隙追，媚機眉醉美席沸肥，氣堤肥綺麗祁服目，美追杯對西鷺

雞〔尾聲〕

《錦箋記》：1〔西江月〕規悲提隨會〔沁園春〕誼詞私期移枝機非題軀歸遂飛2〔破齊陣引〕致期如耳蟻遲癡〔朝元歌〕攜利迷起緒此縷題梅依疑里吹吹〔朝元歌〕致雞扉異起麗饑眉悲回 11〔啄木兒〕摧宜悲醉淚誰，悲枝雞配對吹〔三段子〕稀期奇伊意比隨，許宜區馳婿譽伊〔歸朝歡〕迷俞致齊味背迷，荅意詞裏侶地愚〔尾聲〕贅窺籲 17〔步步嬌〕取縷疑閨閉稀去，幾忌思滋異岐雨〔不是路〕衣馳至啼疑事頹是逝啓啓，飛垂契非閨沸淒啓敝內內〔園林好〕奇覷對垂垂，姿比異兮兮〔江兒水〕去歸際里棄醉規住，聚離庇濟水毀規住〔五供養〕意泥置違廢味語理，致依繫為置悴喜理〔川撥棹〕諭知期期俱持疑，住時隨隨渝〔尾聲〕避敝伊 19〔浪淘沙〕提離非悔鼻〔剔銀燈〕施思滯濟奇棲，取志砌女奇棲，比雨地女奇棲 20〔繡帶兒〕至趣蕖宜几思處離樹，住語池遲子世處離樹〔獅子序〕持威窺媚語枝〔降黃龍〕離珥輝曳癡臾，稀肌砌垂頤倚遲徊，趨胥曳蕖知雨枝徐，疑離翅窺迷遇嶇躕〔撲燈蛾〕癡癡始子譏意水軀，歸歸膩去雞睡處持〔衮遍〕祈祈計姿比蕊味雨，移移閉幃會誓取已〔尾聲〕秘戲迷〔風馬兒〕迤邃 22〔雙勸酒〕會置需持，具女儀齎〔夜行船〕侶移至主，似契梓去〔三學士〕鯉姨飛里期，菲楣姿里期，繫題姬里期 24〔步蟾宮〕起機私禹〔粉蝶兒〕旆，移慰〔玉嬌枝〕細移裔辭知議持取，驥圭幣梯非敝持取〔玉山頹〕締岐世涕水里時兒，忌離敝指背裏時兒〔月上海棠〕書去期地予覷，伊異知至予覷 26〔吳小四〕闈醫子奇提〔三臺令〕雞離迂思〔山坡羊〕樹雨侶疑知里緒悲迷支遲，水睡事癡絲濟悴悲遲知期〔孝南歌〕微詞妃女邸諮啓使姝柱，悲如居許雨飛語思里斯比，思違期楮予慮扺機，知垂依鬼此悲取書去啼曙〔尾聲〕未歸垂 27〔醉太平〕齊如炊移細詭且遺，鼙旗嘶悲抵里移畿〔劉衮〕驅至臂去，去去除碎虌壘 34〔謁金門前〕縷繫美寐〔謁金門後〕起主裏計〔花落寒窗〕脂幃許碎濟悲妃姬，幃飛涕悴悔悲姿扉〔入賺〕溪居去遲躕懼知是翅沸沸，趨知旨畿奇底資矣裏避避〔皂角兒〕危避侶梳書悲縷離，闈妹死時詞徊縷離〔尾聲〕地知眉 35〔丹鳳吟〕依已士比〔宴陳平〕衣詩矣時〔石榴花〕悲垂予飛姿地如，姿軀姬知非主偎〔海棠春〕棲去〔泣顏回〕期私起施里翅闈，眉悲題據妻陛淚歸 40〔重疊令〕里語淚意

《玉合記》：6〔出隊子〕麗麗吹池闈微〔孝南歌〕巍時稀起喜倚水移遲啼迷，試遲枝吹啓髻避喜非疑思誰〔醉羅歌〕你誰居去迷垂的庇輝枝，遞饑泥女欹舒未庇輝枝〔好姐姐〕夫許稀處死時，餘及隨處去時〔尾聲〕器杵資 15〔小重山〕時枝宜垂眉期池墀 21〔神仗兒〕隊隊騎遞起墀墀，燧燧旆水恥綏綏墀〔望吾鄉〕歸維勢濟逝時志，垂悲計去市時意 23〔霜天曉角〕遞至去飛〔小桃紅〕飛忌施緇你脂髢處移詩〔下山虎〕絲裏馳期會繫倚離非〔蠻牌令〕枝池自歸輝畿非〔尾聲〕氣吹歧 27〔少年遊〕遲嘶垂跡期時 29〔集漢魏詩〕妻期移之哀氣陂依里輝厲萎綏 33〔長相思〕時時回離時時歸期 34〔生查子〕睡淚被穗 37〔傳言玉女〕回霈美淚會〔黃鍾北醉花陰〕裏起催輝致齊子〔南畫眉序〕遲日醿集醉〔北喜遷鶯〕意脾迷氣知疾死悲〔南畫眉序〕啼尾飛地醉〔北出隊子〕騎題離威喜〔北刮地風〕蹄移地西際扉窺知遞圍飛〔北四門子〕遲勢騎與題低起遲美〔北水仙子〕西歸配圍期旗砌依〔北尾〕氣離你

《宵光記》：3〔縷縷金〕爲利宜歲飴裏裏，池誼止疑禮禮〔駐雲飛〕知思比綺支弟似誰，篪飛濟御欺氣淚誰〔皂羅袍〕雨知思隸爲入灰計，志爲笞勵諮穢弛悔〔普天樂〕戲誼取輝萎使豨知惜悲〔傾杯序〕嵬齊危飛嶇眉〔玉蓉犯〕灰厲噬計眥避威臂鬚〔尾聲〕去刺軀 8〔出隊子〕陛陛微悲輝低，旨旨卑衢移低〔三換頭〕倚氣斯袂垂質裏水期枝持（□□），質配絮李倚時（合前）〔神杖兒〕珮珮巾兊世吹池池，目弟目弟轡倍喜池池 13〔園林好〕飛迷瘁回回〔江兒水〕計施死志悔衛〔五供養〕事扉屣至遽機的〔玉交枝〕離依計非欺底眯飛詆〔川撥棹〕淚悲枝枝威日日，窺題息息期危危〔尾聲〕移日持 23〔引〕對推〔大迓鼓〕師屍計時知 27〔羅帳裏坐〕伊事與取臾翅，起己伊及悲死，起豎抵日地悲死，理知虧斃非係

《玉鏡臺記》：8〔傳言玉女〕迷瑞翠女會實値〔女冠子〕庇輝際遇婿愧移始意

〔畫眉序〕絲綺姝履儀，脂理眉子儀，姬饋睢裏儀，褵士楣李儀〔滴溜子〕枝侶儷奇水裏〔太和佛〕蒂巵隨期取宜，西義池娛字取稀〔雙勝子〕媚細彌彌歸〔餘文〕締時幾 12〔出隊子〕御師支二知〔滿庭芳〕墜綏馳持吹處非〔江頭金桂〕器迷置遺時沛勵瘁時揮，位移殊異悲涕恥志持歸，毀離裏際夷梓垂義之虀，利危地御氣圍計疑支 14〔西地錦〕基位虞，機螭池 19〔番卜算〕虜恥 23〔北新水令〕麾內夷帝，欹緒吹陛 30〔紅繡鞋〕旗旗馳馳威西妻〔香柳娘〕歧岐癡裏追追池地肆肆畿沸〔紅繡鞋〕兒兒持持機雌危〔香柳娘〕離離滯起圍圍迷計支支依廢〔餘文〕頤危離〔31 虞美人〕二臂支濟智計〔訴衷腸〕己避累 32〔水底魚兒〕苴知皮，微稀的 33〔憶秦娥〕瘁醉醉悸事累累義〔月兒高〕惴悴棄地厲二支知，義逝躓鬼碎史遺誰〔菊花新〕悲稀維軌〔玉山頹〕係隨絮事意子違期，寄離計鋸志子違期，啓兒倚類碎主違期，鼻垂棄慰會子違期 37〔祝英臺〕裏歲暉逝雨聚〔霜天曉角〕水裏女驅〔綿搭絮〕圍眉支書裏楣機醉垂時衣恃披褵閨持威母違欺去思期衣棄離飛沛饑圍魚絮涯悲〔餘文〕狽除余

《水滸記》：3〔似娘兒〕姿期縷離〔浣溪沙〕溪鸝幃低時〔醉花雲〕〔醉扶歸〕住欹蹊主施倚〔四時花〕遲〔渡江春〕岐啼，己思期樹時婿思飛啼〔一封羅〕〔一封書〕扉閨屐車〔皂羅袍〕計移適氣，啼移髻扉覷飛霏氣〔醉羅歌〕〔醉扶歸〕砌姿妃水〔皂羅袍〕奇迷雨〔排歌〕
襦依，護如躇誼岐枯睨迷依

《節俠記》：9〔菊花新〕時居隅細〔掛眞兒〕侶離水〔唐多令〕離歧泥遞織絲〔傾杯玉芙蓉〕蹄地違至稀遇氣馳飛，非去施主時遇氣馳飛〔普天樂犯〕垂緒路輿纍處祟飛威〔朱奴兒犯〕字淚憶其祠翠稀處溪〔尾聲〕處迷低 11〔生查子〕威裔悲會，扉邸時夜〔剔銀燈〕擬比喜意棲私，諱恕鬼水爲機 13〔集古曲〕歸飛衣衣謳 16〔長拍〕緒處樹離鸝去語時其〔短拍〕水陲回繫遞至閨〔尾聲〕里誰追 17〔普賢歌〕低威稽非幾〔大迓鼓〕畿置歸意虞魚，違國威避飛臍 29〔賀聖朝〕輿旂儀墀〔駐雲飛〕儒萎涕蔽隅恕慈氣悲，年違地許虞世慈賜池〔神仗兒〕至至使裏紙雞雞〔滴溜子〕裏迷裏啓水闈地渝

《桔浦記》：1〔滿庭芳〕虞私悲異扉奇意期儒 5〔步步嬌〕侶肢旎籲寄〔孝南枝〕衣蹊依侶楚系陂涯魚〔香柳娘〕魚魚鯉寄溪途路隅隅敷武〔園林好〕居違佩稀飛〔江兒水〕理違主寄計係阻〔五供養〕度魚蒂枝寄阻翅圍依〔川撥棹〕髩悽岐思迷攜〔嘉慶子〕迷溪書書期絲移〔僥僥令〕侶書計迷〔尾聲〕憶紙飛 6〔哭岐婆〕李句字虛取〔四邊靜〕麗細樹舉士鄙，異比姿美子主鄙〔雙鸂溂鳥〕趣肆裕語巳計，易喜裏去處計 13〔碧牡丹〕資義利私取〔卜算子〕夷氣幃慮〔碧牡丹〕奇秘攄私取〔玉井蓮〕奇滓〔八聲甘州〕氣飛議隅比期欺，非避私地藜罪思欺，迷裏虧敝儀庇思欺，知起儒義魚比思欺 18〔緱山月〕祗依喜池〔梧桐樹〕機氣至佩已異〔東甌令〕會飛時地至期岐〔浣溪沙〕異西細霏莉姿攜〔尾聲〕刺縷闈 26〔天下樂〕西泥悽〔神杖兒犯〕舉舉去裏騎輿輿〔耍孩兒〕騎飛鷖躓悽去危〔神杖兒犯〕裏裏起沸計濟隅隅〔五煞〕迷起蔽避支濟璵〔四煞〕迷侈勢使時器雌〔三煞〕奇秘計沸移已夷〔二煞〕岐洗濟計知異私〔煞尾〕居濟喜

《靈犀佩》：1〔啄木兒〕余諸苴遇顧儒 2〔夜行船〕矣楣倚主〔孝南歌〕闈萋齊起炷體庇慈宇 3〔雁兒舞〕肥子取衣舞〔風入松〕時池喜處微枝，池知袂底穠癡，湄輝氣璽岐提 8〔霜天曉月〕事舄子思〔引〕眉雨理虞〔祝英臺〕詞墀誣子雨，軀濡欺器女 9〔桃李爭春〕地碎遲私罪期思飛依〔哭相思〕悲遲時 20〔三臺令〕闈稽〔引〕裁〔玉交枝〕棄歸季蠡藁逝姬妹，譜迷異縷姿旎居穠

《春燕記》：7〔疏影前〕起差繫私〔普天樂〕憶遇姿遞許枝主隨〔疏影後〕裏地砌誰〔太師引〕喜避佩珠計萋迷歸〔劉潑帽〕遽西袂持墜，麗迷事伊濟〔尾聲〕去繫伊 11〔阮郎歸〕遲思窺時〔駐馬摘櫻桃〕稀枝水卮姿淚兒思〔四邊靜〕閉突計緒尾知計，媚密德底啓媒息〔劃鍬兒〕慧稀禮欺輩語尾，貴儒息窺理起起 12〔珍珠簾〕起緒依媚〔梧桐樹〕枝絮對迷閉主去，期意悴衣縷寂侶〔浣溪沙〕住徊縷時取語迷，意谿計期語質枝〔秋夜月〕時意識契美奇，疑契費易離期〔尾聲〕已耳期 13〔字雙雙〕知肆司事師勢時四 14〔北朝天子〕迷徐雨衣帷御辭住思思侶侶醉醉 16〔虞美人〕思啓猊去〔羅江怨〕遲支

微低際飛飛時字，稀移涯幃倚期期疑汜〔香遍滿〕跡疑吠持歧栗曳，思倚起垂迷低遞〔好姐姐〕迷處微佇里伊，垂逝遲寐起迷〔尾聲〕水會雞 17〔北新水令〕知契泣予西西處〔南潘妃曲〕縷裏誰視居至〔北步蟾宮〕眉蹰珠竿飛棲諸〔南江兒水〕戲西女避墜取歸締〔雁兒落帶陣陣贏〕淒氣志思書計期迷思〔南僥僥令〕舒計裏裏〔北收江南〕臆計離攜爲爲與〔南金谷園〕知期恥伊伊〔北瓊林宴帶太平令〕提提知施餌誼悔異詭辭除奇〔南尾聲〕去取伊 22〔點絳唇〕啓裏差至，蹕啓車紫 28〔北二犯江兒水〕墜墜侶棲屣絲機饑衣履稀稀契契微，麗麗底卮裏馳癡棲飛起非非跡跡棋〔北清江引〕侶起舄尺

《彩樓記》：2〔五供養〕氣闈會時池〔臨江仙〕書梯 4〔駐雲飛〕依洗輩配伊之避期，辭幃濟美追維累枝〔步蟾宮〕麗紀時壻〔轉山子〕意期壻契〔越恁好〕旨時壻日水裏 5〔風入松〕離西閉濟伊飛，恥畿裏意伊飛 7〔鎖南枝〕時內濟伊誰細，題支累李離去 8〔鎖南枝〕的施惜伊離理〔劃鍬兒〕悴墜悲垂嚦裏理〔憶多嬌〕伊伊是桂歸時 9〔傳言玉女〕起墜〔風馬兒〕飛麗〔滾遍〕飛砌美輝比縷釀〔五更轉〕碎垂的是的裏濟〔東甌令〕起悲稀貴味依悲 10〔金蕉葉〕否己裏垂〔碧玉簫〕低稀氣墜衣肌悽計誰知恥〔繡停針〕圍倚賫書枝貴是〔蠻牌令〕飛欺水持策飛置時〔山麻秸〕未滯易饑回〔尾聲〕此己時〔賺〕體刺饑知 11〔宮娥泣〕幅裏堤回，恥的淒水饑己〔撲燈蛾〕爲輩意回車裏 12〔江兒水〕歸歷依細，慮疑食倚至濟氣〔香柳娘〕遂易饑地吾的淚 15〔劉衮〕取禮妻戲罪〔江頭帶蠻牌令〕住濟濟濟去住住樹〔送江神〕治去帝住 16〔宴蟠桃〕會歸 18〔劍器令〕時第〔前引〕時貴 20〔粉蝶兒〕輝輝蔽枝至歸妻理〔喬和笙〕遂攜兒妻貴幃激會翠細契飛水〔調笑令〕喜杯笛會題食妻〔道合〕恥脾棄伊裏醉兒〔耍廝兒〕猊堆齊依〔豹子令〕綺奇移依會時記〔聖藥王〕齊美席離隨移飛〔梅花酒〕意細杯美伊幃理〔尾聲〕會遇妻喜

《尋親記》：3〔柳絮飛〕堤堤備備理居居危治，旨旨遲遲的提提危治 4〔一翦梅〕書儒儒妻眉眉 5〔好姐姐〕妻媚裏處計珠，識計伊處計珠 6〔女冠子〕去計覓利理欺處，語計里役志司處，主理濟拒你遲處 7〔西

江月〕知疑契珠移未 9〔雙鸂鶒〕喜之疑詞理避屍實，弟隅役隙計罪屍實 13〔月上海棠〕苦罪訴處死 15〔掛眞兒〕配罪，夕陟〔水紅花〕低垂縷遲衣餒悲遲〔梧葉兒〕罪隅誰移癡伊〔水紅花〕危鬼妻濟悲催〔梧葉兒〕理的兒累知墜〔五更轉〕恕持睡去鬼裏義，庇知罪羽離悔狽〔玉胞肚〕羽儒罪的隅取，取悲貴閭兒取〔畫眉序〕悲羽德義去裏，持鬼離累去裏〔滴溜子〕書機住裏除 16〔西地錦〕配如鬼妻〔雁過沙〕涯女衣歸去義遲，啼悲倚裏遲 18〔鳳凰閣〕處迷歸鬼寄寄雨〔高陽臺〕住處啓儒羽地，取時知虛書賷矣〔簇御林〕悲儒倚裏悲珠，德責飛語 19〔字字雙〕居睡兒異歸慮悽濟〔繡停針〕語詩喜喜時意米微推，兒美濟饑裏理知備書〔山坡羊〕世濟器鬼日時之垂悲垂，婿計慧隙日時之垂悲垂 20〔長污歌〕契〔烏夜啼〕迷隨義期世輝儇，移水辭池底輝儇 21〔念佛子〕綴衣妻漓美機，輩義騎美渠計，知桂食濟水輩儇，是是配處癡癡女棄去去雨兒 22〔出隊子〕女女水期歸許，理知非起〔杜韋娘〕離毀移裏毀〔二鶯兒〕取持拒毀你之妻，你依聚取毀之妻〔集賢賓〕會時際離語鬼倚起滴，時饑累恓慮你意起滴〔啄木鸝〕賜辭的西濟米滴疑，意水取兒主器滴疑 23〔卜算子〕癡毀 24〔宜春令〕書衢處輩兒沸除〔一封書〕美兒識罪器迷劬知，此會美的子書劬知，喜麗悲兒誨儒劬知，歸悽誨違日時劬知 25〔大齋郎〕兒饑書益廚〔駐雲飛〕知欺你濟兒去碎迷，兒欺氣遇時義志迷〔踈影〕裏悲歸鬼書墜〔臨江仙〕書恥〔紅衫兒〕義欺非持誰兒取，你主自兒取悲書癡你〔獅子序〕知衣虀對忌裏錐，時卑渠護意如氣低〔東甌令〕依非際歸志，指爲誨歸衣 27〔一翦梅〕衣涯歸兒 29〔哭相思〕歸兒離，垂隨時〔似娘兒〕雷魚梯〔入破〕裏喜緒疑罪違狽渠持屈兒裏使使契罪司罪辭離處〔滾〕碎罪計世罪恥裏的裏罪憶歸廢離處離計垂 30〔錦堂月〕跡攜義會去對，居會袂會去對〔僥僥令〕遲會日〔尾聲〕裏知書 33〔好姐姐〕美羽知覷詩，腋去吃取知，歸侍地杯蘆〔夜行船〕事恕 34〔掛眞兒〕許李〔刮鼓令〕罪裏施隅儷姿虛眉裏會虞，危堤取妻危爲取非罪離閭〔太平令〕墀知地儀，微愧庇居〔大環著〕子子取歷依（□）集

邸異會費（□）意〔尾聲〕記（□）愚

《運甓記》：2〔鷓鴣天〕衣車奇事諸時軀〔黃鶯兒〕姿知翅璵珠器籲兒，池衣譽殊岐契籲兒 10〔一江風〕樹寄取餘餘支濟，睡悴治稀稀閭世〔字字雙〕奇地醫濟啼替催屁〔鎖南枝〕稀追虛痓遺避，疑迷淤利遺愈 18〔一枝花〕主起楚寓倚志〔瑣窗郎〕移除驅臂濟器，輸師離慮濟器，羆餘岐避濟器 20〔水底魚兒〕溪奇低低，旗齊遲遲，馳時移移 23〔卜算子〕宜慮疑豫 30〔劃鍬兒〕地羆沸陴彝礪嵎穨，幾罹轡危彝礪嵎穨，肺圍厲飛彝礪嵎穨，意書敘如彝礪嵎穨 33〔山坡羊〕計勢紀危支薙慮之絲其期，歲緒己奇非濟桂籲頤徊遲〔皂羅袍〕麗馳低細齊嬉淚，樹非疑去儷依地〔綿搭絮〕氣飛遲除思枝枝，揭西飛差遲姬姬〔香柳娘〕推推置器雛雛居處疏疏追避，迷迷盭桂伊伊佘罪舁舁幅庇，羈羈離起處處攜狽遲遲驅恚，裏裏居去舒舒私氣歸歸奴恕，居居取去伊伊躇悔回回株已，慈慈記棄伊伊知斃知知伊去 39〔哭岐婆〕細遞睇騎思繫，離棄繫廢閭聚〔十樣錦〕〔繡帶兒〕去理期書〔宜春令〕旎眉廢緒憩〔降黃龍〕歧棄許低〔醉太平〕其垂履豫地〔浣溪沙〕魚稀涯起〔啄木兒〕悲棲地語除際〔鮑老催〕茲枝詩息聚誰〔上小樓〕碎舒師繫躇〔雙聲子〕逝替〔鶯啼序〕意蛛疑時〔尾聲〕慮樹回〔霜天曉月〕著里事閭，處路豎廬〔金菊對芙蓉〕披儀劇瘵璵〔玉山頹〕袂琚夷忌蒞遞著師墀，剸隅虞熾指至著師墀〔玉交枝〕遇支炊依頤置除啼，緒舒計穤虛濟齊歲〔尾聲〕事幾奇 40〔夜行船〕遂闈魚佩世，匱回氣〔園林好〕培持退歸歸，茨帔沛歸歸〔江兒水〕虧濟志義厲歸祀，衣蔽地裏貴歸祀〔五供養〕嫗居依里知致至堆儀會，離依持去微李水伊儀會〔玉交枝〕旆知旂除飛車儒者，契驅志危回至儒者〔川撥棹〕去史陴陴菲寄迷，賁蒞師師夷威居〔尾聲〕聚著衣〔出隊子〕議西施俱誰〔摧拍〕泥書楣楣輝詒私墀，垂微奇奇禧餘私墀〔海仙歌〕際奇彝翅縻宜萃齊兒，義劬其貴垂輝萃齊兒，逝居裾戲娛隨萃齊兒，庇趨齊祀貽貤萃齊兒〔越恁好〕桀桀裏沸儷地尉比緒〔尾聲〕瘁戲奇

《金蓮記》：2〔鷓鴣天〕初裾書 4〔阮郎歸〕時嘶眉飛〔窣地錦襠〕低迷西機

〔阮郎歸〕迷飛衣磯〔窣地錦襠〕飛啼蹄歸〔集賢賓〕水差綺意會壘裏地，里卮美醉致翅裏地，麗知技比利洗裏地〔貓兒墜〕衣旗知菲歸，飛衣枝菲歸〔簇玉林〕啓披時字醉其涯，裏湄匜係世其涯 6〔卜算子〕歸住稀注路雨 9〔風入松〕廚氣語細翠期〔玩仙燈〕去〔金索掛梧桐〕絲雨髻籲襦縷壚易餘飛去，雛戲起猊思水泥碎餘飛去〔鎖南枝〕枝詩堤蕙題意，絲啼衣髻題殢〔錦衣香〕碎翠悴脂知期細注裏〔漿水令〕翅隊飛鬚慮係去去細日期 11〔破齊陣〕雨霓馳滯翅蹄迷〔鷓鴣引〕迷低啼〔玉交枝〕暮飛步籲路姿姿，午飛舞魚句絲絲〔出隊子〕沸沸枝迷卮微〔玉交枝〕味稀淚緇諦飛飛，味棲繫衣涕歸歸，細飛髻詩繫棲棲，使詞事時意題題〔念奴嬌序〕里翠卮知繫滯絲此水詩，事露暮路悟殊此水詩，麗洗隸膩諦尼此水詩，媚隊袂髢味癡此水詩〔古輪臺〕西機漬來趣水兒易絲蒂理眉賦 17〔步蟾宮〕鑽辭詩蔽，淚其飛訴〔錦纏道〕時詞癡馳知滋題地衣事危，初歸螭避詞嘶詩刺悲洗淒，堤攜觭題厲悲詞時飛致知，揮持知鴟卮攜淚雉詞氣悲〔古輪臺〕悲機祟雨灰飛裏詩夷棣離雞 21〔金蕉葉〕思係瑞〔羅江怨〕稀迷機吹翅飛澌碎，眉題施悲氣飛垂細〔金蕉葉〕飛暮怖〔羅江怨〕馳支西眉去湄限淚，時催知飛逝眉絲涕〔臘梅花〕悲蔽飛誰〔園林好〕迷低滯圻幃，悲揮袂飛棲〔江兒水〕沸稀避際淚語祟，翅蹄路去淚語被〔五供養〕碎輝歸迷細殪眉思係〔玉交枝〕緒飛刺歔衣水微期〔川撥棹〕縷萋萋卮啼飛〔尾聲〕淚世離 29〔香柳娘〕途途際事凄凄蹄袂啼啼悲涕〔北醉花陰〕水氣馳陲志堤跡〔南畫眉序〕迷蔽里歸鴟鼠意淚〔北喜遷鶯〕義脾思致飛旆儀〔南畫眉序〕漓樹沛離鬼騎跡〔北出隊子〕指飛衣威避〔南滴溜子〕裏裏濕黑起衣題洗〔北刮地風〕西嶇濕蹄尾回窺知使欺蹊〔北四門子〕勢歸氣顱欺起催鬼〔北水仙子〕飛圍水歸鴟兒氣衣〔北尾〕志飛你 33〔青玉案〕騎未里〔榴花泣〕滯絲歸幃雨衣涕脆雞，婿依扉期魄皮事翠枝〔粉蝶兒〕來樹〔漁家傲〕離夷唳侍廁會至，絲墀熾未麗倚殢，飛墀尾意悴味淚，涯闈被蔽會悴婿〔尾聲〕事膩時 36〔菊花新〕衣微〔金菊對芙蓉〕啼媚迷衣〔菊花新〕來喜〔剔銀燈〕

滯沛賜諦喜衣卮，細翳志聚喜衣卮，梓水寐翅喜衣卮，翠紫涕會喜衣卮〔大環著〕至至輝麗貴惠位沸事主綴〔喬合笙〕味味雌諦枝偈沛尾避滯歸戲繫去寤〔越恁好〕吏吏絲駐妓契〔煞尾〕技戲藜

《焚香記》：2〔齊天樂〕志悴計淚會珠遲魚書 4〔皂羅袍〕遞竽書字堤眉志 6〔菊花新〕虛時宜二〔瑣窗郎〕朱偎幃味繫配，犀珠姿子繫配 8〔好姐姐〕恥水離氣起，啓婿飛侶鬼〔川撥棹〕絮爲妻妻虧知歸，迷思日日遲期時〔尾聲〕起是知 9〔謁金門〕據利旅處侶忌你費〔忒忒令〕依絮計皮濟〔沉醉東風〕知計欺欺滯臂離棄伊 11〔齊天樂〕水位愧陲躕〔番卜算〕時遇處〔惜奴嬌〕虞持寄慮制遲籬細，危舉里馭慮惠遲籬細 23〔憶秦娥〕旆翠樹思〔金索掛梧桐〕移起飛際魚低幃利絲輝樹，如繼知處遲衣遇馳輝樹〔劉潑帽〕旆李恥庶，裏宇利處樹處樹 26〔正宮端正好〕際依誓賊〔滾繡球〕歸滯配魚癡計非悲妻如〔叨叨令〕知時誓齏味魁敝眉棄廝對〔脫布衫〕魚妻耳會〔小梁州〕爲司啼碎辭事知對催〔滿庭芳〕際淒飛配的妻對石里氣〔朝天子〕世義墮避會會氣〔步步嬌〕至僞疑濟祠細〔山坡羊〕地處棄癡非氣歸知伊知伊，貴義鬼誰你婿事知伊知伊 27〔北四邊靜〕味鬪迷移淚砌地〔要孩兒〕際際起魁第虜配娶爲〔五煞〕土壘悔悲戲兒〔四煞〕避歸遲底里欺恕娛〔三煞〕辭兒處味誰語時〔二煞〕提歸地志詩配偎〔一煞〕棲主贅志妻地書〔收尾〕會去對 29〔啄木兒〕妻期配拒書，虛期記語諱〔三段子〕的非意計起，馳知倍對底〔歸朝歡〕遞遞離配歸死洗遇幃 32〔紫花兒序〕起飛暉 33〔水底魚〕驅餘處圍圍，處圍圍 34〔霜天曉角〕會自雨回，異際緒知〔香遍滿〕事疑鬼離死，慮軀理虛處〔青哥兒〕會世歸理鬼，水語書計濟〔羅帳裏坐〕裏虛死遇計妻鬼 35〔四邊靜〕地意飛避僞取魚鬼 36〔菊花新〕飛迷羆息，驅暉衣氣〔紅衲襖〕軀敵機氣餘輩歸西，廬處志歸妻翼危書 39〔虞美人〕雷低〔憶鶯兒〕師書馳飛回迷樹驅地歸，驅地歸歸〔虞美人〕飛離〔憶鶯兒〕驅衣低稀岐軀瘁孜車，孜車車〔縷縷金〕馳書避遲處處，遲處〔憶鶯兒〕迷淒摧飛蹄輝樹驅地歸，遲處，驅地歸〔憶鶯兒〕回回疾殊珮琪趣孜車，孜車

《龍膏記》：4〔仙呂點絳唇〕姬吏貴籍誓〔混江龍〕繫思期逵時枝梯枝〔油葫蘆〕垂車知去日事會示疑〔天下樂〕裏提兒墀忌〔那吒令〕羲易的漆欺隨器遲〔鵲踏枝〕超虞枝迷非〔寄生草〕至避翅勢日車佩〔么篇〕希異比製費意〔賺煞〕髓蕊飴絲時期地迷子姿 6〔卜算子〕夷宇墀地，欺議提計〔玉芙蓉〕威寄疑騎旗喜微衣，墀陛機起歸喜微衣〔雁來紅〕歸圍氣宇題臆娛醉，施齊計敵餘臆娛醉〔朱奴兒〕題璃扉樹啓齊祉，衢溪舒雨啓齊祉 21〔霜天曉角〕帝意主爹〔一盆花〕致姿池比迷迷婦敷，意迷遲會依偎蠡施

《牟尼合》：3〔似娘兒〕魁雷飛圍〔八聲甘州歌〕迴迤紫期趨旗批知，眉馳戲妃絲垂騎飛，齊吹裏機飛堤低輝，嬉期雨碑湄菲鎚其〔尾聲〕起尾旗 6〔賺〕泥居閉差知字思語計，離時慮司砌爲恃絮死〔憶多嬌〕之籲絲離珠珠隅，嵎車遲噫珠珠隅 14〔剔銀燈〕寂麗罪係伊比，避億世取伊喜 20〔點絳唇〕時地黎起〔混江龍〕是是地兒的枝泥飛低每絲迴尼屎犁提〔油葫蘆〕兒雞昧魚密稀西地居〔天下樂〕翠枝溪壁箕漆皮〔金盞花〕獅地漓石絲歸〔後庭花〕珠吹車兒〔醉中天〕雷奎飛歸持呸奇〔金盞花〕屍係誰輩彌衣〔後庭花〕犧蛆利池枝起〔醉中天〕利毗知臂息尼〔金盞花〕淚衣跡飛婿歸媒〔賺煞〕飛起沸微禮裔危死易池 21〔意難忘〕其微歸私爲歸〔勝如花〕衣紙梓智飛啼知你自碑碑，啼起贅狽飛絲棲水計離離〔催拍〕淒諮施施籬驪棲飛，危知取取師驪施珠〔尾聲〕已義歸 28〔番卜算〕蟲離賜鬚喜，皮睡巾皮係〔畫眉序〕輝至灰會地裏，徽瑞微尾地裏〔六么令〕旨提衣眉臂，蒂期攜枝跪，噬梨規饑世，子啼兒垂濟〔滴溜子〕虺噬沸痔比，理恕取市裔〔尾聲〕矢取爲

《春燈迷》：2〔滿庭芳〕幾此洗美〔菊花新〕池歸飛際，枝時涯日〔榴花泣〕絲棲眉飛秀頁地趨，眉雌飛持時翅卮〔漁家傲〕詩斯序啼水私題已，帷枝被飛李期時矣〔尾聲〕係美思 14〔桂坡羊〕〔桂枝香〕尺地李紙矣〔山坡羊〕悲期思岐，〔桂枝香〕體髻地碧裏〔山坡羊〕啼時躇持〔尾聲〕裏字紙 24〔點絳唇〕榆地毬乳，施事詞禮 27〔意難忘〕遲非啼矣歸依裏其〔玩仙燈〕祠車〔勝如花〕絲死蓰席妃閭悽

淚雨旗旗，私理狃鬼妃閭悽淚雨旗旗〔催拍〕悽詩攜攜蹄籬碑飛，其悲取取爲軀啼磯〔尾聲〕豎此欺 34〔生查子〕枝美蹄第，衣避絲履〔玉胞肚〕裏泥華枝眉，第宜女儀湄 38〔香柳娘〕蹄蹄意贅詩詩車處沸沸絲已沸沸絲已，絲絲至女女贅配已已殊婿沸沸絲已〔賺〕疑珠豎的戲魁死易李李，期沸至悲喜非敘贅事事〔刮鼓令〕歸威溺司危理魁楣，巍李賜裏湄裏支兒，詩的兒姿覷支西，辭你謎取會魁的〔玩仙燈〕兒事〔賺〕兒跡的裏是易詩庇女女，涯會絲二疑裏詞罪裏罪恕恕，疑死時屍瘞禮祠婢內此此，依未期異喜枝罪女戲戲〔玩仙燈〕回內〔刮鼓令〕移爲禮時食杯遲，詞題取媒會之眉〔尾聲〕理矣宇

《燕子箋》：16〔小蓬萊〕起如圍緒衣〔桂枝香〕翠地隊衣衣意體醫圍，勢馭廢抒抒棄置離衣〔泣顏回〕依兒窺題兒翠癡，蹊事女眉題去媒〔尾聲〕女註題 21〔明妃怨〕闈吹氣醉 28〔十二時〕歸的語具對〔山坡羊〕悴碎至衣裏起其泥悲絲，沸蒂倚淒啼倚淒啼睡翠圍枝依時〔五團花〕悽垂處的時疾辭碎 38〔生查子〕珠試衣齒，回睡催喜〔一盆花〕事署劬期啓的體美字喜〔桂坡羊〕〔桂枝香〕世濟底思思避翅〔山坡羊〕之欺師兒的，〔桂枝香〕至字計施施事覷〔山坡羊〕之兒西的〔黃鶯帶一封〕闈魁避儒取易欺私里 40〔生查子〕馳啓池理〔大迓鼓〕泥治齊兒雞，規會奇兒龜 41〔點絳唇〕池掖喜齊紫，移氣會歸日〔北新水令〕池處移巍子〔步步嬌〕示翅垂子暉戲〔北折桂令〕題魁私私似噓珠珠池墀暉〔園林好〕窺吹輩的璣〔北雁兒落〕主席槌吹兒兒〔江兒水〕夷崇氣李會沸〔北得勝令〕師意書噬提姿侍子〔園林好〕持枝翠騎騎〔北沽美酒〕低誓移葵日會姬億喜已至〔尾聲〕翅雨裏

《雙金榜》：2〔尾聲〕微機扉 9〔字字雙〕兒勢皮地迴例衣賊賊，楣吏池翅鼇兌宜直直〔桂枝香〕戲易士圍圍戟至知，係閉弟兒兒地住衣〔大迓鼓〕旗廬入窺詞，絲黎覷兒知〔尾聲〕輩取遲 19〔蝶戀花〕倚水語嘴美起裏矣 23〔菊花新〕歸飛肥地〔剔銀燈〕裏寓矣樹池抵，比去裏息的哩 30〔長相思〕離脂枝闈時絲 31〔清江引〕哩彌底擠 37〔黃

鶯啄皀羅〕〔黃鶯兒〕遲思裏〔啄木兒〕嘶喜屐〔皀羅袍〕辭係細〔十二時〕喜是至事與〔一封羅〕〔一封書〕畿事閉舒〔皀羅袍〕日書與意，書筆語籲慮軀與事，醫謎誰離遺細，餘里知如如死〔玩仙燈〕至喜，垂跪詞題移婿〔尾聲〕毀取紙 44〔點絳唇〕遲嚦曙儀麗，迤地暑司曙，齊麗土犀跪，朱赤其事〔北新水令〕池指題書勢〔步步嬌〕地裏知戲夷裏〔北折桂令〕窸庇祈辭疑訙楣兒〔醉扶歸〕契隙如李旨〔雁兒落得勝令〕離書紙記居移欺垂緒書題〔園林好〕細悲逼對書取〔收江南〕鴟噬池事知持〔皀羅袍〕次儒歸擊的癡罪〔沽美酒帶太平令〕歸織知疑擬愧去奇句悲翅是〔尾聲〕取罪禮

（二）支思齊微

《四喜記》：3〔浪淘沙〕池彌迷夷〔玉芙蓉〕齊起希眉奇魁，低偉虧吹奇題 5〔忒忒令〕膩地嘶堤旗〔園林好〕溪沸戲衣姬姬，怩避蔽疑娣娣〔皀羅袍〕髻齊稀比低低麗〔江兒水〕期意喜擬弟里〔皀羅袍〕味璣梯陛奇奇儷〔川撥棹〕體起棲魁西宜〔嘉慶子〕抵迷旎理移飛〔尾聲〕器計離 9〔鎖南枝〕奇裏詩意移至，西蟻依止施濟，涯起機戲非地，多禮危喜私慰 10〔點絳唇〕飛啓裏幾璽〔點絳唇〕祇里紀比理〔神仗兒〕旎旎禮裏否毀違〔滴溜子〕蟻比幾知祉紀〔神仗兒〕啓啓祉死綺鄙移〔滴溜子〕委體起齊美喜 15〔水底魚〕闈奇題，疑期知〔玉胞肚〕禮知己奇依，志垂毅違疑，己期治微機，氣尼說齊迷 20〔滿庭芳〕時悲思垂迷旗醉驪錦〔甘州歌〕里梯馳違離湄炊詩，餘棲期墀齊飛衣歸，遲奇泥枝溪泥稀旗，西低堤思悲啼畿迷〔尾聲〕時疑杯 21〔雙勸酒〕奇紀低妓儀期〔羅帳裏坐〕啼計翠杯疊，衣幾喜杯疊，泥勢悔杯疊，移理圮杯疊 24〔番卜算〕遲事枝思〔好姐姐〕儀擬思事戲奇，卮幾底己醴癡 32〔哭岐婆〕細遞起幾棋繫，體綺宇比嬉紀〔繡帶兒〕理期衣〔宜春令〕體癡殢緒倚〔降黃龍〕歧棄裏低〔醉太平〕漓垂味紫幃〔浣溪沙〕機卮涯起〔啄木兒〕悲啼綺里池比〔鮑老催〕知枝詩聚計回〔上小樓〕碎圍姿思 32〔雙聲子〕至逝寄序意尸疑時〔尾聲〕議際書 36〔一江風〕醉味枝枝衣淚〔月兒高〕髻臂內悴對意奇地〔玩仙燈〕微起水〔金雞叫〕霽會翳桂

《櫻桃記》：8〔快活三〕利蔽字息〔不是路〕急力氣知，池第齊移記字〔太師引〕弟釐翅第回戚〔醉太平〕尾管理易，耳意恥老〔普天樂〕試佪愧志利緒知眉〔尾聲〕裏淚啼〔神杖兒〕體麗沸齊歸 13〔引〕絜娛眉〔刷子帶芙蓉〕低非題意會理筆息〔錦芙蓉〕璣西謎笛妹的宜宜〔錦庭樂〕媒欺對馗義俐知地妻〔芙蓉紅〕扉地至遞息知味〔普天芙蓉〕婢使幃疑啓意池易〔普天犯〕啓你閨隨妹炊〔尾聲〕勢累知 16〔引〕衣西騎〔梁渼劉大娘〕契理對飛勢泥悔意低字妻婿宜知歷利〔浣紗劉月蓮〕配室闈畿裏意勢迷第死欺〔大迓鼓〕笞規夕泥伊，十室利西的 17〔不是路〕期力係兒西地泥你至尾，誰尼細閨兒妹皮恥惠味〔古輪臺〕癡提醉思字妹眉惠涯帋字粒離記息疑妻釐裏石意禮聚恤勢貴題聚輝〔漢燈哦〕語恥起制眉妹伊遲，期意知棄理飛對兒〔□□□〕息實衣璧恥窺妹姨理爲，幃膝夕去的地對時，歸規氣李拾兒戚刻賊，非僞維義器子累戚皮詈提，知瑞契的職對致楣 28〔引〕黎提池釐〔大環著〕隊雷蔽吉日議濟戟蹄，會敵制墜戲沛旗疑績〔梁州序〕旆備輝惠霓馳沸麗威，蹄膾隨配祭裨裘〔節節高〕衣會醉非疾意係戲〔尾聲〕騎離〔香遍滿〕寄稀你誰疑知啓〔懶畫眉〕西期遲綺迷〔脫衣衫〕衣睡細妹扉瑞對〔浣溪沙〕忌誰契知衣〔劉潑帽〕碎璃輩識隊〔秋夜月〕伊地騎義席你〔東甌令〕妻持記棄師推〔金蓮子〕識祟皮疑〔尾聲〕沸會楳

《吐絨記》：7〔賺〕息逆起息眉避飛細滯計計，題癡閉知歸息遲喜餒尾尾〔東甌令〕婢欺誰計起知皮，嘴威伊禮你知辭 10〔引〕馳勢〔駐馬聽〕機宜微知濟衣意，欺枚離詞意期寄 15〔九華燈〕馳湄禮喜枚李伊皮跡忌知字兒癡鬼持貴位儀裘〔鮑老催〕欺覷泥低細密胚胚虧機知〔尾〕濟壘遲 16〔引〕吏期〔駐馬聽〕癡思意池施弟奇喜 26〔虞美人〕題喜梨妻〔小蓬萊〕第涯〔入破第一〕婢歸禮卑你眉起誰識細〔入破第二〕得伊貴息覓死〔滾第三〕壁美嵛弟〔歇拍〕癡癡輩理回回恥意爺爺去避氣底〔中滾第五〕粒去覓狷得字利水伊伊歸死息〔出破〕死世字裏識非嘴兒美日〔引〕嘶貴〔玉胞肚〕嫉疑西濟持歸，會非底奇息

《雙烈記》：1〔望海潮〕奇飛溪嵬夷機希私歸水幾 2〔瑞鶴仙〕志事意屈滯日掣魅〔西地錦〕士兒事知，時事宜〔宜春令〕危迷偉世佩辭杯李，杯歧記恥洗辭杯李，兒羆鄙恥義辭杯意，離顰狽洗世辭杯意〔三學士〕裏馳歸遲，里悲迷遲〔尾聲〕淚知畿 6〔雙鸂鶒〕出計移治夷至事，時視機士軀立議，意據事旅期議，馳息溪勢思寐去〔滴溜子〕的的慈的的地密事威夷 8〔剔銀燈〕裏矣意費知遺遲，誼地日里知期伊，理利氣知癡伊，否米濟計知嗤里 18〔鳳凰閣〕軌水癡抵溪〔神仗兒〕騎騎潰沸裏遲遲〔大和佛〕魁奇題彝推，黎夷威爲彝〔雙聲子〕利喜嘶嘶攜，裏美子子衣 21〔賽觀音〕計遲日持，細兒去飛〔四國朝〕日時〔人月圓〕石棄義歸非，意是去摧歸 22〔糖多令〕欺危遲際陛其〔桂枝香〕潰敝棘悲悲淚氣遲西，曙啓裏衣衣跪歲扉兒〔醉扶歸〕比誰遲陛旗意，日誰危計爲泣〔長拍〕時時世地起籬非臂飛疑夷〔短拍〕氣知疑翳墀 26〔神仗兒〕會會遇跪歲巍巍，衛衛沸墜際兒兒 34〔珠絡索〕圍回爲 40〔一匹布〕遂爲違非隨〔馬蹄花〕馳知墀辭意爲，癡機欷非計辭

《修文記》：7〔北雙調新水令〕墀際珮衣飛飛細〔南步步嬌〕蒂氣垂虛墜離髻〔北水仙子〕屍螭耳裏狸旆紫嬉〔南風入松慢〕飛攜滯梯裏池〔北折桂令〕帝諦枝鬚飛濟迷裏齊秖尼池〔南江兒水〕馳厲沸際地悸〔北沽美酒又帶太平令〕矣差紫起啓餌紀死理水〔尾韻〕至洗旨 15〔四亭花〕泥時語遲 19〔打草竿〕利的內理欺裏 21〔打草竿〕利的內理欺裏 33〔鴈魚錦〕思時慧字詩思期指日〔二犯漁家傲〕遲冊幾地離移逝異悲池墀絮絲〔二犯漁家燈〕漓辭易賜喜忌遲〔喜源澄〕施細室妻裏池是西 34〔山歌〕提衣媒〔山歌〕伊時皮 37〔傳言玉女〕飀洗細氣至〔踈影〕霽細珮騎地〔梁州序〕秘史漓係時知會夕易事，萎淚期異衣時，垂記持睇泥墀，璃居眉喜低飛〔節節高〕期離淚起騎沸墜細徊會，旗泥遞寄使秘地字徊會〔尾聲〕際時悲 39〔粉紅蓮〕脾籬妹皮鬚非鬼兒兒 42〔齊天樂〕世迷地泥提〔集賢賓〕思裏姿萎死知趾始諦〔畫眉序〕齊稀低氣盻儀〔皀羅袍〕侍旗吹起提批比〔黃鶯兒〕稽棲閉啼飛際扉妃〔貓兒墜〕期時馳貽幾 45〔寄生草〕離縷

子翅水

《彩毫記》：2〔破齊陣〕雨霓水翅姿奇〔花心動〕試絲枝宜翠〔集賢賓〕水差綺際起芷裏地，理漪美比雨致裏地〔琥珀貓兒墜〕時期知薇，漓稀師薇〔簇御林〕移迷沸醉其涯，湄師秘世其涯 12〔月雲高〕對禮閨裏寄遲移〔香羅帶〕時絲水〈艸縻〉歸迷驪低，絲眉指墀漓水疑思〔羅江怨〕姿稀儀期志歸基轡，墀芝奇時際隨批氣 30〔傳言玉女〕羈氣壘淚翅〔南畫眉序〕離棲日衛〔北醉花陰〕水靡馳圍地危底〔南滴溜子〕疾沸沸氣世霽敵〔北刮地風〕兒威地氣漓的的帝支痍〔南鮑老催〕泣密騎翅起逝計 37〔南雙聲子〕繫繫隊掖掖輩氣氣義義史日，淚離飛氣〔錦纏道〕知溪嶇施迷犁啼笠衣寄離，兒淚際啼遞墀涯悲綴饑女棲，闈淒隨絲會喜隅陲兒袂蹄魅雞，歧持鴟飛湄累眉棄離悴去時〔古輪臺〕悲涯祟移羆夷奇疑〔尾聲〕醉知嘶〔步蟾宮〕鑽絲西遞 42〔薄倖〕喜騎珮比秩議〔長相思〕離歧時吹垂滋墀洟〔三學士〕癘迷啼鴟，止悲持危，里依衣幾，逝思垂巇〔山花子〕地私司蛇衣墀螭期，是姿師時衣墀螭期，易危泥閨衣墀螭期，事辭墀漪衣墀螭期〔大和佛〕奇爲輝垂貴稀睨裏氣嗤〔舞霓裳〕泥泥飴飴對姿轡題〔尾聲〕諦秘時

《曇花記》：10〔逍遙樂〕矣水催衣〔繞池遊〕洗理婿水履淚〔集賢賓〕起尼裏髻旎細洗几，啓溪裏霽體偈洗幾〔琥珀貓兒墜〕持時衣疑陂，璃披西悲提〔簇御林〕岐扉地未涯水迷，螭杯耳淚涯水迷 16〔玉胞肚〕計知提墀危，碎絲機眉歸 18〔金蕉葉〕思岐涯寺〔二郎神〕淚子其侶際欷離，啼澧履姿水依息墀〔囀林鶯〕裏黎契涯袂翅幃期，水棲對閨此水悲西〔啄木公子〕衣倚涯死指非依，岐底胝里裏迷遲 36〔降黃龍〕世知隨誰杯紙室衣〔油葫蘆〕淒西虧至臺吏毀回〔天下樂〕堆歸推捶揮飛〔上馬嬌〕知池對資脂刺殳癡遲犁〔寄生草〕息嘶體碓餒歲〔後庭花〕識氣計期堆美貴些提癡裏跡臂〔青歌兒〕計避鳌犁回隨悲輩〔尾聲〕疲餒內味息貝息美帝擄厲你 41〔二犯傍妝臺〕師危隨摧旗衣，差飛馳揮旗衣，枝眉祗絲旗衣〔下山虎〕持至時慈茲尼體齊穢離西，鴆使麾蕤披岐配期類棲泥〔小

桃紅〕洗辭衣持知且碎脆眉庇危虧〔長拍〕史貴穢螭梯記飛旗〔短拍〕記奇鞞珮至尼〔餘文〕沸題墀 44〔惜奴嬌〕危靡義持寄意史，時棲粒際否馳倚世紫〔蛤蟲麻序〕題漓子水悴飛移遲壘，羈炁廢意衣墀其里〔錦衣香〕限裏湄沚梨李飛妃棋起地卮味〔漿水令〕杞事微垂織綺麗侶詞〔尾聲〕貴起時 45〔耍孩兒〕淚追時計危息蝕離〔五煞〕遲啓水色皮濟披〔四煞〕的妻幾你知鼻爲〔三煞〕的窺避細持寄迷〔二煞〕支期杞濟虧及澌〔煞尾〕知悔裏 49〔黃鶯兒〕衣危易虀譏陛歸兒，機離計旗師穢悲幃，輝時繫係旗芝似涯威 52〔粉蝶兒〕眉眉膩衣翠姿媚〔泣顏回〕題裏的美淚闈〔上小樓〕癡溪迷妃意閉悴時〔泣顏回〕眉絲肌皮脆委〔黃龍滾犯〕體起姿兒毀〔撲燈蛾犯〕闈地璃細裏池絲泥〔小樓犯〕子枝彌脂綺時息〔疊字兒〕美地樹巍際旗旗差黎〔尾聲〕底誰你 53〔泣顏回〕嘻的裏涯奇味的，啼兒水提推翳回，泥尼齊齏易歸〔古輪臺〕時璃裏地珠際溪濟提喜揮水機語起，脾犁都諦迷地崖繫係灰毀威鼻師指黎〔餘文〕息岐費時

《紅梨記》：8〔不是路〕支非沸矣的狽灰悖妓你你，疑姿脆配頤袂衣裏悴鬼鬼〔皂角兒〕臆庇題細非吹衣飛，悲翳其悴知吹衣飛 13〔高陽臺〕闢日緯石對臆〔金井水紅花〕移微譏沸湄儀二非胚旆催異，悲時差地依鯉梅溺倚回淚飛里契〔解三醒〕隊痍棄兒起輝庇地狸，壘披吏渠時濟入趄，尾危齬闈知礪日垂，旎希背歸期繫之 26〔祝英臺近〕裏倚地寄〔祝英臺〕是微疑迷棄倚，啓喜迷計底比奇，得飛期知儷記，悴眉惟離時倚梯

《金鎖記》：4〔逍遙樂〕裏氣違眉〔引〕悲儀〔梧桐樹犯〕悽碎沛庇饑女離已，奇棄矣繼垂罪起〔簇御林〕妻譏依配寄啼歸，齊皮知依背恓闈 5〔青歌兒〕意計釐你，意會欺你，理氣持禮 10〔不是路〕遲知沸回的衣里語碎係係 18〔哭相思〕地矣閉裏 20〔銷金帳〕起水裏婦慰嘴姿起未〔灞陵橋〕伊碎鬼遲起淚 24〔哭相思〕闈知誰〔滴溜子〕起矣濟裏遲遲 33〔一封羅〕嬉媒羈日闈歸沛，妻闢悲回貴魁聚輝至〔節節高〕微依墜沛奇係際喜會〔引〕迷日喜淚

《鸞蓖記》：5〔霜天曉角〕妹契沸依〔憶多嬌〕奇虞施支姿姿離，俱孚危圍攜攜離〔鬥黑麻〕兒魚私機知持時，欺吹軀眉知持時 9〔哭相思〕疑期池 27〔於飛樂〕具麗〔稱人心〕沸彌〔梁州序〕桂配菲比齊棲至會媚醉，蹄吹水氣宜棲至會媚醉〔節節高〕時癡貴夕期會異隊世〔尾聲〕戲堆頤 22〔海棠春〕試士〔出隊子〕濟濟齊魁遲癡

《紅梅記》：10〔生查子〕兒媚歸意〔哭相思〕來縶〔瑣窗郎〕鷄知依鬼禮歲，雷知妻繫易理 32〔字字雙〕鬮氣皮吏微勢宜利〔新水令〕閨係覷低眉氣〔步步嬌〕媚美迷起彌世〔折桂令〕窺爲翅圍枝期媒枝〔江兒水〕皮味內隊疑對〔得勝令〕兒罪戲迷推知淚灰石兒碑〔僥僥令〕子姿罪的〔收江南〕遺癡知裏裏移息第貴離皮事 34〔少年遊〕題燭日

《題紅記》：5〔掛真兒〕起閨眉髻洗 6〔綿搭絮〕迷眉誰衣微偎飛飛，差絲垂鸝枝閨飛飛，罳徊微思肌脂扉扉，宜離吹時飛悲遲遲〔小蓬萊〕地西羈〔紫蘇兒〕醉淚騑裏〔排歌〕西其鬮微低歸溪飛，稀衣萋期迷歸蹄飛，移暉泥離詞歸題飛，卮枝期谿梅歸滋飛遲疾肌 7〔南鄉子〕稀期西衣啼閨 9〔步蟾宮〕起尾髻裏〔粉蝶兒〕遲綺〔三學士〕比鬮技知意歸，比鬮貴知意歸，比鬮夕知意歸〔催拍〕攜纖思思違其池飛，迷時岐岐雷墀池飛，嘶啼悽悽衣期池飛，姿垂枝枝題泥池飛〔餘文〕去寄歸 18〔北調新水令〕題醉飛菲際〔駐馬聽〕嵬氣麗碧稀碎時邸意〔喬牌兒〕飛墜內裏〔雁兒落〕題綴淚〔得勝令〕妃姬悲迷會疑誰〔川撥棹〕脾李低西悴你〔折桂令〕籬題使移璽旗期魁〔七弟兄〕知稀祗會西內〔梅花酒〕伊堤扉主題西衣悲離期犀〔收江南〕飛吹推喜溪〔鴛鴦煞〕水蘂飛媒壻棲起 22〔南點絳唇〕啓旎裏翳紀計陛〔神杖兒〕歲歲陛尾珮威威〔駐雲飛〕題衣世地絲矣知媿歸，依兒配內閨至知計悲〔滴溜子〕裏裏鬮裏里第會回喜歸〔三段子〕羈歸期回蒂會輝 31〔西地錦〕旆衣滯迷，騎扉水梅〔石榴掛漁燈〕漓絲璣記綴知西持，旗緋歸騎蕊非詞威〔剔銀燈〕女配壻啓知推遲，第贅計儷提悽幃，壻妹理契期時杯 33〔賀新郎前〕綺氣起壻衣沸〔賀新郎後〕隊氣袂翠契係〔梁州序〕係地依配池飛裏內會壻，輩綴魁氣宜飛裏內會壻，對啓憶係回飛裏內會，喜麗美裏梅飛

裏內會堳〔節節高〕低圍水細遲麗綺沸眉堳，盃飛理美奇配麗彌眉堳〔餘文〕美喜隨

《蕉帕記》：10〔縷縷金〕泥萋蟻衣醉醉，西歸避蹊痔痔〔步蟾宮〕蕊裏雞吠〔太師引〕奇美頤璣體犀眉疑，喜癡偎里知伊微 13〔入破第一〕低俐室遂婢忌離紀味起水閨緯歷西的雷裏賊〔歇拍〕勢謎尾蹊鬼宜〔中衮〕密嘴拾失遲非提〔尾聲〕息背梅 17〔七娘子〕裏離媚喜〔思園春〕杯幃提誰疑〔粉孩兒〕理日離稽息〔福馬郎〕禮籍意非的拾〔紅芍藥〕鼻伊遞你迷女婿媒配〔南要孩兒〕儷西氣淚閉〔會河陽〕夕池兒皮勢對味〔縷縷金〕癡跪依去置饑笛〔越恁好〕尾尾怩題微恥悔昧〔紅繡鞋〕徊徊隨隨時日會扉扉 29〔上林春〕勢易計〔光光乍〕低雷細靂〔風入松〕知第氣計回機〔急三槍〕事慮灰〔風入松〕圍退智氣旗誰〔急三槍〕遲 35〔賞花時〕題戲西理基，儀題歸力持

《二胥記》：1〔蝶戀花〕紫此子裏紙矣事水 6〔北醉花陰〕裏至眉勢齊避〔南畫眉序〕齊至嬉麗致〔北喜遷鶯〕細頹嬉勢堤咈依〔南畫眉序〕知勢機欐幟理〔北出隊子〕勢旗癡兒使〔南滴滴金〕隊的戲勢指使威〔北刮地風〕使圍蟻西位疾齊示依〔南鮑老催〕微衣眉勢事戲起〔北水仙子〕奇飛依勅微暉施例爲〔南雙聲子〕旨旨勢圍圍玭每每違違辭〔北尾聲〕擬私死 12〔香柳娘〕摧摧避逝迷地矣矣逼計，吹吹逼水飛碎避避日至，壁壁逼水摧摧飛俟矣矣離涕 14〔梨花兒〕覓妻至〔霜蕉葉〕翠內死泥〔念奴嬌序〕蘺喜你飛曳世騎，恥子視世識飛辭，眯姝配宜妻睡騎，起奴西爲恥氣辭〔賽觀音〕地妻你題，濟妻婢欺〔人月圓〕庇異氣違爲，起你棄施歸 26〔番竹馬〕地貔勢世眉威蟻飛巍低 30〔菩薩蠻〕裏水

《貞文記》：5〔女冠子〕意涯係至〔臨江仙頭〕此催〔柰子落瑣窗〕閨窺蘺閉姿欺〔臨江仙後〕稀起西〔香羅帶〕肥期迷離知催配離飛，吹棲枝離梯遲誓迷歸〔香遍滿〕世奇係美垂飛及，契知二美催遲記〔潑帽落東甌〕李遲日回泥〔東甌蓮〕迷歸堳志疑依〔尾聲〕第梯提 16〔出隊子〕第枝飛歸遲，會迷疑奇非〔滴溜子〕閉勢配棲你，起室

美遂恥〔啄木兒〕飛的對配隊遲，伊媒桂配贄移 17〔齊破陣〕非棘誰垂〔朱奴插芙蓉〕水灰飛啼此衣，迷離壘穢悲谿，醿夷市磧迷暉，市鯢垂地穢夷〔普天帶芙蓉〕旗義恥摧持棄史胥蠡歸〔尾聲〕子奇鬼 23〔浪淘沙〕迷非疑你癡 34〔玉女步瑞雲〕危寄碎〔西地錦〕弈基異垂〔北醉花陰〕裏日迷離細齊壘〔南畫眉序〕枝裏泥際碎淚〔北喜遷鶯〕士姿諮蘺歸內棲〔南滴滴金〕似兒子濟棄淚內飛〔北四門子〕史低內隨悲祠枝比〔南鮑老催〕悲依薇飛碎睡裏淚〔北水仙子〕誰垂悲四皮眉規衛碑〔南雙聲子〕世世裏裏裏記碑碑題題依〔北尾聲〕寄垂尺

（三）支思、齊微

1、支思

《浣紗記》：2〔玉胞肚〕此枝施絲珠，士姿思珠時

《鸝釵記》：20〔香柳娘〕時此事思師子茲耳，躓支只死嗤雌紫脂〔駐馬聽〕司辭子磁時齒之使，詞私石卮肢迷媸似，施枝子思兒死詩譜，淄芝斯兒餌之㕫

《長命縷》：15〔七娘子〕志次紙使，似是死漬〔朱奴兒〕鴟豕兒思時事，枝止辭市時事 26〔窣地錦襠〕私時絲詩〔哭岐婆〕趾使矢市思咫〔清江引〕指刺兕使，止駟次耳使，邇示侍始

《紅蕖記》：12〔雙調引子夜行船〕祉司時次事〔雙調過曲雁兒舞〕耳翅貲侈〔風入松〕枝差示子思諮詞私至試紙兒〔急三鎗〕是嗤，指孜〔風入松〕斯淄字二爾辭〔急三鎗〕之死，視支〔風入松〕施絲侍志邇茲 34〔太平歌〕姿志四偲枝 40〔越調引子祝英臺近〕指志思〔女冠子〕詩眉枝知〔越調過曲綿打絮〕姿時兒詩絲詞茲茲，施枝私諮思辭師師〔憶多嬌〕輜颸卮之司司紙，茨脂斯此司司紙

《桃符記》：19〔神杖兒〕死死次姿事兒紙兒兒〔滴溜子〕侈子至此子〔神杖兒〕子氏慈次肆詞辭〔滴溜子〕枝屈事指詞 20〔一江風〕時止使孜自絲齒事，諮事使之兒事辭知力 27〔三學士〕爾時思裏兒，死絲慈裏兒

《博笑記》：25〔南呂過曲一江風〕時至自思事死死兒思，諮使試師是之之此翅〔柰子花〕時兒紙齒士貲，時兒刺漬廝脂

《墜釵記》：18〔黃鍾過曲降黃龍〕祠此之嗤使析，時死施慈肆私〔滾〕詞詞此事士死，之之示是士死〔尾聲〕此死辭

《義俠記》：28〔西地錦〕事卮賜時〔滴溜子〕卮事史侈嗤，子死士子辭〔啄木兒〕絲此司士子私，資此指士事尸〔三段子〕使思辭之至事死〔歸朝歡〕資使施死翅死思 31〔減字木蘭花〕雛枝 36〔窣地錦襠〕兒卮時私

《雙魚記》：25〔南呂過曲香柳娘〕子示貲是廝死，仕梓析死時志，視至慈死廝氏，次至時死嗤次

《埋劍記》：33〔越調引子霜天曉月〕嗣史字差〔越調過曲豹子令〕旨旨施施洱支時，師師兒兒齒嗤時時 30〔雙調引子玉井蓮後〕兒此〔雙調過曲攤破金字令〕是爾此示死兒差之之慈紙〔夜雨打梧桐〕兒思士私詞死試思 33〔仙呂引子探春令〕事紙字思〔仙呂過曲大齋郎〕諮貲紙之〔一封書〕詞之死慈時兒施

《投梭記》：4〔雙勸酒〕施耳兒旨嗤之〔秋蕊香〕志微沚此〔朝元令〕師字詩汜肆私時絲輜駛士士，噬澌支指躓枝嗤滋諮駛士士，寺斯釃爾自思尸屍詞祠駛士士，紫芝茨刺試卮鷥鷥駛士士〔三棒鼓〕淄脂辭髭支資鴟鴟〔二犯江頭金桂〕恣邇虱疵訾司而紙偲恃廝，似颸肢著疵{髟思}姿使慈市絲

《東郭記》：17〔搗練子〕之時此〔步步嬌〕使此枝爾施死，止此詩氏淄子〔孝順歌〕詞時之邇枝瓷事施爾斯子，之斯師齒慈姿子思死孜是 38〔似娘兒〕淄時史之〔北醉太平〕旨師時矢子此詞之〔么〕至施時豕鷙斯之〔桂枝香〕視至時事之之市刺卮思，事試支氏之之施思兒，祀至思肆之之視私滋，士史詩諡之之俟兒雌〔一封書〕姿時思枝愧斯兒慈之

《醉鄉記》：16〔玩仙燈〕絲耳〔小蓬萊〕塒姿子兒〔黃鶯兒〕支訾字絲姿恃枝時，雌之字詩資氏詞兒，之時字思事子兒姿，兒之字絲施此諮髭 31〔北點絳唇〕祠祀至姿紫〔混江龍〕侍司髭慈差奇師字兒士時背枝輩詞私裏濟詩臂裏施二茲〔入破第一〕矢氏子二祠嗜思史似識刺師孜笥〔破第二〕志視死耳〔破第三〕志士泗四〔歇拍〕事駟司騏時

之〔中滾第五〕輩紫梓詞思資匙歸訾〔煞尾〕詩絲支施事旨雌祉〔出破〕私始沚至〔神杖兒〕至次侍私時〔啄木兒〕惠卮髭之士志詩〔三段子〕翅姿試時子士書史〔歸朝歡〕諮祀事事施齒二賜祠〔點絳唇〕輝咫邇旨茝此矢史〔神杖兒〕祀祀葴漬視粢慈〔滴溜子〕施止士思志詞〔滴溜子〕詞志紫枝賜施

《嬌紅記》：10〔菩薩蠻〕枝知 17〔金蕉葉〕思滋枝子〔征胡兵〕字諮圍裓至，事茲時寄至〔香遍滿〕紙兒醉死支知事，魅時漬自絲姿二 47〔集賢賓〕耳之死諮悔世事，之兒子姿美二體，此時子兒氏始字〔黃鶯兒〕姿爾事兒兒死思兒，時兒二思茲死詞祠〔簇御林〕兒枝肆始諮時，兒子漬思辭時〔黃鶯學畫眉〕絲吹止支知爾諮二枝〔山坡裏羊〕始侍事辭知紫絲兒枝兒祠，紙至事死死死辭兒枝兒祠〔黃鶯穿皂袍〕私的匙卮底絲絲至

2、齊微

《浣紗記》：9〔憶秦娥〕矣起起水倚里里裏 7〔出隊子〕隊旗衣歸誰，翠妻飛眉些，幣西疑稀知〔玉山頹〕棄儀蕊嚭地遲飛，遞稽禮庇誼夷馳，髻衣底歲會飛歸 10〔謁金門〕蔽住矣淚壘悴禮滯〔臘梅花〕疲沸馳知〔園林好〕窺推愧歸歸，幃池沛歸歸〔江兒水〕奇避體義繫水，迷蔽寄恥滯水〔五供養〕類回頹嚭利離會，邸稽西李墜歸會〔玉交枝〕緒知滯其磯水暉暉，濟誰位危限裏暉暉〔川撥棹〕底淒淒湄非飛，依危馳馳伊非飛〔尾聲〕世去衣 13〔山坡羊〕淚婢歲奇知里弊離飛徊歸 22〔縷縷金〕妻伾味兒細細，妻威配兒背背 26〔意難忘〕馳頹兒誰齊幃〔勝如花〕飛水子會稀期西蒂淚歸歸，眉幾蕊義稀期西蒂淚歸歸〔燕歸梁〕威危衣畿〔泣顏回〕悲垂離提棄衣，欹依微知鬼攜，危爲持移義疑〔催拍〕儀規違違齊其歸，飛低矣矣稀暉歸，歸依奇奇違隨歸〔一撮棹〕衣離萋徊地西 35〔金蕉葉〕危知齊矣〔小桃紅〕基地夷危齊淚徊之〔剗鍬兒〕砌威壘圍齊起你〔下山虎〕迷悲離回去寄鬼堆歸〔剗鍬兒〕騎旗地雷齊起你〔蠻牌令〕義幃死隨其吹離〔尾聲〕世歸涯 38〔似娘兒〕基衣滯馳〔三學士〕恥馳旗里歸，水衣氣輝里歸 44〔減字木蘭花〕基墟 45〔北新水令〕歸里遲

離水〔南步步嬌〕洗霽持值時配〔北雁兒落〕氣滯〔南沉醉東風〕夕悴起淚僻啼眉〔北得勝令〕識知羈馳會遲回〔南忒忒令〕回倚對蕊〔北沽美酒〕離離妻誰臆臆〔南好姐姐〕歧非里怩計醉基〔北川撥棹〕稽稽蠡雷回隨敵歸〔南園林好〕提移繫媒媒〔北太平令〕世機嘴對兒伊際〔南川撥棹〕裏蘋葦西西非飛飛〔北梅花酒〕齊齊旗泥食戟筆吉〔南錦衣香〕蔽翳寺歸雞祭樹去墜水〔北收江南〕淒誰遲皮皮知〔南漿水令〕死淒萋悲暑蔽雨啼〔北清江引〕此廢戲你

《鶼釵記》：5〔一江風〕醴裏對持飛起，起避洗梯幾翠〔錦纏道〕吹維齊籬棄題，西墜離翼雌〔普天樂〕氣內泥膝，疾西啼〔古輪臺〕癡覓意蹊息疑只的隙伊誼你回拾〔尾聲〕喜禮陪 8〔二犯江兒水〕子子奇枝歸時飛衣絲會眉啼淚誰癡 25〔憶秦娥〕地閉計壻〔山坡羊〕忌妓易起非持底知悲隨〔五更轉〕對離配體時戲日淚洗〔金谷園〕妻畿裏的璧〔嘉慶子〕弟跖喜裏非〔尹令〕美濟壻裏狸〔品令〕危疑地係回歸〔豆葉黃〕裏池飛計理力力伊〔玉交枝〕跪識閉辭吏濟直爲〔二犯六么令〕椅梯地失爲知〔江兒水〕義泥累滯日計對〔川撥棹〕忌遲西籬夕得，離覓逆炙持期〔尾聲〕避碎歸〔水仙子〕妓誓璧第藉婢移妻紀隨的逝異喜知〔刮地風〕對回誓媒息妹低伊棄飾眉 33〔糖多令〕楣壻衣蒂奇，幃陛期對齊〔夜行舡序〕罍誼締理奇眉壻〔蝦蟆序〕飛爲蒂題韋媒宜隨〔錦衣香〕沸珮蕙齊壻妻第秘美貴追地〔漿水令〕儷室池眉幾喜杯〔尾聲〕醉魚會迴〔彩孩兒〕日此替羈的知起，際忌避覓期替知〔紅芍藥〕息稀妹璧希配幃體〔耍孩兒〕提璧妻癡壻藉俐〔會河陽〕你衣妓知配〔縷縷金〕機地理置疑喜〔越恁好〕你急裏吹易睡忌會〔紅繡鞋〕妻癡宜祗知〔尾聲〕異寐爲

《長命縷》：7〔傳言玉女〕圍霽淚味珮〔菩薩蠻〕地勢〔啄木兒〕違知枝棲計燬歸，威悲直池係比歸〔三段子〕危馳稀離義濟理〔歸朝歡〕起起晞水飛涕氣喜衣 18〔步蟾宮〕計肥稀袂〔羅江怨〕祈違畿谿喜移移至力〔步蟾宮〕起裏歸贅〔羅江怨〕提迷歸儀髓齊齊飛力〔生查子〕犀意地〔羽調排歌〕微漓啼西宜攜眉遲〔北醉扶歸〕騎池圍屐兮戲〔排歌〕（□）回岐西宜攜眉遲〔南醉扶歸〕配離酹姬淚〔排歌〕衣陪徊西宜攜眉遲，雞知低西宜攜眉遲〔尾聲〕癡你誰 23〔打毬場〕

遲利底吏〔夜蓮船〕地衣燧致〔好姐姐〕師入時誨易非，奇義時騎塓眉

《紅蕖記》：3〔菩薩蠻〕起臂〔二犯江兒水〕翠倚飛隨你齊迷齊揮恥疑歸攜 10〔仙呂過曲醉扶歸〕穗衣遲殢幃睡，避迴離喜醫計 13〔生查子〕意淚裏理 19〔南呂過曲懶畫眉〕催悽回會離，疑知稀淚移，齊歸啼意違 26〔定風波〕絲衣時期枝 37〔憶秦娥〕起裏裏綺幾裏裏水 39〔商調引子逍遙樂〕裏水依攜，裏水依攜〔商調過曲字字錦〕漪倚珮離崔姨回淚盃底美起會，移毀帶非起疑迷醉盃底美起會〔鵲踏枝〕飛輝綺馳萋池，蟻歸矣滯涯池〔尾聲〕裏袂幃

《桃符記》：3〔生查子〕熙燧水 4〔一翦梅〕依悲時 6〔霜天曉月〕狽悴尾離，回立體危〔祝英臺〕體離非脾悲替避〔羅帳裏坐〕稽配依期理，歸塓體期理 14〔步步嬌〕處際微滯依淚〔江兒水〕癡媚女意去水〔五供養〕邸棲取攜取取起摧閨 23〔夜行船〕日機提會息〔月上海棠〕裏水妻宜意你西，彼內依迷醉你推 24〔玉胞肚〕啓實兒石的，裏伊攜實知，淚悲推出知，跡裏的執得 26〔粉蝶兒〕吏歸累僞〔尾犯序〕妻歷眉疑西北對爲，裏底祟追兒對息馗，裏逼持日宿死斧西，知罪你喜非尾地賊〔駐雲飛〕知機意罪迷妻依悔泥，實規意鬼奇虧日抵虛

《博笑記》：6〔北雙調清江引〕對睡醉底，底醉睡裏，啓戲內杞內起 8〔南呂過曲劉袞〕睡罪啓矣，輩裏啓體，濟息値圓，喜意累嘴，憩依理會 10〔北南呂金字經〕會基迷迷微昧輝輝，異體齊齊西密國國 16〔仙呂過曲醉扶歸〕地西隨麗習藝〔舊傳打棗杆〕戲戲弟食弟食狽狽質質起起 18〔仙呂引子鷓鴣天〕癡知違悲危期 24〔雙調過曲好姐姐〕倚計食餒美饑，裏會嘴矣避威，鬼魅迷你跡歸

《墜釵記》：9〔北中呂粉蝶兒〕祗位齊世回細〔醉春風〕兒幾悔罪〔石榴花〕妻齊席依遂回職西〔鬥鵪鶉〕尾歲違伊底〔上小樓〕誨罪梯帔廢〔煞尾〕離室契比 17〔南呂引子生查子〕癡理飛期〔黃鍾過曲出隊子〕止遲移裏祈 18〔黃鍾引子點絳唇〕祇沸裏威戲 22〔越調引子金蕉葉〕畢憶急理 28〔引〕意滯〔仙呂入雙調過曲朝元歌〕魁喜隨贅倚美闈伊夕底裏對對

《義俠記》：30〔浣溪紗〕卮旗齊時期 8〔五更轉〕裏吃對你氣禮子，氣虧內水戲矣紙 18〔南粉蝶兒〕禮杯會里〔尾犯序〕日悉死誰尾飛，悲罪起啓知池，推伊遲威底持，詞移期置死虧〔駐雲飛〕宜危罪悔賊鬼你圍持，揮知罪氣池水事爲遲 19〔賀聖朝〕齏衣稀持，攜違馳欺〔玉嬌枝〕義得輩屍殖對實裏，氣機累迷屍庇實得，罪誰利媒的戲訖理，義伊罪悔的死十你 31〔減字木蘭花〕疑知 26〔煞尾〕你避起〔北耍孩兒〕世知提危理歸計衣〔三煞〕持避危離眉〔二煞〕鬼配威會及〔一煞〕悔輩食誓泥 27〔臨江梅〕起衣棲歸爲，洗梅杯攜饑〔瑣窗郎〕夷爲移治計避，機氣持廢計避，微知欺易計避 34〔北清江引〕北輩際矣 35〔出隊子〕陛衣稀飛遲，技奇爲威持機

《雙魚記》：4〔中呂引子行香子〕微遲楣飛驪〔菊花新〕衣杯迷跡〔大石調過曲催拍〕儀岐飛羈蹄依薇，衣知執攜岐依薇，迷回規涯期依薇，離垂幾誰依依薇〔一撮棹〕翼池羽棲急飛憶裏衣 13〔雙調過曲字字雙〕持致欺濟姬替飾戲〔風入松〕依圍碎契宜 15〔仙呂引子鵲橋仙〕悔氣迷體〔仙呂過曲八聲甘州〕鬼知吠堆你誰璣，裏皮氣衣恥齊的〔寄生草〕揹直逝威戲欺戾提，履蠢臂脾披綦戾提〔尾聲〕際非誰 25〔中呂過曲大環著〕氣氣眉第履衣世底味稀氣〔紅繡鞋〕雷雷暉暉宜席知知〔尾聲〕會期提 27〔南呂引子一枝花〕喜起擬〔一枝花後半〕泥綴倚姬詣〔南呂過曲　懶畫眉〕依追徊穗堤，飛歸泥配眉，移機衣悴灰，離衣期滯衣 28〔北仙呂寄生草〕黑罪計勢池背〔么篇〕志知計淚惠輩

《埋劍記》：2〔鷓鴣天〕機肥輝衣暉歸 4〔臨江仙〕璃低齊醴衣期〔大石調引子念奴嬌〕弛氣府矣裏未〔大石調過曲念奴嬌序〕杯輝瑞比會稀，邸器替擬闈會稀，會輝喜世配會稀，際蛇衣稀期會稀〔古輪臺〕圍西未翳馳制氣迷壘輝紀儀倚，惟追唳堆隊淚計逝齊霽輝體虧〔餘文〕衣殢回 13〔浣溪沙〕迷萋依碎齊低 14〔雙調過曲雙勸酒〕癡貴義逼依 21〔雙調過曲字字雙〕陲異祇祭直氣的你 22〔南呂引子步蟾宮〕悔己扶累〔南呂過曲宜春令〕計期知濟悴制，微攜起狽軌〔東甌令〕稀期餽誼題期，稽知遞寄遲馳 25〔正宮過曲雙鸂鶒〕彼是畏

例易，啓回易徙滯，貴役例棄悔

《投梭記》：2〔清平樂〕沸地避閉 3〔昭君怨〕倚起 5〔懶畫眉〕遲飛攲碎眉〔烏夜啼〕迷畦擲悴知〔烏夜啼〕歸回西織欷〔香遍滿〕綺奇棄嬉偎誰意〔二犯梧桐樹〕攲底謎碎伊轡裏〔浣溪沙〕會頹隊衣際實〔劉潑帽〕背淒履媒珮〔秋夜月〕移日逝懟李卉〔東甌令〕泥僛沸恥吹脾〔金蓮子〕皮氣威杯石〔尾聲〕例璧妻 8〔浣溪沙〕機枝時翠垂眉 9〔青歌兒〕氣比危底 18〔山花子〕萎期其知非死衣 22〔鷓鴣天〕攲垂眉離非語時

《東郭記》：2〔破齊陣引〕齊義皮羈〔鷓鴣天〕妻齊稽〔太師引〕幾肥勢譏異尾皮眉，比涯滯微水偉儀躋〔一翦梅〕衣飛飛啼齊齊饑薇隘違〔三學士〕矣宜姬致嗤，起期衣致嗤〔香柳娘〕飛飛氣恥離離馳計西西期涕，齊齊濟倚誰誰隨及西西期涕，急急易味藜藜累吠西西期涕 23〔菊花新〕閨啼歸會〔二犯傍妝臺〕衣疑隨眉歸回，疑輝窺遲夕回〔紫蘇丸〕碎麗歸氣〔紅衲襖〕怡息氣悲衣被歸，隨尾頹異巍會提，蛇醴違廢欺對啼，依乞攜立啼彼妻〔江頭金桂〕會伊楣隨食意疑的倚倚提氣妻，味奇篪皮癡地姨誰鄙鄙遲子啼〔不是路〕奇矣稀媚啼意氣眉喜喜 23〔憶多嬌〕席吃漆特極極石，泣識席得極極隙〔鬥黑麻〕識的泣羈惜憶跡飾，羸策逸釋石憶跡飾

《醉鄉記》：2〔鷓鴣天〕窺吹錐誰夷癡 9〔北耍孩兒〕比繫妃魁爲睡眉〔一煞〕欺智俐皮滯宜〔二煞〕微機識癡濟饑〔三煞〕藜敵譽非忌裨〔四煞〕齊異美奇氣期〔五煞〕實義已知誓依〔六煞〕奇弟去離世嗤〔煞尾〕題戲鬼 26〔懶畫眉〕嬉歸衣美迷，嬉歸衣迷迷，癡眉奇戲窺，癡眉奇戲窺〔朝元歌〕低裏馳際麗水西移飛啼醉會，低裏馳際麗水西移飛啼醉會，疑易宜意帝媚圍垂依稀避致，疑易宜意帝媚圍垂依稀避致

《嬌紅記》：2〔滿江紅〕氣跡貴係已，禮貴第水旨〔宜春令〕肥歸未悴記寄，幃西係侍息，萋蹄遞析記對，離涯匹飛視息〔餘文〕臆西離 4〔畫堂春〕霏催時飛枝暉知 7〔掛枝兒〕裏兒戲至的死，氣宜底的的死 9〔浣紗溪〕迷眉知起枝脂 10〔菩薩蠻〕淚翠 17〔羅帳裏坐〕歸繼醫思已，持待思稀記 23〔念奴嬌引〕戚避氣俐計〔念奴嬌序〕杯眉

醉輝，對石濕頹輝，日杯泥味輝，會杯催漓輝〔柳搖金〕醉誰期契時李差奇妓蹊蹊騎，姿期會奇喜眉妃美姿姿裏〔僥僥令〕旎微迷離〔尾聲〕比壁隨 28〔擣練子〕飛眉知〔風入松〕迷擲逼得幃棲〔啄木兒〕飛蹄隨計起砌迷，西低底隊退誰〔三段子〕倚衣飛窺綴碎歸〔三段催〕蹄堤櫺淚嶲膩底起裏，眉底衣西日碎翠事會〔歸朝歡〕爲恥虧底息字遲 32〔擣練子〕依規知 35〔臨江仙〕喜歸期惟〔香柳娘〕蹄蹄碎悴低低闈瘁邸邸飛悉，嘶嘶起織溪溪暉視圍圍隨裏，時時係水悲悲離淚裏裏四寄，時時昔臆杯杯離日暉暉催滯，淒淒至底悲悲垂碎毀毀迷棄，茲茲意棄美美灰係催催離佩，迷迷蔽裏淒淒涯覓壁壁誰戚〔尾聲〕淚日悉 44〔梨花兒〕齊婿期至，奇裏時議〔玉絳畫眉序〕婿覓美體棄日，麗裏比水試底〔桃柳爭春〕已來的〔撲燈蛾〕壻麗地西吹孜幃，勢內髻衣地時癡，抵惜蕊肢啼喜梯〔尾聲〕記時媒 46〔雙勸酒〕配味細疑，悴滯至危〔鏵鍬兒〕裏配眉的慧癡息底，貴美垂帔比婿妻配味 47〔海棠春〕次惜死〔黃鶯帶一封〕澌危氣悲知悔眉灰誰〔尾聲〕淚灰飛

十、皆來

（一）皆來灰

《四喜記》：21〔西地錦〕黛來礙涯〔黃鶯兒〕開來在回乖蓋才腮，懷臺害釵骸再才腮〔六么令犯憶多嬌〕猜來開懷捱捱階，捱杯灰偕捱捱階 29〔祝英臺〕解黛再〔□□〕萊開臺礙改，泰懷代快拜買，愛釵腮懷外海，在才呆大蓋載 40〔木蘭花〕涯來

《祝髮記》：16〔朝中措〕輝埃才〔朝天子〕回催來徊埋乖乖，灰催開懷釵諧諧〔北沽美酒〕差差埋雷威海怪開外界哉哉堆帥 28〔六么令〕改來開廻拜拜〔六么令〕待來釵開在在〔五更轉〕愛埋泰害海會彩，拜萊豸罪配鮐賴〔踏莎行〕狽隊對〔玩仙燈〕乖會〔畫堂春〕街回臺來〔山花子〕沛乖諧灰階開垓回，外媒臺才階開垓回〔節節高〕開階彩藹回解再渭萊蓋，來埃快載梅賚拜帶萊蓋〔尾聲〕載諧杯

《竊符記》：5〔生查子〕闤載〔畫眉序〕催會拜珮醉，杯輩愛泰醉〔滴溜子〕

怪狽丐退大〔鮑老催〕慨裁外帶蓋喙快〔雙聲子〕賴賴蓋穢穢珮介介對對類〔尾聲〕退徊醅 25〔七娘子〕債沛回再泰〔醉扶歸〕海來裁在槐帶來諧泰回街快歸彩會會〔皂角兒〕災海回解狽改來派雷諧，哀在開敗概排派雷諧

《虎符記》：30〔小重山〕轡外

《雙珠記》：14〔光光乍〕殨灰詭雷悔，媒來醉災海〔鎖南枝〕魁罪卑貴回最，危對推碎爲遂，頽杯徊味誰配，媒會追倍悲退 17〔鐵馬兒〕銳銳雷摧輝〔番鼓令〕威催危回〔水底魚兒〕圍隤歸歸，麾闈悲悲〔縷縷金〕灰違畏垂狽〔番鼓令〕陲培嵬頹〔縷縷金〕回隨罪殨沛〔雙勸酒〕虧祟隈退徊摧，錐碎唳追爲淚 20〔金瓏璁〕海累排灰摧，解埃開埋哀〔尾犯序〕災壞材怪宰催，埋愛回債債待懷，腮外階賴賴儡培，危荄猜耐耐改徊 38〔西江月〕媒推配回嵬最

《鮫綃記》：3〔錦堂月〕腮愛盃靄灑再，催改才在灑再〔醉翁子〕快彩臺奈開灑再，邁愛涯耐開灑再〔僥僥令〕靄堦帶盃〔尾〕醉芥寐 4〔出隊子〕來開釵哉〔普賢歌〕臺會牌快敗〔三段子〕邁猜哉諧在解海，來諧臺灑翠帶 21〔駐馬聽〕排骸埋災害排寨 24〔引〕懷裁在〔引〕帶陪臺〔山坡羊〕海賴解胎來債捱哉腮懷捱，邁再愛開災泰荣懷來哀來〔大迓鼓〕才害債臺胎，猜開寨才懷，腮抬海梅胎，來釵械來胎

《青衫記》：13〔七娘子〕害債回奈待〔不是路〕來猜在回尬階怪慨在在〔皂角兒〕霾塞埃敗黛海排雷來，捱奈埋戴礙敗猜哀開

《葛衣記》：7〔引〕衰捱懷外〔引〕懷擺乖耐〔桂枝香〕待愛礙賴在排揣諧，態待駭才賴猜改諧 10〔金蕉葉〕腮開賴〔山坡羊〕愛改豺海猜在懷哉哀堆來，擺賴懷解乖災再睞徊開灰〔縷縷金〕街外臺愛哀待，狽在尬諧胎敗債開來〔貓兒墜〕排態臺開財，徊街慨涯懷財 11〔二犯傍妝臺〕催腮諧

《琴心記》：7〔小重山〕衰階開來〔駐雲飛〕階諧債在來愛解歪歪〔西地錦〕解哀隘臺〔小重山〕臺苔哉來〔西地錦〕蓋槐待來〔駐雲飛〕臺佳靄界來黛外杯回〔玉交枝〕外開在臺懷帶才債，外開賴來裁外才債，籟臺快來釵界才債，愛懷彩萊階海才債〔玉胞肚〕階齋來開，才來臺腮，懷釵鞋來，埋開來捱 12〔少年遊〕債諧臺〔急板令〕才來泰

萊階苔齋，釵才該開埋苔齋，埋乖哀猜來苔齋，胎懷家釵鞋苔齋〔人月圓〕慨壞邁在敗待來，客償愛在慨待來 24〔生查子〕裁拜開蓋，苔靄來界，該大階賚〔駐雲飛〕骸來在拜埋耐帶台臺，才懷在大階外貸才才〔駐馬聽〕來胎才戴懷海〔滴溜子〕外外塞拜〔駐馬聽〕臺諧才埃塞來賚〔水底魚〕開排派來來，開埋拜來來

《玉簪記》：5〔縷縷金〕開捱尬鞋待 11〔縷縷金〕街來隘臺會〔步步嬌〕拜蓋裁愛來海〔折桂令〕來釵猜骸臺階懷懷呆臺〔江兒水〕來界海改械債〔雁兒落帶得勝令〕劃債來在些解帶猜外諧拜〔僥僥令〕臺來態抬來〔收江南〕捱臺釆來來歹〔園林好〕來齋戴來臺〔沽美酒〕來在苔宅害采愛哉哉擺 17〔山坡羊〕害待態開來外腮懷開哀抬，奈派債猜災害解哀來懷腮，在捱外來劃害災懷開齋來，尬害捱猜來債釵呆孩哉回 19〔清江引〕愛海臺債外 23〔紅衲襖〕開態帶釵抬害捱

《修文記》：4〔破齊陣〕界臺在海階垓〔玉芙蓉〕開載臺蓋雷會載才，栽在來債胎會載才 15〔排歌〕開來徊杯堆排催頹，醅臺裁釵開迴才猜，臺懷來猜開霾埃杯，鞋涯災垓隈來灰迴 17〔傳言玉女〕臺蓋彩海界〔三換頭〕解債來也豺罪腮，罪也萊愛塊齋腮 34〔山歌〕猜回來〔神杖兒〕怪怪帥海穢蓋釵釵〔越調鬥鵪鶉〕窄海解材來保〔紫花兒序〕排挨來採該債柴〔金蕉葉〕來擺釵抬〔小桃紅〕裁拜蓋奈汰白袋骸〔天淨沙〕財齋拜態來〔調哭令〕待埃駭在開灰〔禿斯兒〕彩開迴改諧〔聖藥王〕歹災戒歪臺埃〔尾韻〕賽灑凱 44〔一煞〕來回歹踹挨界臺 48〔前引〕釵骸

《彩毫記》：7〔唐多令〕回哀苔載臺，臺垓來在猜〔玉胞肚〕慨來哀臺杯，塊財開來回〔玉交枝〕賚萊桂猜才態苔靄，愛來海埋材彩苔靄 28〔女冠子〕解涯灑外海淮在帶派〔金索掛梧桐〕淮塞潰臺來外胎奈猜萊釵界，開在籟來回害杯待埃階齋債〔三換頭〕介害才階媒愛來，埋薹豺災解灰哀〔東甌令〕駭腮災壞齘災埃，械累捱類害裁哀〔劉潑帽〕沛來概回隊，狽懷寨災在 41〔掛眞兒〕快來回態〔撲燈蛾〕來海帶采涘慨回，才待水鼐來塞杯

《曇花記》：20〔菊花新〕臺開腮黛〔意難忘〕開來苔回洄帶哀 43〔掛眞兒〕

載來籟〔一江風〕齋戒棻界開臺解，萊唄蓋誨埃栽海〔不是路〕苔開骸猜哉回釵戒腮在〔好姐姐〕載鞋萊賴在柴〔醉扶歸〕黛釵帶籟來彩〔油葫蘆〕改在載臺〔解三酲〕界階外埃誡哀愛愛災，待捱態灰界釵會會徊，賴涯蓋齋拜臺賽賽回〔一江風〕鞋外愛怪開猜戒，來敗在債涯捱會 48〔紫蘇丸〕外快臺界〔甘州歌〕海臺靄開回嵬隈徊，迴黛來催陪裁諧哀，來載階栽杯材埋灰，雷海毸胎埃萊災臺〔尾聲〕改回哉

《錦箋記》: 11〔一翦梅〕開台臺裁釵釵〔蓮花落〕挨來哀懷臺哉萊胎開雷來哉 38〔月雲高〕待賴害排解外開來，再改尬猜歹害埃萊〔紅衲襖〕臺改解埋開在來，來害改猜才愛該〔出隊亂鶯啼〕諧待來哉愛才債乖垓骸〔尾聲〕改哀臺

《玉合記》: 3〔綿搭絮〕賴腮徊臺埃揩釵開開，彩裁煤來階苔鞋開開，靄篩回猜催胎埋開開，待涯臺回歪挨懷開開 6〔誦子令〕臺雷來，開排災，來齋胎

《水滸記》: 24〔碧牡丹〕蓋開怪〔大齋郎〕捱改臺〔碧牡丹〕駭腮在怪〔大齋郎〕差牌雷捱臺

《節俠記》: 5〔搗練子〕徊臺來

《桔浦記》: 3〔燕歸梁〕臺萊回槐〔七娘子〕泰艾戴〔芙蓉紅〕〔玉芙蓉〕催靄臺黛釵〔雁來紅〕再懷載，來改杯靄開在衰載

《靈犀佩》: 15〔山坡羊〕戒賴外胎苔黛尬哀開捱灰〔水紅花〕臺街隘腮猜蓋迴催，摧再來徊賴催隈臺 27〔天下樂〕才杯〔皂羅袍〕材臺怪開埋敗 33〔紅衫兒〕貸改愛猜災釵慨慨

《春蕪記》: 13〔哭岐婆〕捱愛怪賣排悔〔玉山頹〕債諧會待械在開懷，待胎蠆擺海捱街災 23〔天下樂〕才萊猜〔粉蝶兒〕挨宰

《彩樓記》: 1〔水調歌頭〕才埃諧階哉來灰開臺 12〔駐雲飛〕乖才帶奈街齋來債哀

《尋親記》: 2〔稱人心〕鬃界餒悴戴〔懶畫眉〕材魁街宰開，偎堆杯蓋灰 5〔剔銀燈〕乖奈戴債差財解，來貸愛待差財解，胎恠來在差財解 12〔香柳娘〕械械抬捱來載狽敗敗諧灑，解解骸賴改在愛敗敗諧灑，配配

罪待解解餒代敗敗諧灑，拜拜哀奈開債來哉哉泰載，害害懷會柴內戴哉哉泰載 14〔梨花兒〕胎界家貸〔皀羅袍〕猜懷害諧改拜 29〔傾杯序〕解懷怪來，解財涯害來，戴懷臺狽哀 32〔忒忒令〕來在猜解，呆恠對回〔園林好〕才胎代載載，哀大敗腮腮〔江兒水〕懷載大奈待狽，外哉害耐改海〔五供養〕魁涯骸才界懷哀，財涯來開奈懷哀〔川撥棹〕淚哉會擺擺，改懷開開懷開來

《題紅記》：10〔謁金門前〕外載改隘〔謁金門後〕在海待債〔鎖南枝〕街齋埃灑纔解，邁哀腮來賴開耐〔榴花泣〕來開纔齋才快槐，來乖階開哀再釵 14〔菊花新〕開來才外〔六么令〕輩來開雷綵綵，載埋嵬階綵綵，採歪排來綵綵〔北寄生草〕開塊魄額薹〔么〕臺快隘霾外〔么〕胎側外窄配〔么〕來外隔側黛 17〔減字木蘭花〕來臺

《運甓記》：7〔鳳凰閣〕帥帶材慨載臺〔玉井蓮〕徠蓋〔駐馬聽〕裁萊埃臺賴諧戴，材枚猜來待懷戴，開才媒萊退懷戴，推階栽排泰災戴

《金蓮記》：18〔醉扶歸〕怪災開敗材害，債才灰醢來灑〔尾聲〕腮駭猜皚

《二胥記》：10〔生查子〕駭在，大待〔風入松〕排檑碎寨垓豺，來踹帥大騋來〔急三鎗〕儕，埋〔風入松〕開篩海砦排回，來駭快外開摧〔急三鎗〕來對捱，灰〔風入松〕抬埃大袋骸哀〔六么令〕解開埃回在在 17〔滿江紅〕敗敗捱儓來抬駭捇，敗敗捱儓來抬駭腮〔漁家傲〕灰來在灑霾哀〔剔銀燈〕薤霾載對哀改猜〔攤破地錦花〕雷湃腮崖災骸埋〔尾犯序〕裁外愛猜海開，來開胎該哀歹害孩，該解臺猜再開，懷捱涯哀大釵〔黃龍滾〕乖乖醢海大壞，衰衰泰退待耐〔尾聲〕快差改

《貞文記》：8〔窣地錦襠〕臺開懷來〔香柳娘〕害哀哀來在來來涯灑〔窣地錦襠〕來排開懷，懷才涯來，臺財開來〔錦芙蓉〕排咍牌儡鞋色釵〔香柳娘〕咍咍駭快排排來採抬抬來霾〔錦芙蓉〕街篩挨苔黛胎踹臺〔撲燈蛾〕才賴賣伯篩採災，豺態在歹乖戴來〔朱奴兒〕大背諧載排壞，海大諧載排拜〔尾聲〕劃敗改 21〔北江兒水〕帶帶來柴纔鞋開黛大涯債，外外宅柴纔腮歪債，敗敗釵柴柴纔栽乖擺階階愛賣債，敗敗釵柴來纔齋栽袋來代債〔半叫鷓鴣〕懈大賣，懈大賣〔畫眉序〕裁輩諧艾配才，儕謂銳胎茱釵〔尾聲〕歹色才

25〔番卜算〕債代 28〔臨江梅〕懷乖捱開〔憶鶯兒〕色才哉來釵臺賽諧災，孩乖開抬台臺海諧臺〔懶畫眉〕苔來臺在臺，釵來臺概回〔臨江梅〕海釵徊台臺〔繡帶兒〕害埋埃哀壞愛該壞，排劃蒂儕乖客界臺帶，乖界胎才怪賣陌臺歹，捱在街懷哀灑額來待〔賺〕階來海捱乖客臺概債改改，街開海釵臺耐來害在待待〔搗白練〕再挨債，待來在〔尾聲〕在來開 35〔羽調浪淘沙〕界海快改在，海界賴寨債〔北點絳唇〕胎帶呆害〔混江龍〕害駭財骸涯白才埋碎腮臺乖豺災衰荄界災〔北寄生草〕窄埋大快怪在〔么〕才客伯債在〔么〕才色態概在〔么〕臺蓋帶壞在〔么〕乖灑賣敗在〔越調浪淘沙〕埃來回來，臺來堆來，推來開來，催來回來〔賺煞尾〕礙色該廻來白才乖在臺

《牟尼合》：13〔二犯江兒水〕蓋蓋採擺開來苔槐歹怪怪骸骸海，快快宰揣回胎排該海開開在在擺 24〔金錢花〕淮淮來來哀猜釵〔金梧繫山羊〕〔金絡索〕捱蓋在外蟹〔山坡羊〕埋埋該開開來，災帶在再海乖篩淮挨〔大迓鼓〕來哀賴開齋，臺釵會開腮〔尾聲〕蔡戒猜

《春燈迷》：2〔北點絳唇〕該派寨拜〔二犯江兒水〕耐耐歹債才慦（右上爲「頁」字）唉尬擺柴柴海海買，派派白大開採揩排帶賽賽色色踹〔北尾〕害客海 29〔浪淘沙〕限廻來配胎〔亭前柳〕災臺挨哉，孩駭咳哉，萊猜災災

《雙金榜》：29〔十二時〕改大代開愛，邁待跪輩懈〔勝如花〕開採載愛乖腮帶懷懷泰來來，才改債快來街戒開開在徊徊〔榴花泣〕來孩載材篩在灰，哀堆杯來拜臺〔尾聲〕改待該 43〔西地錦〕背街廻綵，外限來上〔畫眉姐姐〕開會來拜海栽，猜在臺愛海開〔出隊滴溜子〕恠胎諧解礙採，載才乖採賴帶〔尾聲〕拜帶採

（二）皆來

《浣紗記》：14〔北朝天子〕排挨外來帶歪保開海海快快 17〔普賢歌〕釵來胎孩大 21〔寶鼎現〕在駭黛海〔賀聖朝〕來階才哉〔錦堂月〕泰靄敗待懈，外來開戴態待懈，乖挨在懷戒待懈，才駘埃械泰待懈〔醉翁子〕奈載愛待開凱階，揣海塊慨來凱階〔僥僥令〕色胎賴災，帶釵

在臺〔尾聲〕大外材

《櫻桃記》：10〔雁兒歌〕財來怪排債〔江頭金桂〕彩堦宅界釵懷耐債開才，乖堦埋臺海才排差栽來來，開災涘埋蓋哉財該孩來來〔風入三倉〕來帶賣宅乖呆賴財，懷貸械彩來釵胎23〔亭前柳〕排災白寨來，差來釵在圭〔山坡羊〕塊在害猜該耐懷開哉來〔催拍〕臺犲才懷萊臺崖，孩懷來白劃臺崖

《鵜釵記》：3〔夜遊湖〕宰臺蟲鬼豸袋〔眞珠簾〕艾宲在太，鞋黛外拜邁〔宜春令〕街懷隘外帶哉蓋，歪臺解在擺差矖〔北寄生草〕埋外在賣釵帶，孩蓋白界拜23〔普賢歌〕排詼開來採〔玩仙燈〕快開〔醉羅歌〕債挨來奈臺階外差開〔孝南歌〕腮埋臺待鼐壞在偕海，栽釵鞋黛茱愛帶哉賽，來乖材在待色彩歪怪，階茱骸白大槩戒懷戴

《吐絨記》：7〔引〕外賴〔忒忒令〕來礙愛才黛乖〔金谷園〕宅釵帶臺萊〔江兒水〕色開怪解在拜〔玉交枝〕態鞋釵袋腮黛猜解〔五供養〕害才排賣海栽採〔川撥棹〕戴策埋埋擺該白來〔尾〕大蓋崖

《雙烈記》：29〔西地錦〕臺埃

《節孝記》：11〔浪淘沙〕齋猜萊懷　卷下3〔菩薩蠻〕開來　卷下5〔紅衲襖〕臺界唉改腮帶猜，待開災害來在揣〔香柳娘〕哀駭礙海災害來臺害哀

《長命縷》：21〔中呂菊花新〕苔槐齋改〔尾犯序〕猜待懷捱黛釵〔遶紅樓〕偕街鞋〔駐雲飛〕臺開載戴來在界哀，篩排債態諧愛解哀，腮乖大快差海袋才，淮埋害賴霾外賣才27〔水紅花〕諧差奈排該待涯胎，釵臺帶才開愛來胎

《紅蕖記》：6〔南呂引子一枝花〕彩海買外解界〔南呂過曲紅衲襖〕來躧籟開涯矖儕〔五更轉〕採懷帶解灑礙尬〔劉潑帽〕在排揣骸戴〔東甌令〕該猜債捱鞋腮〔金蓮子〕才改捱臺〔尾聲〕拜栽胎16〔菩薩蠻〕開來23〔繡帶兒〕解械涯猜採態材解，哉睞在懷騃揣寨材賴〔太師引〕海胎排慨揩諧債，擺裁礙客待改愛〔瑣窗寒〕捱該開蓋帶才乖，差埋荄貸買臺來

《桃符記》：13〔東甌令〕捱懷害敗埃腮14〔縷縷金〕篩捱待街愛

《博笑記》：19〔雙調引子謁金門〕敗害擺貸宰派揣奈〔雙調過曲鎖南枝〕街來

隘災駭，在乖蓋歹快，胎來邁哀壞，耐排塊骸礙，抬來擺崖債，豺回帶捱拐

《墜釵記》：1〔沁園春〕釵滯埋來排猜挨諧差懷臺 3〔越調引子霜天曉月〕靄外帶苔 2〔越調過曲綿搭絮〕賴臺徊苔堦催懷開開，踹鞋苔迴歪挨懷開開 11〔越調過曲小桃紅〕釵在財乖哀戴懷白〔下山虎〕駭駭來外猜客宅解臺待才挨〔山麻秸〕戒揣屆齋礙〔五韻美〕在改蓋歹帶懷客〔五般宜〕待才齋開臺揣裁災乖〔尾聲〕買懷諧 24〔中呂過曲泣顏回〕來界解諧怪街，猜鞋載堦開待乖〔撲燈蛾〕睬債怪歪在釵，債在解諧駭猜〔尾聲〕待來開 25〔黃鍾過曲神杖兒〕駭駭在崖拐害災災，解解怪猜駭害災災災災〔鮑老催〕才胎來釵帶殆債在，釵財埋戴械解再 28〔仙呂引子似娘兒〕諧催 29〔仙呂過曲大齋郎〕來開才齋〔中呂引子菊花新〕開來

《義俠記》：11〔金蕉葉〕才諧釵客〔祝英臺〕才儕哉在代，載開買海邁〔憶多嬌〕才乖該來災災揩，衰懷來帥來來捱 12〔一江風〕孩來外來在街街開債 25〔燕歸梁〕排街懷來〔泣顏回〕懷買開界乖，來歪篩白芥儕〔太平令〕儕災耐懷，才災敗來〔撲燈蛾〕賴戒排界改牌，害在怪骸揣蓋來〔尾聲〕泰來開

《雙魚記》：17〔雙調引子夜行船〕載來篩快在，客開乖隘快〔秋蕊香〕載在來〔雙調過曲玉山供〕奈諧邁宰災埋，債來外解災來 24〔南呂引子一翦梅〕苔來來猜哀哀〔南呂過曲宜春令〕來鞋在買寨海，來齋在界海待〔繡帶兒〕載尬臺懷宰債哉態，乖界害來災客害差賴〔太師引〕擺來乖宰才懷窄，改猜拜害擺蓋揣債〔中呂過曲普天樂〕界海曬排擘災擺〔雙調過曲山坡羊〕槩怪害猜來外責哀才埃材

《埋劍記》：6〔仙呂引子似娘兒〕才諧在來〔仙呂過曲望吾鄉〕街來塞灑才槩〔劍器令〕來採猜〔桂枝香〕帥拜慨帶塞埃來，芥塞帶蓋代腮來，邁概塞愛策劃才 19〔越調過曲梨花兒〕歹來捱側，擺排外躧 21〔園林好〕胎災界台臺，猜涯買財財〔江兒水〕哀界海塞待債，來待派改外解〔五供養〕載來懷藹在開態，待排陔黴在懷愛〔玉交枝〕快哀壞埋才儓諧壞，快開蓋腮骸代開帶〔川撥棹〕揣擺哀哀責胎劃，胎埋來來災懷諧 23〔南呂引子香遍滿〕解買災在，揣解礙在〔劉潑

帽〕拜抬代害，在該帶害 25〔南呂引子哭相思〕載改〔南呂過曲香柳娘〕界賣捱械害害排泰，塞帥災態害害排泰

《投梭記》：3〔昭君怨〕臺開 16〔新水令〕開械噲伯揣偕駭〔沉醉東風〕岱街賽涯猜解〔喬牌兒〕珀澤責懷〔七弟兄〕駭歪釵愛諧外來咳豺界埃奈〔收江南〕災哀骸才裁〔折桂令〕臺埃才責霾柴白篩〔沽美酒〕臺垓宰策街〔太平令〕瀣萊睬尬哉該怪 22〔山坡羊〕尬韃塞排來賴乖骸柴該開，塊鎧蘗駘財賣哉哀釵捱儕〔水紅花〕胎騃睬諧排解該災，崖涯擺澤淮賽崖階〔吳小四〕咍咳篩界階〔山羊轉五更〕〔山坡羊〕外海醢材豺在〔五更轉〕客寨怪債〔金梧繫山羊〕〔金梧桐〕埋蓋灑代拜腮萊懷臺

《紅梨記》：10〔六么令〕改排哀來害害，帛涯霾豺駭駭駭駭，壞乖捱猜在在，害胎排釵大大〔憶多嬌〕衰開哀萊埋埋捱，歪釵鞋開埋埋捱 24〔駐馬聽〕才開臺裁彩排擺，涯偕駘釵害來迨

《宵光記》：9〔水底魚〕才來災，腮摧排 14〔懶畫眉〕開哀臺堆，臺開埃杯，臺苔臺開，開才哀迴 16〔金蕉葉〕該來街白〔山坡羊〕海岱災界臺改哉馬臺哉骸（□），待債色才擺塞外馬臺哉骸（□），債械惻哀捱駭奈馬臺哉骸（□）21〔引〕來材 26〔點絳唇〕開界排外〔混江龍〕策埃諧豺劃才臺災霾〔油葫蘆〕階材客塞害來泰大排〔天下樂〕挨乖該抬街寨廨〔鵲踏枝〕色胎概柴客〔北寄生草〕擺排害塞待在〔么篇〕側客伯〔煞尾〕窄呆保白宰責階

《金鎖記》：16〔恁麻郎〕歹害奶解賣拐，買害帶概歹拐

《鸞蓖記》：4〔菊花新〕臺開才海〔駐雲飛〕開才賽蓋儕色彩乖，階垓擺待才賴拜諧〔駐馬聽〕諧衰懷釵債臺捱，齋色胎排快臺捱

《玉鏡臺記》：5〔花心動〕畫罷賴外

《紅梅記》：9〔金瓏璁〕階釵色〔羅江怨〕孩開懷臺客乖呆害，來乖災腮愛回來外〔香柳娘〕歸歸在奈來在開開來外，吠吠怪外猜灑才才臺蓋，哉哉載採釵戴懷懷排帶〔不是路〕苔開在差猜派來怪愛采采，台臺愛孩楣客來賴壞解解 16〔謁金門〕債耐愛窄〔園林好〕開猜駭呆，篩窄害乖〔江兒水〕乖帶擺黛害在，怪哀愛債解害臺愛〔五供養犯〕

待臺該愛戴諧派，怪猜懷解害埋懷〔玉交枝〕害策來胎薹開捱，駭來臺開奈釵鞋〔川撥棹〕奈灑諧諧才懷來，快害排排災〔尾聲〕快籟骸

《蕉帕記》：5〔字字雙〕災尬鞋快開敗來債，臺賽諧儓來外揩帶〔大迓鼓〕衰柴捱艾哀來，呆孩懷害抬來 22〔神仗兒〕帥宰鎧駭淮淮〔降黃龍〕衰載害哉戴醢，開埃采海臺賴快〔黃龍袞〕臺臺介蠆采黛塞，牌牌隘外綵黛塞〔尾聲〕寨帶來 25〔霜天曉角〕蓋外在才〔金蕉葉〕才腮采該〔章臺柳〕戒怪賣諧災釵開稗〔醉娘兒〕來解排海怪〔雁過南樓〕猜猜埋靄來駭帥〔山麻客〕抬壞改在哀再〔尾雙聲〕害待牌哉

《東郭記》：9〔更漏子〕黛壞 19〔駐雲飛〕才來債大乖釵愛奈抬，開來拜在孩裁解怪懷，挨來戴態歪排在害開，材來蓋邁猜哉在代裁，臺來外客呆猜奈在涯，捱來愛大咳埃藹壞才，猜來賣詒唉孩駭外柴，排來態蓋挨懷待睬才 27〔添字昭君怨〕載買哀來 41〔傳言玉女〕涯丐艾黛〔疏影〕載愛態奶外〔畫眉序〕開外靄蓋快派，才待拜蓋快派，釵邁隘蓋快派，來賽壞蓋快派〔滴溜子〕在壞改袋外〔水底魚兒〕來排奶開〔鮑老催〕壞壞怪態賽在丐概〔雙聲子〕太快再再待待釵〔尾聲〕客歪來

《醉鄉記》：15〔遶紅樓〕財來載懷〔不是路〕埃來大才猜在懷待邁蓋蓋，開才外栽騃解猜愛在菜菜〔紅納襖〕裁揣在乖該睬釵，排採客才諧藹來〔解三酲〕賽才邁來害哉愛諧，概懷愛才載揣怪來〔朝天子〕乖在諧來才懷釵釵 39〔鳳凰閣〕拜概派戒〔八聲甘州〕大槐壞栽來才懷，差埃愛猜裁才懷〔賞宮花〕開排埋該〔北清江引〕賣態怪戴

《嬌紅記》：19〔掛眞兒〕債懷待〔光光乍〕乖涯賽寨〔駐馬飛〕差才態賽臺齋拜來，猜臺彩態腮咍來，排釵愛睞諧臺債來，諧開釵帶鞋懷敗來〔三學士〕才臺客釵色諧，珀臺拍鞋愛腮 31〔清平樂〕來釵苔 38〔西地錦〕色階來〔夜行船〕蓋涯在外〔玉交枝〕採街債埃來彩腮懷，賴臺概才來客該排，陌來儓埃懷待開劃，載開側懷猜外諧抬〔隔尾〕灑海臺外〔伍供養〕害來來捱來來〔江兒水〕客來在再奈尬白〔姐姐帶僥僥〕來害來來〔尾聲〕怪債來

十一、鐸覺

《浣紗記》：43〔憶秦娥〕落落鶴薄索索閣

《雙珠記》：10〔四邊靜〕幄愕約惡嶽作，泊託閣寞落勺，諾濁腳絡錯卻，薄覺壑度弱邈 40〔高陽臺序〕泊角度錯莫，落樂縛閣恪，索覺貉怍薄爵，莫昨搏鑰藥略〔尾聲〕諾學著

《曇花記》：55〔繞池遊〕閣鑰箔藿覺〔滿江紅〕珞落樂覺

《運甓記》：9〔憶秦娥〕漠惡惡落薄索索閣

十二、屋燭

《四喜記》：29〔憶秦娥〕郁玉束簇胥曲

《浣紗記》：27〔憶秦娥〕辱曲曲復，熟束束蹙 29〔憶多嬌〕觸哭卜福獨獨促，熟戮贖屋獨獨促〔鬥黑麻〕伏辱促束簌速目，祿竹縮木簌速目 44〔減字木蘭花〕辱復

《吐絨記》：3〔引〕穀足曲祿

《雙烈記》：28〔畫眉序〕衢屋燭玉祿，睦束軸玉祿，沒族淑玉祿，幄曲褥玉祿〔滴溜子〕戮福祿轂足〔鮑老催〕辱復逐勖餗掬〔滴滴金〕郁續逐玉篤足足燭〔雙聲子〕菊菊曲魄魄曲綠綠斛斛谷〔尾聲〕目續玉

《琴心記》：16〔北醋葫蘆〕足祿屋築曲〔么〕粟矗辱續哭

《玉簪記》：7〔定風波〕綠束玉泊 26〔東坡引〕燭路續

《彩毫記》：22〔傳言玉女〕肅速足燭〔畫眉序〕屋矗燭菊醁，軸促曲玉醁〔滴溜子〕沐掬逐熟粟〔鮑老催〕目屋束襡續竹速〔雙聲子〕蹴簇沐沐麓〔尾聲〕國足屋

《紅蕖記》：35〔商調引子解連環前〕續玉蹙竹鬻〔解連環後〕足曲宿綠谷〔商調過曲高陽臺〕簇觸沒束骨，忽局突瀆讀目，縮蓄牘卜肉逐，躅覆鹿伏祿燭

《金鎖記》：9〔畫眉序〕俗玉谷福〔滴溜子〕局簶哭腹〔鮑老崔〕屬蹙欲祿足讀逐〔雙聲子〕牘牘俗曲曲淑鬱睦肉〔尾聲〕竹促熟

《玉鏡臺記》：14〔東甌令〕鹿逐服屬伏，幅肉谷竹玉僕，朔足覆蜀，牧沃腹轂服祿 19〔四邊靜〕域族陸鹿逐復，肉毒卜鹿逐復，轂篤服燭軸祿，舳纛速燭軸祿〔福馬郎〕曲伏宿谷覆，鏃衄牧谷覆

《尋親記》：10〔四邊靜〕服毒束伏獄，曲戮續伏獄

《運甓記》：24〔疏影〕速曲掬卜逐〔畫眉序〕綠旭谷玉續，醁屋舳燭續，沐瀆育北續，篤馥肉轂續〔滴溜子〕服欲恧哭毒〔鮑老催〕撲復促屋服逐郁〔雙聲子〕復復告蹙蹙躅篤篤玉玉腹〔尾聲〕纛北囑25〔憶秦娥〕逐曲曲服

《龍膏記》：28〔梨花兒〕玉宿肉

十三、德質

《浣紗記》：8〔高陽臺〕敵集北國〔高陽臺〕立積匿穴乞，迫役夕戚得惜，惑適食拾國擲，執射釋歷必益，憶闢德日極室，逆集及僻敵實〔尾聲〕檄直力4〔滿江紅〕國荻赤戢44〔減字木蘭花〕質客

《紅拂記》：18〔謁金門〕脈碧識覓力歷昔尺

《祝髮記》：2〔瑞鶴仙〕紱昔日籍力斁〔寶鼎兒〕陌息，色液〔錦堂月〕極澤得域日，瑟紱室域日〔醉翁子〕質適壁錫白柏，籍力夕匹織柏〔僥僥令〕直戟，色棘〔尾聲〕策赤失24〔錦纏頭〕力色識覓跡壁寂〔普天樂〕覓舄室息翮〔古輪臺〕力匿北汲錫汐壁跡値〔尾聲〕集隙筆〔四邊靜〕敵律鏑尺刻北〔紅繡鞋〕革革易易客逆黑〔四邊靜〕得色屐白赤績

《灌園記》：2〔高陽臺〕日弈國吉席〔番卜算〕籍職〔高陽臺〕急吸食測益，夕失識逆入，敵及擊墨惜，役默直責得〔尾聲〕日側力

《竊符記》：23〔遶池遊〕織璧惜〔五更轉〕食急息色翮力墨，粒泣急吸翼立急24〔神杖兒〕卒卒食擊國敵敵〔滴溜子〕國尺策栗稷〔錦上花〕戟戟射翼翼繳〔滴溜子〕厄惕釋稷〔錦上花〕客客靂匿匿鏑〔滴溜子〕戚策抑畫稷，日黑國易席〔三段子〕擊急入失翮嚇席，集魄擊敵逸夕席

《虎符記》：7〔四邊靜〕黑赤鏑百璧責，嚇策碧百璧責，國棘繳百璧責〔窣地錦襠〕戟魄翼敵〔清江引〕績屈力席〔鎖南枝〕翮績璧力賊〔清江引〕日策離的劈〔鎖南枝〕益幘笏力賊〔清江引〕急特敵擊〔鎖南枝〕惜國幗力賊8〔憶多嬌〕出力責迫臆臆刻，食力日息臆臆刻〔鬥黑麻〕穸息匿璧璧域滴北，夕適澤厄域滴北〔哭相思〕織隔37〔劃

鍬兒〕奕集立擊入力，厄策敵擊入力

《雙珠記》：2〔齊天樂〕繹脈陟翮璧特 6〔憶多嬌〕質窟役瑟滴滴日，溢惚抑戚滴滴日〔鬥黑麻〕急逸律責拂色得，恤匹術骨拂色得 18〔謁金門〕脈北日窒棘得滴 22〔菩薩蠻〕織碧立急 24〔好事近〕易隙客得 33〔四邊靜〕域阨力鏑克國，勒績色鏑克國

《青衫記》：4〔菩薩蠻〕寂力 21〔憶多嬌〕日憶密識息息室，日息隔跡寂寂惜〔鬥黑麻〕執急悒給息歷質，匹失濕適息歷質

《葛衣記》：21〔引〕劃責〔憶多姣〕錫急德濕戟〔鬥黑麻〕敵劃檄德職力德

《琴心記》：1〔月下笛〕食惜擲得碧色織客跡

《玉簪記》：4〔千秋歲引〕力瑟息識 13〔四邊靜〕隔息飾璧質值，隔必夕璧質值

《節孝記》：卷下 6〔古風〕息揖食給吃力急逼息積

《修文記》：25〔傳言玉女〕力澤裏臘

《彩毫記》：9〔上林春〕客色 32〔四邊靜〕敵測赤掖稷績，赫籍息翼石熄

《曇花記》：41〔高陽臺引〕則德積赤，客尺塞宅〔高陽臺〕國冊斥律翼，奕戟匿懕敕易，惜直臆擲白尺，德璧釋滌色

《錦箋記》：23〔番卜算〕泣一〔福馬郎〕力剋日飭滌，日陌奕飭滌，塞赤積飭滌

《玉合記》：37〔南鮑老催〕昔濕積匹汲覓立〔南雙聲子〕日日及實實息泣泣極極夕〔南滴滴金〕急擲地跡識一日〔南滴溜子〕戟質急集跡

《紅蕖記》：9〔楚江情〕直斥力立膝殖替臆臆擲例〔北金字經〕例的惜惜息裔質質 16〔菩薩蠻〕急立 23〔南呂引子生查子〕陌白，宅隔 26〔仙呂引子聲聲慢〕覓戚黑滴得

《墜釵記》：17〔黃鍾過曲小引〕日集 22〔越調過曲憶多嬌〕跡德滴昔瑟瑟悽，極德責適瑟瑟悽〔鬥黑麻〕識戚歷失北夕刻

《雙魚記》：1〔碧芙蓉〕碧日磧色逼策得 23〔正宮過曲四邊靜〕跡筆値日必日，歷力級日必日

《埋劍記》：24〔正宮過曲錦纏道〕日匿直賊檄尺失力擊跡 32〔蝶戀花〕必測德曆日急得泣

《投梭記》：9〔高陽臺〕絕射集擲〔換頭〕碧擲謐歷翊日〔高陽臺〕畢曆及逆

溺，憶掖匿執赤室，惑力益得夕席，滌泣賊擊息拾

《宵光記》:〔四邊靜〕測獲厄色惻，敵威失色惻

《玉鏡臺記》: 27〔東甌令〕檄稷測食策，驛翼溺力國〔尾聲〕北翮逆〔生查子〕國託 34〔高陽臺〕溺鏑力石，白息惄隔

《節俠記》: 15〔卜算子〕黑轍，失碧〔畫眉序〕客碧滴集栗北，屋色碧幗栗北〔滴溜子〕織日北跡珀〔鮑老催〕隔色白密得瀝極〔雙聲子〕腋石轄轄極極籍〔餘文〕席瀝急

《尋親記》: 4〔青玉案〕力植寂滴〔醉太平〕息厄色昔戚奕，壁識石惻得迫〔不是路〕逼夕役測力食擇易識籍冊責滴歷惜塞側鬱鬱〔白搗練〕逼索惑寂百覓白易急刻極拆〔尾聲〕益德策 27〔二郎神〕極側役職日息滴，別國慽憶客得滴〔三叚子〕敵色力籍〔歸朝歌〕息隙驛陌白客額〔尾聲〕客色滴

《題紅記》: 20〔謁金門〕憶息識覓織跡遞 25〔上林春〕直拭，日墨〔四邊靜〕鏑溺直役逆赤，織戟泣役逆赤〔福馬郎〕日壁急逼黑，檄泣筆逼黑

《運甓記》: 4〔出隊子〕奕懌易㱐跡〔女冠子〕夕墨籍戟檄釋〔滴滴金〕瑟翼澤室憶拆織〔畫眉序〕食華郤劇棘〔啄木兒〕笏色溢德塞戢國極〔三段子〕恤澤密夕帙力拾邑〔鬥雙雞〕歷及磧宅檄〔憶多嬌〕秩悒膝釋北北適，職力得戚北北適〔鬥黑痲〕邑側職食集滴隔，力職膝國集滴隔 7〔滿江紅〕一宅策識逸式力得憶 32〔滿江紅〕國北密釋〔四邊靜〕集國側叱壁，吸窟腋叱壁

《金蓮記》: 29〔南滴滴金〕急疾轡跡逼擲擲益〔南鮑老催〕積匹集及立〔南雙聲子〕值值釋德德日急急疾疾昔

《雙金榜》: 36〔鳳凰閣〕織息色及力，驛奕宅立隻〔高陽臺〕匹肋戚直翼，立翼德泣陟職

十四、月帖

《四喜記》: 38〔憶多嬌〕缽活寞脫殺

《浣紗記》: 18〔疏影〕徹絏妾傑闕〔畫眉序〕列熱設越節，別闕雪絕節，歇褶血蝶節，切結滅葉〔滴溜子〕疊撇涉竭缺〔鮑老催〕熱徹絕揭悅怯烈〔雙聲子〕列列疊接接滅折折別月〔尾聲〕傑業些

《紅拂記》：15〔高陽臺引〕節越決別〔卜算子〕轍接〔高陽臺〕合訣設怯截，列別髮說雪，發突說滅活 21〔北新水令〕斜熱滅鷩業〔南步步嬌〕葉月賒越別〔北折桂令〕蛇蝶裂髮靴傑烈達節〔南江水兒〕冽月節絕別闕〔北雁兒落帶得勝令〕團設竭劫迭轍說滅識也〔南僥僥令〕嗟說〔北收江南〕蹶決折颭咽 21〔北沽美酒帶太平令〕涉遮雪切月滅劣熱嗟嗟貼歇〔南尾聲〕闕也雪

《竊符記》：2〔瑞鶴仙〕烈渴揭轍夜業傑〔寶鼎兒〕舌節列轕〔錦堂月〕列葛折別業，悅葉夾怯別業〔醉翁子〕蘖雪竭歠熱結，潔澈沫冽爇結〔僥僥令〕耋業，洽箚〔尾聲〕潔節轍 34〔高陽臺〕闊葉蝶別〔勝葫蘆〕燮箚國越〔高陽臺〕越熱發節絕，說撇越涉切掇，咽絕闊哲抉折，迭葛發傑活月〔尾聲〕發遏別

《雙珠記》：35〔上林春〕月撤傑〔紅林檎〕列頰奪設闕竭 41〔長相思〕涉涉訣滅說說頰裂

《鮫綃記》：15〔憶多嬌〕折裂熱竭滅滅雪，撲竭咽血滅滅雪〔鬥黑麻〕絕折血決裂結月 20〔四邊靜〕絕傑羯列雪業，捷鐵闕列雪業〔高陽臺〕熱滅咽也折裂

《雙烈記》：14〔憶多嬌〕絕設說悅穴，切咽絕別別說〔鬥黑麻〕缺別業國拆血德，節業越翮拆血妾 32〔東甌令〕拽策穴業節，滅鴂越舌血，說傑楫決鐵〔四邊靜〕裂列接捷折雪，截絕掣魄裂泊雪

《青衫記》：2〔高陽臺〕列月烈發〔生查子〕舌傑〔高陽臺〕節設越舌劣，哲說別闊絕達，迭絕越咽血舌，缺列鋏竭節蠛〔尾聲〕傑說惕

《琴心記》：2〔高陽臺引〕說滅髮鋏〔高陽臺序〕沒切咽說闕，噎曳越殺閱缺，骨葉絕裂熱鴂，怯拙舌達業絕〔尾〕末疾沒 10〔鵲橋仙〕閣葉疊〔孝順歌〕妾合蝶浹接疊闑貼，蝶劫鬣跌血押妾業〔鎖南枝〕摺插頰疊法，囁掐搭掣鐵〔憶多嬌〕說怯拽拉拉懾，接法切躡躡熱，壓撚遏狹狹妾，徹裂絕說說業〔鬥黑麻〕牒帖鬣楫愜愜涉月，峽榻法穴愜愜涉月〔尾〕蹀答捷

《修文記》：18〔霜天曉月〕跐屧疊

《彩毫記》：29〔寄生草〕賒月雪滅節 35〔四邊靜〕烈節孽結切月，緤雪涅結

切月，裂血闕結切月，闔別訣結切月

《曇花記》：20〔憶多嬌〕札切葉別法法箚，涉覓筏茁法法箚〔鬥黑蟲麻〕撇歇合月咽軋達，挈疊說爇咽軋達 23〔瑞鶴仙〕者夏也月磨闕下〔北新水令〕邪孽野劣熱〔北雁兒落帶得勝令〕敵傑烈月闕鉞節劣別〔南步步嬌〕烈竭折蛇帖〔北折桂令〕家裂折馬車傑血業也滅〔南江兒水〕者切鐵闕峽堞柙〔南僥僥令〕轍遮者徹〔北收江南〕傑些滅疊甲〔南園林好〕月雪法訣沙〔沽美酒帶太平令〕賒巴絕獗發烈撥拔發些撤〔尾聲〕挈躡野

《玉合記》：31〔憶多嬌〕月雪怯鴂歇〔鬥黑麻〕月絕別烈設折〔憶多嬌〕結熱帖葉歇〔鬥黑麻〕頰纈設血烈設折 32〔高陽臺〕末葉結節〔高陽臺〕隔折涉越穴，別月蝶列頰屑，別雪劫設闕鴂，烈脫節業額訣〔尾聲〕別結疊

《金鎖記》：20〔憶多嬌〕瞥裂絏說絕絕切〔鬬黑蟲麻〕絕接絕掣切說徹〔憶多嬌〕說決咽切哲哲血〔鬬黑蟲麻〕業烈別訣折結雪

《玉鏡臺記》：12〔憶多嬌〕裂急雪竭烈血，折缺別噎烈血〔鬥黑麻〕結鐵業碣切摵咽，傑竄羯轍切摵咽 18〔玉樓春〕別咽折月疊絕結 21〔陽關引〕節穴月滅

《紅梅記》：1〔玉梅春〕節蹶雪滅歇絕 15〔一落索〕妾捩闕月〔風帖兒〕孑說怯泄，鐵血截泄

《桔浦記》：22〔絳都春〕撇結設疊月接〔出隊子〕雪射轍挾鋏〔鬧樊樓〕咽脫滅歇鶻月也〔滴滴金〕徹舌怯闕啜折雪〔畫眉序〕怯熱渴竄月惄〔啄木兒〕怯咽夜穴撇合〔三段子〕孑別徹切熱竊洩貼〔鬥雙雞〕射別揭楫月〔下小樓〕滅劣揭怯〔耍鮑老〕轍月涅疊沒也傑屑楫白折設纈〔桂香羅袍〕歇熱闕設嶽結折節，迭攝月徹別訣節〔尾聲〕別頰撇

《靈犀佩》：14〔金蕉葉〕別血堞〔傍妝臺〕濶合絕裂血穴滅結〔尾聲〕月節說

《春蕪記》：6〔高陽臺〕泊刖越熱〔高陽臺〕陌折掣撇也滅舍徹

《題紅記》：17〔減字木蘭花〕別節

《運甓記》：6〔高陽臺序〕缺結切愜，達別悅竭〔高陽臺〕列血熱涉悅，說滅值別秩撇，迭嗛越達折舌，別絕蹕切撥畫〔尾聲〕咽掇悅

《金蓮記》：15〔憶多嬌〕說泄雪血絕絕折〔鬥黑麻〕月頰寫設歇裂闕折〔憶多嬌〕結熱雪咽絕絕折〔鬥黑麻〕月徹疊孑越裂闕折 28〔高陽臺引〕闕雪疊節〔高陽臺〕絕絕切說越闕，熱閨閱列遏月，雪別怯烈闕鴂，悅轍撤業滅玦〔尾聲〕別節傑

《龍膏記》：20〔高陽臺〕鉞傑闕結〔高陽臺〕傑闕越掣楫，說穴雪越變業，切絕月熱折設，說葉宅熱物絕〔尾聲〕悅折說

《春燈迷》：5〔梨花兒〕撇掣決列

十五、曷洽

《埋劍記》：15〔商調引子高陽臺〕沓甲達罰〔雙調過曲高陽臺〕納閥法察押，答捺發納髮伐，殺轄匣伐達榻，察達霎察拔韈